Simone Jöst

Die Oma und der tote Kavalier

Über dieses Buch:

Von wegen »altes Eisen«: Gemeinsam mit der jungen, quirligen Jule und ihrem Freund Sandro gründet Oma Emma in ihrer Villa eine ungewöhnliche WG. Doch kaum haben sich die drei eingerichtet, steht ein zwielichtiger Besucher für Sandro auf der Matte. Die Lage wird brenzlig – und ausgerechnet jetzt sorgt ein hartnäckiger Verehrer von Emma für weiteren Ärger. Auch der neugierige, militante Nachbar verbessert die Lage nicht gerade … Ob sie wollen oder nicht: Die Oma und ihre Freunde müssen zu spektakulären Mitteln greifen, um ihren Widersachern das Handwerk zu legen!

Flippig, rasant, spannend: Das coolste Krimi-Duo seit Langem!

Über die Autorin:

Simone Jöst lebt im Odenwald. Beflügelt von der Lust, sich ständig neue Geschichten auszudenken, entdeckte sie das Spannungsgenre für sich. Seitdem publizierte sie zahlreiche Krimi-Kurzgeschichten und arbeitete als freie Mitarbeiterin in einem kleinen Verlag. Sie ist Herausgeberin diverser Anthologien und liebt nichts mehr als schwarzen Humor und weiße Schokolade.

Simone Jöst

Die Oma
und der tote Kavalier

Kriminalroman

Genehmigte Lizenzausgabe 2018
der Buchvertrieb Blank GmbH, Vierkirchen

Umschlaggestaltung: HildenDesign, München (www.HildenDesign.de),
unter Verwendung von Bildmotiven
von Shutterstock.com / Maly Designer und
Shutterstock.com / Dmitry Zimin
Gesamtherstellung: GGP Media GmbH, Pößneck
Printed in the EU
ISBN 978-3-94601-285-6

Für Emma
R.I.P.

Prolog

Eine Fledermaus schoss an meiner Nase vorbei. Ich erschrak und zog meine Wollmütze tiefer ins Gesicht. Zwei Jäger der Nacht, der eine hungrig, der andere gierig. Ich grinste.

Seit ein paar Tagen lauerte ich der alten Dame in ihrer Villa auf und observierte ihre Gewohnheiten. Sobald es dunkel wurde, versteckte ich mich hinter dem kleinen Geräteschuppen in ihrem Garten, oder ich kletterte auf den riesigen Kirschbaum und verbarg mich im dichten Laub. Von dort aus konnte ich direkt in das Schlafzimmer der Alten blicken. Nicht dass es mir Vergnügen bereitet hätte, sie zu beobachten, wenn sie sich umzog und ihre abendlichen Rituale verfolgte, ich wollte nur herausfinden, wo sie ihren Schmuck aufbewahrte, wenn sie zu Bett ging.

Es dauerte nicht lange, und ich wusste, wann sie abends den Fernseher ausschaltete, das Licht löschte und sich schlafen legte. Sie funktionierte wie ein Schweizer Uhrwerk, präzise und zuverlässig.

Ein Donner grollte durch die Nacht. Blitze zuckten in schnellen Abständen über die Häuser der Stadt. Die Luft war drückend schwül. Beim Einatmen fühlte es sich an, als ob ich dicke Marshmallows im Mund hätte. Meine schwarze Kleidung war viel zu warm, vor allem die Wollmütze, doch Tarnung war für einen Dieb unerlässlich. Nur so konnte ich mit den Schatten der Nacht verschmelzen.

Falter schwirrten vor dem hell erleuchteten Schlafzimmerfenster der Alten und schlugen mit ihren Körpern gegen die Scheibe. Das leise *Tock, Tock* verstummte erst, als sie das Licht löschte. Wie jeden Abend trat sie in ihrem geblümten Nachthemd ans Fenster, öffnete es, hob die Gardine über den Rahmen und zog sie zu. Eine Geste, über die ich nur lachen konnte. Wen sollte das dünne Stückchen Stoff aus ihrem Zimmer fernhalten? Insekten oder etwa Einbrecher wie mich?

Frau Westermann war reich und überheblich wie die meisten Bewohner in diesem Stadtviertel. Ihre Villen waren ein Eldorado für jeden Dieb. Ölgemälde alter Meister, Antiquitäten, teure Skulpturen, Vasen oder Wertpapiere in den Tresoren ließen keine Wünsche offen. Meine Vorliebe galt ausschließlich dem Schmuck der Damen. Die Edelsteine funkelten wunderschön, und außerdem waren sie viel einfacher aus den Häusern zu entwenden als sperrige Kunstgegenstände. Ich benötigte weder Fluchtfahrzeug noch Komplizen für den Abtransport. Alles, was ich bei mir trug, war ein Rucksack mit Werkzeug, der auch genügend Platz für meine Beute bot.

Das Donnergrollen übertönte die Geräusche der nachtmüden Stadt. Vorsichtig schlich ich aus dem Schatten des Geräteschuppens in Richtung Terrasse. Ein Rosengitter aus Holz ragte an der Hauswand bis in den ersten Stock hinauf. Die perfekte Einladung.

Bevor ich den Aufstieg wagte, blieb ich unter dem geöffneten Fenster stehen und lauschte. Zum Glück schnarchte die Alte schon nach wenigen Minuten laut und gleichmäßig. Ich zog dünne Lederhandschuhe über, damit ich mich nicht an den Dornen der Rosen verletzte und oben im Zimmer keine Fingerabdrücke hinterließ.

Als ich den Fuß auf das Rosengitter stellte, knallte ein Donner wie ein Kanonenschlag durch die Nacht. Ich hielt inne und lauschte. Zum Glück war die Westermann nicht aufgewacht. Ihr Schnarchen wurde sogar immer lauter, als ob sie gegen das Naturschauspiel ankämpfen wollte. Ein greller Blitz tauchte den Garten in ein rosafarbenes Licht. Für einen Moment überlegte ich, ob ich den Einbruch sein lassen sollte. Sobald der Regen einsetzte, würde der Boden aufweichen und ich jede Menge Fußspuren hinterlassen.

Ich war mir der Gefahr bewusst, doch der Gedanke, dass ich mich auf sehr dünnem Eis bewegte, machte die ganze Angelegenheit noch spannender. Anstatt aufzugeben, lächelte ich und fühlte mich unschlagbar. Ich kletterte über das Rankgitter nach oben, bis ich das offene Fenster erreichte. Vorsichtig zog ich mich auf das Sims empor und stützte mich mit den Unterarmen darauf ab. Ein weiterer Donner peitschte durch die Nacht. Vor Schreck wäre ich beinahe hinabgestürzt. Mein Unternehmen war gefährlich und aufregend zugleich.

Wenn die Westermann bei diesem Lärm bis jetzt noch nicht aufgewacht war, würde ich leichtes Spiel haben. Mit dem Oberkörper zog ich mich in ihr Zimmer und hievte die Beine hinterher. Die Luft im Raum war stickig. Ich wischte mir den Schweiß von der Stirn und lauschte einen Augenblick am Fußteil des Bettes.

Dank meiner Observation wusste ich, dass ihr Doppelbett zu meiner Rechten stand, ein weiß lackierter Schrank an der Wand gegenüber und ihre Frisierkommode mit Spiegel zu meiner Linken. Es bestand kein Grund zur Sorge, und dennoch überkam mich das Gefühl, dass irgendetwas nicht stimmte.

Plötzlich verstummte die alte Dame. Ich glaubte, meinen Augen nicht zu trauen. Sie richtete sich in ihrem Bett auf und zielte mit einer Pistole auf mich. Eine Kugel jagte wenige Zentimeter an meinem Oberarm vorbei. Ich zog den Kopf ein, und ehe die Alte ein zweites Mal abdrückte, schwang ich mich aus dem Fenster, hangelte und rutschte an dem Rankgitter wieder nach unten. Meine Knie zitterten, mein Puls raste, Rosenzweige brachen. Unten auf der Veranda angekommen, stolperte ich und fiel zu Boden. Dicke Regentropfen schlugen auf die Steinfliesen. Das Gewitter brach los. Ich rappelte mich auf und floh, so schnell ich konnte. Das Unwetter erwischte mich mit voller Wucht. Am Gartentürchen war ich bereits bis auf die Haut durchweicht. Ich nahm allen Mut zusammen und sprang mit einem Satz über den Zaun, rannte hinaus auf die Straße, strauchelte und fiel zu Boden. Zwei Autoscheinwerfer rasten auf mich zu, und ich konnte nur noch meinen Arm quer vor mein Gesicht heben.

Montag

Emma hielt den Deckel der bauchigen Kanne fest und goss Tee in vier zarte Porzellantassen. Das goldbraune Getränk wirbelte in einem Strudel, bis es endlich zur Ruhe kam und feine Dampfwölkchen daraus in die Höhe tanzten.

»Bitte, bedient euch.« Emma stellte die Kanne auf den kleinen Couchtisch, nahm eine der Tassen und setzte sich in ihren Sessel. Es schien ihr eine Ewigkeit her zu sein, als sie das letzte Mal ihre Nachbarinnen zur Teerunde eingeladen hatte. Früher brachten diese Treffen Abwechslung in ihr Leben, doch heute war das anders. Es fühlte sich an wie eine leidige Pflicht. Emma pustete über ihren Tee. Es hatte sich vieles verändert. Sie hatte sich verändert.

»Ich wusste gar nicht, dass man aus einem Altersheim auch wieder ausziehen kann.« Rosalie Rittmansperger, Emmas Nachbarin zur Linken, rührte mit einem goldenen Löffel und gespreiztem Finger in ihrer Tasse. Sie saß steif wie ein Brett auf der vorderen Kante des Sofas und trug wie immer ein pastellfarbenes Kostüm, dazu farblich passende Pumps und eine bis in die Haarspitzen perfekt modellierte Frisur.

»Ich dachte, wenn man erst einmal dort eingeliefert wird, bleibt man bis zum Schluss.« Verlegen räusperte sie sich über ihre unglückliche Wortwahl. »Ihr wisst schon, was ich meine«, fügte sie leise hinzu und nippte an ihrer Tasse. Ihr goldenes Armband klirrte bei jeder Bewegung.

»Ich kann dich verstehen, Emma«, sagte Hannelore Häkelsbacher, ihre Nachbarin zur Rechten. Sie tätschelte Emmas Knie und lächelte milde. Hanne war eine herzensgute Frau. Trotz ihres Reichtums war sie bescheiden geblieben und fürsorglich um ihren Mann bedacht, der seit seinem tragischen Reitunfall an den Rollstuhl gefesselt war.

»Solange man noch einigermaßen auf den Beinen ist, sollte man nicht in ein Altersheim gehen. Ich würde Julius niemals dorthin bringen«, sagte sie und seufzte leise.

»Obwohl eine Seniorenresidenz nicht die schlechteste Option ist.« Diese Aussage konnte nur von Patrizia von der Schleich kommen. Sie wohnte in der Villa gegenüber auf der anderen Straßenseite. Mit ihren 47 Jahren war sie um einiges jünger als die anderen Damen dieser Runde und verstand recht wenig vom Älterwerden. Ihre Klagen beschränkten sich auf erste Fältchen und grauen Haaransatz. Sie wusste noch nichts von Arthrose, Blasenschwäche oder anderen gesundheitlichen Beschwerden, die sich mit zunehmendem Alter bemerkbar machten. Patrizia schlug ihre makellosen Beine übereinander und strich lässig ihre blondierten Haare hinter das Ohr.

»Ich weiß nicht, warum du Konstantin das angetan hast und aus der Einrichtung geflohen bist. Er hatte sich alle Mühe gegeben, dir einen der luxuriösesten Heimplätze der Stadt zu organisieren, und du? Du hast ihn dermaßen hereingelegt«, sagte sie anklagend.

Emma schnaubte durch die Nase und musste sich beherrschen, dieser Schlange nicht den heißen Tee in ihre überschminkte Visage zu kippen. Sie sollte vorsichtig sein. Es würde sie nicht wundern, wenn Patrizia von der Schleich als Spionin für ihren Sohn fungierte.

»Ich habe Konstantin nicht hereingelegt, wie du es so schön formulierst, meine Liebe.« Emma bemühte sich, freundlich zu bleiben, doch ihr spitzer Unterton war nicht zu überhören. »Er und Barbara haben es bevorzugt, wieder in ihr altes Domizil am Stadtrand zu ziehen, weil ihnen das Leben in der Stadt nicht mehr gefiel.«

Patrizia lachte schnippisch. Sie kannte wahrscheinlich die Geschichte von Barbaras Intrigen und dem nur zum Teil geglückten Versuch, Emma in ein Altersheim abzuschieben, um selbst in die Villa ziehen zu können. Immerhin war das Anwesen eine der schönsten Immobilien im begehrten Nobelviertel der Stadt. Wenn Emma sich nicht zur Wehr gesetzt hätte, würden ihr Sohn und seine Frau heute noch hier residieren. Was die beiden Patrizia genau erzählt hatten, wusste Emma nicht, doch die Wahrheit auf keinen Fall. Die kannten nur wenige, und das sollte auch so bleiben.

»Das glaube ich dir nicht«, stieß Patrizia hervor. »Barbara trauert noch heute um den Verlust dieser Villa.«

»Ach, ihr habt noch Kontakt?«, stichelte Emma.

»Nein, nicht wirklich.« Patrizia richtete sich auf und straffte den Rücken. »Wir trafen uns neulich zufällig bei der Maniküre.«

Dieses dumme Geschwätz. Barbara hatte Patrizia zum Ausspionieren angestiftet, dessen war sich Emma sicher. Ihrer Schwiegertochter traute sie so ziemlich alles zu, und für Konstantin würde ihre Nachbarin sowieso alles tun.

Rosalie, die sie alle wegen ihrer pastellfarbenen Kleidung nur Rosa nannten, stellte ihre Tasse ab, faltete die Hände und legte sie in ihren Schoß. »Habt ihr das von Frau Westermann vergangene Nacht gehört?«, fragte sie.

Die Frauen schüttelten die Köpfe und warteten gespannt auf den Bericht, der nun so sicher wie das Amen in der Kirche folgen würde.

»Heute früh entdeckte ich zufällig einen Streifenwagen vor ihrer Tür.«

Emma lächelte. Von zufällig konnte keine Rede sein, denn Frau Westermann wohnte am anderen Ende der Straße. Von hier aus konnte man unmöglich bis dorthin schauen. Typisch Rosa, ständig auf Etikette und Diskretion bedacht, aber alle Nachbarn als Augen und Ohren missbrauchen.

»Letzte Nacht wurde bei ihr eingebrochen.«

»Ist ihr etwas passiert?«, fragte Hanne erschrocken.

»Zum Glück nicht«, tat sich Rosa wichtig, als ob sie persönlich anwesend gewesen wäre. »Sie hat den Einbrecher übertölpelt.«

»Frau Westermann?«, fragte Emma. »Wir reden von derselben Person? Diese Frau ist nicht mehr die Jüngste, klein und schmächtig, wie sollte sie einen Einbrecher überwältigen? Das ist unmöglich.«

»Doch! Sie hatte am Abend einen Schatten in ihrem Garten entdeckt«, fuhr Rosa fort. »Der Dieb muss sich hinter dem Geräteschuppen versteckt haben.«

»Warum hat sie nicht die Polizei gerufen? Gerade jetzt, da sich die Einbrüche in unserem Viertel häufen.« Hanne stellte ihre Tasse ab.

»Das wollte sie, aber die Telefonleitung war tot.«

»Das Gewitter?« Hanne klebte an Rosas Lippen.

»Woher weißt du das alles?« Emma blieb skeptisch. Rosa erzählte gern Geschichten und verbog die Wahrheit, wenn es sich für sie lohnte und sie sich wichtigtun konnte.

»Ich war natürlich sofort bei ihr.«

»Natürlich.« Emma verdrehte die Augen. Was mochte hier wichtiger gewogen haben, die Anteilnahme am Wohl einer Nachbarin oder Rosas Neugier?

»Jedenfalls sagte Frau Westermann, dass sie, obwohl sie den Schatten bemerkt hatte, wie jeden Abend zu Bett gegangen sei. Sie habe wegen der Hitze das Fenster geöffnet und nur die Gardine zugezogen.«

»Wie blöd muss man aber auch sein?« Patrizia schüttelte den Kopf und trank einen Schluck Tee. »Das war doch die perfekte Einladung für den Dieb. Die Leute brauchen sich nicht zu wundern, wenn bei uns ständig eingebrochen wird. Haben die noch nie etwas von Alarmanlagen gehört?«

»Und was geschah dann?«, fragte Hanne.

»Frau Westermann sagte, sie habe in ihrem Bett gelegen und gelauscht. Es donnerte und blitzte ständig. Irgendwann hörte sie, dass sich jemand an dem Rankgitter neben ihrem Fenster zu schaffen machte.«

»Mein Gott, ich wäre vor Angst gestorben.« Hannes Augen weiteten sich vor Schreck.

Emma erinnerte dieser nächtliche Einbruch an vergangene Abenteuer. Sie war auch schon bei Nacht und Nebel über Zäune geklettert. Zum ersten Mal bei ihrer Flucht aus der Seniorenresidenz. Wenn sie dabei nicht zufällig auf ihre Fluchthelferin Jule gestoßen wäre, hätte man sie sofort entdeckt und als unzurechnungsfähig weggesperrt.

Das zweite Mal war sie mit Jule in ihren eigenen Keller eingebrochen. Das alles nur, weil sie wieder nach Hause in ihre Villa ziehen wollte, in der sich Konstantin und Barbara zwischenzeitlich eingenistet hatten.

»Frau Westermann hat nicht lange gezögert und die Pistole ihres verstorbenen Mannes aus dem Nachtkasten geholt und sie unter ihrem Deckbett versteckt.«

»Oh!« Hanne schlug die Hände vor ihren Mund.

Emma wusste, wie es sich anfühlte, wenn man plötzlich in die Mündung einer Waffe schaute. Ihre Abenteuer mit Jule waren riskant gewesen und hatten ihr einige brenzlige Situationen beschert, aber das Mädchen hatte ihr jedes Mal aus der Klemme geholfen. Andernfalls säße sie heute nicht hier.

»Damit der Mann sich in Sicherheit wähnen konnte«, fuhr Rosa fort, »tat Frau Westermann, als ob sie schliefe und schnarchte. Sie ließ sich nicht einmal vom Donner unterbrechen. Plötzlich tauchte eine schwarze Silhouette in ihrem Fenster auf. Der Einbrecher kletterte über das Sims, und Frau Westermann sagte, dass es sie große Mühe gekostet habe, nicht aufzuschreien.«

»Das glaube ich gern. Mir wäre das Herz in die Hose gerutscht!« Hanne seufzte.

»Diese Aktion war einfach nur dumm und leichtsinnig.« Patrizia warf den Kopf in den Nacken.

»Als der Dieb nun in ihrem Zimmer stand, zog Frau Westermann die Waffe unter der Decke hervor und richtet sie auf ihn. Im selben Moment muss es geblitzt haben, und vor lauter Schreck drückte sie versehentlich ab.«

»Hat sie den Einbrecher getötet?« Hanne riss die Augen auf.

Rosa rückte sich auf dem Sofa zurecht.

»Nein. Sie hat nicht ihn, sondern ihren Frisierspiegel getroffen, der mit Getöse zersplitterte.«

»Und was ist aus dem Dieb geworden?« Seit Emma selbst als Einbrecherin in ihrer eigenen Villa unterwegs gewesen war, hatte sie beinahe Mitleid mit dem Mann. Sie wusste, wie es war, wenn man Angst hatte, entdeckt zu werden, und der Puls bis zum Anschlag in den Schläfen pochte.

»Der Kerl hat natürlich sofort den Rückzug angetreten. Er ist wie der Wind aus dem Fenster geklettert und durch den Garten verschwunden.« Rosa war in ihrem Element. Sie liebte es, sich aufzuspielen. »Die Polizei war gleich in der Früh da und suchte nach Spuren, doch nach dem heftigen Regenguss, der in der Nacht losbrach, war natürlich nichts mehr zu finden.«

»Konnte Frau Westermann erkennen, wie der Einbrecher aussah?« Emma wäre es wohler gewesen, wenn man den Mann gefasst hätte, der seit Wochen in ihrem Viertel sein Unwesen trieb. Die Vorstellung, dass nachts jemand in den Gärten herumschlich und sich sein nächstes Opfer aussuchte, fühlte sich unbehaglich an.

»Sie konnte seine Gestalt nur kurz im Schein des Blitzes ausmachen. Er war vollkommen schwarz gekleidet und trug eine Wollmütze über seinem Gesicht.«

Das kleine Einbrecher-ABC. Emma schmunzelte. Jule hatte ihr erklärt, dass man sich schwarz und unauffällig kleiden sollte, wenn man auf Diebestour ging, und das wusste keiner besser als Jule, die sich selbst einst mit Diebstählen über die Runden gebracht hatte.

»Ich verstehe sowieso nicht, warum die Polizei den Kerl noch nicht geschnappt hat.« Patrizia strich wieder eine Haarsträhne hinter ihr Ohr. »So oft, wie er in letzter Zeit hier im Viertel zugeschlagen hat, müssten doch Spuren von ihm zu finden sein.«

»Das ist merkwürdig, da gebe ich dir recht«, schaltete sich Rosa dazwischen. »Das muss ein Profi sein.«

»Einer, der sich auskennt«, stellte Hanne fest.

»Wie kommst du darauf?«, fragte Emma.

»Er ist bereits drei Mal eingebrochen«, resümierte Hanne. »Obwohl die Polizei ermittelt, ständig Streife fährt und die Anwohner alarmiert sind, schafft er es jedes Mal, wieder unbemerkt zu entkommen.« Sie griff sich an den Hals und spielte mit ihrer Perlenkette, als ob sie Gewissheit haben wollte, dass man ihr das Schmuckstück nicht beim Tragen entwendet hatte.

»Stimmt«, ereiferte sich Emma, »ein guter Einbrecher schaut sich vorher um, beobachtet die Häuser und die Gewohnheiten der Leute. Er weiß ganz genau, wo Alarmanlagen installiert sind, und vor allem hat er Geduld und wartet, bis der richtige Zeitpunkt gekommen ist.«

»Warum echauffierst du dich so, meine Liebe?« Patrizia starrte Emma in die Augen.

»Ich echauffiere mich nicht, ich stelle das nur realistisch fest.«

»Woher willst du das wissen? Bist du jemals irgendwo eingebrochen?« Patrizias Frage schwang wie ein Peitschenhieb durch die Luft.

Emmas Wangen glühten, weil sie in der Tat Bescheid wusste. Sie hatte sich aber sekundenschnell wieder im Griff. »Natürlich nicht! Was für eine lächerliche Frage.«

»Lächerlich?« Die Giftschlange gab keine Ruhe. »Ist euch eigentlich aufgefallen, dass die Einbrüche erst begonnen haben, seit Emma wieder in ihre Villa zurückgekehrt ist?«

Drei überraschte Augenpaare starrten auf Patrizia von der Schleich.

»Jetzt reicht es aber!«, fauchte Emma und erhob sich. »Du willst nicht allen Ernstes behaupten, dass ich in meinem Alter nachts durch die Gegend streife und bei meinen Nachbarn einsteige? Das ist doch absurd.«

»Patrizia!« Hanne war schockiert.

Rosa hielt den Unterteller ihrer Tasse und nippte mit gespreiztem Finger am Tee. Dabei zog sie eine Braue in die Höhe. Der Verlauf des Gespräches schien sie zu amüsieren.

»Seid nicht töricht«, lenkte Patrizia ein, »ich meinte nicht dich, Emma. Du wärst wohl kaum in der Lage, bei Nacht über Gartenzäune zu klettern. Nein, ich meine vielmehr das liederliche Pack, das du mitgebracht und als Untermieter bei dir einquartiert hast.«

Emma ballte die Fäuste. Dieses liederliche Pack, wie es ihre Nachbarin nannte, waren Jule und ihr Freund Sandro. Jule hatte Emma bei der Flucht aus dem Altersheim geholfen und ihr angeboten, in ihrer

Wohngemeinschaft unterzutauchen. Mit Hilfe der jungen Leute hatte Emma ihren Sohn aus der Villa vertreiben und nach Hause zurückkehren können. Sie gerieten gemeinsam in Schwierigkeiten, meisterten sie und lernten sich dabei kennen und schätzen. Jule und Sandro wuchsen Emma ans Herz, und es war ihr ein Bedürfnis, die beiden in ihrer Villa, die für sie allein sowieso zu groß war, wohnen zu lassen. Jules unkonventionelle Art passte nicht in das Bild der hiesigen Bewohner, doch Emma gab nichts auf das Gerede der Leute – nicht mehr.

»Ich habe gehört, dass deine neue Freundin früher als Obdachlose auf der Straße gelebt hat. Stimmt das?«, stichelte Patrizia und lächelte verächtlich. »Den Umgang mit solchen verlausten Objekten würde ich mir gut überlegen. Du siehst ja, wohin das führt. Ich werde euch im Auge behalten.« Sie trank einen Schluck Tee.

»Tust du das nicht schon die ganze Zeit? Jedenfalls wackeln deine Gardinen recht häufig, wenn ich zu dir hinüberschaue.« Wenn sie glaubte, Emma aus dem Gleichgewicht bringen zu können, dann täuschte sie sich. »Jule lebte in der Tat einige Jahre auf der Straße«, fügte sie hinzu und erhob sich, »aber an Charakterstärke ist sie euch weit überlegen.« Sie öffnete die Wohnzimmertür und machte eine Handbewegung, die besagte, dass die Teerunde aufgehoben war und die Gäste gehen sollten. »Ich glaube, es ist besser, ihr macht euch auf den Heimweg. Vielen Dank für euren Besuch.«

Rosa stellte die Tasse ab, richtete sich auf und stolzierte gekränkt an Emma vorbei nach draußen. Hanne erhob sich ebenfalls.

»Das ist nicht meine Meinung, und das weißt du«, sagte sie und tätschelte im Vorbeigehen Emmas Arm. »Ich bin für dich da, wenn du mich brauchst.«

Patrizia wartete, bis die beiden Nachbarinnen gegangen waren, stand auf und zupfte ihre Bluse zurecht. »Ich weiß von Konstantin, was du hier spielst«, bemerkte sie süffisant.

»Ach ja?« Emma hob eine Augenbraue.

»Du holst dir dieses Pack in die Villa, weil du allein nicht mehr zurechtkommst. Dein Sohn hat dir den Platz in der Seniorenresidenz nicht umsonst besorgt. Das hatte seine Gründe.«

»Stimmt, doch diese bezogen sich nicht auf mein Wohl, sondern entsprangen eher seiner und meiner Schwiegertochters Habgier. Und jetzt bitte ich dich zu gehen. Sofort!«

Patrizia warf den Kopf in den Nacken.

»Es wird dir noch leidtun, dass du zurückgekommen bist.«

»Raus hier!«

Patrizia stöckelte zum Ausgang und warf die Haustür hinter sich ins Schloss.

Emma zog ihre Schuhe aus und lehnte sich gegen die Hauswand. Sie genoss die Sonnenstrahlen auf ihrer Haut, die Wärme der Steinplatten unter ihren Füßen, die wie Kohlensäure kribbelnd in ihren Körper aufstieg. Sie fühlte sich lebendig und gehörte definitiv nicht in ein Altersheim. Vor zwei Monaten war das noch anders gewesen, da lebte sie allein in dieser Villa und war sich ihrer 73 Jahre an allen Ecken und Kanten bewusst. Sie fürchtete sich, wenn es nachts im Haus knarrte und niemand da war, der nachschaute, ob es nur der Wind oder ein Einbrecher gewesen war. Außer zu ihrem Sohn Konstantin und ihrer Schwiegertochter Barbara hatte sie kaum Kontakt zu anderen Menschen gehabt. Sogar ihre Enkelin Trixi kam nur dann, wenn sie in Geldnot war, und verschwand, sobald sich Großmutters Geldbeutel wieder schloss. Konstantin überredete Emma, in eine Seniorenresidenz zu ziehen, weil es besser für sie sei, wie er behauptete, doch das war nur ein Vorwand, um sich ihre Villa selbst unter den Nagel zu reißen. Dank Jules Hilfe war sie jedoch schneller wieder zu Hause, als Konstantin es sich vorgestellt hatte.

Jule und Sandro alberten im Pool und bespritzten sich gegenseitig mit Wasser. Emma genoss jede Minute, die sie mit dieser jungen und liebenswerten Frau verbrachte, egal, ob sie in einen Mord verwickelt oder mit Jules Vergangenheit konfrontiert wurde. Die Begegnung mit ihr hatte aus Emma einen anderen Menschen gemacht. Sie hatte das Grau ihrer Haare gegen ein Kastanienbraun getauscht, das triste Omabeige aus ihrem Kleiderschrank verbannt und einen Detektiv auf Konstantin angesetzt. So war sie an Fotos gelangt, die Konstantin eindeutig mit Tierschmuggelei und Mord in Verbindung brachten. Die Indizien würden für ein paar Jahre Gefängnis ausreichen, und seine berufliche Karriere wäre im Eimer, gerade jetzt, da er zum Juniorpartner im Architekturbüro ernannt werden sollte. Mit dem Versprechen seiner Mutter, die Fotos niemals der Polizei auszuhändigen, musste Konstantin notgedrungen die Villa räumen. Emma bewahrte die Beweisaufnahmen als Sicherheit in ihrem Tresor auf.

Jule stand mitten im Pool und schaufelte Wasser in Sandros Gesicht. Ihre Rastalocken wirbelten durch die Luft und zogen einen Schweif funkelnder Wasserspritzer hinter sich nach. Ihre blasse Haut färbte sich auf den Schultern im Sonnenschein rosa.

Sandro kam auf sie zu, drückte ihren Kopf unter Wasser und lachte. Sie ruderte mit den Armen und tauchte gleich darauf wieder auf.

»Warte nur, du italienischer Macho«, rief sie, »ich krieg dich, und dann vergeht dir das Lachen.« Sie stellte ihm nach und versuchte, ihn ebenfalls unter Wasser zu drücken, doch Sandro wehrte ihre Attacken mit Leichtigkeit ab. Emma lächelte. Sie war von diesem jungen Mann sehr eingenommen. Seine dunklen Locken glänzten nass in der Sonne. Sie konnte sich an ihm einfach nicht sattsehen. Er löste etwas in ihr aus, das sich gut anfühlte.

Sandro nahm Jule in den Arm und küsste sie. Emma seufzte. Sie war glücklich, dass die beiden bei ihr eingezogen waren. Sie verzauberten das ganze Haus, ihr ganzes Leben. Mit einem Mal war alles leicht und unbeschwert. Die Energie der Jugend war auf Emma übergesprungen, und sie genoss diesen Zustand in vollen Zügen.

Sandro löste sich von Jule und kletterte die verchromte Leiter nach oben. Er war nackt, und das Wasser perlte in kleinen Tröpfchen von seinem sonnengebräunten Astralkörper. Erst als er sich ein weißes Frotteetuch um die Hüften schlang, bemerkte Emma, dass sie ihn die ganze Zeit mit offenem Mund angestarrt hatte. Wie peinlich war das denn? Sie atmete tief durch, zählte zur Abkühlung ihrer überhitzten Gedanken bis drei und lief auf den Pool zu.

»Hallo, ihr beiden«, rief sie, während sie sich um einen unbekümmerten Tonfall bemühte.

Jule legte sich mit dem Rücken auf das Wasser und ruderte mit den Armen durch das Becken. Ihre Rastalocken schwammen wie Schlangen um ihren Kopf herum. Wie zerbrechlich dieses Mädchen wirkte. Ihre Hüftknochen zeichneten sich deutlich ab. Sie trug einen knappen Bikini mit Totenköpfen, der den Kontrast zu ihrer hellen Haut noch verstärkte. Ihre Finger- und Fußnägel waren schwarz lackiert.

Emma setzte sich auf eine Gartenliege am Rand des Beckens und reckte ihre Nase in die Sonne. Sandro streckte sich auf dem Liegestuhl neben ihr der Länge nach aus, verschränkte die Arme hinter seinem Kopf und schloss die Augen. Emma ertappte sich dabei, wie sie ihn beobachtete. Er war wunderschön, seine Gesichtszüge waren fein geschnitten, und er hatte Lachfältchen um die Augen. Die schwarzen Locken, seine gebräunte Haut und sein muskulöser Körper waren unwiderstehlich. Jedes Mal, wenn Emma ihn betrachtete, vergaß sie, dass sie seine Großmutter hätte sein können. Stattdessen kribbelte es in ihrem Bauch, als ob darin 1000 Schmetterlinge flatterten. Jule hatte ihr eines Tages auf den Kopf zugesagt, dass sie wie ein Teenager jeden Südländer anhimmelte, der ihr über den Weg lief, aber was sollte sie dagegen tun? Jule war so erschreckend direkt und das Schlimmste daran – sie hatte recht. So etwas gehörte sich nicht für eine Frau in ihrem Alter. Wirklich nicht? Wer sollte sie daran hindern, glücklich zu sein und das zu fühlen, wonach ihr zumute war? Niemand! Es gab nur ein kleines Problem. Sie hatte ein Faible für junge und knackige Südländer, doch würden die sich im Gegenzug eine 73-jährige Frau auswählen wollen? Ihr Körper war nicht mehr perfekt, Fältchen hier, Fältchen dort, aber im Grunde noch sehr ansehnlich, und seit sie mit Jule und Sandro verkehrte, spürte sie wieder ein Leuchten in sich. Es kam doch gar nicht auf die äußere Hülle an. Viel wichtiger war der Mensch darin und was er ausstrahlte, und Emma konnte mit der Sonne um die Wette strahlen, so glücklich, wie sie mit Jule und Sandro war.

Emma lächelte. Plötzlich spritzte eine Wasserfontäne auf ihre Beine. Sie schrie erschrocken auf und sprang in die Höhe. Ihre Hose war nass. Ermahnend hob Jule den Zeigefinger. »Du sollst nicht ständig meinen Freund anglühen«, sagte sie mit gespielter Strenge und legte die Unterarme auf dem Beckenrand ab.

Sandro blieb reglos liegen. Er öffnete nur ein Auge, schielte zu Emma und grinste. Im nächsten Moment traf auch ihn eine nasse Fontäne mitten auf den Oberkörper.

»Und du genießt das auch noch, du Drecksack?«, rief Jule.

Sandro schnellte in die Höhe. Sein Handtuch löste sich und glitt zu Boden. Er kümmerte sich nicht darum und sprang kopfüber in den Pool. Jule schrie und versuchte, ihm zu entkommen, doch er packte sie, drückte sie unter Wasser und tauchte ebenfalls unter.

Emma erkannte nur ein wildes Zappeln von Armen und Beinen. Kurz darauf kamen beide wieder an die Oberfläche, bliesen Wasser aus dem Mund und strichen sich die Haare aus dem Gesicht. Jule legte ihre hellen Arme um seinen braunen Nacken und küsste ihn. Emma schluckte. *Herrgott noch mal, alte Frau, reiß dich zusammen!* Sie hob Sandros Handtuch auf und legte es auf den Liegestuhl. Ihre Hände brauchten etwas zu tun.

»Ich glaube, ich gehe mich umziehen«, sagte sie.

Jule löste sich aus der Umarmung. »Wie spät ist es? Müssen wir schon los?«

»Wir haben noch zwei Stunden Zeit, aber ich muss mir überlegen, was ich anziehen soll für den ›lebenshungrigen 70er im Ruhestand, der eine aktive Partnerin für den aufregenden Spätsommer seines Lebens sucht‹.«

»Du musst dich nicht umziehen, schau dich doch an.«

Emma blickte an sich herunter. Sie trug eine weite Leinenhose und eine Tunika mit roten Mohnblüten. Dazu hatte sie ein rotes Armband mit großen Plastikkugeln übergestreift und die passende Halskette ausgewählt. Früher hatte sie nie billigen Modeschmuck getragen. Kurt, ihr verstorbener Mann, hatte ihr wertvolle Brillantcolliers geschenkt. Emma liebte jedes einzelne dieser Stücke in ihrer Schatulle. Sie waren alle mit Erinnerungen verbunden, doch jetzt war ihr nach Neuem, bunt und leicht sollte es sein. Genau so, wie sich ihr Leben plötzlich anfühlte.

»Der Typ sucht 'ne Frau für seinen Spätsommer. Hallo? Mit den Mohnblüten machst du ihm den Frühsommer. Mal sehen, was er dazu sagt.« Jule lächelte. »Ich meine, willst du etwa Spätsommer? Das klingt nach Trockenblumen und ausgedörrten Wiesen.«

Jule brachte es genau auf den Punkt. Emma war gerade in einer zweiten Frühlingsphase angekommen, hatte ihr Leben neu entdeckt, auch wenn ihr Körper an der einen oder anderen Stelle bereits im tiefsten Winter steckte. Sie suchte einen Mann, mit dem sie auf Wolke sieben schweben und die Schmetterlinge im Bauch fühlen konnte. Sandro wäre genau der Richtige, dachte sie und schämte sich sofort für diesen Gedanken. Sie musste aufhören, ständig an ihn und seinen Körper zu denken.

»Du hast recht«, sagte Emma. »Zeigen wir dem ›lebenshungrigen 70er‹, was ich mir vorstelle. Ich gehe mich trotzdem noch ein wenig frisch machen«, sie deutete auf ihre Beine, »und mir eine trockene Hose anziehen. Ihr seid mir nicht böse, wenn ihr noch ein paar Momente für euch habt?«

Sandro grinste und zog Jule an sich.

Emma saß an einem runden Tisch in dem Bistro, in welchem Jule als Kellnerin arbeitete, und wartete auf ihre Verabredung. Giorgio, der Wirt, hantierte hinter der Theke an der Espressomaschine. Sie dampfte und zischte. Emma lehnte sich in ihrem kaffeebraunen Ledersessel zurück, legte die Arme auf die halbrunde Lehne und wartete. Für den Fall, dass ihr Date aufdringlich oder ungemütlich werden sollte, hatte sie mit Jule ein Zeichen verabredet. Sobald Emma einen Grappa bestellte, würde Jule in das Gespräch eingreifen und den Verehrer hinauskatapultieren. Sie hatte lange genug auf der Straße gelebt und wusste, wie man sich einen Mann vom Hals schaffte.

Bei jedem ihrer bisher drei Treffen mit Männern, die sie über Kontaktanzeigen ausgewählt hatte, war Emma eine Viertelstunde früher zum vereinbarten Treffpunkt gekommen. So hatte sie die Möglichkeit, die Kandidaten genau zu beobachten, ehe sie sich zu ihr an den Tisch setzten. Außerdem hatte sie das Gefühl, dass die Männer zu ihr kamen, statt dass sie wie eine Bittstellerin ihnen hinterherlaufen musste. Ein kleiner, für ihr Selbstwertgefühl jedoch wichtiger Unterschied.

Die letzten Rendezvous waren das reinste Fiasko gewesen. Der erste Bewerber war ein kleiner runder Mann mit wulstigen Händen. Emma hatte Mühe, ihre Enttäuschung über seine Erscheinung zu verbergen. Der zweite Kandidat war groß, schlank und auf den ersten Blick sehr sympathisch. Für seinen Lebensabend hatte er genaue Pläne, die er wie eine Checkliste abarbeiten wollte. Emma fragte sich, ob sie bei diesem Mann auch eigene Wünsche äußern dürfte. Der dritte Anwärter erzählte nur von körperlichen Gebrechen, und Emma bestellte sofort einen Grappa.

Ihre Hände waren feucht, ihr Bauch rumorte. Unablässig starrte sie auf die Eingangstür und nippte an ihrem Milchkaffee. Gelegentlich zupfte sie ihre kurzen Haare oder den Kragen ihrer Bluse zurecht. Jule trat zu Emma an den Tisch und lächelte.

»Sei nicht so nervös.« Sie hatte ihre Rastalocken zu einem dicken Pferdeschwanz zusammengebunden, und ihre grünen Augen strahlten. Sie trug ein schwarzes Poloshirt mit dem Logo des Bistros und über ihrer Jeans eine weinrote, bodenlange Wickelschürze. »Ganz egal, was für ein Typ jetzt kommt, du hast die Fäden in der Hand, vergiss das nicht. Ist doch cool, du kannst die Macker aussortieren wie faules Fallobst.«

»Danke, dass du mich so charmant an mein Alter erinnerst.«

»Komm schon, so war das nicht gemeint«, lachte Jule und klopfte mit ihrem runden Tablett gegen den Oberschenkel. »Ich glaube sowieso, dass du nie und nimmer so ’nen alten Sack nimmst. Ups, also nicht einen Mann deines Alters wählst.«

»Warum sollte ich nicht? Ich bin doch auch ein alter Sack.« Emma schmunzelte. Hatte Jule nicht kurz nach ihrer ersten Begegnung festgestellt, dass ihre Hände knochig wie die eines Skeletts waren?

»Wegen deines Alters vielleicht schon, aber so, wie du drauf bist, und so, wie du Sandro, Giorgio oder all den anderen südländischen Knackärschen nachschaust, wird das hier nie was.«

»Jule, bitte!«

»Wass ’n? Is doch so.« Sie zog die Schultern in die Höhe. »Kannste dir vorstellen, morgens neben so einem verstaubten Grufti aufzuwachen und ständig Angst haben zu müssen, dass er nicht mehr lebt, weil er nach eurer heißen oder vielleicht doch nur noch lauwarmen Liebesnacht den letzten Atemzug gemacht hat?«

»Bitte fang nicht schon wieder an, über mein Liebesleben zu spekulieren. Das ist mir peinlich.« Emma errötete und blickte zu Boden.

»Hab ich wohl recht, dass in deinem Alter auf dem Gebiet nichts mehr läuft?«, bohrte Jule.

»Was da noch läuft und was nicht, das überlasse bitte mir.«

»Wieso? Ist doch nicht schlimm, darüber zu reden.« Jule schmunzelte. »Wenn gleich dein Typ reinkommt, dann schau ihn dir an. Stell ihn dir nackt vor und entscheide, ob du mit ihm ins Bett gehen möchtest. Kannste das mit ›Ja‹ beantworten, dann ist es der Richtige. Ich wette mit dir, dass du keinen von diesen alten Säcken wirklich haben willst.«

Emma schüttelte entsetzt den Kopf. »Du bist unmöglich! Ich werde doch nicht beim ersten Treffen mit einem Mann gleich darüber nachdenken, wie es wäre, mit ihm Körperkontakt zu haben.«

»Warum denn nicht? Das ist doch der Sinn der ganzen Aktion.«

Für Jule war immer alles ganz einfach. Emma suchte keinen Mann, nur um mit ihm ins Bett zu gehen. Es gab noch viele andere Dinge, die sie mit einem neuen Partner an ihrer Seite teilen wollte. Sie könnten miteinander verreisen, lachen, gute Gespräche führen und das Leben genießen. Warum nur schlich sich plötzlich das Bild von Sandro, wie er nackt aus dem Pool stieg, in ihre Gedanken?

»Himmel, Jule, du machst mich ganz verrückt.«

»Ich? Ich glaube, das machst du selbst.« Sie blickte zur Uhr. »Ich lasse dich jetzt besser allein. Es ist gleich so weit.« Sie wollte zurück zum Tresen laufen, hielt plötzlich inne und wandte sich nochmals um. »Achte mal darauf, an was du zuerst denkst, wenn der Typ sich an deinen Tisch setzt.«

Emma seufzte, denn sie wusste, wenn man auf keinen Fall an etwas denken wollte, dann tat man es gerade deswegen.

Der Minutenzeiger der großen Wanduhr über dem Spiegelregal voller Spirituosen sprang auf zwölf. 18 Uhr. Genau im selben Moment öffnete sich die Bistrotür, und ein Mann trat ein. Er war groß und schlank, für sein Alter gut trainiert und braun gebrannt, seine Haare kurz geschnitten, beinahe schneeweiß. Er trug eine helle Hose und ein rotes Poloshirt, das ihn sehr gut kleidete. Über die Schulter hatte er einen dunkelblauen Pullover gelegt und die Ärmel vor der Brust miteinander verknotet. Er schloss die Tür hinter sich und schaute sich um. In der Hand hielt er eine rote Rose, das vereinbarte Erkennungszeichen.

Emma hatte mit ihm ausgemacht, dass sie sich zu erkennen gab, sobald sie ihn entdeckte. Das verschaffte ihr im Falle eines totalen Reinfalls die Option, einfach nichts zu sagen und still hinter ihrer Tageszeitung zu verschwinden. Doch sie hatte die Rechnung ohne Jule gemacht, denn sie begrüßte den Mann im Vorbeigehen, lächelte ihm zu und deutete auf Emma. Er bedankte sich für den Hinweis und kam direkt auf Emmas Tisch zu. Ihr Herzschlag beschleunigte sich. Auf den ersten Blick war er sympathisch. Seine Bewegungen waren leicht und dynamisch. Und genau in diesem Augenblick malte sich Emma aus, wie er wohl nackt aussah. Ihr schoss das Blut in den Kopf, und sie wurde puterrot. Jule bemerkte es. Sie schlug sich vor Lachen auf die Schenkel, und Emmas Gesicht färbte sich noch intensiver. Der

Mann musste sie für eine komplette Idiotin halten. Sie versuchte zu lächeln und streckte ihm wie ein pubertierendes Mädchen die Hand entgegen.

»Emma?«, fragte er und hauchte einen Kuss auf ihren Handrücken.

Ihre Stimme versagte. Sie räusperte sich, nahm einen zweiten Anlauf und brachte nur ein spärliches »Ja« hervor.

Der Mann deutete auf den freien Stuhl an ihrem Tisch. »Darf ich mich zu Ihnen setzen?«

»Natürlich, bitte.« Emma schämte sich für ihre Verlegenheit.

»Darf ich mich vorstellen? Mein Name ist Herbert Mahlinski.« Er legte seine Hand auf die Brust und deutete eine Verbeugung an. Sein Lächeln hatte etwas Verschmitztes.

Emmas Wangen gewannen wieder Normaltemperatur, und ihr Körper entspannte sich. Wenigstens war der Mann auf den ersten Blick keine totale Niete.

Jule stand am Tresen und beobachtete die beiden. Emma winkte ihr zu, damit Herr Mahlinski seine Bestellung aufgeben konnte.

»Darf ich Sie zu einem Cocktail einladen?«, fragte er.

»Einem Cocktail? Ja, warum eigentlich nicht?«

»Wie wäre es mit einem Zombie oder Ladykiller?«, fragte Jule und grinste verschwörerisch.

Emma begriff die Doppeldeutigkeit und zögerte. Herr Mahlinski musste das falsch verstanden haben und half ihr aus der peinlichen Situation. »Wir nehmen zwei Ladykiller. Einverstanden?«

Jule verzog das Gesicht hinter seinem Rücken. »Der Wahl des Herrn kann ich nur zustimmen«, sagte sie, »damit wird jede Lady willenlos.«

Entsetzt riss Emma die Augen auf. »Gut, dann nehme ich den Zombie«, entschied sie kategorisch. Willenlos wollte sie auf keinen Fall werden.

Jule marschierte mit ihrem Auftrag davon.

»Darf ich Ihnen ein Kompliment machen, Emma?«

»Bitte.«

»Sie sehen fabelhaft aus. Sie wirken voller Energie, so jugendlich. Das sieht man leider selten bei Frauen Ihres Alters.« Er lächelte im Dauermodus.

»Meines Alters? Was wollen Sie damit sagen, Herr Mahlinski?« Emma wusste noch nicht, ob sie diesen Mann mögen oder verabscheuen sollte.

Er lehnte sich in seinem Stuhl zurück und hob brüskiert die Hände. »Um Himmels willen, nein, so habe ich das nicht gemeint, wie dumm von mir. Entschuldigen Sie, bitte. Ich bin schon eine Weile auf der Suche nach der richtigen Frau und traf doch sehr, sagen wir, unterschiedliche Persönlichkeiten an. Sie stechen daraus hervor wie eine«, er betrachtete ihre geblümte Bluse, »wie eine Mohnblüte aus einem vertrockneten Kornfeld.«

Emma zeigte sich versöhnlich. Der Vergleich war nicht der Gelungenste, aber sie fühlte sich trotzdem geschmeichelt und ertappte sich bei dem Gedanken, wie es sein mochte, diesem Mann körperlich näherzukommen. Sie wollte nicht darüber nachdenken, aber Jule hatte ihr diesen Floh ins Ohr gesetzt, und er ließ sich nicht mehr abschütteln.

Herr Mahlinski erzählte, dass er bereits zwei Mal verheiratet gewesen war und seine letzte Frau leider verstorben sei. Er arbeitete vor seinem Ruhestand als kaufmännischer Angestellter, war kinderlos und lebte in einem Neubaugebiet am Rande der Stadt. Nichts Außergewöhnliches.

Emma hielt sich bedeckt. Sie hatte weder ihren Nachnamen genannt noch von ihrer Villa und ihrem Vermögen erzählt.

»Einen Zombie für die Dame.« Jule servierte die Cocktails. »Einen Ladykiller für den Herrn. Zum Wohl, die Herrschaften, und lassen Sie mir die Dame leben«, sagte Jule und stieß Herrn Mahlinski mit dem Ellenbogen gegen den Oberarm.

Empört über so viel Dreistigkeit schaute er böse zu Jule und wollte etwas erwidern. Emma kam ihm zuvor: »Darf ich vorstellen? Das ist Jule, meine Enkelin.«

Sie wusste nicht, warum sie das gesagt hatte. Es war aus einem Impuls heraus geschehen, den sie nur damit erklären konnte, dass sie Jule liebend gern als Enkelin gehabt hätte. Sie war das verrückteste Mädchen, das sie kannte, vulgär und herzensgut gleichermaßen. Jule strahlte glücklich.

Herr Mahlinski entspannte sich und lachte. »Versprochen, junge Frau, ich werde nichts tun, was Ihre Großmutter nicht möchte.«

»Genau davor habe ich ja Angst.« Jule klopfte Emma auf die Schulter.

»Schaff dich fort und arbeite, damit du deine Miete bezahlen kannst«, erwiderte Emma lächelnd.

Das Rendezvous verlief sehr entspannt. Obwohl Herr Mahlinski Emma gelegentlich mit einem ernsten Gesichtsausdruck bedachte und seine Augen sich dabei ein klein wenig verengten, fühlte sie sich in seiner Gesellschaft wohl. Er bat sie, ihn Herbert zu nennen. Sie unterhielten sich über Gott und die Welt, lachten und speisten miteinander. Trotzdem wollte sich Emma nicht sofort auf ihn einlassen. Was sagte schon ein erstes Treffen über einen Menschen aus? Er konnte sich verstellen oder ein finsteres Geheimnis verbergen. Sie schlug vor, dass sie sich in der nächsten Zeit zu einem Theaterbesuch oder Spaziergang im Park treffen könnten. Herbert fand die Idee wundervoll und respektierte Emmas Wunsch, ihre Bekanntschaft langsam angehen zu lassen.

»Obwohl, meine Liebe«, hauchte er im Gehen mit einem Kuss auf ihren Handrücken, »wir wissen nicht, wie viel Zeit uns in unserem Leben noch bleibt. Lass uns nicht zu lange warten und die Chance nutzen.« Er schaute sie eindringlich an.

Hätte Sandro sie so angeschaut, hätte ihr Herz stillgestanden. Es hätte ihr den Boden unter den Füßen fortgerissen, und sie hätte ihm alles versprochen. Bei Herbert überfiel sie nur eine kurze Verlegenheit, dafür aber die endgültige Gewissheit, dass er nicht der Richtige für sie war.

»Wir werden sehen, Herbert. Danke für den netten Abend.«

Er verabschiedete sich und verließ das Bistro.

Durch das Fenster beobachtete Emma, wie er den Fußweg entlanglief. Er schaute sich ein paar Mal nach ihr um und winkte über die Dächer der parkenden Autos.

»Und?« Jule stürmte sofort an Emmas Tisch.

»Ich weiß nicht, nett ist er, aber irgendetwas fehlt mir an ihm.«

»Er hat keinen Knackarsch«, stellte Jule fest und schaute Herbert niedergeschlagen hinterher.

»Jule, als ob es immer nur darum ginge!«

»Tut es das nicht?«

»Wie war dein Date?«, fragte Sandro und bog von der Hauptverkehrsstraße in eine dicht beparkte Seitenstraße ab.

Emma hatte nicht warten wollen, bis Jules Schicht im Bistro zu Ende war, und ließ sich von Sandro mit dem Wagen abholen.

»Nett.« Emmas Tonfall sagte etwas anderes.

»Das klingt nach dem Märchenprinzen schlechthin.« Sandro lachte.

Emma betrachtete ihn von der Seite. Einen Mann wie ihn würde sie für sich jedenfalls nicht mehr finden, selbst wenn man nur so alt war, wie man sich fühlte. Die Realität der gnadenlosen Erdanziehung und des körperlichen Verfalls konnte man nicht ignorieren.

»Von diesem Gedanken muss ich mich wahrscheinlich verabschieden«, seufzte sie.

»Wieso?« Sandro blickte kurz zu ihr hinüber und richtete seinen Blick wieder auf die Fahrbahn.

»Weil mein Traummann nicht meinem Alter entsprechen würde und mein Alter wiederum nicht den Vorstellungen meines Traummannes.«

»Wie war das?«

»Ist doch ganz einfach. Ich hätte lieber einen knackigen jungen Mann und keinen alten verschrumpelten Opa.« Kaum hatte Emma das ausgesprochen, errötete sie. Sie schlug die Hände vor ihr Gesicht und schämte sich. Warum musste sie das ausgerechnet Sandro erzählen? Und warum sagte er nichts, sondern lächelte nur und fuhr schweigend weiter?

Während der Fahrt bis nach Hause starrte Emma verbissen zum Fenster hinaus. Autos, Bäume oder bunte Geschäfte, sie nahm nichts von alledem wahr, sondern verlor sich in ihren Gedanken. Erst als Sandro in die Einfahrt ihres Anwesens bog und den Wagen vor dem Garagentor stoppte, schreckte sie aus ihrer Lethargie.

»Sandro, was ich vorhin gesagt habe, ist mir so peinlich.«

»Was denn?« Er lächelte verschmitzt.

»Das weißt du ganz genau.« Emma senkte den Kopf.

Er tätschelte ihr Knie. »Ich kann ja mal schauen, ob ich noch einen Freund habe, der in dein Beuteschema passt.«

Emma verschlug es die Sprache, und sie zog die Strickjacke über ihren Kopf. Sie wollte vor Scham im Erdboden versinken. Sandro lachte und stieg aus.

»Wo kommst du denn her?«, hörte Emma Sandro rufen.

»Hatte Stress mit meinen Eltern.«

Das war Trixis Stimme. Emma zog die Jacke vom Kopf und tauchte aus ihrem Versteck hervor. Ihre Enkelin saß auf der Stufe vor der Haustür, daneben stand ihr Rucksack. Das hatte nichts Gutes zu bedeuten.

»Kann ich heute bei euch pennen?«, fragte sie.

»Klar.« Sandro schloss die Tür auf und verschwand im Haus.

Emma stieg aus dem Auto. Sie hatte Trixi das letzte Mal gesehen, als sie sie aus den Händen skrupelloser Entführer befreit hatten. Das sonst so biestige und verzogene Mädchen verliebte sich dabei ausgerechnet in Kalle, einen Mitbewohner aus Jules WG, den Emma als fürchterlich verklemmt, introvertiert und mit Hang zu sexuell eigenartigen Neigungen kennengelernt hatte. Diese Romanze gefiel ihr ganz und gar nicht. Sie hatte sich für ihre Enkelin einen geeigneteren jungen Mann gewünscht.

Als Trixi ihre Großmutter entdeckte, sprang sie vom Treppenabsatz auf. Sie lief die wenigen Schritte über die Pflastersteine und umarmte Emma stürmisch. Das hatte sie noch nie getan, selbst dann nicht, wenn sie Geld brauchte. Trixi war dünn, und ihr feines, blondes Haar wehte im Abendwind.

»Was ist denn los?« Emma hielt sie auf Armlänge von sich und musterte ihr blasses Gesicht. »Gab es Ärger daheim?«

Trixi nickte und konnte die Tränen nicht länger zurückhalten. Sie drehte sich um, rannte zur Haustür, schnappte dort ihren Rucksack und verschwand im Flur. Was auch immer ihre Enkelin auf dem Herzen hatte, es schien nichts Gutes zu sein. Trixi war launisch und gab erst Ruhe, wenn sie das bekam, was sie wollte. Im Moment sah es aus, als ob sie weit davon entfernt wäre.

Emma schloss die Wagentür und lehnte sich gegen das Auto. Eine Amsel saß auf der Dachrinne und sang ihr Abendlied. Der kleine Springbrunnen im Vorgarten plätscherte. Die Luft war erfüllt vom Duft der Rosen und des Sommers. Emma lächelte und genoss einen Moment die Ruhe vor dem Sturm, der unweigerlich losbrechen würde, sobald sie die Schwelle ins Haus überschritt. Plötzlich nahm sie eine Bewegung draußen auf der Straße wahr. Als sie genauer auf den Fußweg hinausschaute, war nichts mehr zu sehen. Ihr Anwesen war von einem schmiedeeisernen Gartenzaun und einer blickdichten Hecke umgeben. Das hatte ihr bisher das Gefühl von Sicherheit verschafft, doch seit der Einbruchserie in der Nachbarschaft war das anders geworden.

Emma lief zum Gartentor und schaute die Straße entlang, nach links und nach rechts. Außer den parkenden Autos auf dem Gehweg war nichts zu sehen. Sie schloss die beiden Portale der Pkw-Einfahrt mit einem leisen Quietschen. Wie so oft in den vergangenen Tagen hatte sie das Gefühl, als ob jemand sie beobachtete. Emma fröstelte. Die Gardine in Patrizia von der Schleichs Wohnzimmer bewegte sich.

Trixis Stimme war schon von weitem zu hören. Emma atmete tief durch und begab sich in die Höhle des Löwen. Ihre Enkelin war verzogen und egozentrisch, genau wie ihre Mutter. Schon als Kind setzte sie ihren Willen mit lautem Geschrei durch. Barbara war hoffnungslos überfordert und kaufte ihr alles, was sie verlangte, nur um endlich Ruhe zu haben. Emmas Warnungen, dass sie ihrer Tochter damit keinen Gefallen tat, wurden schnippisch in den Wind geschlagen. Aus einem brüllenden Windelmonster wurde über die Jahre hinweg eine verzogene Göre, die vor niemandem Respekt hatte, die Menschen schikanierte und es liebte, sie bloßzustellen. Emma machte sich Vorwürfe, dass sie nicht schon viel früher eingegriffen hatte. Trixi war immerhin ihre einzige Enkeltochter, und als sie von Paul Behnke und seinem Komplizen entführt und gefangen gehalten wurde, begriff Emma, dass ihr das Mädchen weit mehr am Herzen lag, als sie sich bislang eingestehen wollte.

Emma erreichte die Küchentür.

»Die sind total unfair! Ich will eine heiße Schokolade, mit Sahne und Schokostreusel obendrauf«, lamentierte Trixi.

Milena Herzig, Emmas Haushälterin, schnaubte und machte sich kommentarlos an die Arbeit. Sie stellte einen Topf auf den blitzblank polierten Herd und schüttete Milch hinein. Aus dem Schrank nahm sie eine weiße Bechertasse und stellte sie auf die Anrichte.

Sandro öffnete den Kühlschrank und holte eine Dose Cola heraus. Er und Milena standen mit dem Rücken zu Trixi, die am Küchentisch saß und wartete, bis man sie endlich bediente. Sandro verzog das Gesicht zu einer Grimasse und verdrehte die Augen. Milena lächelte müde.

Emma mochte die junge Frau. Sie war fleißig und äußerst zuverlässig. Es wurde Zeit, sie zu erlösen und in den verdienten Feierabend zu schicken, statt sie Trixis Launen auszusetzen.

»Ich mache das schon«, sagte Emma. »Gehen Sie ruhig nach Hause.«

»Danke«, sagte Milena. Sie knotete ihre Schürze auf und hängte sie an einen Haken an der Wand. Bevor sie die Küche verließ, bohrte sie mit ihrem Zeigefinger in der Erde des Basilikumstocks auf der Fensterbank. Seine Blätter hingen schlaff nach unten. Milena nahm den Blumentopf, hielt ihn unter den Wasserhahn und stellte ihn wieder zurück, bevor sie sich verabschiedete.

»Dauert das noch lange mit meiner Schokolade?«, drängelte Trixi und fuhr mit dem Fingernagel die Maserung des Holztisches nach.

»Du wirst dich gedulden müssen, bis die Milch heiß ist.«

»Dann stell sie doch in die Mikrowelle, oder hast du so etwas in deinem antiken Haushalt nicht?« Trixi schlug die Beine übereinander und warf ihre blonden Haare in den Nacken.

Sandro hob die Hände abwehrend und trat den Rückzug mit einem Gesichtsausdruck an, der verriet, was er von Trixis pubertierendem Gehabe hielt.

»Mein antiker Haushalt, liebes Fräulein«, begann Emma und setzte sich neben ihre Enkelin an den Tisch, »ist immerhin gut genug, um dir Unterschlupf zu bieten, wenn es daheim ungemütlich wird. Also, was ist los?«

»Ach, die können mich mal.« Trixi starrte zum Fenster hinaus. Die Sonne war bereits untergegangen, und die Schatten im Garten wurden größer.

»Habt ihr gestritten?« Emma ließ nicht locker und packte Trixis Handgelenke. Sie schaute ihr in die Augen. Trixi zwinkerte eine Träne fort und schwieg.

»Wenn du schon hierherkommst, dann will ich auch wissen, was los ist.«

»Dauert das noch lange mit meiner Schokolade?«, blaffte Trixi stattdessen und schaute zum Herd. Die Milch hatte bereits eine Haut gebildet und stieg in die Höhe.

»Herrje!« Emma sprang auf und zog den Topf von der heißen Platte.

»Hatte Mama wohl doch recht, dass du nicht mehr allein zurechtkommst«, kommentierte Trixi gehässig.

Emma fuhr herum und erwiderte scharf: »Wenn du nur gekommen bist, um mich zu beleidigen, kannst du gleich wieder gehen.«

Trixi schaute zu Boden. »Sorry. Das ist nur, weil ich so …«

Sie biss sich auf die Lippen und starrte zum Fenster hinaus. Emma ließ sie in Ruhe. Sie goss die Milch in den Becher und rührte Schokoladenpulver unter. Dann stellte sie die Tasse vor Trixi auf den Tisch und setzte sich wieder zu ihr.

»Komm schon, was ist los?«, fragte sie.

»Und wo ist die Schlagsahne?«

»Im Kühlschrank, und da bleibt sie auch, jetzt rede endlich.«

Trixi umklammerte den Becher mit beiden Händen, als ob er ihr den Halt geben könnte, den sie suchte, und blies in den Dampf.

»Kann ich heute Nacht bei euch schlafen?«

»Natürlich, aber willst du mir nicht endlich erzählen, was passiert ist? Wie oft soll ich denn noch fragen? Wissen deine Eltern, dass du bei uns bist?«

»Das ist mir egal. Ich bin ihnen doch auch egal.« Trixi nippte an der Schokolade.

»Das bist du nicht, und das weißt du.«

Emma wollte ihr über die Wange streichen, hielt jedoch mitten in der Bewegung inne, weil sie nicht wusste, ob sie die Geste trösten oder vielmehr zu einer weiteren Gemeinheit verleiten würde. Einen Kaktus zu umarmen war verdammt schwer.

Plötzlich klingelte das Telefon.

»Warte, ich komme gleich wieder.« Emma stand vom Stuhl auf und lief in den Salon. Sie hob ab und hörte Barbaras hysterische Stimme. »Ist sie bei euch?«, kam sie gleich zur Sache, ohne auch nur ein Wort der Begrüßung zu verlieren.

»Guten Abend, Barbara.«

Trixi musste den Namen ihrer Mutter gehört haben. Sie rannte durch den Flur und gestikulierte, wobei sie mit ihrem Daumen quer vor ihrer Kehle entlangzog und heftig mit dem Kopf schüttelte. Emma verstand. Mutter war momentan nicht angesagt.

»Wen meinst du?«, fragte sie scheinheilig.

»Hör auf mit dem Quatsch. Ist Trixi bei euch oder nicht?«

»Du glaubst, sie will uns besuchen kommen?«, manövrierte sich Emma an einer Lüge vorbei. »Das wäre schön. Wie geht es ihr denn?«

»Wenn du sie siehst, dann sag ihr, sie soll sofort nach Hause kommen. Ich lasse mir das nicht von ihr bieten.«

»Hattet ihr Streit?« Vielleicht würde Barbara etwas erzählen, wenn Trixi schon das große Schweigen bevorzugte.

»Nicht der Rede wert. Sag ihr, sie soll sich umgehend bei mir melden. Danke.«

Barbara legte auf. Emma hob den Hörer zur Seite und zog eine Braue in die Höhe. »Danke, dir auch einen schönen Abend, liebe Schwiegertochter.« Emma schaute Trixi an und fragte streng: »Was geht hier vor?«

»Nichts.« Trixi schnappte ihren Rucksack, den sie vorhin im Flur in die Ecke gefeuert hatte, und rannte die Treppe nach oben.

Ihr altes Zimmer befand sich direkt unter dem Dach. Ein kleiner Raum mit Giebel und einem runden Fenster. Ihren Sohn und ihre Schwiegertochter hatte Emma aus der Villa hinausgeworfen und ihnen Hausverbot erteilt. Trixi hatte sie erlaubt, jederzeit zurückkehren zu dürfen. Emma war es ein Bedürfnis, dem Mädchen das zu geben, was ihre Eltern versäumt hatten. Liebe, Respekt und Geborgenheit. Mit Geld und Habgier konnte man kein Kind großziehen. Schade, dass sie Jahre zu spät zu dieser Einsicht gekommen war. Inzwischen war Trixi ein egozentrisches junges Mädchen geworden, das sich nicht um die Meinung anderer scherte und es bevorzugte, sich selbst am meisten zu lieben. Emma legte den Telefonhörer auf die Station zurück und öffnete die Terrassentür.

Die Hitze des Tages war der milden Abendluft gewichen. Das Pulsieren der Stadt, das Brummen der Autos und das Zwitschern der Amseln verschmolzen zu einer Melodie – Sommer in der Stadt. Emma schloss die Augen und atmete tief ein. Sie liebte diese Augenblicke, in denen sie normalerweise alles um sich herum vergessen und nur den Moment genießen konnte. Heute sprangen ihre Gedanken wie Pingpongbälle hin und her, und sie fand keine ruhige Minute. Trixi hatte Probleme und wollte nicht darüber reden. Das war ungewöhnlich, weil sie selten mit ihrer Meinung über andere Personen hinter dem Berg hielt und über jeden herzog, der nicht das tat, was sie wollte. Wenn Barbara oder Konstantin Grund ihres Ärgers gewesen wären, hätte Trixi sofort gepetzt. Hinter ihrem Besuch steckte mehr.

Plötzlich dachte Emma an Herbert Mahlinski. Eine Libelle schwirrte über die Gartenmöbel hinweg. Je länger sie über seine Bitte nachgrübelte, sich nicht zu lange Zeit zu lassen und mit ihm gemeinsam ihren Lebensabend zu verbringen, desto unruhiger wurde sie. Es war kein Prickeln der Vorfreude, vielmehr ein Grummeln im Bauch, das ihr von seiner Gesellschaft abriet. Der Mann war nett, zweifelsohne, sah passabel aus, hatte Manieren und schien auch keine schlechte Wahl zu sein, aber reichte Emma das aus? Sie erwartete mehr als eine Zweckverbindung, nur um am Ende nicht allein zu sein. Sie wollte in ihren alten Adern jenes Kribbeln spüren, wie es Sandro bei ihr hervorrufen konnte, wenn er sie mit seinem Lächeln verzauberte. Emma atmete tief ein, und beim Ausatmen beschloss sie, Herberts Avancen abzulehnen. Am besten sie telefonierte gleich morgen mit ihm, damit er sich keine falschen Hoffnungen machte. Er würde bestimmt eine andere Frau für seinen Spätsommer finden.

»Emma, alles in Ordnung?«, fragte Sandro. Er stand hinter ihr im Salon. Sie hatte ihn nicht kommen hören und fuhr zusammen.

»Tut mir leid, ich wollte dich nicht erschrecken«, sagte er und lächelte. »Ich hole Jule im Bistro ab. Wir gehen ins Kino. Es kann spät werden.«

»In Ordnung, viel Spaß euch beiden.«

»Alles klar mit Trixi?«

Emma zuckte die Schultern. »Ich weiß nicht, aber darüber können wir morgen reden. Macht euch einen schönen Abend.«

»Danke. Ciao.« Sandro verließ das Haus und ließ einen Hauch seines Aftershaves im Raum zurück.

Emma lauschte einer Grille, die lauter als das monotone Brummen der Autos aus der Innenstadt irgendwo im Garten zirpte. Je länger Emma dastand, desto stärker wurde wieder das Gefühl, beobachtet zu werden. Sie schaute sich um. Es war nichts Außergewöhnliches zu sehen. Die Wasseroberfläche des Pools kräuselte sich im Wind, und die Schatten der Hecken wurden länger, wie sie es jeden Abend taten, und doch fühlte es sich anders an, bedrohlich. Die Konturen verschmolzen mit der zunehmenden Dunkelheit. Emma rieb sich die Arme. Es war wie früher, als sie noch ein Kind gewesen war und überall Monster zu sehen glaubte. Damals hatte sie laut gesungen, um sich gegen die aufsteigende Angst zur Wehr zu setzen. Heute lief sie rückwärts ins Haus, um den Garten im Blick zu behalten, und verriegelte die Terrassentür.

Das Gewitter der vergangenen Nacht hatte die schwüle Luft fortgewaschen. Eine milde Brise wehte durch die Dunkelheit, und Jakob Rittmansperger nahm seine nächtliche Patrouille auf. Es kümmerte ihn nicht, dass die Nachbarn hinter vorgehaltener Hand über ihn tuschelten. Solange der Einbrecher im Villenviertel nicht gefasst war, sah er es als seine Bürgerpflicht an, die Polizei bei ihrer Suche zu unterstützen.

Wenn abends die Sonne unterging, schulterte er seine Schrotflinte und machte sich auf den Weg durch die Straßen. Er hielt Ausschau nach allem, was ihm verdächtig vorkam. Eines Nachts hatte ihn eine Polizeistreife auf der Straße aufgegriffen und nach seinem Waffenschein gefragt. Seinen Vortrag, dass er eine Einmannmiliz darstellte und im Sinne der Anwohner handelte, belächelten die Beamten. Da er ein angesehener Bürger der Stadt war und die Beamten noch keine heiße Spur hatten, wurde Herr Rittmansperger lediglich mit einer strengen Rüge verwarnt und bekam die Auflage, sich nie wieder mit einer scharfen Schusswaffe in der Öffentlichkeit blicken zu lassen. Er hatte Verständnis für diese Zurechtweisung. Was wäre, wenn jeder Waffenbesitzer der Siedlung sich nachts auf die Lauer legte und glaubte, den Dieb auf eigene Faust fassen zu können? Hier bedurfte es eines geschulten Schützen mit militärischem Drill und Disziplin. Beides traf auf Jakob Rittmansperger zu.

Nach dem Zusammenstoß mit der Polizei trug er nur noch eine Pistole bei sich, die er in seinem Hosenbund verstecken konnte. Sobald ein Streifenwagen vorbeifuhr, grüßte er zuvorkommend und lächelte verschlagen. Er wusste, dass die Beamten ihn beobachteten, doch das störte ihn nicht. Im Gegenteil, er holte sich die Erlaubnis seiner Nachbarn ein und patrouillierte durch ihre Gärten. Sollten sie ihn belächeln und für einen Spinner halten. Wenn er den Einbrecher überführte, würden sie begreifen, was sie ihm zu verdanken hatten.

Es war bereits nach Mitternacht. Jakob stand auf seiner Veranda und trank ein Glas Whisky, bevor er sich zu einem weiteren Kontrollrundgang durch das Viertel aufmachte. Plötzlich hörte er leise Schritte. Er stellte das Glas auf den Gartentisch und kontrollierte den Sitz seiner Waffe. Die Geräusche kamen aus dem Garten seiner Nachbarin Emma von Stratnitz. Jakob huschte auf Zehenspitzen über den Rasen zu den Büschen am Zaun. Er wartete einen Moment und bog die Zweige eines Duftjasmins auseinander, um besser sehen zu können.

Eine dunkle Gestalt lief um Emmas Villa. Mit seinen 70 Jahren war Jakob kein junger Springer mehr, doch dank seines strengen Fitnesstrainings, das er jeden Morgen absolvierte, fiel es ihm nicht schwer, sich unbemerkt über die Eisenstäbe des Gartenzauns auf das angrenzende Grundstück zu hieven. Er versteckte sich im Schutz der Hecke und zog seine Pistole. Der Eindringling blieb stehen und blickte an der Fassade der Villa nach oben. Jakob grinste und zielte mit seiner Waffe.

»Endlich, Bürschchen, habe ich dich«, flüsterte er und schlich über Emmas Rasen, ohne den Mann auch nur einen Moment lang aus den Augen zu lassen. Sobald der Kerl sich umdrehte, würde er ihm eine

Lektion verpassen und schießen. Seine Ausbildung beim Militär lag bereits eine Weile zurück, aber er war noch gut genug in Übung, um einen gezielten, nicht lebensbedrohlichen Schuss abzufeuern.

Der Dieb machte Anstalten, an der Regenrinne nach oben in den ersten Stock zu klettern.

»Wen haben wir denn da?«, flüsterte Jakob. Er erkannte die junge Frau an ihrer schrecklichen Zottelfrisur. Seine Vermutung, dass die Einbrüche auf das Konto dieses Weibsstücks gingen, war also richtig. Jakob trat auf die Veranda, packte Jule an ihrem Fuß und hielt sie fest. »Hiergeblieben!«, rief er.

»Lass mich los, du Spinner.« Jule klammerte sich an der Regenrinne fest und trat nach unten aus. Jakob steckte seine Pistole in den hinteren Hosenbund, packte die junge Frau an beiden Beinen und zerrte sie in die Tiefe. Sie fiel zu Boden und blieb auf dem Rücken liegen.

»Was soll der Scheiß?«, schrie sie und wollte aufspringen.

Jakob drückte sie nieder, stellte seinen Fuß quer über ihre Kehle und zog seine Waffe wieder hervor. Er zielte auf ihren Kopf. »Schön liegen geblieben, mein Fräulein.«

»Ich glaub, ich kotz! Sind Sie total übergeschnappt?« Jule packte sein Bein, doch ehe sie ihn zur Seite hebeln konnte, drückte er seine Waffe fest gegen ihre Stirn. Sie ließ ihn sofort los und streckte die Hände seitlich von sich.

»Wollen wir doch einmal sehen, was die Polizei zu Ihren kleinen Eskapaden sagt«, triumphierte Jakob und zog sein Handy aus der Hosentasche. Bevor er den Notruf wählen konnte, wurde er von hinten gepackt und zu Boden geworfen. Ein Schuss löste sich und peitschte durch die Nacht.

Emma wälzte sich in den Kissen hin und her und konnte nicht einschlafen. Plötzlich entdeckte sie jemanden vor ihrem Fenster im Garten und war hellwach. Sie zog die Decke bis zu ihrem Kinn hinauf und überlegte, was sie tun sollte. Wenn das der Dieb war, dann würde er, wie bei den anderen Einbrüchen im Viertel, wahrscheinlich nur nach Emmas Schmuck suchen. Personen waren bisher noch nicht zu Schaden gekommen. Wenn ich still liegen bleibe, wird mir vielleicht nichts passieren, redete sich Emma Mut zu. Sie kniff ihre Augen zusammen, was natürlich dumm war, denn so konnte sie nichts mehr sehen. Ob nun Augen offen oder zu, das machte keinen Unterschied, denn bloß weil sie das drohende Unheil nicht mehr sah, war es noch lange nicht fort. Ein Phänomen, das Emma bei Fußgängern oft beobachtete, wenn diese die Straße überqueren wollten. Sobald sie ein herankommendes Auto sahen, starrten sie einfach in die entgegengesetzte Richtung und liefen los, statt stehen zu bleiben. Das, was man nicht sieht, ist nicht da. Schön wäre es, dachte Emma, gerade jetzt. Der Eindringling war definitiv da. Sie öffnete ihre Augen wieder. Lieber wollte sie dem Feind ins Gesicht blicken, statt hinterrücks ermordet zu werden. Sie malte sich aus, was alles passieren mochte: Der Mann könnte sie erschießen, erstechen, zusammenschlagen oder erwürgen. Ihr Puls jagte in die Höhe, und sie fühlte sich dem Bösen hilflos ausgeliefert. Emma beschloss, dem Dieb, sobald er sie entdeckte, ihren Schmuck persönlich aus dem Tresor zu holen. Vielleicht ließ er sie dann am Leben. Wahrscheinlich nicht, denn sobald man einen Verbrecher gesehen hatte, musste man sterben, damit man keine Zeugenaussage mehr machen konnte. Das war im Fernsehen immer so und irgendwie nachvollziehbar.

»Gütiger Himmel«, flüsterte Emma. Wenn der Mann sie entdeckte, war alles aus.

Emma schob sich unter ihrer Decke hervor und ließ sich seitlich aus dem Bett zu Boden gleiten. Über die Bettkante hinweg beobachtete sie, was draußen vor sich ging.

Der Schatten machte sich an der Regenrinne zu schaffen und wollte nach oben klettern. Plötzlich erschien eine zweite Silhouette, und Jules Stimme war nicht zu überhören. Gott sei Dank, sie waren vom Kino zurück. Emma rappelte sich auf, rannte in den Salon und zur Terrassentür hinaus in den Garten.

Als sie draußen ankam, gefror ihr der Atem trotz der lauen Sommernacht. Die Lichter der Stadt, die wie eine orangefarbene Wolke am Himmel leuchteten, reichten aus, um zu erkennen, was vor sich ging. Jule lag auf dem Boden. Ihre wilde Lockenmähne war unverkennbar. Über sie gebeugt stand ein Mann und zielte mit einer Waffe auf ihren Kopf. Emma wollte dazwischenfahren, doch vor Entsetzen konnte sie sich nicht bewegen. Es war wie in einem quälenden Albtraum, in dem man rannte und rannte und nie ankam. Sandro bog um die Hausecke, erkannte die Gefahr und zögerte keine Sekunde. Er warf sich auf den Mann und rollte mit ihm über den Rasen.

Ein Schuss fiel, und es wurde totenstill. Emma stützte sich an der Hauswand ab. Ihr wurde schlecht.

»Sandro!«, schrie Jule und rappelte sich auf. Ihre Stimme klang schrill und hysterisch. Sie krabbelte auf allen vieren zu den beiden Männern und zerrte ihre Körper auseinander.

Emmas Beine gaben nach. Sie glitt im Nachthemd an der Hauswand nach unten und setzte sich auf die noch warmen Steinplatten. Sandro durfte nicht tot sein! Es handelte sich nur um wenige Sekunden, aber es fühlte sich wie eine Ewigkeit an, bis Sandro endlich ein Lebenszeichen von sich gab.

»Alles in Ordnung«, stöhnte er und richtete sich auf.

»Oh, mein Gott«, jammerte Jule und warf sich ihm an den Hals. »Ich dachte, dieser Depp hat dich erschossen.« Jule kniete auf dem Rasen.

»Keine Sorge, mir geht es gut, sogar so gut, dass ich mir den Spinner mal zur Brust nehme.« Er löste sich aus Jules Umarmung und packte die Gestalt, die er zu Boden geworfen hatte.

Emma seufzte und legte den Kopf nach hinten an die Hauswand. Sie hatten schon einige gefährliche Situationen miteinander erlebt, aber dieses Mal hätte es wirklich böse enden können. Was war hier überhaupt los? Warum schlichen Jule und Sandro durch den Garten? Hatten sie den Einbrecher überrascht? Emma rappelte sich auf und schaltete die Gartenbeleuchtung an.

»Wer ist der Mann?«, rief sie.

Sandro zerrte den Fremden in die Höhe, den Emma sofort als ihren Nachbarn Jakob Rittmansperger erkannte.

»Stopp«, rief sie, »lass ihn los.«

Sandro zögerte. Seine Nasenflügel blähten sich vor Wut.

Emma eilte barfuß über den kurz geschnittenen Rasen. »Bist du verletzt, Jakob? Hat der Schuss dich getroffen?«

»Nein, ich glaube, es ist noch alles dran.« Er zitterte am ganzen Leib. »Ich wollte doch nur den Einbrecher stellen.« Dabei deutete er auf Jule.

»Bitte?« Emma verstand nicht. »Wieso denkst du, dass Jule …?«

Im Nachbarhaus ging das Licht an, und Hanne Häkelsbacher spähte durch die Gardine zu ihnen hinüber. Als sie Emma und die anderen erblickte, öffnete sie das Fenster. »Ist alles in Ordnung bei euch? Ich dachte, ich hätte einen Schuss gehört.«

»Nein, um Gottes willen, da hast du dich getäuscht. Es ist alles gut.« Emma überlegte fieberhaft, was sie als Erklärung für die nächtliche Ruhestörung angeben sollte. »Jakob ist wieder einmal Patrouille gelaufen und über unsere Leiter gestolpert, die auf den Boden schlug. Tut mir leid, wenn der Lärm euch aufgeweckt hat. Lieber einen übereifrigen Wachmann als tatsächlich einen Einbrecher, nicht wahr?« Sie lachte gezwungen.

»Ja, da hast du wohl recht. Mensch, Jakob, lass das die Polizei machen. Nicht dass du wirklich noch erschossen wirst. Rosa würde das nie verschmerzen. Gute Nacht.«

Sie schloss das Fenster, zog die Gardinen wieder zu und löschte das Licht.

»Danke«, sagte Jakob kleinlaut.

»Und Sie sehen zu, dass Sie jetzt verschwinden«, drohte Sandro und erhob seine Faust zum Schlag. »Sonst vergesse ich mich. Sie hätten beinahe meine Freundin erschossen. Was soll der Mist?«

»Ich dachte, dass sie einbrechen wollte«, winselte Jakob. »Warum wollte sie sonst an der Regenrinne hinaufklettern?«

»Das kann ich dir sagen, du Idiot«, fauchte Jule Jakob an, »weil wir unseren Haustürschlüssel vergessen haben und Emma nicht aus dem Schlaf reißen wollten. Da mein Fenster noch offen stand, wollte ich dort einsteigen.«

Emma lachte. Ohne auch nur einen Moment darüber nachzudenken, dass die ganze Nachbarschaft für nächtliche Überfälle sensibilisiert war, hatte Jule nichts Besseres zu tun, als an der Hausfassade emporzuklettern.

»Du bist unmöglich, weißt du das?«, sagte Emma liebevoll und strich Jule sanft über den Rücken. »Lasst uns hineingehen. Damit nicht noch mehr Nachbarn wach werden und Fragen stellen.« Emma machte kehrt, doch sie drehte sich noch einmal zu Jakob um. »Und du, mein Lieber, lässt dich auf meinem Grundstück besser nicht mehr blicken. Deine Privatmiliz ist lächerlich. Bist du dir eigentlich bewusst, dass du Jule oder Sandro hättest töten können?«

Jakobs Augen verengten sich. Sie wusste, dass er es nicht gewohnt war, dass man in diesem Tonfall mit ihm redete. Er war Bankdirektor gewesen und hatte seine Mitarbeiter mit militärischem Drill geführt. Er legte äußersten Wert auf Respekt, doch seine Empfindlichkeiten waren ihr im Moment egal. Wegen seiner lächerlichen Aktion hätte jemand zu Schaden kommen können.

»Jetzt schau nicht so angepisst aus der Wäsche und mach, dass du verschwindest«, drohte Jule und stemmte ihre Fäuste in die Seite.

»Das wird ein Nachspiel haben«, tobte Jakob und erhob den Zeigefinger.

»Jakob, jetzt ist aber gut!« Emma berührte ihn an der Schulter.

Er schlug ihre Hand weg und drehte sich zum Gehen um.

»Ein Nachspiel?«, fragte Jule. »Ich wäre an deiner Stelle mal ganz vorsichtig, Alter. Wer war hier auf fremdem Boden, und wer hat die Waffe gezogen? Diese militante Nachtstreife ist doch voll Kacke, nichts außer Wichtigtuerei.«

Jakob drehte sich um, kam einen Schritt auf Jule zu und baute sich vor ihr auf.

»Ich glaube, es ist besser, wenn du jetzt gehst«, fuhr Emma dazwischen.

Erneut erhob er seinen Zeigefinger, blähte die Nasenflügel und überlegte, was er tun sollte. Die Worte lagen ihm auf der Zunge, doch er entschied sich anders, steckte seine Pistole wieder in den Hosenbund und verließ den Garten mit erhobenem Haupt.

»Was ist das denn für einer?«, fragte Sandro und legte seinen Arm um Jules Taille.

»Im Grunde ist er ganz in Ordnung«, verteidigte ihn Emma, »manchmal geht sein Temperament mit ihm durch. Strenge preußische Erziehung. Sein Vater muss sehr hart mit seinen Söhnen umgesprungen sein. Das hat Jakob geprägt.« Sie fröstelte. »Lasst uns hineingehen und diesen unschönen Vorfall vergessen.«

Sandro schaute Herrn Rittmansperger hinterher und murmelte: »Wenn einer meiner Freundin eine Pistole an den Kopf hält, dann vergesse ich das nicht so schnell, das solltet ihr wissen.«

Jule hakte ihn unter und zog ihn mit sich ins Haus. »Brodelt wohl Mafiosoblut in deinen italienischen Adern«, foppte sie ihn.

Sandro löste sich mürrisch aus ihrem Griff.

»Lass ihn«, ermahnte Emma. Sie erinnerte sich an Steve, den Kleinganoven, den Sandro getötet hatte, weil er sie mit Waffengewalt bedroht hatte. Wenn Sandro damals nicht zugeschlagen hätte, wären sie heute alle tot. Es war Notwehr und für Sandro die Hölle gewesen. Emma wollte keine schlafenden Hunde wecken und versuchte, vom Thema abzulenken. »Erzählt mir lieber, wie es im Kino war.«

Sandro begriff, was Emma vorhatte, und zwinkerte ihr zu. »Alles in Ordnung, Emma. Du brauchst dir keine Gedanken machen.« Er lächelte, schnappte Jule und hob sie mit Leichtigkeit wie einen Sack Kartoffeln über seine Schulter. »Ich werde unsere Meisterdiebin hier ernsthaft ins Gebet nehmen müssen und ihr verbieten, in Zukunft an Hausfassaden hochzuklettern.«

Jule zappelte und trommelte mit gespielter Empörung auf seinen Rücken.

»Schlaft gut, ihr zwei.« Emma blickte lächelnd hinter ihnen her. Der Gedanke, dass ihnen jemals etwas zustoßen könnte, war nicht der beste, um endlich in den Schlaf zu finden.

»Das war ganz schön mutig von dir«, sagte Jule und ließ sich auf das kleine Sofa neben der Balkontür in ihrem Zimmer fallen.

»Was?« Sandro streifte seine Schuhe im Gehen aus. Er warf sich rücklings auf das Bett und verschränkte die Arme hinter seinem Kopf.

»Du hast mir das Leben gerettet. Ich weiß nicht, ob der Typ wirklich abgedrückt hätte, aber zuzutrauen wäre es ihm schon gewesen. Der ist echt schräg drauf.« Jule nahm ihre baumelnden Totenkopfohrringe ab und legte sie auf den Tisch.

»Dir traue ich auch alles zu«, lachte Sandro und stützte seinen Kopf auf der Seite ab, damit er Jule besser beobachten konnte.

»Echt jetzt?«, fragte sie geziert. »Wieso bloß?«

»Das kann ich dir sagen, du Teufelsweib.« Er sprang aus dem Bett, packte sie und zog sie zu sich in die Höhe. »Weil du in jedes Fettnäpfchen stolperst, das du finden kannst.«

Sie funkelte ihn mit ihren grünen Augen an. »Wieso Fettnäpfchen? Hab ich dem Kerl gesagt, dass er über mich herfallen soll, oder was?«

»Das meine ich nicht, aber deine Idee, nachts in Emmas Haus einzusteigen, wo jedermann im Viertel nach dem Einbrecher Ausschau hält, war schon ein wenig – wie soll ich sagen? – suboptimal.«

»Bescheuert, ich weiß.«

Sandro schaute ihr in die Augen. Er liebte diese Frau, und der Gedanke, dass ihr etwas zustoßen könnte, machte ihn wahnsinnig. Er fuhr ihr mit seiner Fingerspitze über ihre Stirn und schob eine ihrer widerborstigen Rastalocken zur Seite. Dieses verrückte Mädchen hatte als Obdachlose auf der Straße gelebt und sich von einem brutalen Schläger drangsalieren und zur Meisterdiebin ausbilden lassen. Sie hatte jede Menge Tabletten und Drogen konsumiert, doch all das hatte sie zu dem geformt, was sie heute war: die faszinierendste Frau, die Sandro sich vorstellen konnte. Er lächelte.

»Was gibt's da zu lachen?«

»Ich musste gerade an meine Mutter denken.«

»Na wunderbar, genau so habe ich mir das vorgestellt. Während ich schon den Hauch einer Hoffnung hege, dass wir gleich wilden Sex miteinander haben werden, denkst du an deine Mutter. Großes Kino, wirklich Mann!« Sie löste sich mit gespielter Empörung aus seiner Umarmung, trat an die Balkontür und schaute schmollend hinaus. Der Mond stand hinter den Nachbarhäusern am Himmel. Sandro löschte das Licht und umfasste Jule von hinten um die Taille und grub sein Gesicht in ihre Halsbeuge.

»Und warum denkste ausgerechnet jetzt an deine Mutter? Haste Heimweh nach ihr? Oder weil Emma erzählt hat, dass dieser Militärfuzzi einen strengen Vater hatte? Ich meine, deine Mutter ist ja auch ein tyrannischer Hausdrachen, der dich am liebsten an die Leine legen würde. Zum Glück hab ich dich aus ihren Klauen gerettet. Nicht auszudenken, was aus dir geworden wäre, wenn sie dich noch länger unter ihrer Fuchtel gehabt hätte.«

Sandro drehte Jule zu sich um und küsste sie. Als er sich wieder von ihr löste, sagte er: »Nein, ich musste an sie denken, weil sie recht hatte, als sie sagte, dass du nie eine Dame werden würdest. Einen Straßenköter könne man nicht dressieren, meinte sie.«

»Einen Straßenköter?« Jule lehnte sich nach hinten und lachte. »Wenn ich es mir recht überlege, dann bin ich lieber ein Köter als eine Dame. Kennst du das Eigenschaftswort von Dame?«

»Nein.«

»Dämlich.«

»Du bist vieles, du verrücktes Huhn, aber dämlich auf keinen Fall.« Sandro küsste sie. Seine Hände wanderten unter ihr Shirt und bewegten sich über ihre Wirbelsäule nach oben. Dabei schob sie ihn in Richtung Bett und versprach ihm eine Belohnung dafür, dass er ihr im Garten das Leben gerettet hatte.

Dienstag

»Bekomme ich heute Sahne auf meine heiße Schokolade?« Trixi schmierte sich ein Butterbrot, ohne dabei aufzuschauen. »Ich dachte immer, Personal muss seinen Herrschaften gehorchen, also was ist jetzt mit der Sahne?«

Milena stand mit dem Rücken zum Frühstückstisch und spülte Gläser. Sie sog den Atem ein, hielt ihn einen kurzen Moment lang an und wrang den Spüllappen so fest aus, dass ihre Fingerknöchel weiß hervortraten. Dieses kleine Monster! So würde sie sich nicht behandeln lassen. Sie drehte sich zu Trixi um. »Wenn du dafür den Abwasch machst, schlage ich dir die Sahne«, antwortete sie zuckersüß.

Jule, die gerade ihr Müsli löffelte, grinste. Sandro blätterte durch die Zeitung, die vor ihm auf dem Küchentisch lag. Milena mochte die beiden. Sie waren freundlich und behandelten sie wie ein Familienmitglied und nicht wie eine Angestellte. Milena arbeitete gern für Frau von Stratnitz. Sie unterschied sich wie Tag und Nacht von Milenas früherer Arbeitgeberin, die ihr Personal schikanierte, genau wie dieses kleine Biest am Frühstückstisch.

»Dafür werden Sie bezahlt«, maulte Trixi. »Das ist Ihr Job und nicht meiner.«

»Jetzt komm mal wieder runter«, fauchte Jule. »Dein Zickengehabe kannste bei deinen Eltern ausleben, aber nicht hier. Das nervt.«

Trixi streckte ihr als Antwort die Zunge heraus und biss in ihr Marmeladenbrot.

Milena seufzte und wandte sich wieder ihren Gläsern zu. Sie schaute aus dem Fenster über dem Spülbecken in den Vorgarten des Anwesens. Herr Heinrich bog mit seinem roten Kastenwagen in die Einfahrt ein und parkte neben der Garage. Milenas Herzschlag setzte einen Takt lang aus. Herr Heinrich war Emmas Gärtner, doch nicht dieser Umstand brachte Milena aus der Fassung, sondern vielmehr wartete sie darauf, dass sich die Beifahrertür öffnete und Jonas ausstieg. Sie starrte nach draußen und vergaß Spüllappen und Gläser. Er war tatsächlich mitgekommen und würde seinem Onkel bei der Gartenarbeit helfen. Milena lächelte. Wie gut, dass sie die Wäsche gestern noch nicht gewaschen und jetzt einen Grund hatte, immer mal wieder nach draußen laufen zu müssen. Milena strich mit ihren nassen Fingern eine Haarsträhne hinter das Ohr und träumte.

»Hm.« Jule war neben sie getreten und schaute nach draußen. »Sieht echt gut aus, der Kleine«, sagte sie leise und lächelte.

Milena wurde rot.

»Entschuldigung.« Sie nahm ihre Arbeit wieder auf und spülte weiter. Es war ihr peinlich, dass Jule ihr kleines Geheimnis sofort entdeckt hatte.

»Von mir erfährt niemand was«, flüsterte Jule und drehte sich um. »Ich muss los. Giorgio wartet schon auf mich, meine Schicht im Bistro beginnt gleich.« Sie griff nach einer Banane aus der Obstschale, die mitten auf dem Tisch stand, und richtete sie wie einen Revolver auf Sandros Brust. »Würde der Herr so gnädig sein und mich zur Arbeit fahren? Student müsste man sein und Semesterferien haben, doch ab morgen, mein Lieber«, sie schlang ihre Arme um seinen Hals und knabberte an seinem Ohrläppchen, »habe ich Urlaub.«

Sandro faltete die Zeitung zusammen. »Dann werde ich den Tag heute nutzen und mich an den Pool legen und von Emma verwöhnen lassen«, erwiderte er schmunzelnd.

»Pass auf, Alter! Wenn ich jemals erfahre, dass du mich mit ihr betrügst, dann …« Sie lachte herzlich.

Sandro trank seinen Kaffee aus, erhob sich und zwickte ihr in die Seite. Dabei schob er sie in Richtung Küchentür. »Was dann?«, fragte er.

»Dann«, Jule überlegte, »schicke ich dich zu deiner Mutter zurück.«

»Alles, nur das nicht. Gnade, oh holdes Weib«, jammerte er gespielt und küsste sie im Gehen immer wieder.

Trixi wartete, bis die beiden außer Hörweite waren, und kommandierte sogleich wieder los. »Ich will Cornflakes mit frischen Erdbeeren.«

Milena ignorierte ihren Wunsch. Sie würde sich von dieser Göre nicht aus der Ruhe bringen lassen.

»Haben Sie nicht gehört? Ich will Erdbeeren, und zwar sofort!«, befahl Trixi.

»Dann fährst du am besten in den Supermarkt und holst dir welche«, ertönte Emmas Stimme von der Küchentür. Milena drehte sich um und lächelte dankbar.

»Was ist los?« Emma setzte sich zu Trixi und legte ihre faltige Hand auf die ihrer Enkelin. »Du bist doch nicht gekommen, um meine Haushälterin zu quälen.«

»Doch«, sagte sie trotzig und blickte nach unten.

»Aha.«

»Nein, natürlich nicht, aber …« Sie brach mitten im Satz ab und biss wieder in ihr Marmeladenbrot.

»Milena«, sagte Emma, »würden Sie uns bitte einen Moment allein lassen?«

»Natürlich.« Die Haushälterin verschwand und lief in die Waschküche im Keller.

»Trixi, inzwischen kenne ich dich ein wenig besser, und jedes Mal, wenn du besonders unfaire Tiefschläge an deine Mitmenschen austeilst, dann geht es dir nicht gut. Also noch mal, was ist los?«

Das Mädchen blickte auf, und Emma hatte für einen kurzen Moment die Hoffnung, sie würde sich ihr endlich anvertrauen. Fehlanzeige.

»Lasst mich doch alle in Ruhe.«

»Bitte, das kannst du haben, aber warum bist du dann hierhergekommen?« Emma schaute sie an und wartete. Dieser kleine Trotzkopf, der voller Kummer steckte und sich nicht traute, den ersten

Schritt zu wagen. Sie würde Trixi so gern helfen. Es gab kein Problem, das man nicht irgendwie lösen könnte, aber den Anfang musste Trixi machen.

»Mich kotzt halt alles an.«

»Und was im Besonderen?«

»Nichts!« Trixi füllte sich Cornflakes in eine Glasschale.

»O. k., nehmen wir mal an, dass dieses Nichts etwas mit deinen Eltern zu tun hat.«

Das Mädchen schwieg.

»Wir sollten sie anrufen und ihnen sagen, dass du hier bist.«

»Auf keinen Fall!« Trixi griff nach Emmas Hand. Die Geste hatte etwas Flehendes an sich.

»Kind, glaubst du denn nicht, dass sie sich Sorgen machen und schneller hier vor der Tür stehen, als dir lieb ist? Lass mich sie wenigstens anrufen und ihnen sagen, dass du ein paar Tage bei uns bleibst.«

Über Trixis Gesicht flog ein zaghaftes Lächeln.

»Dann haben wir genügend Zeit, und du kannst mir erzählen, was los ist.«

»Danke, Oma.« Trixi senkte den Kopf, während sich ihre Wangen röteten.

»Wir finden eine Lösung für dein Problem, was auch immer es sein mag.« Emma wollte sich erheben und zum Telefonieren in den Salon gehen, als ihr Sohn Konstantin und seine Frau Barbara vor ihr in der Küche standen.

»Was für ein Problem?«, donnerte Konstantin und marschierte auf seine Tochter zu.

»Wo zum Teufel kommt ihr denn her?« Emma war überrascht, die beiden vor sich zu sehen. »Wer hat euch hereingelassen? Was fällt euch ein, so einfach in mein Haus zu platzen?«

Nachdem Emma aus der Seniorenresidenz geflohen und wieder in ihre Villa gezogen war, hatte sie ihrem Sohn und seiner Frau Hausverbot erteilt, und nun standen sie wie die Hausherren höchstpersönlich in ihrer Küche.

»Dein Haus?«, Konstantin starrte sie kalt an. »Stimmt, ich vergaß, dass du dir mein rechtmäßiges Erbe mit illegalen Mitteln unter den Nagel gerissen hast.«

Emma war über seine Unverfrorenheit schockiert. Noch lebte sie, und es stand nicht zur Debatte, wem die Villa gehörte. Sie schnappte nach Luft. Konstantin war es gewohnt, mit seinen Geschäftspartnern autoritär und arrogant umzuspringen, aber ihr gegenüber hatte er sich bislang zusammengerissen. Es gab Zeiten, da hatte sie ihm seine immer wieder behauptete Liebe zu ihr sogar geglaubt, doch seitdem sie ihn aus der Villa geworfen hatte, gab es für ihn keinen Grund mehr, freundlich zu bleiben. Habgier und Dollarzeichen in den Augen, die perfekte Ergänzung zu seiner Frau Barbara, die genau das schon stets offen zur Schau trug. Kein Wunder, dass Trixi keinerlei Empathie für ihre Mitmenschen kannte und nur auf ihren eigenen Vorteil bedacht war. Emma seufzte.

»Wer hier illegale Dinge getrieben hat, liegt ja wohl auf der Hand, mein lieber Sohn. Wenn ich dich jetzt bitten darf zu gehen und deine Frau Gemahlin gleich mitzunehmen, bevor ich mich vergesse?« Sie machte eine eindeutige Handbewegung in Richtung Haustür. Wahrscheinlich hatte Milena die beiden hereingelassen, als sie in den Keller gehen wollte.

»Trixi, du kommst mit!«, befahl Konstantin.

»Woher wusstest du, dass sie bei mir ist?« Emma stellte sich vor ihre Enkelin, und im selben Moment ahnte sie die Antwort. »Schon klar, euer Spionageposten von gegenüber, Patrizia von der Schleich. Das hätte ich mir denken können.«

»Geh zur Seite, alte Frau.« Konstantin packte seine Mutter an den Oberarmen. Emma überlegte nicht lange und schlug ihm mit der flachen Hand links und rechts auf die Wangen. Ihre Finger zeichneten sich rot auf seiner Haut ab.

»Wag es nicht, mich anzufassen. Und jetzt raus hier, auf der Stelle!«

Barbara wich erschrocken zurück. Ihre blonden Haare waren wie immer zu einer perfekten Hochsteckfrisur toupiert. Ihr figurbetontes

Etuikleid stand ihr ausgezeichnet, doch das würde Emma ihr nie laut sagen. Sie verachtete diese Person, die nichts als Zwietracht zwischen sie und ihren Sohn gebracht hatte.

Konstantin bebte. Er wusste, dass er keine Chance gegen seine Mutter hatte. Sie saß am längeren Hebel und konnte der Polizei jederzeit Beweisfotos vorlegen, die ihn mit Leichtigkeit für einige Jährchen hinter Gitter brachten und seine berufliche Karriere abrupt beendeten.

»Wir reden später, mein Fräulein«, drohte er Trixi mit erhobenem Finger. »Ewig kannst du dich hier nicht verstecken, und mein Geld will ich auf Heller und Pfennig zurück.«

»Raus!«, befahl Emma und deutete auf die Haustür.

Konstantin trat dicht vor sie. Sein Aftershave stach ihr in der Nase. »Glaub bloß nicht, dass ich mich von dir einschüchtern lasse, Mutter.«

Er brauste zur Tür hinaus, gefolgt von Barbara, die Mühe hatte, mit ihren Stöckelschuhen hinter ihm herzutippeln.

Emma schlug die Haustür zu und atmete tief durch. »Was um alles in der Welt war das denn?«

Trixi drehte sich um, legte Unterarm samt Kopf auf dem Küchentisch ab und brach in Tränen aus.

»Möchtest du mir nicht endlich sagen, was hier los ist?«, fragte Emma und strich ihr zärtlich über den Kopf.

»Nein«, schrie Trixi, sprang auf und rannte nach oben in ihr Zimmer.

Emma setzte sich an den Küchentisch und goss sich eine Tasse Kaffee mit einem ordentlichen Schuss Milch ein. Durch das Küchenfenster beobachtete sie, wie Konstantin wütend in seinen Wagen stieg und mit durchdrehenden Reifen rückwärts aus der Einfahrt brauste.

»Sind denn plötzlich alle übergeschnappt?«

Das Telefon klingelte. Emma hatte keine Lust, aufzustehen und den Anruf entgegenzunehmen. Ihre Knie zitterten noch immer vor Aufregung. Obwohl sie den Kontakt zu ihrem Sohn abgebrochen hatte, beschäftigte sie diese zerstrittene Situation mehr, als sie sich eingestehen wollte. Konstantin war immerhin ihr Sohn.

»Ach, Kurt«, seufzte Emma, als sie an ihren verstorbenen Mann dachte. »Du würdest dich im Grab umdrehen, wenn du den Jungen heute sehen könntest. Was haben wir bloß falsch gemacht?«

Das Telefon klingelte hartnäckig.

»Ist ja gut, ich komme schon.« Emma erhob sich und stützte sich müde auf dem Tisch ab. Brotkrümel blieben an ihrer Handfläche hängen, die sie an ihrem Hosenbein abstreifte. Sie lief in den Salon, einen großen Raum mit Fenstern bis zum Boden. Das Telefon stand auf einem kleinen runden Kirschholztisch mit sternförmigen Intarsien. Emma nahm den Hörer aus der Station und meldete sich. »Von Stratnitz.«

»Hallo Emma«, war eine Männerstimme zu hören.

Es war Herbert Mahlinski. Der hatte ihr gerade noch gefehlt. Emma zupfte an ihren kurzen Haaren im Nacken und wanderte durch das Zimmer. »Guten Morgen, Herbert.«

»Wie geht es dir?«

Emma wollte nicht mit ihm sprechen. Nicht jetzt.

»Danke«, antwortete sie und hoffte, ihn möglichst rasch wieder loszuwerden.

»Hättest du Lust, heute einen Ausflug mit mir zu unternehmen? Wir könnten bei diesem herrlichen Wetter ein Picknick im Park machen oder in den Zoo gehen. Was meinst du?«

»Herbert, bitte sei mir nicht böse, aber mir steht heute absolut nicht der Sinn nach einem Ausflug.« Emma legte ihre Hand an die Stirn und schloss die Augen. Sie wollte diesen Mann nicht mehr treffen. Er wäre nicht richtig, ihm etwas vorzuspielen. Sie empfand keinen Funken von Liebe oder Leidenschaft, wenn sie an ihn dachte. Am besten, sie sagte ihm das sofort, ehe er sich falsche Hoffnungen machte.

»Wir können uns auch im Café auf ein gutes Gespräch treffen.«

»Herbert, wir werden uns gar nicht mehr treffen.« Emma ärgerte sich über ihren rüden Ton. Der arme Mann konnte schließlich nichts dafür, dass er kein Südländer mit knackigem Hintern war. Emma errötete.

»Wir haben uns doch so gut unterhalten.« Seine Stimme kippte. »Gib uns eine Chance. Emma, bitte, du bist die Frau, mit der ich meinen Lebensabend teilen möchte.«

»Wir kennen uns doch gar nicht, was soll das?« Sie mochte nicht, wenn Männer anfingen zu winseln.

»Ich weiß mehr über dich, als du denkst«, sagte er, und plötzlich klang seine Stimme hart. Irgendetwas an seinem Tonfall gefiel Emma ganz und gar nicht. Ihr lief ein eiskalter Schauer über den Rücken.

»Was meinst du damit?«

»Nichts, aber ich habe das Gefühl, dass wir uns schon seit Jahren kennen.« Der winselnde Ton in seiner Stimme kehrte wieder zurück.

»Tut mir leid, Herbert, aber lass uns den Kontakt hier beenden. Wir sind nicht füreinander bestimmt.« Je mehr er das Gespräch in die Länge zog, desto größer wurde Emmas Ablehnung ihm gegenüber.

»Tu mir das nicht an, Emma, bitte«, flehte er.

»Was soll das Theater?« Emma wurde ärgerlich und war versucht, den Hörer einfach aufzulegen.

»Du wirst deine Entscheidung noch bereuen.« Stille, nur sein Atmen war am anderen Ende der Leitung zu hören.

Emma schreckte zurück, starrte in den Hörer, als ob Herbert daraus hervorkriechen könnte, und legte auf. Warum war er so besitzergreifend? Was wollte er von ihr, und woher zum Teufel hatte er eigentlich ihre Telefonnummer? Sie hatte ihm nur ihren Vornamen genannt, sonst nichts.

Beunruhigt ging Emma zurück in die Küche, lud sich Obst, Kaffee und eine Schale Müsli auf ein Tablett und trug es nach draußen auf die Veranda. Sie wollte nicht mehr an dieses unangenehme Telefongespräch mit Herbert Mahlinski denken.

Ihr Garten war ein Paradies, eine Oase mitten in der Stadt. Sie setzte sich an den Teakholztisch und reckte ihr Gesicht der Sonne entgegen. Dank der hohen Hecken rund um das Grundstück blieb sie von den meisten Blicken ihrer Nachbarn verschont. Die Sonne reflektierte sich im Wasser des Swimmingpools, glitzerte und funkelte wie unzählige Diamanten. Emma liebte diesen Anblick und konnte sich darin verlieren. Lavendelstöcke und bunte Sommerblumen wuchsen aus Tonamphoren, die wie zufällig im Garten verteilt standen oder kunstvoll auf dem Boden lagen. Ein schmaler, mit Kopfstein gepflasterter Weg schlängelte sich durch den Rasen. Er führte an einem Gemüsebeet vorbei, bis hin zu einer Gartenlaube, in der Emma Kurts Werkzeug aufbewahrte. In der Mitte des Rasens befand sich ein kleiner Teich voller Seerosen. Kurt hatte ihn zusammen mit dem Gärtner angelegt. Sein ganzer Stolz war eine Brücke gewesen, die sich im Bogen über das Wasser spannte. Emma saß oft auf der schmiedeeisernen Bank daneben und warf den Goldfischen im Wasser Leckerbissen zu, oder sie vergaß mit einem guten Buch und einem Glas Wein die Welt um sich herum.

Herr Heinrich und sein Neffe Jonas, der ihm in den Semesterferien zur Hand ging, kamen mit Hacken und Eimern bewaffnet in den Garten.

»Guten Morgen, ihr beiden.« Emma winkte ihnen fröhlich zu.

Herr Heinrich blieb stehen. »Guten Morgen, Frau von Stratnitz. Ich hoffe, wir stören Sie nicht, wenn wir uns dem Unkraut im Gemüsebeet widmen?« Dabei deutete er auf ein scheinbar unkontrolliertes Chaos aus Kräutern, Bohnen, Kohlrabi, Tomaten und bunten Blumen. Der Mann war Meister seines Fachs und wusste genau, welche Gewächse miteinander harmonierten und welche er in Kombination pflanzen musste, um lästige Schädlinge fernzuhalten, statt eine chemische Keule einzusetzen.

»Sie stören mich nie, das wissen Sie doch.«

Er nickte und gab Jonas Anweisungen, wo er anfangen sollte zu hacken. Emma goss sich Kaffee in ihre Tasse und verrührte das Müsli.

Es war der perfekte Sommertag. Die Vögel zwitscherten, die gelben Rosen, die die Veranda säumten, verströmten einen lieblichen Duft, der unzählige Hummeln anlockte. Sie brummten um die Blüten herum und tauchten tief in sie ein. Wenn sie genügend Nektar gefunden hatten, krochen sie wieder daraus hervor und wiederholten das Spiel an anderer Stelle. Emma schob sich einen Löffel Müsli in den Mund. Plötzlich klingelte es an der Haustür.

»Bitte nicht«, stöhnte sie und aß weiter. Emma wollte nicht aufstehen. Sie beobachtete das Glitzern der Sonne im Pool. Es klingelte ein zweites Mal. Milena würde es nicht hören, denn sie war noch im Waschkeller. Emma seufzte. Wer immer dort draußen stand, er sollte wieder gehen.

»Hallo?«, rief eine kräftige Männerstimme einen kurzen Moment später um die Hausecke. Emma legte ihren Löffel zur Seite und war wütend, dass der Besucher unaufgefordert ihr Grundstück betreten hatte. Sie tupfte sich den Mund mit der Serviette ab, wollte gerade losstürmen und dem Eindringling deutlich zu verstehen geben, was sie von seinem Überfall hielt. Mitten in der Bewegung hielt sie inne.

»Ah«, sagte der Mann erleichtert, »es ist doch jemand zu Hause. *Buongiorno, Signora.*«

Emma verschlug es die Sprache. Wo kam nur dieser wunderschöne Italiener her? Er sah Sandro ähnlich, hatte genau wie er dunkle Locken, und sein Lächeln stimmte sie sofort versöhnlich.

»Guten Tag«, stammelte Emma und fragte sich, ob sie träumte. Sie taxierte ihn von oben bis unten.

»*Signora* von Stratnitz?«, fragte er, kam auf sie zu, hauchte ihr einen Kuss auf den Handrücken und schaute ihr in die Augen.

Emmas Knie wurden weich. Mein Gott, was war nur mit ihr los? Sie schüttelte den Kopf, um zur Besinnung zu kommen. Der Mann musste das als Verneinung seiner Frage verstanden haben.

»*No?* Sie sind nicht *Signora* von Stratnitz? *Scusi*, dann habe ich mich wohl in der Adresse geirrt. Es tut mir aufrichtig leid, dass ich Sie belästigt habe, *Signora.*«

Jede Belästigung seinerseits wäre ihr willkommen gewesen, und sie hätte nicht genug davon bekommen können.

»Mehr«, flüsterte sie abwesend.

»Mehr?« Verständnislos zuckte er mit den Schultern.

Emma bemerkte, wie lächerlich sie sich benahm. »Mehr … ähm, ja, ähm … mehr oder weniger sind Sie hier genau richtig«, versuchte sie die Situation zu retten.

»Wunderbar.« Der Mann lachte. Zum Glück konnte Jule sie jetzt nicht sehen. Ihr Spott wäre unausweichlich gewesen.

»Wohnt hier Alessandro Pascello? Seine Mutter, meine Tante Carlotta, nannte mir diese Adresse.« Der Mann stellte seine Reisetasche, die er lässig über der Schulter getragen hatte, auf den Boden.

»Sie sind Sandros Cousin?«, fragte Emma verblüfft.

»*Si, Signora.*« Er trat einen Schritt auf sie zu, streckte ihr seine Hand entgegen und stellte sich als Filippo Lonardi aus Venedig vor. Sein Händedruck war kräftig und angenehm.

Emmas konnte ihren Blick nicht von ihm lösen. Er war groß, schlank und ein wenig älter als Sandro. Sie schätzte ihn auf Anfang 30. Er trug eine schwarze Lederjacke und ein weißes T-Shirt, an dessen Halsausschnitt er eine Sonnenbrille mit goldenem Rand eingesteckt hatte.

»Entschuldigung«, stammelte Emma plötzlich. »Wie unhöflich von mir. Bitte, setzen Sie sich doch.«

»*Grazie.*« Filippo zog seine Jacke aus und legte sie auf seine Reisetasche.

Emma schluckte, als sie seinen trainierten Oberkörper erblickte.

»Sandro ist leider nicht zu Hause. Er wird aber gleich wieder zurückkommen. Wenn Sie hier so lange warten wollen?«

Das durfte nicht wahr sein. Hatte sie eben tatsächlich einen wildfremden Mann in ihren Garten eingeladen? Dass sie ihn nicht kannte, war vielleicht nicht so sehr das Problem, aber dass er Italiener war und sie sich von einem Fettnäpfchen in das nächste katapultieren würde, das war so sicher wie das Amen in der Kirche.

Filippo nahm Platz. Er lehnte sich in seinem Stuhl zurück und bedachte Emma mit einem durchdringenden Blick. Sie zupfte nervös an ihren Haaren und überlegte, ob sie gut frisiert war und welchen Eindruck sie hinterlassen würde. Sie trug einen gelben knöchellangen Leinenrock und eine buntgeblümte Sommerbluse. Schmuck und Make-up waren dezent, also alles in bester Ordnung, beruhigte sie sich. Trotzdem löste sein Blick auf ihrer Haut ein Kribbeln aus, als würde eine Armee von Ameisen darüberwandern.

Vor zwei Monaten hätte er sie noch als grauhaarige Oma mit beigen Schuhen und konservativem Kostüm vorgefunden. Wie sehr sie sich verändert hatte, seit sie Jule kannte.

»Sie sind eine sehr attraktive Frau«, sagte Filippo und ließ sie nicht aus den Augen.

Emma wurde rot und rieb sich an der Nase. Sie musste etwas unternehmen, ehe die Situation eskalierte.

»Ach was«, wiegelte sie ab und griff nach ihrer Tasse. Ihre Finger brauchten etwas zu tun. »Darf ich Ihnen einen Kaffee oder etwas anderes zu trinken anbieten?«

Filippo starrte sie noch immer an und lächelte.

»Ein Kaffee wäre *perfetto*, danke.«

Emma lief durch den Salon in die Küche und war erleichtert, seinem Blick zu entkommen. Sie holte eine Tasse aus dem Schrank und kehrte auf die Veranda zurück. Filippo stand am Rosenbeet und telefonierte. Sie verstand kein Italienisch, aber sein Tonfall klang verärgert. Als er Emma bemerkte, drehte er sich um und beendete das Gespräch abrupt. Er steckte das Handy in seine Hosentasche und setzte sich mit jenem Lächeln, das Emmas Knie zum Zittern brachte, wieder an den Tisch zurück.

»Ich wollte Sie nicht unterbrechen«, entschuldigte sich Emma.

»*No*, das ist schon in Ordnung. Geschäfte.« Er machte eine Pause, bevor er weitersprach. »Meine Tante sagte, Sandro sei mit seiner Freundin zu Ihnen gezogen.«

»Frau Pascello war darüber sicherlich sehr erbost, oder?«

»Eine italienische *Mamma* liebt ihren Sohn«, antwortete er diplomatisch und zwinkerte Emma über den Rand seiner Tasse hinweg zu.

Sie lächelte. »Es ist eine lange Geschichte, wie es zu seinem Auszug bei seiner Mutter gekommen ist.« Sie wollte ihm nicht zu viel verraten. Weder kannte sie Filippo, noch wusste sie, in welchem Verhältnis Sandro zu ihm stand. Außerdem hatten sie zu dritt Dinge erlebt, die niemanden etwas angingen.

»Sandro und Jule haben mir in einer sehr prekären Situation geholfen, und ich wollte mich dafür erkenntlich zeigen. Außerdem habe ich die beiden sehr lieb gewonnen und freue mich, dass sie bei mir eingezogen sind.«

»Leben Sie allein hier? Ich meine, gibt es auch einen Herrn von Stratnitz?«

Der Wind blies einen Hauch von Filippos Aftershave in Emmas Nase. Sie sog ihn gierig auf, wie Speedy Gonzales, die schnellste Maus von Mexiko, den Duft von frischem Käse.

»Mein Mann ist vor drei Jahren gestorben«, sagte sie.

»Oh, das tut mir leid.«

»Muss es nicht. Das ist der Lauf der Dinge.« Emma hatte sich wieder im Griff und blickte nachdenklich zu den beiden Männern am Gemüsebeet. Alles ergab irgendwie einen Sinn. Würde Kurt noch leben, wäre vieles anders gekommen und sie säße heute immer noch in Oma-Beige in ihrer Villa.

»Sie kommen aus Venedig?«, versuchte sie das Thema zu wechseln. »Das ist eine wunderschöne Stadt. Ich war vor Jahren mit meinem Mann zum Karneval dort. Es war ein Traum.« Emma erinnerte sich an die schmalen Seitengassen, die Kanäle mit den Gondeln und die farbenprächtigen Masken auf dem Markusplatz, während sie überlegte, ob sie mit Jule und Sandro vielleicht einmal dorthin fliegen sollte. Sie wurde in ihren Gedanken unterbrochen, als sich das Garagentor öffnete und automatisch in die Höhe surrte.

»Das muss Sandro sein«, sagte Emma.

Filippo stellte die Tasse auf den Tisch und richtete sich in seinem

Stuhl auf. Emma hatte das Gefühl, dass sein Gesichtsausdruck eine Nuance ernster geworden war. Als die Haustür ins Schloss flog, erhob er sich. Emma tat es ihm gleich und rief nach Sandro.

»Wir haben Besuch bekommen.«

Sandro kam auf die Terrasse. Als er seinen Cousin erblickte, blieb er wie angewurzelt auf der Türschwelle stehen.

»*Ciao, Sandro*«, sagte Filippo und setzte ein Lachen auf, das nicht so herzlich wirkte wie das Lächeln, das er zuvor Emma geschenkt hatte. Er umarmte Sandro und klopfte ihm auf den Rücken. »*Come stai?* Wie geht es dir, Mann?«

»Gut«, entgegnete Sandro unerwartet kühl.

Emma spürte die Spannung zwischen den beiden Männern.

»Tante Carlotta sagte mir, dass du hier wohnst«, fuhr Filippo betont munter fort.

»Wieso bist du hier?« Sandro starrte seinen Cousin an.

»Komm schon«, bemühte sich Filippo. »Lass uns die alten Zeiten vergessen und erzähl mir lieber von deiner schrecklichen Freundin, wie Carlotta sie nannte.« Er lachte und stieß Sandro gegen die Schulter.

Frau Pascello, diese alte Giftschleuder, hatte bestimmt keine Gelegenheit ausgelassen, über Jule herzuziehen. Sie mochte das Mädchen nicht, hielt sie nicht gut genug für ihren Sohn. Emmas Wangen färbten sich rot vor Zorn.

Statt zu antworten, fragte Sandro: »Red schon, warum bist du hier?« Er ballte seine Fäuste.

Filippo lief an den Rand der Veranda, drehte ihnen den Rücken zu und schaute in den Garten. »Du hast deine Meinung über mich nicht geändert, was?«, fragte er, ohne sich umzudrehen.

»Wie sollte ich?«, rief Sandro und stürmte auf seinen Cousin zu. Er packte ihn an den Schultern, wirbelte ihn herum und zielte mit der Faust auf sein Gesicht.

»Am liebsten würde ich zuschlagen«, sagte er und schnaubte durch die Nase.

Beherzt fuhr Emma dazwischen und griff nach Sandros Arm. »Was ist hier los?«, fragte sie streng.

Herr Heinrich und Jonas blickten von ihrer Arbeit auf und beobachteten die Szene auf der Terrasse.

»Wir sollten uns nicht in Anwesenheit deiner Gastgeberin darüber streiten.« Filippos Gesichtsausdruck verfinsterte sich.

Sandro ließ seinen Arm sinken.

Filippo wandte sich an Emma. »Entschuldigen Sie bitte, es lag nicht in meiner Absicht, Unfrieden zu stiften. Vielmehr wollte ich Sandro besuchen, damit wir unsere Unstimmigkeiten endlich klären.«

Emma wusste nicht, wie sie den Mann einschätzen sollte. Sein Blick wirkte freundlich, und sie war versucht, ihm alles zu glauben, schon allein weil er Südländer war, aber sie kannte Sandro, der nicht ohne Grund jemandem ins Gesicht schlagen würde.

»Warum tauchst du ausgerechnet jetzt, nach all den Jahren, hier auf? Warum, denkst du, sollte ich meine Meinung ändern? Und wie hast du meine Mutter und mich überhaupt gefunden?«, fragte Sandro aufgebracht.

Filippo setzte sich wieder. »Ich habe geschäftlich in der Stadt zu tun, und da du und Tante Carlotta hier wohnt, hatte ich gehofft, bei euch unterzukommen und mit dir reden zu können.«

»Du lügst, das wissen wir beide. Du konntest nicht wissen, wo wir untergetaucht sind. Was willst du?« Sandro starrte ihn an und kniff die Lippen zusammen.

»Was ich will? *Dio mio!*«, Filippo erhob sich und lief entlang der Rosen auf und ab. »Ich wollte dich wiedersehen.«

»Mir kommen gleich die Tränen«, erwiderte Sandro höhnisch.

»Um was geht es hier eigentlich?«, schaltete sich Emma ein, die nur Bahnhof verstand.

»Das ist eine alte Geschichte, meine Teuerste, die wir längst hätten begraben müssen«, sagte Filippo zu Emma.

»So, wie sie den Mann begraben haben, den du erschossen hast?«, fragte Sandro spitz.

Emmas Magen verkrampfte sich. Nicht schon wieder ein Toter.

»Sie haben einen Menschen ermordet?«, flüsterte sie.

Filippo schwieg.

»Er hat ihn nicht ermordet, er hat ihn bestialisch hingerichtet«, ereiferte sich Sandro. »Aber ich vergaß, gleich erzählst du wieder die Geschichte, dass du nichts mit all dem zu tun hattest, dass du nur dein Geld von dem Mann zurückholen wolltest und dass er bereits tot war, als du in die Lagerhalle gekommen bist.«

»Du weißt, dass es so war«, erwiderte Filippo finster.

»Tatsächlich?« Sandro stellte sich neben Filippo. »Was ich weiß, ist, dass du mich im Wagen hast warten lassen, weil du noch etwas erledigen musstest. Ich konnte euch nicht sehen und auch nicht hören, das stimmt, aber ich konnte deine Augen sehen, als du wieder in den Wagen gestiegen und wie ein Irrer davongejagt bist.« Er wischte sich über die Lippen. »Als am nächsten Tag von einer Hinrichtung in der Lagerhalle berichtet wurde, brauchte ich nur eins und eins zusammenzuzählen.«

Filippo wirbelte herum und trat dicht vor Sandro. Ihre Nasenspitzen berührten sich beinahe. Beide schäumten vor Wut. Emma überlegte, ob sie dazwischenfahren sollte, beschloss jedoch zu warten. Dieser Streit schien längst überfällig und musste ausgefochten werden. Außerdem wollte sie wissen, was damals geschehen war.

»Der Mann war tot, als ich ihn fand«, beharrte Filippo.

»Das hast du zumindest jedem einreden wollen. Wer gibt schon gern zu, ein Mörder zu sein?« Sandro schluckte.

Emma wusste, was er jetzt empfand. Seine Schuldgefühle wegen Steve würden ihn sein Leben lang immer wieder einholen.

»Ich habe deine Augen gesehen!«, sagte er plötzlich. »In ihnen spiegelte sich weder Panik noch Entsetzen vor dem, was du angeblich gesehen hattest. Nein, sie funkelten voller Genugtuung, Ekstase, Blutrausch.«

»Woher willst du das wissen?«

»Es gibt Dinge, die weiß man einfach.«

»Wegen deiner dummen Verleumdungen saß ich in Untersuchungshaft.« Filippo sprühte vor Hass.

»Du Ärmster«, zischte Sandro, »und wenn deine Schläger uns das Leben nicht zur Hölle gemacht hätten, würdest du meinetwegen heute noch dort sitzen.«

»Hey.« Filippo ging auf Sandro zu und legte ihm die Hand auf die Schulter. »Mir blieb doch keine Wahl. Hätte ich dich nicht ein wenig eingeschüchtert, hättest du deine Aussage niemals zurückgezogen und ich wäre im Knast geblieben.«

Sandro wich zurück und schlug Filippos Hand weg. »Eingeschüchtert? Du hast meinen Vater auf dem Gewissen.«

»Das war keine Absicht.«

Sandro ballte seine Fäuste.

»Du Hurensohn, ich würde dir am liebsten den Schädel einschlagen. Deine Männer haben uns wochenlang terrorisiert, uns aufgelauert und verfolgt. Meine Eltern wollten damals nur an den Strand fahren, als du ihren Wagen von der Straße abdrängen ließest.«

»Es sollte nur ein Einschüchterungsversuch sein«, wehrte sich Filippo.

»Das ist euch gelungen. Das Auto schleuderte aus der Kurve und knallte gegen einen Baum. Mama hat zum Glück nur ein paar Schrammen abbekommen, aber Papa«, Sandro hatte Mühe weiterzusprechen, »war sofort tot.«

»So schnell kann es gehen«, kommentierte Filippo kalt, bevor er die Arme vor der Brust verschränkte. Im selben Moment schnellte Sandros Faust in sein Gesicht. Filippo taumelte und fasste sich an die Nase, aus der ein Schwall Blut triefte.

»Stopp!«, fuhr Emma entsetzt dazwischen.

Filippo zog ein Taschentuch hervor und tupfte sich sauber, wobei er kaltschnäuzig grinste.

»Ich glaube, Sie gehen jetzt besser«, fauchte Emma ihn an.

»Nein, das werde ich nicht.« Der Italiener setzte sich und fing an zu lachen.

Emma war fassungslos über seine Dreistigkeit. Sie legte ihre Hand auf Sandros Arm und spürte, dass er seinem Cousin am liebsten den Hals umgedreht hätte. Sie konnte ihn verstehen. Die Geschichte, die sie soeben in Kurzform erfahren hatte, war schrecklich. Emma hatte nur noch einen Wunsch: Dieser Mann sollte verschwinden, und zwar auf der Stelle.

»Das war keine Bitte, sondern ein Befehl«, sagte Emma mit fester Stimme. »Wenn Sie mein Grundstück nicht augenblicklich verlassen, rufe ich die Polizei.«

»Jetzt machen Sie mir aber so richtig Angst, buh.« Filippo grinste.

»Was willst du, du Dreckskerl? Du hast uns lange genug tyrannisiert. Ich habe meine Aussage zurückgezogen, wie du es verlangt hast. Was denn noch?« Sandros Augen funkelten voller Hass.

»Liebster Cousin, weißt du, wie lange ich gebraucht habe, euch hier in Deutschland ausfindig zu machen, dich und deine werte *Mamma*? Immerhin hatte ich keine Ahnung, in welche Richtung ihr euch abgesetzt hattet. Du könntest also ruhig ein wenig freundlicher zu mir sein.«

Sandro spuckte ihm vor die Füße.

»Als ihr vor zwei Jahren untergetaucht seid, war es mir scheißegal, was aus euch geworden war. Von mir aus hätte euch *il diavolo* holen können. Der Prozess gegen mich wurde aus Mangel an Beweisen eingestellt, und ich kam wieder aus dem Knast. Warum hätte ich mich um euch kümmern sollen? Doch die Zeiten haben sich geändert.«

Emma musste sich setzen, ihre Beine zitterten. War ihr Sommertag vor wenigen Augenblicken noch perfekt gewesen – wenn sie von den Sorgen wegen Trixi und Herbert Mahlinski einmal absah –, so wurde ihr gerade eben der Boden unter den Füßen fortgezogen. Das, was sie über Sandros Vergangenheit erfuhr, war entsetzlich. Er hatte nie darüber gesprochen. Dieser liebenswerte und lebenslustige Mann hatte ein Geheimnis, von dem sie nicht einmal ahnte. Jetzt verstand sie auch, warum Frau Pascello wie ein Wachhund auf ihren Sohn aufpasste und es nicht ertrug, wenn er sie allein ließ oder ihm jemand zu nahe kam. Sie hatte Angst, ihn genau wie ihren Mann zu verlieren. Emma hatte einen komplett falschen Eindruck von Carlotta gewonnen. Die Ärmste, was musste sie alles durchgemacht haben?

»Was meinst du damit?«, fragte Sandro. »Was hat sich geändert?«

Emma vermutete, dass dieser Besuch ihnen noch einige Unannehmlichkeiten bescheren würde. Sandro trat hinter sie und umklammerte die Rückenlehne ihres Stuhles.

»Die Witwe des Toten gibt keine Ruhe und will den Fall neu aufrollen lassen. Sie hat einen Detektiv beauftragt, dich zu finden.«

»Mich?«, fragte Sandro überrascht.

»Du bist der einzige Zeuge, der mich belasten kann. Das hätte diese dumme Schnepfe lieber nicht tun sollen.«

»Wieso, ist sie jetzt auch tot? Habt ihr sie ermordet, weil sie euch in die Quere kam?«

»Wo denkst du hin? Ich bin doch kein Unmensch.«

»Nicht? Ich habe das anders in Erinnerung.«

»Ich will lieber ein Spielchen mit dir spielen.« Filippo tupfte Blut von seiner Nase.

»Was wollen Sie?« Fassungslos starrte Emma ihn an.

»Ich werde ein paar Tage bei euch wohnen.« Er beugte sich nach vorn und blickte sie mit unbewegter Miene an.

»Ausgeschlossen!«, rief Emma kategorisch.

»Wetten doch?«

»Was willst du von uns?« Sandro packte ihn am Kragen und zog ihn in die Höhe. Sie standen sich dicht gegenüber und schwiegen für einen Moment.

»Das wirst du noch früh genug erfahren.«

»Warum sollten wir Sie hier wohnen lassen?«, fragte Emma wütend. »Sie platzen herein und bedrohen Sandro. Ich glaube nicht, dass ich das akzeptiere.«

»Das glaube ich schon, denn wenn nicht, wird es Carlotta nicht mehr lange gut gehen.«

Beim Namen seiner Mutter zog Sandro den Griff an Filippos Kehle fester zu. »Was ist mit meiner Mutter?«, fragte er aufgebracht.

»Noch nichts. Sie hat Besuch, solange ich bei euch wohne, damit sie nicht auf dumme Gedanken kommt oder du sie anrufen kannst.«

»Du mieses Schwein, wenn du ihr auch nur ein Haar krümmst, dann bringe ich dich um.« Sandro wollte Filippo zu Boden stoßen, doch im selben Moment kam Milena aus dem Salon auf die Terrasse. Sie blieb erschrocken stehen, als sie die bedrohliche Situation erkannte.

Sandro lockerte seinen Griff und wandte sich von Filippo ab. Der zog sein T-Shirt glatt und setzte sich lächelnd in seinen Gartenstuhl.

»Entschuldigung, Frau von Stratnitz, den habe ich eben vor der Haustür gefunden«, sagte die junge Frau ängstlich und reichte Emma einen Briefumschlag.

»Was ist das?«, fragte sie.

»Keine Ahnung. Er lag auf dem Fußabtreter«, erwiderte Milena, bevor sie im Haus verschwand und sich noch ein paarmal umschaute. Emma betrachtete das Kuvert von allen Seiten. Es standen weder Adresse noch Absender darauf. Eigenartig. Sie fuhr mit dem Zeigefinger unter die Lasche und riss sie auf. Dann zog sie ein gefaltetes Stück Papier hervor und klappte es auseinander. Sie traute ihren Augen nicht. Aus Zeitungsschnipseln hatte jemand zwei Worte geklebt: *Pass auf!*

»Was soll das?«, fragte Emma und reichte Sandro den Briefbogen.

»Ist das Teil deines Spielchens?«, feuerte er gegen seinen Cousin und hielt ihm das Papier unter die Nase.

»Sieht das nach meiner Handschrift aus? Bunte Papierschnipsel, das ist Bastelstunde im Kindergarten. Lächerlich.« Filippo spie auf den Boden. »Du solltest mich besser kennen.«

Emma glaubte ihm sofort.

Milena kam erneut und blieb wieder auf der Türschwelle stehen. Misstrauisch schaute sie zu Filippo und dann zu Emma.

»Ich muss Sie schon wieder stören, aber da sind zwei Polizisten an der Tür, die mit Ihnen sprechen wollen. Soll ich sie hereinbitten?«

Emma fasste sich an den Hals. »Polizei? Was wollen die denn von mir?« Sie erhob sich. »Natürlich, Milena, lassen Sie die Herrschaften herein.«

Sandro steckte den Brief in den Umschlag zurück und versteckte ihn unter dem Tablett, bevor er sich setzte. Emma wusste nicht, warum er das tat, aber aus irgendeinem Grund hätte sie es genauso gemacht.

Zwei Beamte in Uniform folgten der Haushälterin durch den Salon, hinaus auf die Terrasse. Der eine zog seine Mütze vom Kopf und stellte sich als Polizeiobermeister Werbeck und seinen Kollegen Stolz vor.

»Sie haben sicherlich von dem Einbruch bei Frau Westermann gehört«, begann der ältere der beiden Beamten. »Wir befragen die Nachbarschaft, ob jemand zu besagtem Zeitpunkt oder die Tage davor etwas Verdächtiges gesehen oder gehört hat.«

Emma zuckte die Schultern. »Ich weiß nichts. Das Haus von Frau Westermann liegt am anderen Ende der Straße. Wie soll ich von hier aus etwas gesehen haben?«

»Vielleicht sind Sie an dem Anwesen vorbeigelaufen, haben etwas gehört oder einen auffälligen Wagen bemerkt, oder Sie haben Fremde in der Straße herumlungern sehen. Für uns können die kleinsten Details wichtig sein.«

Polizeiobermeister Werbeck war ein sympathischer Mann mit Lachfältchen und Bauchansatz. Er strahlte Vertrauen aus. Sein Kollege Stolz war das genaue Gegenteil, arrogant und selbstherrlich. Er hängte die Daumen in seinen Hosenbund ein und baute sich breitbeinig neben seinem Kollegen auf. Der Mann war schwer einzuschätzen, denn sein Gesicht war starr und ohne jegliche Mimik. Es erinnerte an eine Kunststoffmaske. Auf der Nase trug er eine verspiegelte Sonnenbrille, und sobald er Emma anschaute, sah sie nicht seine Augen, sondern ihr Gesicht. Das irritierte sie.

Filippo erhob sich und zündete eine Zigarette an. Er wandte sich ab und blies den Rauch in den Garten.

»Haben Sie etwas gesehen?«, fragte Stolz ihn unvermittelt und trat neben ihn. Seine Stimme war nicht laut, aber doch so schneidend, dass man glaubte, ein Messer an die Kehle gesetzt zu bekommen. Emma erschauderte.

»Ich?«, fragte Filippo überrascht. »Wie sollte ich? Ich bin heute früh erst aus Italien angekommen.«

Stolz betrachtete Filippo von oben bis unten. Dann glitt sein Blick über die Reisetasche am Boden. »Gehört die Ihnen?«

Filippo nickte.

»Bleiben Sie länger in Deutschland?«

»Ich besuche meinen Cousin.« Filippo deutete auf Sandro. »Was soll die Fragerei?«

Stolz ließ sich nicht aus der Ruhe bringen. »Sie haben Blut an der Nase«, bemerkte er.

Filippo fuhr mit den Fingerspitzen darüber und sah sich an, was daran haften blieb. »Ach, das«, lachte er. »Ich hatte vorhin Nasenbluten. Das passiert mir ständig. Ganz schön lästig, kann ich Ihnen sagen.«

Stolz schaute ihn schweigend an. Filippo hielt seinem Blick stand. Dann trat Stolz zu Sandro, die Hände auf dem Rücken verschränkt. »Wohnen Sie hier?«

»Ja.« Sandro blickte nervös von einem Beamten zum anderen.

»Er wohnt mit seiner Freundin bei mir zur Untermiete«, fügte Emma rasch hinzu. Sie hatte das Gefühl, Sandro beschützen zu müssen. Sie wollte nicht, dass dieser ungehobelte Polizist ihn zu einer Bemerkung drängte, die ihn in Schwierigkeiten bringen könnte. Sie traute dem Beamten zu, dass er Menschen befragte und löcherte, bis sie Dinge sagten, die sie danach bereuten.

»Untermiete?« Stolz schaute sich um. »Sieht nicht so aus, als ob Sie das nötig hätten.«

»Das hat keine finanziellen Gründe«, erklärte Emma.

»Nein?« Stolz starrte sie an.

Nun war sie an der Reihe und ihm hilflos ausgeliefert. Sie hasste es, dass sie sich wie ein Schulmädchen von ihm einschüchtern ließ, und ging zum Gegenangriff über. »Was wollen Sie überhaupt von uns? Wir haben Ihnen gesagt, dass wir nichts gesehen oder gehört haben.«

»Haben Sie das gesagt, ja?«

Dieser Mann brachte Emma aus dem Konzept, und sie hatte Angst, sich in irgendwelche Widersprüche zu verstricken, aus denen sie später nicht wieder herausfand. Zum Glück hatte Sandro den anonymen Brief versteckt. Der hätte unter Garantie die Neugier des Beamten geweckt, und die Situation wäre noch unerträglicher geworden. Warum fühlte Emma sich plötzlich wie ein in die Enge getriebener Schwerverbrecher? Sie war eine unbescholtene Bürgerin. Die Polizisten sollten sich lieber um Kriminelle wie Filippo kümmern. Für den Bruchteil einer Sekunde überlegte sie, ob sie die beiden Beamten um Hilfe bitten sollte, aber da sie das Ausmaß dessen, was dann mit Carlotta geschehen würde, noch nicht kannte, schwieg sie lieber.

»Guter Mann, ich habe von dem Einbruch erst gestern Nachmittag von einer Nachbarin erfahren«, sagte sie leichthin.

»Name der Nachbarin?« Stolz zückte einen kleinen Notizblock und einen Kugelschreiber.

»Sie wohnt dort drüben.« Emma zeigte auf das Nachbarhaus. »Rosalie Rittmansperger.«

Stolzes Mundwinkel verzogen sich zu einem Grinsen. »Ist das die Frau des militanten Herrn, der nachts mit seiner Schrotflinte durch die Straße läuft?«

Emma nickte, während sie sich wünschte, dass die Beamten sie endlich in Ruhe ließen.

»Mehr kann ich Ihnen nicht erzählen. Ich war weder in der Nähe von Frau Westermanns Haus, noch habe ich jemanden davor herumlungern sehen.«

»Und wie sieht es mit Ihnen aus?« Er wandte sich an Sandro. »Sie haben auch nichts gesehen oder gehört, nicht wahr?«

Sandro schüttelte den Kopf.

»Und Ihr Gast aus Italien sowieso nicht«, stellte Stolz bissig fest und starrte Filippo an.

»Was?«, brauste dieser auf, sog an seiner Zigarette und warf sie zu Boden.

Stolz schwieg.

»Was wollen Sie von mir?«, fauchte Filippo. »Ich habe nichts mit dem Einbruch zu tun.«

»Warum sind Sie dann so aggressiv?« Stolz wollte ihn allem Anschein nach aus der Reserve locken und beobachten, wie er sich verhielt.

»Ich bin nicht aggressiv! Das muss mein italienisches Temperament sein, das manchmal mit mir durchgeht.« Filippo lächelte verschmitzt und blickte Stolz fest in die Augen.

»Gut, ich denke, das war es fürs Erste.« Werbeck gab seinem Kollegen ein Zeichen, den Rückzug anzutreten. »Eine letzte Frage noch: Wer sind diese beide Herren dort drüben?« Dabei deutete er auf Herrn Heinrich und Jonas.

»Das sind mein Gärtner und sein Neffe.«

»Wenn Sie gestatten, werden wir uns noch kurz mit ihnen unterhalten und Sie danach nicht länger belästigen.«

Polizeiobermeister Werbeck setzte seine Mütze wieder auf und folgte seinem Kollegen durch den Garten zum Gemüsebeet.

»Ich hasse die Bullen«, sagte Filippo.

»Kann ich mir denken«, stichelte Sandro.

Filippo schaute den Beamten hinterher, dann grinste er Sandro frech ins Gesicht. »Schön, dass wir uns nun einig sind und ihr mein Spiel mitspielt. Prickelnder hätte es gar nicht beginnen können. Wenn ihr mir dann bitte mein Zimmer zeigen würdet?« Er griff nach seiner Reisetasche. Sein Lachen war widerlich, und genau in diesem Moment beschloss Emma, dass sie sein *Spiel* – um was es sich hierbei auch immer handeln mochte – mit allen in ihrer Macht stehenden Mitteln torpedieren würde.

Jule schaute auf die Zeiger der Wanduhr. Der Nachmittag zog sich zäh wie Kaugummi in die Länge, und die Gäste im Bistro waren nervig – vor allem eine Gruppe pubertierender Mädchen, die Getränke und Kuchen bestellten, alles mehrmals verwarfen und zum Schluss Eisbecher mit allerlei Sonderwünschen orderten. Ihr Kichern und Gackern trieben Jule in den Wahnsinn. Die Grenze ihrer Belastbarkeit sank mit jeder Minute. Der Gedanke, dass sie gleich Feierabend und zwei Wochen Urlaub hatte, mit Sandro in der Sonne am Pool liegen und Cocktails schlürfen würde, war ihr einziger Trost. Sie nahm die letzten Bestellungen wie in Trance entgegen.

»Sie sind doch Emmas Enkelin?«, fragte plötzlich jemand.

Jule erkannte den Heiratskandidaten, mit dem Emma gestern verabredet gewesen war.

»Herr Mahlinski!«

»Sie erinnern sich an mich?«

»Natürlich, so alt bin ich noch nicht, dass ich Alzheimer haben könnte.« Sie lachte.

Herr Mahlinski räusperte sich. »Darüber sollte man keine Scherze machen, junge Frau. Meine verstorbene Gattin litt an Alzheimer.« Seine Gesichtszüge gefroren.

»Sorry, das war nicht so gemeint. Echt üble Krankheit«, versuchte Jule mit einem ernsten Gesicht ihren Fauxpas wiedergutzumachen.

Herr Mahlinski nickte und besann sich auf sein eigentliches Anliegen. »Sagen Sie, könnten Sie bei Ihrer Großmutter nicht ein gutes Wort für mich einlegen?« Er lächelte sie hoffnungsvoll an. »Sie ist eine wunderbare Frau. Ich will sie unbedingt näher kennenlernen.«

»Das müssen Sie schon mit ihr selbst klären.« Jule beugte sich über den Tisch, während sie leere Kaffeetassen und Kuchenteller auf ihr Tablett räumte und Anstalten machte zu gehen. Herr Mahlinski packte sie am Handgelenk. Sein Griff war eisern wie ein Schraubstock, sein Gesichtsausdruck wurde hart. Jule funkelte ihn mit ihren grünen Augen an und fauchte: »Lassen Sie mich sofort los!«

Er zog seine Hand zurück und lächelte verlegen. »Entschuldigung, ich weiß nicht, was in mich gefahren ist, aber mir liegt sehr viel an Ihrer Großmutter. Bitte, ich muss sie wiedersehen.«

»Sie wird sich bei Ihnen melden, falls sie Interesse hat«, sagte Jule kühl und wollte gehen.

»Ich habe heute Morgen mit ihr telefoniert.«

»Sie haben was?« Jule traute ihren Ohren nicht. »Woher kennen Sie ihre Telefonnummer?«

Ein Grinsen huschte über sein Gesicht. »Glauben Sie, ich habe mich nicht informiert? Ich weiß, wer Ihre Großmutter ist. Emma von Stratnitz, keine Unbekannte in den Klatschmedien, zumindest war sie das früher, als ihr Mann noch lebte und sie als Unternehmergattin an seiner Seite glänzte.«

Jule war verblüfft. Emma hatte auf absolute Diskretion bestanden. Sie hatte weder ihren Nachnamen noch Telefonnummer oder Adresse genannt. Sie hatte sich ganz unbefangen mit dem Mann treffen und erst dann entscheiden wollen, ob sie sich zu erkennen geben würde oder nicht.

»Woher wissen Sie das alles?«, fragte Jule misstrauisch.

Herr Mahlinski grinste verschlagen und verschränkte seine Arme vor der Brust. »Da staunen Sie, nicht wahr? Ich habe Ihre Großmutter erkannt. Trotz ihrer neuen Haarfarbe. Zugegeben, anfangs war ich mir nicht sicher, ob sie es tatsächlich war, aber als ich mir zu Hause alte Zeitschriften hervorsuchte und ihr Bild betrachtete, wusste ich es.«

»Super, jetzt haben Sie den Jackpot geknackt«, sagte Jule schnippisch. »Und was hat sie am Telefon zu Ihnen gesagt?«

»Sie hat mir eine Abfuhr erteilt«, antwortete er niedergeschlagen.

Jule verkniff sich ein Grinsen. »Das haben Sie sich anders vorgestellt, was?« Sie beugte sich dicht zu ihm hinunter. »Wenn ich Ihnen einen guten Rat geben darf, dann lassen Sie Ihre Finger von Emma.«

Herr Mahlinski hielt ihrem Blick stand. »Was, wenn nicht?«

»Dann wirst du die Glocken läuten hören, Alter. Wir sind schon mit ganz anderen Typen fertiggeworden. Schreib dir das hinter deine Ohren.« Sie richtete sich wieder auf, kehrte ihm den Rücken zu und ging. Sie stellte das Tablett auf den Tresen, und der Minutenzeiger an der Uhr sprang auf Urlaub.

Jule saß am Küchentisch und schaufelte mit Ei überbackene Nudeln in sich hinein. Sandro saß neben ihr und beobachtete sie.

»Man könnte glauben, du bist am Verhungern«, sagte er und lächelte gequält.

»Bin ich auch.« Sie schob den nächsten Bissen in den Mund.

Sandro beugte sich vor, fuhr mit seiner Hand unter ihre Rastalocken und kraulte ihren Nacken. Jule seufzte. Jede seiner Berührungen fühlte sich wundervoll an. Sie legte die Gabel zur Seite, setzte sich rittlings auf seinen Schoß und legte ihre Hände links und rechts um seine Wangen, als ob sie ein kostbares Gut in ihren Händen hielte. Sie küsste ihn. Er schlang seine Arme um ihren Körper und drückte sie wortlos an sich. Jule schloss die Augen und spürte seinen Herzschlag, was sie sonst immer beruhigte, aber heute war irgendetwas anders an ihm.

»Hüstel, hüstel, störe ich?« Emma stand im Türrahmen und klopfte gegen das Holz.

Jule blickte auf und lächelte. »Ja.«

Emma errötete. »Entschuldigt«, sie suchte nach Worten, »dann gehe ich besser wieder.«

»Stopp!«, rief Jule und kletterte von Sandros Schoß. »Natürlich störst du nicht. Das war nur ein Scherz.« Sie nahm wieder auf ihrem Stuhl Platz und aß weiter.

»Hast du Jule schon von Filippo und dem Brief erzählt?«, fragte Emma und setzte sich zu den beiden an den Tisch.

Sandro schüttelte traurig den Kopf und schwieg.

»Welchem Brief?«

»Den hat Milena heute vor der Haustür gefunden.« Emma reichte ihr das Kuvert.

Jule zog den Briefbogen hervor und las. »Was soll das? Von wem ist der?«, fragte sie irritiert.

»Das wissen wir nicht«, antwortete Emma. »Irgendjemand will uns warnen oder drohen, keine Ahnung.« Sie klang gleichgültig.

Jule wunderte sich und schob ihren Teller zur Seite. Sie betrachtete das Schreiben genauer und hielt es gegen das Licht. »Meint ihr, der ist von dem Dieb, der hier in der Gegend sein Unwesen treibt? Vielleicht sind wir die Nächsten auf seiner Liste.« Jule schaute Sandro an.

»Das ist mir ehrlich gesagt total egal«, sagte er, lehnte sich zurück und rieb sich mit beiden Händen über sein Gesicht.

»Was ist los mit dir, alter Mann? Du bist heute so träge wie ein Faultier in Zeitlupe.« Ehe Sandro antworten konnte, wandte Jule sich zu Emma. »Apropos alter Mann, wusstest du, dass dein Verehrer von gestern heute wieder bei mir im Bistro war? Ein unangenehmer Typ. Er ist richtig fanatisch und will ein neues Date mit dir. Boah, der Kerl war echt widerlich, hat mich am Handgelenk gepackt.« Jule schüttelte sich bei dem Gedanken.

»Was?« Für einen kurzen Moment vergaß Sandro die Sorgen um seine Mutter.

»Lass gut sein«, lachte Jule. »Mit so einem halben Hemd werde ich schon selbst fertig.«

Emma wurde blass.

»Er hat dich erkannt und recherchiert, wo du wohnst, deine Telefonnummer ausfindig gemacht und ist fest entschlossen, dich umzustimmen, damit du sein Spätsommer wirst.« Jule kicherte. »Der will dir an die Wäsche.«

»Jule, bitte!«, wies Emma sie streng zurecht.

»Wassn?«

»Du sollst nicht immer so ordinär reden.«

»Ist dir wohl peinlich?« Sie amüsierte sich über Emmas verzweifelten Versuch, vom Thema abzulenken.

»Wer ist eigentlich Filippo?«, fragte Jule plötzlich.

Sandro stöhnte und lehnte sich zurück. »Mein Cousin. Er ist heute aus Venedig gekommen und bei uns hier eingefallen.«

»Erzähl schon, was für ein Typ ist er?« Jules Augen funkelten, sie war Feuer und Flamme. »Ist er genauso scharf wie du? Wäre er nicht ein Kandidat für Emma?«

»Gott bewahre!«, rief Emma wie aus der Pistole geschossen.

»Haste dir seinen Knackarsch schon angeschaut?«, fragte Jule.

Emma schwieg betreten.

»Du hast. Ist ja geil.«

»Jule, bitte, hör auf!« Sandro fuhr in die Höhe, sein Stuhl kippte nach hinten zu Boden. Er stellte ihn wieder auf und stützte sich mit den Händen auf der Lehne ab.

»Wass 'n los mit euch? Ihr seid so komisch.«

Sandro erzählte die Geschichte seines Cousins und wie er mit seiner Mutter vor zwei Jahren aus Italien vor Filippos Handlangern geflohen und hier untergetaucht war. Jule klebte an seinen Lippen und konnte nicht fassen, was sie da hörte.

»Wo ist der Mistkerl?«, rief sie, als er mit seinem Bericht fertig war.

»Irgendwelche Geschäfte in der Stadt, was weiß ich. Er sagte, wir sollten keinen Fehler machen und nicht versuchen, cleverer zu sein als er, sonst würde Mama dafür zahlen müssen. Morgen früh kommt er wieder.«

»Wir müssen aber etwas unternehmen!« Jule sprang auf und tigerte in der Küche auf und ab.

»Solange er jemanden bei meiner Mutter hat und wir nicht wissen, was er von mir will, kann ich gar nichts tun, ohne sie zu gefährden. Sie lassen mich nicht zu ihr oder mit ihr reden. Ich kenne Filippo, er setzt seine Drohungen ohne mit der Wimper zu zucken in die Tat um.«

»Wahrscheinlich. Du weißt, ich mag deine Mutter nicht sonderlich, aber wir sollten trotzdem aufpassen. So, wie du ihn mir schilderst, ist er ein sadistisches Arschloch und schreckt vor nichts zurück.« Liebevoll strich sie Sandro über den Kopf, als wäre er ein kleiner Junge. »Das kriegen wir schon wieder hin. Du kennst mich, ich habe schon so einiges in meinem Leben auf die Reihe bekommen. Mach dir keine Sorgen um Carlotta.«

»Jule, du musst mir versprechen, keine Dummheiten zu machen, bitte.«

»Dummheiten? Ich?«

»Ich kenne dich«, sagte er besorgt. »Hier geht es um meine Mutter. Meinen Vater habe ich schon verloren.«

Jule küsste ihn auf die Stirn. »Versprochen, ich baue keinen Mist. Alles, was wir unternehmen, besprechen wir vorher und überlegen gemeinsam, was wir tun.«

Sandro legte seinen Kopf gegen ihren Oberarm.

»Bist du dir sicher, dass er den Mann in der Lagerhalle getötet hat?«, fragte Jule.

»Absolut, aber darum geht es schon lange nicht mehr. Ich habe meine Aussage zurückgezogen und ihn entlastet.«

Jule nickte. »Der Typ will auf Nummer sicher gehen. Er hat Angst, dass dich der Detektiv dieser Witwe finden und umstimmen oder dir Geld bieten könnte. Auf deine Loyalität will Filippo jedenfalls nicht setzen.«

»Wisst ihr, was ich nicht begreife?« Emma trommelte mit den Fingerspitzen auf die Tischplatte.

»Was denn?«, hakte Jule nach.

»Wenn er wirklich ein eiskalter Mörder ist, warum hat er nicht einfach die Witwe oder den Detektiv erschießen lassen? Warum macht er sich stattdessen die Mühe, dich zu suchen? Was soll das für ein ›Spielchen‹ sein, das er sich für dich ausgedacht hat?«

»Was auch immer er vorhat«, fügte Jule hinzu, »es gefällt mir ganz und gar nicht.«

»Er hat mich vollkommen in der Hand, weil er weiß, dass ich für meine Mutter alles tue.«

»Fuck, das ist übel.« Jule knabberte an einem ihrer Fingernägel.

»Sein Plan muss ziemlich wasserdicht sein, sonst würde er uns hier nicht unbeaufsichtigt beraten lassen«, stellte Emma fest.

»Heute Mittag, als die Polizei da war und nach dem Einbrecher bei Frau Westermann fragte, hätten wir die Möglichkeit gehabt, ihn anzuschwärzen, doch wir haben geschwiegen, und genau das weiß er.« Sandro stöhnte. »Das Warten macht mich wahnsinnig. Der Gedanke, dass die Kerle meine Mutter in ihrer Gewalt haben und sie vielleicht foltern, während ich hier sitze, bringt mich um den Verstand.«

»Sie tun ihr nichts an, glaub mir. Carlotta dient nur als Druckmittel, damit du genau das machst, was er will«, stellte Jule fest.

»Was denn, verdammt noch mal?«

»Weiß ich auch nicht, aber das finden wir heraus«, rief Jule.

Emma entdeckte das Feuer in ihren Augen. Jule war wild entschlossen, Sandro und seiner Mutter aus der Patsche zu helfen, koste es, was es wolle. »Wir hängen uns an seine Fersen und werden sehen, was er zu verbergen hat. Wie lange will er bleiben?«

»Ein paar Tage«, antwortete Sandro. »Was soll das überhaupt? Warum sagt er nicht, was er von mir will, und gut ist?«

»Das verschweigt er dir, mein Süßer, um dich zu quälen. Ich sag doch, er ist ein sadistischer Arsch.« Jule verschränkte ihre Arme. »Aber er kennt mich noch nicht. Diese Tour werden wir ihm gehörig vermasseln.«

Sandro schüttelte den Kopf. »Wenn man dich so reden hört, könnte man glauben, dir macht das alles auch noch Spaß.«

»Spaß nicht gerade«, sie schmunzelte, »aber es erinnert mich an früher und Steves Spielchen, die er mit mir getrieben hat. Solchen Typen muss man einfach die Fresse polieren.«

Typisch Jule. Emma seufzte. Sie würde diesem Mädchen wohl nie einen gepflegten Umgangston beibringen können.

»Und was den hier angeht«, Jule schnappte sich den Erpresserbrief und wedelte damit durch die Luft, »da könnte es doch sein, dass der Einbrecher eine neue Taktik verfolgt und uns vorwarnt, dass wir die Nächsten auf seiner Liste sind. Lasst uns heute Nacht Wache schieben.«

»Emma, bitte, sag mir, dass ich das hier alles träume«, jammerte Sandro.

»Ich fürchte, nicht. Du kennst deine Freundin. Wenn sie sich etwas vorgenommen hat, dann kann sie nichts davon abbringen.«

»Heißt das, ihr macht mit?«, fragte Jule.

»Bei was macht ihr mit?« Trixi stand plötzlich im Türrahmen.

»Mein Gott, Kind, dich habe ich vor lauter Aufregung ganz vergessen.« Emma sprang auf und trat zu ihrer Enkelin. »Du hast dich den ganzen Tag in deinem Zimmer eingeschlossen, du musst Hunger haben. Komm, ich mach dir ein paar Nudeln, und dann erzählen wir.«

»Nudeln ja, reden nein. Kannst sie mir auf meinem Zimmer servieren. Ich esse oben.« Trixi machte kehrt und verschwand.

Die drei starrten sich verblüfft an.

»Da sag noch mal einer, ich sei unmöglich.« Jule lachte.

»Wie wollen wir vorgehen?« Jule warf sich auf das dunkelbraune Ledersofa in der Bibliothek und legte ihre Füße auf den kleinen Glastisch davor. Sandro setzte sich neben sie, Emma in einen der Sessel ihnen gegenüber. Anfangs war Sandro von Jules Idee, den Dieb zu überführen, nicht gerade begeistert gewesen. Seine Gedanken kreisten ständig darum, wie er seiner Mutter helfen könnte. Seine Angst um sie raubte ihm den Verstand, doch Jule überzeugte ihn, dass er vorerst keine Wahl hatte und nichts ausrichten konnte, ohne Carlotta zu gefährden. Er musste abwarten, was Filippo von ihm verlangte, und auf seine Spielchen eingehen. Die Einbrecherjagd war eine gute Ablenkung, um nichts Unüberlegtes anzustellen.

Die Sonne war untergegangen und zog das letzte Tageslicht hinter sich her, dem Horizont entgegen. Emma liebte diesen Raum, der nach Büchern roch und voller Erinnerungen an ihren Mann Kurt steckte. Wenn sie sich umschaute, konnte sie seinen Zigarrenqualm unter der grünen Schreibtischlampe vorbeiwabern sehen und hörte sein Räuspern, wie er es immer tat, wenn er sich seine goldene Brille auf die Nase setzte und mit hochgezogener Augenbraue wichtige Papiere fürs Geschäft studierte.

»Wir sollten heute Nacht auf alle Fälle Wache schieben. Wenn der Brief tatsächlich eine Warnung war und eingebrochen werden soll, dann wird der Typ sich hier umschauen und den Tresor suchen.«

»Ich bezweifle nach wie vor, dass der Brief von dem Einbrecher stammt, aber angenommen, du hast recht, warum meinst du, dass er sofort in die Bibliothek kommen wird?« Sandro schaute Jule fragend an.

»Er hat sich im Vorfeld natürlich schlaugemacht. Bei Frau Westermann und den anderen wusste er ganz genau, wo sie ihren Schmuck aufbewahrten.« Jule war sich ihrer Sache sicher.

»Du meinst, er weiß, dass mein Safe hier ist?« Emma griff sich an den Hals. Der Gedanke, dass sich jemand in ihrem Haus umgesehen haben sollte, fühlte sich unbehaglich an. »Wie kommt er nur an diese Informationen?«

»Das ist doch ganz einfach.« Jule, die Meisterdiebin, war in ihrem Element. »Er observiert dich, deine Gewohnheiten, dein Haus, einfach alles. Er legt sich so lange auf die Lauer, bis er alle Details kennt und sicher ist, unentdeckt zuschlagen zu können.«

»Mir ist es ein Rätsel, wie so jemand ins Haus gelangen und das Zahlenschloss knacken kann.« Emma fröstelte.

»Das, meine Liebe, ist ein Handwerk, das viel Übung, Geduld und Disziplin abverlangt und vor allem jahrelanges Training.«

»So, wie du das sagst, klingt es, als ob du von einem Ausbildungsberuf mit Abschlussprüfung vor der IHK redest. Das ist mir unheimlich.«

Jule lachte herzlich. »Im Grunde ist es ja auch nichts anderes.«

»Doch«, rief Emma, »es ist ein Verbrechen!«

Sandro erhob sich und lief um den Schreibtisch. Er blieb vor einem Ölgemälde mit einer Jagdszene stehen. »Welch originelles Versteck für einen Safe!« Er klappte das Bild wie eine Schranktür auf. Dahinter kam ein grauer Tresor mit Zahlenschloss zum Vorschein. Er rüttelte an dem Verschluss, um sicherzugehen, dass er versperrt war, und lehnte das Bild wieder an die Wand zurück.

»Sollten wir nicht lieber die Polizei verständigen?« Emma war nicht wohl bei dem Gedanken, dass Jule oder Sandro etwas zustoßen könnte.

»Das machen wir, wenn wir ihn gefasst haben. Wenn die Jungs von der Polizei hier auftauchen, kommt der Dieb bestimmt nicht. Sandro und ich werden uns im Salon auf die Lauer legen und ihm den Rückzug aus der Bibliothek abschneiden.«

»Wenn das nur gut geht.« Emma hatte ein mulmiges Gefühl. »Und was kann ich tun?«

Jule räusperte sich. »Ist vielleicht besser, wenn wir das allein machen. Solche Kerle sind nicht zimperlich und schlagen schon mal zu. Sandro ist stärker als du, und ich kann mich gegen solche Typen ganz gut zur Wehr setzen.«

Widerspruch war zwecklos. Emma wollte nicht, dass sich die jungen Leute ihretwegen in Gefahr begaben. Das hatten sie schon viel zu oft getan, aber sie wusste, dass Jule recht hatte. Sie war eine alte Frau und hätte wenig gegen einen Einbrecher ausrichten können.

»Wir sollten wie jeden Abend ins Bett gehen und die Lichter löschen«, plante Jule. »Dann schleichen wir uns leise nach unten und verstecken uns.«

Emma sprang in die Höhe und verschwand ohne ein Wort der Erklärung im Keller. Nach einigen Minuten kam sie zurück und hielt einen Baseballschläger mit beiden Händen quer vor ihre Brust. »Den könnt ihr bestimmt gut gebrauchen.«

»Cool.«

Jule nahm den Schläger und schwang ihn durch die Luft.

»Vorsicht! Lass Emmas Einrichtung leben«, mahnte Sandro.

»Wass 'n? Ich muss doch mal Probeschlagen.« Jule nahm Sandro an der Hand und lächelte. »Keine Sorge, hier steckt kein Zimmermannsnagel drin, der dem Kerl im Ohr stecken bleiben könnte.«

Musste Jule immer wieder auf Steve anspielen? Emma schüttelte den Kopf. Sandro nahm seiner Freundin wortlos den Schläger aus der Hand und legte ihn zur Seite. Dann packte er sie und hievte sie über seine Schulter, unbeeindruckt davon, dass sie schrie und mit ihren Fäusten auf seinen Rücken hämmerte. »Lass mich runter!«

Emma wurde neugierig.

»Was hast du vor?«, rief Jule.

Er lief mit ihr durch den Salon und öffnete die Terrassentür.

»Oh nein, das wagst du nicht!« Jules Stimme wurde schrill. »Lass mich runter. Scheiße, Mann, das wirst du bereuen.«

Er lief an den Pool und ließ Jules Kopf hinter seinem Rücken über dem Wasser baumeln. »Erwähnst du Steve jemals wieder?«

»Ja«, lachte Jule, und Sandro wusste, dass sie es tun würde.

Er ließ sie zur Strafe ein Stückchen nach unten rutschen. Jule fuchtelte wild mit den Armen. »Emma, hilf mir doch.«

Sie dachte nicht daran, sondern lehnte sich gegen die Terrassentür und verschränkte die Arme vor der Brust. »Ich fürchte, da musst du allein durch, meine Liebe.«

»Bitte, bitte, lass mich runter, du schönster aller Männer. Ich tue auch alles, was du willst.«

»Leere Versprechungen, die kenne ich schon.«

Sandro holte tief Luft und ließ sich mit ihr gemeinsam nach hinten in den Pool fallen. Eine riesige Fontäne spritzte in die Höhe, klatschte auf die Wasseroberfläche und die Steinplatten. Emma sprang einen Schritt zurück, um nicht nass zu werden. Jule tauchte prustend auf. Sie strich sich ihre Rastalocken aus dem Gesicht und lachte. Emma wurde plötzlich unbehaglich zumute. Sie hatte wieder das Gefühl, beobachtet zu werden. Die Konturen des Gartens verschwammen im abendlichen Zwielicht, und obwohl sie nichts entdecken konnte, spürte sie, dass irgendetwas dort draußen lauerte. Sie rieb sich die Arme, lief langsam in den Salon und knipste die Gartenbeleuchtung an. Ein Kandelaber neben dem Pool flammte auf und verströmte mondgelbes Licht.

»Kommt, wir sollten hineingehen«, rief sie den beiden durch die geöffnete Terrassentür zu.

Jule und Sandro stiegen mit triefend nassen Kleidern aus dem Pool. Emma holte ihnen Handtücher. Während die beiden sich abtrockneten, starrte sie in die Dunkelheit und ihre Nackenhaare richteten sich auf.

Wie jeden Abend zogen sie die Vorhänge zu und löschten die Lichter in der Villa. Trixi verkroch sich mit ihrem Geheimnis, über das sie nicht reden wollte, in ihrem Zimmer unter dem Dach, und Emma verschwand in ihrem Schlafgemach im Erdgeschoss neben der Bibliothek. Nachdem im Haus alles ruhig war, schlichen Jule und Sandro nach unten und bezogen ihren Wachposten im Salon. Jule kuschelte sich auf dem Sofa eng an ihren Freund. Im Wechsel wollten sie Wache schieben. Sandro hatte sich angeboten, die erste Schicht zu übernehmen. Jule schloss die Augen, aber an Schlaf war nicht zu denken. Ihre Gedanken jagten kreuz und quer und ließen sich nicht abstellen. Sandro war unruhig, trommelte mit den Fingerspitzen auf die Sofalehne und zog schließlich sein Handy aus der Hosentasche. »Ich rufe jetzt bei meiner Mutter an. Ich muss wissen, ob es ihr gut geht.«

»Bist du verrückt?«, fuhr Jule ihn an. Sie schnappte sich das Telefon und steckte es unter ihre Decke. »Das Ding leuchtet so hell, da kannst du dem Einbrecher gleich einen Zettel an die Scheibe hängen und darauf schreiben, dass wir hier auf ihn warten.«

»Mich bringt diese Ungewissheit um den Verstand. Ich muss sie anrufen.«

»Psst.« Jule hob den Kopf vom Sofapolster in die Höhe. »Hast du das gehört?«

»Was?«

Sie lauschten.

»Ich dachte, ich hätte das Klingeln eines Handys gehört.«

Stille.

»Wohl doch nicht.«

Jule entspannte sich und schmiegte sich wieder an Sandros Körper. Er strahlte eine wohlige Wärme aus. Am liebsten hätte sie ihre Hände auf Wanderschaft gehen lassen und seinen Körper mit ihren Fingerspitzen erobert.

»Da«, flüsterte sie und richtete sich auf.

Sandro schlug langsam die Decke zurück. Er griff nach dem Baseballschläger, den er neben sich auf den Fußboden gelegt hatte. Das

Geräusch, das sie gehört hatten, war ein leises Schleichen, als ob jemand bemüht wäre, keinen Lärm zu machen. Sandro stand auf, hielt den Schläger mit beiden Händen und huschte neben die Tür zum Flur. Er lehnte sich mit dem Rücken gegen die Wand und lauerte wie ein FBI-Agent im Film. Jule folgte ihm. Sie hielt eine große Taschenlampe in der Hand. Ihre Strategie war, den Einbrecher erst zu blenden und ihn dann mit dem Schläger außer Gefecht zu setzen. Danach konnten sie ihn fesseln und in Ruhe die Polizei informieren.

Das Geräusch war so leise, dass man es kaum hörte. Jule irritierte, dass es aus dem Obergeschoss kam. Ein Dieb, der die Villa gründlich observiert hatte, hätte sich nicht die Mühe gemacht, erst an der Fassade nach oben zu klettern, einzubrechen und danach wieder ins Erdgeschoss zu gehen. Die Schritte kamen langsam die Treppe herunter. Jule hielt die Luft an. Es war dunkel, und sie nahm einen Schatten wahr, der nicht zum Tresor in die Bibliothek, sondern zur Haustür schlich.

»Wer ist das?«, flüsterte Jule.

»Emma?«

»Warum sollte sie zur Haustür schleichen?«

»Es ist Trixi.«

»Möglich, aber was tut sie da?«

Sie beobachteten, wie sich Trixi an der Tür zu schaffen machte und sie einen Spaltbreit öffnete. Sandro umklammerte den Schläger und bereitete sich zum Angriff vor. Die Haustür wurde kurz geöffnet, und eine weitere Person huschte ins Innere. Leises Flüstern.

»Ich schnapp mir den Fremden, und du hältst Trixi aus der Gefahrenzone fern«, ordnete Sandro an.

»O.k.«

Sandro schlich wie ein Actionheld aus seinem Versteck und versetzte dem Eindringling einen gekonnten Schlag auf den Kopf. Jule packte Trixi und hielt ihr den Mund zu, damit sie nicht das ganze Haus zusammenschrie und Emma zu Tode erschreckte. Außerdem wollte sie erst hören, was hier vor sich ging, ehe sie Alarm schlug.

Sandro zerrte den Fremden an seinen Armen in den Salon und legte ihn auf dem Teppich ab. Trixi wehrte sich und jammerte.

»Sei still, oder willst du, dass Emma uns hört?«

Sie gab sofort Ruhe.

Jule knipste die Lampe auf der Kommode an und schaute, wer der Eindringling war.

»Du? Scheiße, Mann, was machst du denn hier?«

»Bitte, sag Emma nichts, bitte«, flehte Trixi.

»Kalle?« Sandro starrte den jungen Mann auf dem Boden an.

»Alter, warum schleichst du nachts hier herum?«, fragte Jule und zerrte ihn am Arm in die Höhe.

Sandro half ihr, den jungen Mann auf das Sofa zu setzen. Er war von dem Schlag auf den Kopf benebelt, aber wach genug, um sofort ein puterrotes Gesicht zu bekommen. Er starrte zu Boden. Verlegen rieb er sich den Hinterkopf. Ganz der Kalle, den Jule kannte, verklemmt und schüchtern bis in die Haarspitzen. Das war schon so gewesen, als sie noch in der WG zusammenwohnten. Ein Genie, wenn es um sein BWL-Studium ging, eine Lusche, wenn er das wahre Leben meistern sollte, und eine absolute Obernull, wenn es um das Thema Frauen ging. Sandro machte sich gern über ihn lustig. Als sie Trixi für ein paar Tage in der WG verstecken mussten, verliebte sich Kalle Hals über Kopf in sie. Warum Trixi seine Gefühle erwiderte, konnte Jule nicht nachvollziehen. Sie schüttelte sich bei dem Gedanken, wie es sein mochte, Kalle zu küssen. Trixi war erst 15. Er war 25 und für sie der erste Mann, der sie auf Händen trug, ihr das Gefühl gab, eine Frau zu sein. In dieser Verliebtheit sah sie wohl über vieles hinweg, vermutete Jule.

»Was macht ihr hier? Wolltest du dich zu Trixi schleichen und mit ihr in die Kiste springen?« Jule setzte sich neben Kalle auf das Sofa. Er trug wieder einen dieser superhässlichen karierten Pullunder und eine Hose mit Bügelfalte.

Kalle schwieg beharrlich und starrte auf seine Hände, die er auf seine Oberschenkel gelegt hatte.

»Jetzt lasst ihn doch in Ruhe«, flüsterte Trixi und setzte sich auf die andere Seite neben Kalle. »Emma hat erlaubt, dass er mich hier besuchen darf.«

»Stimmt, das hat sie«, erinnerte sich Jule, »aber ich glaube nicht, dass sie es gut findet, wenn er sich nachts heimlich hereinschleicht und zu dir ins Bett springt.«

Emma hatte tatsächlich versprochen, Trixis Zimmer oben unter dem Dach für sie bereitzuhalten, wann immer sie kommen wollte. Weil sie glaubte, sich zu wenig um ihre Enkelin gekümmert zu haben und genauso schuld an ihrem verzogenen Verhalten zu sein, wollte sie in Zukunft mehr Zeit für das Mädchen aufbringen. Kein schlechter Ansatz, wie Jule fand, aber das hier sah eher aus, als ob Trixi ihr Asyl nur als sturmfreie Zone ausnutzte. Jule war weiß Gott kein Kind von Traurigkeit und hatte mehr auf dem Kerbholz, als alle hier im Raum zusammen, aber es erschien ihr wie ein Verrat an Emma, wenn sie das Spiel mitspielte.

»Sorry, Kalle, aber du solltest jetzt besser gehen.«

»Mann, ihr seid so spießig«, maulte Trixi und sprang auf.

»Halt mal die Luft an, Püppi!«, Jule erhob sich. »Glaubst du, es ist ein guter Schachzug, wenn du dich von dem da vögeln lässt?«

Wer von den beiden einen röteren Kopf bekam, war nicht mehr auszumachen. Beide schwiegen.

»Nee, das ist jetzt nicht euer Ernst.« Jule war entsetzt und sah es bildlich vor sich. Kalle nackt. Sie schüttelte den Kopf, hob die Hände und lief im Kreis. Ein Bild, das sie so schnell wie möglich wieder vergessen wollte. »Seid ihr verrückt?«

»Wir lieben uns«, flüsterte Trixi theatralisch. Kalle schwieg und steckte seine Hände in die Hosentaschen.

»Kind, du weißt nicht, was du da sagst, und in 20 Jahren wirst du dich für diesen Satz bitterböse schämen.« Jule kam sich plötzlich wie ihre eigene Mutter vor und hasste sich dafür.

»Es ist besser, wenn du jetzt wieder gehst«, sagte Sandro ernst und zerrte Kalle an seinem Kragen in die Höhe.

Der taumelte und zog seine Hände aus den Taschen, um nicht die Balance zu verlieren. Dabei fiel ihm eine Pappschachtel zu Boden. Jule bückte sich und hob sie auf. Sie blickte auf die Packung und erstarrte. Entsetzt schaute sie Kalle an und dann Trixi. Ihr fehlten die Worte.

»Was ist los?«, fragte Sandro und griff nach dem Päckchen.

Kalle und Trixi sagten kein Wort.

»Schwangerschaftstest?«, stammelte Sandro.

Es dauerte einen Moment, ehe Jule registrierte, was sie soeben erfahren hatte. Die Informationen waren da, aber ihr Kopf weigerte sich, diese zu akzeptieren.

»Du bist schwanger?«, fragte sie ungläubig.

Trixi schluchzte und ließ sich auf das Sofa sinken.

»Bist du total bekloppt?«, schrie Jule und packte Kalle am Kragen, wie es Sandro zuvor getan hatte, und schlug ihm mit der flachen Hand auf den Hinterkopf. »Das Mädel ist noch minderjährig. Weißt du, dass du mächtig Probleme bekommen kannst? Ich fass es nicht.«

»Wir haben das nicht gewollt«, jammerte er.

»Das wäre ja auch noch schöner gewesen. Mann, ich habe meine Hand für dich ins Feuer gelegt und Emma versprochen, dass du Trixi nichts antust.«

»Hab ich doch auch nicht.« Hilflos schaute Kalle sie an.

»Wie lange geht das schon mit euch?«

»Das war nur zwei Mal.«

»Und dann gleich 'nen Treffer? Habt ihr noch nie etwas von Verhütung gehört?«

Die Situation war absurd. Jule wollte sich nicht vorstellen, was Emma sagen würde, wenn sie davon erfuhr. Noch weniger wollte sie sich Kalle in Ekstase vorstellen. Die Theorie, dass er seine Gene durch Zellteilung weitergab, hätte ihr besser gefallen.

»Seid ihr euch eigentlich sicher, dass Trixi schwanger ist? Ich meine, wenn ihr den Test noch gar nicht gemacht habt«, fragte Sandro und gab Jule den Schimmer einer zarten Hoffnung, dass die Situation sich wie eine Seifenblase auflösen könnte.

»Los, das machen wir sofort, und ihr wartet hier.« Jule schnappte sich Trixi und verschwand mit ihr im Badezimmer.

Sandro und Kalle setzten sich auf das Sofa und schwiegen.

»Ich weiß, dass ich Mist gebaut habe«, sagte Kalle schließlich, während er am ganzen Körper bebte.

»Kann man so sagen«, erwiderte Sandro trocken.

»Ich liebe sie wirklich.«

»Auf deine kranke Art vielleicht schon.«

»Ich hatte noch nie eine Freundin, und als wir zusammen waren, ist es einfach geschehen.«

»Sag mal, so naiv kann man doch gar nicht sein.«

»Was sollen wir denn jetzt machen?« Kalle traten Tränen in die Augen.

»Abwarten«, sagte Sandro und klopfte ihm beruhigend auf den Rücken.

Nach einigen quälend langen Minuten kamen Trixi und Jule aus dem Badezimmer. Trixi blass, Jule wütend. Kalle und Sandro erhoben sich.

»Bingo. Herzlichen Glückwunsch dem jungen Papa.« Jule verpasste Kalle eine schallende Ohrfeige.

Trixi brach in Tränen aus, und Kalle weinte mit.

Jule legte ihre Stirn gegen Sandros Oberarm und überlegte, was sie tun sollten. Wie auch immer sie es drehten und wendeten, sie mussten Emma die Wahrheit sagen.

»Ich will das Kind nicht«, schluchzte Trixi. »Ich lasse es mir fortmachen. Ich habe Geld von meinem Vater mitgenommen.«

Jule traute ihren Ohren nicht.

»Sag das noch mal. Du hattest den Verdacht, schwanger zu sein, hast deinem Vater vorsorglich Geld für eine Abtreibung gestohlen und dich hier versteckt?«

Trixi nickte.

»Du hast ja keine Ahnung, auf was du dich da eingelassen hast.« Jule war schockiert.

»Und du kennst dich damit aus, oder was?«, schimpfte Trixi, die plötzlich wieder Oberwasser hatte.

»Besser, als du denkst.«

Sandro wurde hellhörig. »Ich glaube, Kalle, du solltest jetzt gehen«, sagte er ruhig.

Trixi sprang auf und packte Jule an den Händen. »Bitte, verratet Emma nichts, bitte«, flehte sie.

Jule zögerte. Ihr Kopf schwirrte, sie konnte keinen klaren Gedanken mehr fassen.

»Wir sollten uns alle erst einmal beruhigen und nachdenken«, schlug Sandro vor. »Es reicht, wenn Emma das in ein paar Tagen erfährt. Bis dahin wissen wir vielleicht, was wir tun sollen.«

»Danke«, sagte Trixi und fiel Sandro schluchzend um den Hals.

»Und jetzt alle Mann raus«, polterte Jule. »Falls der Einbrecher uns heute wirklich überfallen will, dann sollten wir endlich das Licht ausmachen.«

»Einbrecher?«, fragte Trixi.

Sandro schob den noch immer verstörten Kalle zur Haustür hinaus, und Jule bugsierte Trixi nach oben in ihr Zimmer.

Als sie zurückkehrten, schalteten sie das Licht aus und kuschelten sich wieder auf das Sofa. Alles wurde still um sie herum. Jule spürte Sandros Nähe, seinen Herzschlag und wünschte sich, dieser Zwischenfall wäre nie geschehen. Die Situation war verrückt. Trixi schwanger, Kalle der Vater. Jule brauchte eine ganze Weile, ehe sie ihre Gedanken unter Kontrolle bringen konnte und zur Ruhe kam.

»Wie hast du das vorhin gemeint?«, flüsterte Sandro und streifte eine Locke aus ihrem Gesicht.

»Was?«

»Du sagtest, du kennst dich mit Abtreibung aus.«

Jule schwieg.

»Warst du schon einmal schwanger?«

Sandro spürte, dass Jule zitterte. »Du musst nicht darüber reden, wenn du nicht willst. Hauptsache, ich erfahre nicht eines Tages, dass ich Stiefvater von Fünflingen bin.«

Jule drehte sich auf den Rücken und rang sich ein gequältes Lächeln ab. »Keine Sorge. Ich kam mit 18 in die Stadt und blieb bei Steve und seiner Clique auf der Straße hängen. Wahrscheinlich war ich genauso blöd und naiv wie Trixi. Das Landei, das sich sofort von Steve vögeln ließ, und glaubte, jetzt erwachsen zu sein.«

Sandro schnaubte.

»Ich war noch keine zwei Monate mit ihm zusammen und schon schwanger. Es war der einsamste und beschissenste Tag meines Lebens, als ich es erfuhr. Allein auf der Straße, keine Möglichkeit, nach Hause gehen zu können, und einfach nur überfordert. Was hätte ich denn anderes machen sollen?«

Er strich Jule mit dem Finger über ihre Wange.

»Zum Glück war da ein Mädel in unserer Clique, Angela, die kannte eine, die eine kannte, die so etwas erledigte.« Jule lachte verbittert. »Dass ich den Eingriff der Engelmacherin überlebt habe, grenzt echt an ein Wunder. Mann, ich war so blöd damals. Ich hätte krepieren oder irgendwo in der Stadt unter einer Brücke verbluten können.«

»Komm her«, Sandro zog sie in seine Arme und hauchte ihr einen Kuss auf den Kopf.

»Wir müssen Trixi helfen, Sandro. Sie kann doch kein Kind von Kalle bekommen!«

»Ich weiß ehrlich nicht, was mich mehr schockiert: dass sie noch minderjährig ist oder dass ausgerechnet Kalle der Vater sein soll. Brr.« Er schüttelte sich.

Sie schwiegen, während sie ihren Erinnerungen und Gedanken nachhingen. Jule dachte an ihre Mutter. Sie hätte damals wahrscheinlich genauso wie sie eben reagiert, wenn sie gewusst hätte, dass ihre Tochter schwanger war. Plötzlich kam sich Jule alt und spießig vor.

»Jule?«

»Hm?«

»Ich könnte mir wunderbar vorstellen, mit dir ein Kind zu haben.«

»Bitte?«

»Ja, so einen kleinen rothaarigen Teufel, der schreiend durch den Garten springt und uns auf Trab hält.«

Jule lachte. »Einen, der unser Leben durcheinanderbringt, uns nie wieder durchschlafen lässt, dem ich ständig die Windeln wechseln muss? Und das kannst du dir wirklich vorstellen?«

»Ja.« Sandro umarmte und küsste sie. Sein Atem wurde schwer.

»Was ist denn plötzlich in dich gefahren? Hast du vergessen, warum wir hier Wache schieben?«

»Der Einbrecher kann warten, ich nicht.«

Mittwoch

Jule träumte von rothaarigen Kleinkindern im Garten und schreckte aus dem Schlaf. Ihr Rücken schmerzte. Sie blinzelte der Sonne entgegen, die durch das Fenster schien. Es dauerte einen Moment, bis ihr die vergangene Nacht mit all ihren lustvollen Details wieder in den Sinn kam. Das Schönste davon lag neben ihr. Sandro schlief noch.

»Kinder? Du Spinner!«

Sie küsste ihn auf die Stirn, schob sich vorsichtig unter der Decke hervor und zog ihre Kleidungsstücke an, die sie gestern Nacht auf dem Boden verstreut hatte.

»Shit, der Einbrecher!«, fiel es Jule siedend heiß ein. Im Eifer des Gefechtes hatten sie ihn völlig vergessen und waren eingeschlafen. Sie knöpfte ihre Jeans zu, streifte ihr Shirt über und rannte in die Bibliothek. Auf den ersten Blick sah alles aus wie immer. Jule trat hinter den Schreibtisch und klappte das Ölgemälde zur Seite. Der Tresor war noch verschlossen. Sie atmete auf.

»Ertappt!«, rief eine Stimme.

Jule wirbelte herum und sah einen Mann lässig mit verschränkten Armen im Türrahmen lehnen. Die Ähnlichkeit mit Sandro war unverkennbar. Es konnte sich nur um seinen Cousin Filippo handeln. Ausgerechnet als sie sich gestern Abend nach ihrem unfreiwilligen Bad im Pool ihrer nassen Klamotten entledigten, war er zurückgekehrt. Jule hätte sich den Kerl zu gern vorgeknöpft, aber er war auf direktem Weg in sein Zimmer verschwunden und hatte die Tür hinter sich abgeschlossen.

»Verpiss dich.« Jule schloss das Geheimfach. Sie hatte große Lust, diesem Widerling an die Gurgel zu springen, ihn für das, was er Sandro und seiner Mutter antat, zu bestrafen.

»Sind die Kronjuwelen noch da?«, fragte Filippo ironisch.

»Was geht dich das an? Pass lieber auf deine Kronjuwelen auf.«

»Grr«, knurrte Filippo und fuhr wie ein Löwe mit seiner Pranke durch die Luft. »Ich liebe temperamentvolle Frauen.«

»Und weißt du, was ich liebe?« Jule trat dicht neben ihn.

»Was denn?« Seine Augen funkelten neugierig.

»Männer, die vor mir im Dreck liegen und um Gnade winseln.« Jule packte Filippos Arm und hebelte ihn blitzschnell nach hinten auf seinen Rücken und zwang ihn in die Knie.

»Holla, eine kleine Wildkatze.« Er lachte.

Jule riss seinen Arm noch ein Stück weiter in die Höhe.

Sandro kam durch den Flur. Als er Filippo auf dem Boden sah, konnte er sich ein schadenfrohes Grinsen nicht verkneifen. Gleichzeitig musste er wieder an seine Mutter denken. Sandros Magen krampfte sich zusammen.

»Was für einen charmanten Cousin du doch hast, Liebster«, säuselte Jule, ließ von dem Mann ab und ging nach oben.

Sandro folgte ihr.

»Warte nur, du Biest. Das wirst du noch bereuen«, fauchte Filippo und rappelte sich wieder auf.

Die Stimmung am Frühstückstisch war angespannt. Filippo setzte sich ohne ein Wort der Erklärung zu ihnen und tat, als ob er ein willkommener Gast sei. Sandros Versuche, nach seiner Mutter zu fragen oder herauszufinden, was sein Cousin plante, ignorierte er.

»Alles zu seiner Zeit. Du wirst noch früh genug erfahren, was ich mir für dich ausgedacht habe.« Er packte sich Wurst und Käse auf sein Brot und biss genüsslich hinein.

Jule hätte ihm am liebsten die Augen ausgekratzt, aber sie hatte versprochen, keine übereilten Aktionen zu starten. Sandro strich Butter auf sein Brötchen, während er vor unterdrückter Wut bebte. Er hatte etwas Bedrohliches an sich, als ob er jeden Moment sein Frühstücksmesser in Filippos Rippen stechen wollte.

Emma nippte an ihrem Kaffee und starrte Filippo über den Rand ihrer Tasse hinweg an. Jule entging nicht die Abscheu, mit der sie den Italiener bedachte. Es musste sie ungeheure Kraft kosten, diesen Mann im Gästezimmer ihres Hauses zu beherbergen, statt ihn hochkant hinauszuwerfen. Auf Emmas Gesicht zeichneten sich müde Falten ab. Wahrscheinlich hatte sie die ganze Nacht lang kein Auge zugetan, gegrübelt und auf den Einbrecher gewartet, der zum Glück nicht gekommen war. Wenn sie jetzt noch von Trixis Geheimnis erfuhr, würde sie außer sich vor Sorge sein. Jule konnte Emma nicht in die Augen schauen und schämte sich, ihr noch nichts gesagt zu haben.

Trixi nagte totenbleich an einem Stück Toast.

Plötzlich spürte Jule Sandros Fuß unter dem Tisch an ihrem Bein auf und ab streichen. Sie lächelte. Er saß ihr gegenüber, neben Filippo, und goss sich Kaffee in seine Tasse. Kinder! Was hatte er sich bei diesem Vorschlag nur gedacht? Sie war erst 22 und hatte noch nie ernsthaft über ihre Zukunft nachgedacht. Das hatte Zeit, bis sie älter war. Zuerst wollte sie das Leben und vor allem Sandro uneingeschränkt genießen.

Sein Cousin ähnelte ihm, oder vielleicht lag es nur daran, dass sie beide Südländer mit braunen Locken waren. Jule ließ ihren Blick flüchtig zu ihm schweifen und erschrak. Er schaute sie an und grinste. Sie blickte zur Seite und setzte sich auf ihrem Stuhl zurecht. Dabei fiel der Fuß an ihrem Bein zu Boden. Sandro aß weiter, als ob nichts geschehen wäre, doch im selben Moment sackte Filippo zusammen. Das durfte nicht wahr sein! Jule starrte ihn entsetzt an, und er zwinkerte ihr grinsend zu. Er hatte mit ihr unter dem Tisch gefüßelt, obwohl Sandro neben ihm saß. Jule war so perplex, dass sie kein Wort hervorbrachte. Ihr Gesicht wurde rot vor Zorn.

Plötzlich sprang Trixi auf und rannte zur Toilette.

»Was ist los? Ist dir nicht gut?«, fragte Emma und wollte ihr hinterherlaufen.

»Lass mal«, sagte Jule, erleichtert, dass sie dieser unsäglich peinlichen Situation entfliehen konnte, und stand von ihrem Stuhl auf. »Ich schaue nach ihr.«

Sie musste raus aus der Küche, konnte nicht länger mit Filippo an einem Tisch sitzen. Sie verspürte eine mörderische Wut. Falls er dachte, sie seien nun quitt, hatte er sich geirrt. Für diese schäbige Aktion würde er bezahlen.

Trixi war nach oben ins Badezimmer gerannt und hing über der Kloschüssel. Sie würgte. Jule lehnte sich gegen den Türrahmen und beobachtete sie.

»Scheißgefühl, was?«

»Lass mich.« Trixi klemmte sich die Haare hinter ihre Ohren und übergab sich ein zweites Mal.

»War es das wert?«

Das Mädchen brach in Tränen aus und rollte sich wie ein Embryo auf dem weichen Teppichvorleger zusammen. Sie schluchzte. Jule kniete sich neben sie und strich ihr die Haare aus dem Gesicht. Sie musste an ihre damalige Freundin Angela denken.

»Wir finden eine Lösung, jetzt mach dich mal nicht verrückt. Komm, wasch dir dein Gesicht, und ich sag unten, dass du einen Darminfekt hast und dir übel ist. Milena soll dir einen Kamillentee kochen.«

Trixi setzte sich auf und klammerte sich an Jule. »Ich will das Kind nicht. Hilfst du mir? Bitte.«

Ihre Wimperntusche löste sich auf und lief mit den Tränen über ihre Wangen. Jule verstand das Mädchen nur zu gut und reichte ihr ein Taschentuch.

»Klaro helfe ich dir.«

Sie zog Trixi auf die Beine und brachte sie in ihr Zimmer im Dachgeschoss.

Als Jule auf dem Rückweg am Gästezimmer vorbeikam, in dem Filippo untergebracht war, blieb sie stehen und lauschte nach unten in die Küche. Sie musste herausbekommen, was dieser Mann mit

Sandro vorhatte. Vielleicht fand sie irgendeinen Hinweis in seinen Sachen. Die Gelegenheit war günstig. Jule überlegte nicht lange, öffnete die Tür und schlüpfte in sein Zimmer. Sie schmunzelte, denn das war definitiv kein Raum für einen sadistischen Mafioso, sondern vielmehr das Zuhause einer Prinzessin. Alles war in Rosa und Weiß gehalten. Auf der Tapete rankten Rosenblüten bis zur Decke hinauf. Das Bett, der Sessel, die beiden Stühle und der Tisch waren aus weißem Holz und mit verschnörkelten Rosenmotiven verziert. Jule schlich über den weichen Teppich und hoffte, dass ihre Schritte unten nicht zu hören waren. Sie befand sich direkt über der Küche. Filippos Reisetasche stand auf dem Sessel. Sein Handy lag auf dem Tisch.

»Wollen wir doch mal sehen, was unser Dornröschen in seinen Sachen versteckt hat.«

Jule zog den Reißverschluss auf und erblickte Hosen, Socken, ein Hemd. Sie fuhr mit beiden Händen in die Tasche hinein und tastete nach etwas, das aufschlussreicher war. Sie entdeckte einen italienischen Krimi, Ausweispapiere, Toilettenartikel und Kleidungsstücke, nichts Außergewöhnliches.

»Schon etwas gefunden?«

Filippos Stimme ertönte aus dem Nichts. Jule zog ihre Hände aus der Tasche und wirbelte herum. Er stand breitbeinig und mit verschränkten Armen an der Tür. »Dass du mir so schnell an die Wäsche gehst, hätte ich nicht erwartet«, sagte er süffisant.

»Du mieser Dreckskerl«, feuerte Jule zurück, »deine Aktion vorhin in der Küche war unter alle Kanone. Mit dir bin ich noch lange nicht fertig.«

»Ich freue mich darauf.« Er schloss die Tür hinter sich, packte Jule, legte ihr den linken Unterarm um die Kehle und drückte ihr langsam die Luft ab. Seine Muskeln waren trainiert, und es bereitete ihm keine große Mühe, Jule im Klammergriff zu halten. Filippo fuhr mit seiner Nase durch Jules Locken und flüsterte ihr ins Ohr: »Du wirst jetzt genau das tun, was ich dir sage.«

»Träum weiter«, fauchte sie, während sie versuchte, ihren Ellenbogen in seinen Magen zu rammen, doch er packte ihren Arm und hielt ihn fest. »Was soll die Scheiße? Was willst du von mir?«

»Spaß.« Er blies in ihr Ohr.

Jule holte aus und trat mit der Ferse gegen sein Schienbein. Schade, dass sie barfuß war und nicht ihre Armeestiefel trug. Sie bäumte sich auf wie ein junges Pferd unter seinem Reiter, doch Filippo ließ sie nicht los. Ihre Gegenwehr schien ihn zu amüsieren. Es wurde Zeit für einen Strategiewechsel.

»O. k., du hast gewonnen«, sagte sie und ließ sich wehrlos in seine Arme fallen.

»Einfach so?« Filippo klang ein wenig enttäuscht. Er grub sein Gesicht in ihre Halsbeuge und legte beide Arme von hinten um ihre Taille. Dabei schob er sie zu seinem Bett.

Jule verdrehte die Augen. Ging es denn immer nur um das Eine? Sie wand sich in seinen Armen um und schaute ihn an. Er schob sie weiter und wollte sie küssen. Jule beugte sich nach hinten, holte Schwung, stieß mit ihrem Kopf gegen seinen und verpasste ihm eine heftige Kopfnuss. Es krachte entsetzlich, und Filippo schrie auf. Sofort ließ er Jule los und legte beide Handflächen auf seine Stirn. Sie nutzte den Moment und huschte zur Tür hinaus. Filippo lief ihr taumelnd hinterher. Jule wurde von dem heftigen Aufprall schwindlig. Sie schüttelte ihren Kopf und war dankbar, dass Sandro im selben Moment vor ihr im Flur auftauchte.

»Was ist hier los?«, fragte er und fing sie auf.

»Dafür wird dein Flittchen bezahlen«, fluchte Filippo. Er lehnte sich gegen den Türrahmen seines Zimmers und rieb sich die Stirn.

Jule lachte und zeigte Filippo den ausgestreckten Mittelfinger.

»Komm, lass uns runtergehen«, bat sie Sandro, »hier oben ist mir die Luft zu stickig.«

Sandro schaute zwischen Jule und seinem Cousin hin und her.

»Alles in Ordnung, ehrlich«, beruhigte sie ihn.

»Sieht nicht danach aus.« Sandro legte seinen Arm um ihre Taille und führte sie die Treppe nach unten.

Emma wartete in der Küche.

»Meine Güte«, rief sie erschrocken, als sie Jule erblickte. Auf ihrer Stirn bildete sich bereits ein Bluterguss. »Was hast du denn jetzt schon wieder angestellt?«

»Ich?«, rief Jule empört. »Gar nichts. Ich habe mich nur gewehrt.«

»Milena, bringen Sie uns schnell einen Eisbeutel.«

Sandro schob Jule zu einem Stuhl, und Milena fischte einen blauen Kühlakku aus dem Gemüsefach des Kühlschranks. Sie wickelte ihn in ein kariertes Küchenhandtuch und reichte ihn Emma, die ihn sanft auf Jules Stirn drückte.

»Autsch!«

»Was hat Filippo mit dir gemacht?« Sandro setzte sich neben sie und schaute ihr in die Augen. Er war wütend, und wenn nicht seine Mutter in Gefahr gewesen wäre, hätte er Filippo sofort eine Abreibung verpasst, dessen war sich Jule sicher.

»Ich habe in seinen Sachen geschnüffelt.«

Sandro und Emma seufzten unisono.

»Du hast mir etwas versprochen, Jule«, sagte Sandro vorwurfsvoll.

»Ich weiß, keine Alleingänge«, gab sie kleinlaut zu, »das war blöd von mir.«

»Wenigstens hast du ihm eine ordentliche Kopfnuss verpasst. Bei deinem Dickschädel wird er bestimmt den Kürzeren gezogen haben.« Sandro lächelte und strich Jule mit dem Zeigefinger über die Wange.

Milena räumte das Frühstücksgeschirr vom Tisch, und Emma half ihr. »Wo ist Trixi geblieben?«, fragte sie plötzlich.

»Sie hat Durchfall, wahrscheinlich ein Magen-Darm-Infekt«, log Jule und zwinkerte Sandro zu. »Milena, könntest du ihr bitte einen Kamillentee aufs Zimmer bringen?«

»Ich werde gleich nach ihr sehen.« Emma stellte das Marmeladenglas und einen Stapel Teller auf die Spüle und wischte sich die Finger am Spüllappen sauber.

»Nee, lass mal«, sagte Jule hastig. »Sie wollte sich hinlegen und noch eine Runde schlafen. Das wird ihr guttun.«

Emma seufzte. »Du hast recht. Schlafen ist die beste Medizin.«

Jule nickte gedankenverloren. Sie mussten sich schnellstmöglich überlegen, wie sie Trixi helfen konnten. Sandro wendete den Kühlakku und legte ihn wieder auf Jules Stirn.

Plötzlich hörten sie Filippo die Treppe herunterkommen. Sandro stand auf und stürmte in den Flur. Er packte seinen Cousin am Kragen und zog ihn dicht vor sein Gesicht. »Lass deine dreckigen Finger von ihr«, drohte er.

»Was denn, was denn?« Filippo lachte gehässig. Auf seiner Stirn zeichnete sich eine rote Beule ab. »Deine Freundin ist doch freiwillig zu mir gekommen. Wahrscheinlich braucht sie einen richtigen Kerl und nicht so ein Weichei wie dich.«

Sandro erhob die Faust und wollte sie in das Gesicht seines Cousins schlagen.

»Nein, Sandro!«, schrie Jule, die in den Flur gekommen war.

»Überleg dir genau, was du tust«, zischte Filippo. »Denk an deine Mutter.« Seine Augen funkelten.

»Dafür wirst du bezahlen, das verspreche ich dir.« Sandro bebte vor Wut.

»Wenn du mich jetzt bitte loslässt. Ich habe noch etwas zu erledigen.« Filippo grinste.

»Lass ihn«, sagte Jule. Sie war hinter Sandro getreten und legte ihre Hand auf seine Schulter.

»Eine kluge Freundin hast du da. Du solltest auf sie hören.«

»Und du, du altes Sackgesicht«, fauchte Jule ihn an, »mach dich auf eine Abreibung gefasst. Der klugen Freundin geht man nicht ungestraft an die Wäsche.«

»Na dann«, sagte Filippo gleichgültig und befreite sich aus Sandros Griff. »Ihr entschuldigt, ich habe eine Verabredung mit einer älteren Dame.« Er drehte sich um und verschwand aus der Haustür.

»Komm, Sandro, der ist es nicht wert, sich aufzuregen.«

Sandro schwieg und starrte ihm hinterher. Jule spürte seine innere Zerrissenheit. Am liebsten würde er seinem Cousin an die Kehle gehen und seine Mutter befreien, aber er war zur Untätigkeit verdammt, wenn er nicht Carlottas Wohl aufs Spiel setzen wollte. Für Jule wäre das persönlich kein Hinderungsgrund gewesen, sie mochte diese Frau nicht, aber immerhin war sie Sandros Mutter, und er liebte sie.

Jule ließ ihn stehen und lief zurück in die Küche. Sie setzte sich an den Tisch. Milena und Emma hatten das Geschirr bereits abgeräumt.

»Kann ich noch einen Kaffee bekommen?«

»Natürlich«, sagte Milena und holte eine frische Tasse aus dem Schrank. Sie goss den letzten Rest aus der Kanne ein und einen kräftigen Schluck Milch hinzu, so, wie Jule es gern mochte, und reichte ihr die Tasse.

»Danke.«

Milena hantierte mit dem Wasserkocher und hängte einen Beutel Kamillentee für Trixi in eine große Keramiktasse. Jule zog ihre Beine an und stellte die Fersen zu sich auf den Stuhl.

Emma setzte sich neben sie. »Meinst du, Filippo tut Carlotta wirklich etwas an?«, fragte sie.

»Das glaube ich nicht.« Jule blies in ihren Kaffee und legte den Kühlakku wieder gegen ihre Beule. »Er will Sandro fertigmachen. Was soll er sich mit der Alten herumquälen?«

»Jule!«, rief Emma erschrocken.

»Ist doch so.«

»Wenn wir nur wüssten, was er mit Sandro vorhat. Ich habe die ganze Nacht gegrübelt und mir ist nichts wirklich Logisches eingefallen, was er planen könnte.« Emma legte den Kopf in den Nacken und seufzte.

»Das macht dir zu schaffen, was?«

»Natürlich.« Emma schaute sie mit traurigen Augen an.

»Dabei ist er ein echt hübscher Italiener. Mal abgesehen von seinem Auftritt hier ist er ja schon ein Sahnestückchen«, sagte Jule so scheinbar nebenbei und nahm einen großen Schluck Kaffee. Sie ließ Emma nicht aus den Augen.

»Danke, aber in diesem Fall bin ich kuriert!« Emma lächelte. Obwohl ihr die durchwachte Nacht noch in den Knochen saß, sah sie hübsch aus. Ihre kurzen Haare hatte sie gegelt und ein dezentes Make-up aufgetragen. Die warmen Orange- und Gelbtöne ihrer Bluse schmeichelten ihrem Teint.

Jule betrachtete sie nachdenklich. Seit sie ihre Familie vor vielen Jahren verlassen hatte, war Emma außer Sandro die erste Person in ihrem Leben, die sie wirklich und aufrichtig liebte. In Emmas Gegenwart durfte sie sein, wie sie war, sie fühlte sich bei ihr geborgen und ihr tief verbunden. Sie und Sandro waren jetzt die Familie, die sie sich immer gewünscht hatte.

Sandro stand noch immer im Flur und war blind vor Wut. Filippo hatte ihn in der Hand, und er musste hilflos mit ansehen, wie seine Mutter in Gefahr schwebte. Hätte er doch niemals gegen seinen Cousin ausgesagt! Was hatten ihm seine Ehrlichkeit und sein Glaube an Gerechtigkeit gebracht? Sein Vater war ermordet worden, und er musste mit Carlotta fliehen und untertauchen. Der Mann, den Filippo hingerichtet hatte, war tot, das ließ sich nicht mehr ändern, auch dann nicht, wenn seine Witwe nun alles in Bewegung setzte, um seinen Mörder hinter Gitter zu bringen. Dass sie Sandro und seine Mutter damit gefährdete, war ihr nicht bewusst oder zumindest egal. Sandro allerdings nicht. Er musste etwas unternehmen und überlegte. Abwarten und Filippos Forderungen erfüllen? So, wie er seinen Cousin kannte, handelte es sich dabei vermutlich um illegale Geschäfte, in die er nicht hineingezogen werden wollte. Wenn er nicht das tat, was Filippo von ihm verlangte, zweifelte Sandro keine Sekunde daran, dass Carlotta sterben würde. Er seufzte und ließ den Kopf auf die Brust sinken. Wie er es auch drehte und wendete, er musste seine Mutter aus der Schusslinie bringen, und zwar sofort. Sandro schnappte sich die Autoschlüssel von der Flurkommode, stürmte aus dem Haus, setzte sich in Emmas Auto und jagte aus der Einfahrt.

»Was ist denn jetzt los?«, fragte Jule, als sie Sandro aus dem Haus rennen und mit dem Wagen aus der Einfahrt davonpreschen sah. Sie lief zur Tür, blieb auf dem Fußabtreter stehen und starrte ihm fassungslos hinterher. »Hatten wir nicht ausgemacht, keine überstürzten Aktionen zu starten und gemeinsam zu überlegen, wie wir vorgehen?« Sie boxte gegen die Hauswand.

Emma trat neben sie. Sandros plötzlicher Aufbruch bedeutete nichts Gutes. Entweder wollte er mit Filippo abrechnen, weil er Jule angefasst hatte, oder seine Mutter retten, und beide Möglichkeiten waren mit kopfloser Wut im Bauch der blanke Leichtsinn.

»Mann, was soll der Scheiß? Warum macht er das?« Jule blickte verzweifelt zur Straße hinaus und warf den Kühlakku zur Seite. »Ich hätte ihm helfen können.«

»Liebes.« Emma legte Jule den Arm um ihre Schulter und spürte die Angst, die sie um ihren Freund hatte. »Ich glaube, er wollte dich nicht in Schwierigkeiten bringen.«

»Aaah, das ist doch blöde Machoscheiße, von wegen ein Mann muss tun, was ein Mann tun muss.«

Emma schmunzelte. »Ich fürchte, es ist genau das.«

»Verdammt noch mal, das geht schief«, schimpfte Jule und knabberte an ihren Fingernägeln.

Plötzlich fiel Emmas Blick auf einen weißen Umschlag, der im Zeitungsrohr neben der Haustür steckte. »Was ist das?«, fragte sie, zog ihn heraus, wobei sie befürchtete, die Antwort auf ihre Frage bereits zu kennen. Auf dem Kuvert waren weder Adresse noch Absender vermerkt. Emma öffnete ihn. Genau wie beim ersten anonymen Brief, den sie erhalten hatte, war die Nachricht mit ausgeschnittenen Zeitungsschnipseln aufgeklebt. Dieses Mal standen dort drei Worte, die Emma beunruhigten: *Ich sehe dich.*

»Keine Forderungen oder konkreten Drohungen. Ich verstehe das nicht. Was will der Absender von mir?« Emma zupfte den Kragen ihrer Bluse zurecht und starrte auf die Straße. Sie fühlte sich nackt und hilflos, wie ein Falter im Licht, der die Fliegenklatsche erst entdeckte, wenn sie zuschlug. Irgendwo dort draußen gab es jemanden, der ihr Angst einjagte, der sie beobachtete und ihr Schaden zufügen wollte. Aber warum nur?

»Von unserem Einbrecher sind die Briefe wahrscheinlich doch nicht«, stellte Jule kleinlaut fest.

»Wie kommst du plötzlich zu dieser Einsicht?«

»Weil er sich bei den anderen Einbrüchen im Viertel auch nicht angemeldet hat. Ich glaube, ich lag da wirklich falsch. Warum sollte er bei uns plötzlich mit einer neuen Strategie vorgehen?«

Emma schob den Bogen wieder in den Umschlag zurück und straffte ihre Schultern. »Wie auch immer. Wir sollten uns jetzt nicht mit diesem Brief aufhalten, sondern schleunigst herausfinden, was Sandro vorhat. Wohin, glaubst du, ist er so plötzlich gefahren?«

»Hm«, Jule kratzte sich am Hinterkopf. »Wahrscheinlich zu Carlotta, von der er nichts mehr gehört hat, seit Filippo hier aufgekreuzt ist.«

»Das denke ich auch.«

»Komm, wir müssen ihm helfen.« Jule rannte in den Flur und wollte den Wagenschlüssel von der Kommode holen. »Shit, wir haben ja kein Auto, Sandro hat es mitgenommen.«

»Ich bestelle uns ein Taxi«, schlug Emma vor.

»Das dauert zu lange.« Jule kaute auf ihrer Unterlippe und überlegte. Sie lief im Kreis. Ihre rotbraunen Rastalocken wippten dabei auf und ab. Wie Wickie, der Wikinger, rieb sie ihre Nase, blieb plötzlich stehen und schnippte mit dem Finger. »Ich hab's!« Sie rief nach Milena.

Die Haushälterin kam die Treppe heruntergeeilt. Sie hatte Trixi den Kamillentee gebracht.

»Du musst uns helfen«, bat Jule und packte die junge Frau an den Oberarmen. »Wir brauchen dein Auto. Es geht um Leben und Tod.«

Milena zögerte. Jules wild entschlossenes Gesicht schien sie zu beunruhigen. Emma konnte es ihr nicht verübeln.

»Bitte«, flehte Jule.

»Was ist denn passiert?«, fragte sie.

»Wir müssen so schnell wie möglich in die Stadt, und Sandro hat Emmas Wagen mitgenommen. Bitte, es ist dringend.«

Die junge Frau blickte von Jule zu ihrer Chefin, und als diese zustimmend nickte, lief sie in die Küche. Ihre Handtasche lag auf der Fensterbank. Sie kramte den Autoschlüssel hervor.

»Du bist ein Schatz, danke.« Jule schnappte ihn sich, ehe Milena es sich anders überlegen konnte, und war schon im nächsten Moment zur Haustür hinausgerannt.

»Der Wagen steht draußen auf dem Fußweg«, rief die Haushälterin ihr hinterher.

»Wir passen auf, dass nichts passiert, versprochen«, sagte Emma und lächelte. Ob sie dieses Versprechen wirklich halten konnten? Sie kannte Jule.

Sandro stoppte den Wagen vor einem überquellenden Müllcontainer im Innenhof eines sechsstöckigen Wohnhauses in der Stadt und stieg aus. Die Sonne brannte, und der Abfall verbreitete einen bestialischen Gestank. Kinderfahrräder lagen kreuz und quer auf dem Boden, von den Kindern keine Spur. Die Wände der angrenzenden Wohnhäuser und die Betonmauer am hinteren Ende des Hofes waren mit Graffiti besprüht. Bis vor wenigen Wochen hatte Sandro hier bei seiner Mutter gewohnt. Die Enge und der Schmutz, die ihm früher nie aufgefallen waren, empfand er plötzlich als beklemmend, als ob er eine andere Welt betrete.

Sandro blickte an der Fassade des Hauses nach oben zur Wohnung seiner Mutter, die im fünften Stock lag. Die drei Fenster zum Innenhof waren geschlossen. Das war ungewöhnlich für Carlotta, die nie genug von der Sonne und der wenigen frischen Luft mitten in der Stadt bekommen konnte. Ein ungutes Gefühl breitete sich in Sandros

Magengegend aus. Er durchquerte den Hof im Laufschritt und schloss die Haustür auf. Sofort schlug ihm der Gestank von ranzigem Fett und Linsensuppe entgegen. Aus den eingedellten Briefkästen ragten Werbezettel und Zeitschriften. An dem seiner Mutter stand noch sein Name. Sandro lächelte. Jules Name, die in der WG unter ihnen gewohnt hatte, war hingegen durch einen neuen ersetzt worden.

Er blieb am Fuß der Treppe stehen, legte die Hand auf das abgegriffene Holzgeländer und schaute nach oben. Egal, was ihn in der Wohnung seiner Mutter erwartete, er würde hineingehen und nicht eher Ruhe geben, bis er mit ihr gesprochen hatte. Vielleicht beging er einen Fehler und brachte Carlotta mit dieser übereilten Aktion in Gefahr, aber die Ungewissheit und das Warten machten ihn wahnsinnig. Er musste etwas unternehmen, irgendetwas. Alles war besser als Nichtstun.

Langsam stieg er die Stufen nach oben. Das Holz und der Linoleumbelag knarrten unter seinen Füßen. Sein Puls pochte in den Ohren. Im ersten Stock angekommen, bereute er, keine Waffe mitgenommen zu haben. Er lief weiter. Im zweiten Stock standen ein Eimer und Putzutensilien vor einer der Wohnungstüren. Sandro nahm den Schrubber und hielt ihn mit den Borsten voran wie einen Rammbock. Seine Schritte beschleunigten sich ebenso wie sein Herzschlag. Ab der dritten Etage nahm er zwei Stufen auf einmal. Die Wut in seinem Bauch und die Sorge um seine Mutter trieben ihn an. Als er im vierten Stock an der Wohnungstür der WG vorbeikam, stockte er für einen Moment und überlegte, ob er nicht anklopfen und seine Freunde um Hilfe bitten sollte. Anja würde sich wie üblich kategorisch aus allen Scherereien heraushalten, und Kalle war nicht die Art Held, die Sandro jetzt gebrauchen konnte. Er war auf sich allein gestellt und lief weiter bis zur Tür seiner Mutter. Auf dem ovalen Messingschild stand *C. & A. Pascello* – Carlotta und Alessandro. Seine Mutter nannte ihn nur dann bei seinem vollständigen Namen, wenn sie mit ihm zankte oder ihn maßregeln wollte.

Sandro lächelte wehmütig, während er versuchte, seinen Atem und seinen Herzschlag unter Kontrolle zu bringen. Er starrte auf den Sisalfußabtreter, dessen Aufschrift *Tritt ein* plötzlich einen ganz neuen Sinn bekam. Er legte sein Ohr gegen die Tür und lauschte. Zwei Männerstimmen stritten auf Italienisch. Sandro konnte sie nicht verstehen. Sie mussten hinten im Wohnzimmer oder in der Küche sein. Von seiner Mutter war nichts zu hören.

Vorsichtig zog Sandro den Wohnungsschlüssel aus seiner Hosentasche und schloss die Tür auf. Er öffnete sie nur einen schmalen Spalt und spähte hinein. Im Gang war niemand zu sehen. Durch sein Zimmer zur Linken fiel das Sonnenlicht bis in den Flur. Die beiden Türen rechts, Carlottas Schlafzimmer und ein kleiner Abstellraum, waren geschlossen. Am hinteren Ende befand sich das Wohnzimmer. Durch die geschlossene Tür mit dem geriffelten Glaseinsatz erkannte er die Schemen zweier Männer. Das mussten Filippo und einer seiner Handlanger sein. Sandro umklammerte den Schrubber und schob sich leise in die Wohnung. Er schloss die Tür hinter sich und huschte nach links in sein altes Zimmer. Carlotta hatte es nur schwer ertragen, als er sie verlassen und ausgerechnet mit Jule zu Emma in die Villa gezogen war. Sandro vermutete, dass sie seine Kammer wie eine Art Gedenkstätte hütete und nichts darin verändert hatte. In solchen Dingen übertrieb sie gern. Doch der Raum war alles andere als aufgeräumt. Das Bett zerwühlt, Stiefel und T-Shirts lagen auf dem Boden verstreut. Auf seinem alten Schreibtisch stand ein Aschenbecher mit stinkenden Kippen, eine angebrochene Flasche Grappa und daneben lag eine Pistole. Die kam Sandro sehr gelegen. Er hatte zwar noch nie zuvor geschossen und wusste nicht, ob er überhaupt in der Lage war, auf jemanden zu zielen, aber in diesem Fall ging es um seine Mutter. Ohne zu zögern, stellte er den Schrubber in die Ecke und griff nach der Waffe.

Die Männerstimmen kamen näher. Eine von ihnen gehörte Filippo. Sandro lehnte sich mit dem Rücken gegen den Schrank und lauschte.

»Ich habe keine Lust, länger mit der Alten hier zu warten.«

»Stell dich nicht so an. Ich kann auch nichts für die Verzögerung.«

»Sobald du ihr den Knebel aus dem Mund nimmst, meckert und keift die Alte.«

»So war sie schon immer, die liebe Tante Carlotta.« Filippo lachte spöttisch.

»Bist du sicher, dass der Sohn seine Mutter überhaupt retten will und tut, was du sagst?«

»Der schon. Todsicher. Glaub mir.«

»Bene.«

Sandro hielt die Luft an, während sich sein Herzschlag beschleunigte. Die Stimmen kamen immer näher. Er umklammerte die Waffe und bereitete sich darauf vor, bis zum Äußersten zu gehen. Ein Mann, den er nicht kannte, betrat das Zimmer. Sandro richtete die Waffe auf ihn.

»Hände hoch und da rüber«, sagte er und dirigierte den Mann zum Fenster.

Dieser schaute mit unbewegter Miene auf den Schreibtisch. Filippo betrat ebenfalls das Zimmer und erstarrte, als er Sandro mit erhobener Waffe vor sich sah. »Donnerwetter, damit hätte ich nicht gerechnet. Respekt.«

»Los, rüber da, alle beide und macht keinen Blödsinn. Ich will eure Hände sehen.« Sandro versuchte, seine Nervosität unter Kontrolle zu bringen.

Filippos Kumpan ließ die Arme vollkommen unbeeindruckt sinken. Er erweckte den Eindruck, als scherte er sich nicht darum, mit einer Waffe bedroht zu werden. Er zog eine Schachtel Zigaretten aus seiner Hosentasche und zündete sich eine an.

»Mach schon!«, schnauzte Sandro.

»Gönnst du einem armen Mann nicht seinen letzten Wunsch?«

»Hör auf mit dem Mist, geh da rüber.«

Weder Filippo noch sein Handlanger taten, wie ihnen befohlen.

»Habt ihr Tomaten auf den Ohren?« Sandro war verwirrt.

»Du wirst uns nicht umbringen«, stellte Filippo grinsend fest.

»Nein? Was macht dich da so sicher?«

»Ich kenn dich.«

Sandro ärgerte sich, weil Filippo recht hatte. Der Mord an Steve war aus Notwehr geschehen. Vorsätzlich konnte er niemanden töten, auch wenn es ihm in diesem Fall ein Herzenswunsch war.

»Umbringen vielleicht nicht«, drohte er, »aber Kniescheiben zerschießen wäre auch keine schlechte Option.« Sandro wusste ganz genau, dass er niemals so punktgenau treffen würde. Er hatte keine Übung im Umgang mit Waffen.

»Kannst du machen. Hier, bitte.« Der Fremde hob sein Knie ein wenig an und streckte es Sandro entgegen. »Und jetzt ist aber Schluss mit den Spielchen.« Er kam auf Sandro zu und nahm ihm wie einem kleinen Kind einfach die Waffe aus der Hand. Sandro drückte im selben Moment ab, doch statt eines lauten Knalles war nur ein leises Klicken zu hören.

»Zum Töten brauchst du Patronen, Junge.« Der Mann zog ein Päckchen Munition aus seiner Reisetasche, die auf dem Boden stand, und hielt es grinsend in die Höhe. Filippo lachte.

Sandro schoss das Blut in den Kopf. Das war eine erbärmliche und vor allem unüberlegte Aktion, die ihresgleichen suchte. Nie wieder würde er Jule wegen ihrer spontanen Einfälle rügen. Er war keinen Deut besser als sie. Im Gegenteil, Jule bekam zum Schluss wenigstens immer das, was sie wollte.

Der Fremde nahm ihm die Waffe ab und legte sie auf den Schreibtisch zurück. Danach wirbelte er blitzschnell herum und stieß seine Faust mit voller Wucht in Sandros Magen. Ihm blieb die Luft weg, und er sackte zu Boden. Der Schmerz durchzuckte seinen Körper bis in die letzte Zelle. Filippo ging vor ihm in die Hocke und zog Sandros Kopf an den Haaren in die Höhe. »Das war dumm von dir, mein lieber Cousin, sehr dumm.«

Sandro schnaubte.

»Dafür wird Tante Carlotta bezahlen.«

»Lass meine Mutter aus dem Spiel. Sag endlich, was du von mir willst.«

Filippo grinste. »Lass mich mal überlegen.«

Seine Faust schoss genauso schnell und unerwartet in Sandros Gesicht wie die des Fremden zuvor in seinen Magen. Sandro kippte nach hinten, schlug mit dem Hinterkopf gegen den Schrank und fiel zu Boden. Alles drehte sich. Es dauerte einen Moment, ehe er sich zur Seite rollen und aufstützen konnte. Seine Nase blutete. Er tupfte sich mit dem Handrücken das Blut ab.

»Du wirst es noch früh genug erfahren, *ragazzo*. Es wird ein Heidenspaß werden.« Filippo erhob sich. Die Beule auf seiner Stirn, die Jule ihm verpasst hatte, verfärbte sich bereits blau und gelb.

Sandro rappelte sich auf und taumelte gegen den Schrank. »Wo ist meine Mutter?« Das Blut tropfte auf sein weißes T-Shirt und hinterließ rote Flecken.

»Im Wohnzimmer.«

Der Fremde lud seine Pistole.

»Ich will sie sehen.« Sandro hatte Mühe, sich aufzurichten. Sein Magen schmerzte höllisch.

»Wie du möchtest.« Filippo schubste Sandro in den Flur.

Er stützte sich an der Wand ab und schwankte bis zum Wohnzimmer. Seine Mutter saß gefesselt auf einem Holzstuhl vor dem Fernseher. Ein Zeichentrickfilm flimmerte tonlos über den Bildschirm. Carlotta hasste Zeichentrickfilme. Sie war geknebelt und ihre Haare waren zerzaust. Sandro schluckte. Es tat weh, seine Mutter so hilflos dort sitzen zu sehen. Sie riss ihre Augen auf, als sie ihn erkannte, und wollte etwas sagen, doch es drang nur ein dumpfes Murmeln durch das dreckige Stück Stoff, das sie in ihren Mund gestopft hatten.

»*Mamma*, geht es dir gut?«, fragte Sandro und warf sich vor ihr auf die Knie. Instinktiv griff er nach dem Knebel und wollte ihn lösen, doch der Fremde holte mit seinem Fuß aus und trat Sandro brutal in die Seite. Sandro fiel zu Boden, wo er stöhnend liegen blieb. Er schnappte nach Luft. Carlotta wimmerte und zerrte an ihren Fesseln.

»Herzallerliebst.« Filippo spuckte auf den teuren Seidenteppich, woraufhin Carlotta einen wütenden Laut von sich gab.

»Schau, die macht schon wieder so ein Gezeter«, sagte Filippos Kumpan.

»Lasst sie in Ruhe«, stammelte Sandro und rappelte sich auf. Seine blutende Nase hinterließ auch auf dem Teppich hässliche Flecken. Carlotta traten Tränen in die Augen. Ihr ängstlicher Blick fuhr ihm durch Mark und Bein. »Filippo, lass sie laufen, ich bitte dich«, flehte er, »das ist eine Angelegenheit zwischen dir und mir. Sie hat nichts damit zu tun.«

»Du solltest jetzt besser gehen.« Filippo packte Sandro am Kragen, zog ihn in die Höhe und versetzte ihm einen derben Stoß Richtung Ausgang. Sandro taumelte und stieß gegen die Wand.

»Mach dir keine Sorgen, *Mamma*. Ich hole dich hier raus. Versprochen!«, rief er ihr zu und stolperte den Flur entlang. Er hielt sich mit beiden Händen seinen Magen und die Seite. Das Blut lief warm aus seiner Nase über seine Lippen und tropfte auf seine Brust. Filippo schubste ihn unsanft zur Wohnungstür. Auf der Türschwelle blieb Sandro stehen. Er hielt sich am Türrahmen fest und starrte seinem Cousin in die Augen. Wie er diesen Mann hasste!

Die Sonne brannte heiß vom Himmel. Jule raste mit Milenas Autoschlüssel in der Hand durch den Vorgarten, hinaus auf das Trottoir. Emma folgte ihr. Patrizia von der Schleich räumte auf der anderen Straßenseite den Kofferraum ihres polierten Sportwagens aus. Für Emmas Geschmack waren ihre High Heels zu hoch und ihr Minirock zu kurz. Es war der verzweifelte Versuch, dem Alter zu entgehen, und wirkte einfach nur billig. Patrizia entdeckte ihre Nachbarinnen.

»Hallo, ihr zwei, wohin so eilig?«, rief sie und schirmte ihre Augen mit der Hand ab, um besser sehen zu können.

»Jetzt nicht, Patrizia«, rief Emma und folgte Jule im Laufschritt.

»Bist du wieder auf der Flucht?«

Emma blieb stehen und starrte sie an. Diese unverschämte Schlange! Am liebsten hätte sie ihr den Hals umgedreht.

»Vergiss das Schrapnell«, drängte Jule und rannte weiter. »Wir müssen uns beeilen. Los, komm schon.«

Emma schaute an der Reihe parkender Autos entlang, bis sie Milenas roten Mini Cooper keine 50 Meter weiter vorn entdeckte. Er war nicht zu übersehen. Emma wandte sich von Patrizia ab und wollte Jule folgen, als sich ihr plötzlich ein Mann in den Weg stellte. Sie hatte ihn nicht kommen sehen und lief in ihn hinein.

»Entschuldigen Sie bitte«, stammelte Emma und wunderte sich, warum er seine Arme um sie schlang und sie festhielt. Es war Herbert Mahlinski.

»Herbert?« Der hatte ihr gerade noch gefehlt.

»Emma. Ich hatte mir gewünscht, dass du dich über meinen Besuch freust, aber ich hatte nicht zu hoffen gewagt, dass du mich so stürmisch begrüßen würdest.« Er ließ sie nicht los und strahlte über das ganze Gesicht.

»Herbert!« Emma konnte sich aus seiner Umarmung nicht befreien.

»Ja?« Er lächelte.

»Emma, komm schon«, rief Jule, »flirten kannst du nachher noch. Wir haben es eilig.« Sie klopfte mit der flachen Hand auf das Glasdach des Mini Coopers, bevor sie sich auf den Fahrersitz schwang.

»Bitte, lass uns noch einmal miteinander reden«, begann er, »ich muss dich einfach wiedersehen. Seit unserer Begegnung bekomme ich dich nicht mehr aus meinem Kopf.«

Emma wand sich und wollte sich aus seinem Klammergriff befreien, doch er war stärker als sie. »Lass mich sofort los!«, schrie sie.

»Wir können einen wunderschönen Lebensabend miteinander verbringen.«

»Den wirst du gar nicht mehr erleben, wenn du mich nicht augenblicklich loslässt.« Emma raste vor Wut. Was erdreistete sich dieser

Mann? Sie hatte ihm deutlich gesagt, was sie von seinen Absichten hielt.

»Du kannst mich doch nicht einfach so abservieren.« Verzweiflung spiegelte sich in seinen Augen, und seine Umarmung wurde fester.

»Wenn dein Sohn wüsste, dass du sogar auf offener Straße mit deinen Liebhabern poussierst, würde er sich zu Tode schämen«, rief Patrizia, die unverhohlen beobachtete, was auf der anderen Straßenseite vor sich ging.

»Jetzt lass mich endlich los!« Emma versuchte, Herberts Arme von ihrem Körper zu lösen. »Ich werde dich bei der Polizei anzeigen, wegen … was weiß ich, Stalking oder Erregung öffentlichen Ärgernisses.«

»Wenn hier einer erregt ist, dann bin ich das. Emma, ich liebe dich und möchte dich unbedingt besser kennenlernen.« Herbert machte Anstalten, ihr einen Kuss auf die Wange zu drücken.

Emma war fassungslos. Eine solche Unverfrorenheit hatte sie in ihrem ganzen Leben noch nicht erlebt.

»Das darf doch wohl nicht wahr sein«, fauchte sie ihn an.

Jule kletterte wieder aus dem Wagen und legte den Unterarm auf den Türrahmen. »Emma, dann küss ihn halt, aber jetzt komm endlich, wir müssen fort.« Sie stieg wieder ein.

Küssen? Emma war entsetzt, dass Jule ihr so etwas vorschlug. Niemals würde sie diesen Unhold küssen. Stattdessen rammte sie den Absatz ihres Schuhs mit voller Wucht auf Herberts Fuß. Er schrie auf und lockerte seine Umarmung für einen kurzen Moment, den Emma nutzte und ihn von sich stieß.

»Wagen Sie nie wieder, mich anzufassen, Herr Mahlinski, oder ich rufe die Polizei.« Emma drohte ihm mit erhobenem Zeigefinger und eilte zu Jule in den kleinen roten Wagen ihrer Haushälterin.

Herbert Mahlinski legte seinen Fuß mit schmerzverzogener Miene gegen seine Wade. Patrizia von der Schleich zückte ihr Handy und erzählte das Gesehene brühwarm weiter. Jule lachte, bis ihr die

Tränen kamen, und Emma schäumte vor Zorn. »Was bildet sich diese impertinente Person nur ein? Dieser Widerling! Dieser Lüstling!«

Mit quietschenden Reifen rasten sie aus der Parklücke.

Emma hatte keine Zeit, sich von dem Schreck namens Herbert Mahlinski zu erholen, denn Jules Fahrstil war alles andere als ausgeglichen. Sie trieb den kleinen Wagen zu Höchstleistungen an und schlängelte sich entgegen allen Vorschriften durch den Verkehr. Sie beschleunigte das Auto, und Emma wurde fest in ihren Sitz gepresst. An einer roten Ampel hielten sie neben einem großen Geländewagen. Der Fahrer hatte die Seitenscheibe heruntergekurbelt und seinen Ellenbogen lässig abgelegt. Er blickte über den Rand seiner Sonnenbrille auf das kleine Auto hinab, drehte das dumpfe Wummern seiner Stereoanlage lauter und spielte mit dem Gaspedal.

»Depp«, zischte Jule, sonst sagte sie nichts. Emma kannte sie gut genug, um zu wissen, dass sie auf sein kleines Machtspielchen nur einging, um ihm eine Lektion zu erteilen. Insgeheim drückte sie Jule heimlich die Daumen, denn von aufdringlichen Männern hatte sie für heute die Nase voll. Von morgen wollte sie noch nicht reden.

Die Ampel blieb beharrlich rot. Die Sonne kitzelte Jules Nase durch das geöffnete Glasdach. Emma mochte ihre zarten Sommersprossen. Jule ließ sich durch das ständige Aufheulen des Motors neben ihr nicht aus der Ruhe bringen. Gelb. Grün.

Der Geländewagen raste nach vorn, musste wegen eines Kleinlasters, der plötzlich auf seine Spur einscherte, aber gleich wieder abbremsen. Jule holte auf, streckte den Mittelfinger zum Dach hinaus und jagte grinsend weiter. So infantil die Situation auch war, Emma klatschte in die Hände und freute sich.

Jule bog in den Hinterhof des Hauses ein, in dem Carlotta wohnte. Sie stoppte den roten Mini neben Emmas Wagen vor den Müllcontainern. Sandro war tatsächlich zu seiner Mutter gefahren.

»Was sollen wir jetzt tun?«, fragte Emma. »Wir haben keine Ahnung, was in Carlottas Wohnung vor sich geht.«

Jule überlegte und trommelte auf das Lenkrad. »Das weiß ich auch noch nicht, aber lass uns einfach mal hineingehen, und dann sehen wir weiter.«

Sie zog den Schlüssel ab und stieg aus. Emma folgte ihr. Vor der Haustür blieb Jule plötzlich stehen.

»Verdammt, ich habe gar keinen Haustürschlüssel mehr. Ich muss bei Anja und Kalle in der WG läuten.«

Jule drückte den Klingelknopf und wartete. Emma schaute sich um. Vor einigen Wochen – es war Nacht und sie waren auf der Flucht aus der Seniorenresidenz gewesen – hatte Jule sie hierher mitgenommen und ihr ein Schlafquartier geboten. Der schmuddelige Hinterhof, die Glühbirne über dem Türeingang und dieser muffige Geruch setzten ihr damals zu, doch heute empfand sie es wie eine Art Heimkehr. Die Zeit, die sie mit Jule und ihren Freunden in der WG verbracht hatte, war verrückt gewesen und hatte ihr Leben komplett auf den Kopf gestellt.

»Vermisst du das alles hier?«, fragte Emma plötzlich.

Jule starrte sie an. »Ist das dein Ernst?« Sie drückte noch zwei Mal den Klingelknopf und schüttelte verständnislos den Kopf.

Anjas Stimme ertönte aus der Gegensprechanlage. »Ja?«

»Mach auf.«

»Wer ist da?«

»Ich.«

»Wer ich?«

»Jule. Jetzt mach schon auf.«

»Wieso sollte ich?«

»Es geht um Leben und Tod.«

»O. k., dann lasse ich besser zu.«

»*Anja!*«

»O. k., o. k., war nur ein Scherz.«

Die Tür surrte und sprang auf. Jule stürmte ins Treppenhaus. Sie rannte die Stufen nach oben. Der vertraute Gestank schlug Emma entgegen. Sie lächelte. Wie bei ihrem ersten Besuch hatte sie Mühe, Jule die vielen Stufen nach oben in den vierten Stock zu folgen. Ihre Kondition war miserabel, und sie geriet mit jedem Schritt immer mehr außer Atem. Der Abstand zwischen ihnen vergrößerte sich. Jule wartete vor der WG auf Emma. Anja öffnete die Tür. Sie trug einen Hosenanzug und eine Brille auf der Nasenspitze. Ihr Haar hatte sie zu einem fransigen Knoten mit zwei Holzstäbchen hochgesteckt. Entgegen ihrer gewohnt reservierten Art umarmte sie Jule und klopfte ihr auf den Rücken.

»Du hast uns gefehlt oder sagen wir mal so, dein Chaos hat uns gefehlt. Ohne dich ist es hier ganz schön ruhig geworden.«

Als Anja Emma entdeckte, lächelte sie.

»Dich haben wir auch vermisst und Kalle besonders deine Enkelin.« Anja setzte eine verschwörerische Miene auf.

Jule wurde heiß. Das war kein gutes Thema, nicht jetzt.

»Wir sind nicht zu Besuch hier. Wir müssen Sandro helfen, er ist bei seiner Mutter.«

»Ist das Verhältnis zwischen ihnen so schlimm geworden, dass er eure Hilfe braucht?« Anja lachte.

»Wir haben keine Zeit, dir das jetzt alles zu erklären«, unterbrach Jule. »Wir müssen unbedingt herausfinden, was dort oben vor sich geht, wer außer Carlotta und Sandro noch in der Wohnung ist.«

Anja schüttelte den Kopf und hob abwehrend ihre Hände. »Oh, bitte nicht! Kaum tauchst du auf, sind schon wieder Schwierigkeiten im Anmarsch. Halte mich bloß aus deinen Angelegenheiten raus.«

»Keine Sorge, das hat nichts mit euch zu tun.« Jule trat an das Treppengeländer und schaute nach oben. Carlottas Wohnung befand sich direkt über der WG.

»Habt ihr irgendetwas gehört?«, fragte Emma.

»Gepolter, sonst nichts.« Anja trat einen Schritt zurück und verschränkte die Arme vor ihrer Brust.

»Hast du mitbekommen, wie viele Männer bei Carlotta sind?«, fragte Jule und trat wieder an die Türschwelle.

»Männer? Ich dachte, Frau Pascello ist so eine Moralapostelin und hasst Männerbesuche in ihrer Wohnung.« Anja lachte, Jule und Emma schwiegen. »Sorry, falls ich etwas Falsches gesagt habe. Dieses Mal scheint es wohl ernste Probleme zu geben?«

Emma nickte. Sie setzte sich auf eine der Treppenstufen, die in das obere Stockwerk führten. »Was sollen wir jetzt unternehmen?«, fragte sie.

Jule tippelte mit ihrem Fuß. Emma konnte sehen, wie es im Kopf der jungen Frau arbeitete. Ihre Stirn zog sich kraus, und sie ballte die Fäuste. Ein Schatten legte sich über ihr sonst so fröhliches Gesicht. Emma kroch eine Gänsehaut über den Rücken.

»Wir müssen Sandro dort oben herausholen«, sagte Jule entschlossen.

»Dann geht hoch und klingelt«, schlug Anja vor.

»Das ist nicht so einfach. Sein Cousin hält Carlotta dort oben gegen ihren Willen gefangen. Er hat einen Komplizen bei sich, der hier die Stellung hält, während der Cousin uns das Leben in der Villa zur Hölle macht.« Jule sprach mehr zu sich als zu Anja.

»O. k., ich sehe, da gehen Dinge vor sich, mit denen ich nichts zu tun haben möchte.« Anja trat noch einen Schritt weiter zurück, und Emma hätte es nicht gewundert, wenn sie einfach die Tür zugeschlagen hätte.

Plötzlich wurde es im Stockwerk über ihnen laut. Jule und Emma huschten in den Flur der WG, schlossen die Tür bis auf einen Spalt und lauschten.

»Du willst mir drohen?« Filippo war wütend. »Was ich wem antue und warum, ist meine Sache.« Er stieß Sandro mit beiden Händen in den Hausflur hinaus und baute sich breitbeinig vor ihm auf. »Wenn ich Lust habe, deiner kleinen Nutte an die Wäsche zu gehen oder deine Mutter zu foltern, dann tue ich das. Einfach so. Kapiert?«

Sie standen sich gegenüber und duellierten sich mit Blicken.

»Jetzt mach die Tür zu. Der hat genug und weiß, was *Mamma* blüht, wenn er nicht mitspielt.« Filippos Handlanger zog ihn am Ärmel in die Wohnung zurück.

Sandro hätte ihn am liebsten erwürgt. Jeder Atemzug tat ihm weh. Der Schlag in seinen Magen und der Tritt in die Seite schmerzten höllisch. Wenn er seine Mutter nicht in Gefahr bringen wollte, musste er auf das Spiel seines Cousins eingehen. Hilflos trat er den Rückzug an.

Jule fing Sandro im Treppenhaus ab und zog ihn in die WG. Sie schloss die Tür hinter ihm. Emma starrte in sein blutverschmiertes Gesicht.

»Au Kacke, was ist passiert?« Jule führte ihn in die Küche. Anja schob einen Stuhl zurecht und holte saubere Handtücher aus dem Schrank. Während Sandro von den Geschehnissen in Carlottas Wohnung berichtete, musste Emma sich setzen. Ihre Beine gaben nach. Sie war fassungslos, mit welcher Brutalität Filippo vorgegangen war. Sie hatte ihm vieles zugetraut, aber das nicht. Der Gedanke, dass dieser Rohling unter ihrem Dach wohnte, gefiel ihr ganz und gar nicht. Wäre Carlotta nicht in Gefahr, hätte sie schon längst die Polizei informiert und ihn festnehmen lassen.

Jule wusch Sandro das Blut aus dem Gesicht. Ihre Finger glitten routiniert über seine Wunden. Sie brachte das Nasenbluten zum Stillstand, zog Sandros T-Shirt in die Höhe und inspizierte den Stiefelabdruck in seiner Seite.

»Wow, nicht übel«, stellte sie fachmännisch fest. »Der Kerl hat kräftig zugetreten.«

Jule zog das Shirt wieder herunter und setzte sich rittlings neben ihn auf einen Stuhl. »Wie war das mit den Alleingängen? Mann!«

Sandro schloss die Augen und seufzte.

»Das hätte noch viel schlimmer ausgehen können.«

»Noch schlimmer? Jetzt will ich aber wirklich wissen, was hier los ist«, sagte Anja. »Ich koche uns einen Kaffee, und dann erzählt ihr mir, in was für Schwierigkeiten ihr steckt.«

»Stehst du unter Drogen?«, fragte Jule überrascht.

»Wieso?«

»Du hast dich noch nie um unsere Angelegenheiten gekümmert. Das macht mir Angst.« Jule schnitt eine Grimasse, die Anja mit einem leichten Schlag auf ihren Hinterkopf quittierte.

Während Jule einen kurzen Bericht über die Geschehnisse ablieferte, brühte Anja den Kaffee auf. Sie war offensichtlich schockiert über das Ausmaß dessen, was sie hörte, fügte jedoch sofort hinzu, dass sie nichts mit all dem zu tun haben wollte, geschweige denn auf Scherereien mit diesen brutalen Männern aus war. Emma verstand ihre Angst nur zu gut. Wer wusste schon, auf welche Ideen Filippo noch kam? Sie lehnte sich auf ihrem Stuhl zurück und betrachtete die Küche, in der sie in der ersten Nacht nach ihrer Flucht aus dem Altersheim mit Jule Streuselkuchen gegessen hatte. Emma fühlte sich hier geborgen und in Sicherheit. Die Einrichtung war ein Sammelsurium aus bunt zusammengewürfelten Möbelstücken. Ein alter Holztisch und vier Stühle standen in der Mitte des Raumes, an der Wand ein Schrank mit Fensterscheiben und Gardinen wie zu Großmutters Zeiten. Überfüllte Regale, Töpfe mit Kräutern auf der Fensterbank und auf der Spüle ein Berg dreckiger Teller und verkrusteter Töpfe.

»Ihr hättet sie sehen müssen«, sagte Sandro und kämpfte mit den Tränen. »Sie haben meine Mutter gefesselt und geknebelt.«

Jule strich ihm zärtlich über die Wange. »Wir werden sie da rausholen. Versprochen.«

»Jule, du weißt nicht, wozu Filippo fähig ist. Er kennt keine Skrupel. Ein Menschenleben zählt für ihn nichts.« Sandro ließ den Kopf sinken.

»Hey, wir werden sie retten. Das verspreche ich dir!«

Sandro blickte sie an und lächelte. »Danke.«

Jule umarmte ihn und küsste ihn auf die Wange. Plötzlich ließ sie ihn los und schnupperte. Sie erhob sich und öffnete den Backofen.

»Hab ich es mir doch gedacht. Ich habe ihn sofort gerochen, als wir hereinkamen.«

»Finger weg! Denk nicht einmal daran!« Anja schlug die Ofenklappe wieder zu und stellte sich davor.

»Dein Streuselkuchen ist einfach der beste und nach der ganzen Aufregung brauchen wir jetzt alle etwas Süßes«, sagte Jule und faltete die Hände wie eine Bittstellerin. »Der ist eh schon angeschnitten und wahrscheinlich steinhart. Bitte.«

Emma lachte. Sie kannte Jules Vorliebe für geklauten Streuselkuchen und konnte nicht verhindern, dass ihr Magen knurrte. Anja und Jule schauten sie beide an.

»Gut«, lenkte Anja ein, »ihr habt es verdient. Bedient euch.« Sie trat zur Seite. Jule holte Teller aus dem Schrank und zog das Kuchenblech aus dem Ofen. Sie schnitt vier Stücke ab und verteilte sie. Emma lief das Wasser im Mund zusammen. Ihr Blick wanderte zu Sandro. Er bot einen bemitleidenswerten Anblick in seinem blutverschmierten Shirt. Er schaute an sich hinab und fragte: »Ist Kalle da?«

»Hm, glaube schon.«

»Ich muss aus den Klamotten, vielleicht hat er ein sauberes T-Shirt für mich.« Sandro erhob sich und zuckte vor Schmerz zusammen. Jule starrte ihn an. »Du leihst dir was zum Anziehen von Kalle?«

»Soll ich so herumlaufen?« Dabei deutete er auf die Blutflecken.

»Ich kann mich noch erinnern, dass ich, als ich Kalle einmal die Hand gab, dich nicht anfassen durfte, ohne mir vorher die Finger zu waschen, weil er ein Perverser sei. Und jetzt leihst du dir sogar ein T-Shirt von ihm?«, fragte Jule verständnislos.

»Glaub mir, das ist mir heute egal und außerdem haben sich die Zeiten geändert und Kalles perverse Neigungen allem Anschein nach auch«, erwiderte Sandro.

Emma hatte für einen kurzen Moment das Gefühl, dass Jule zu Tode erschrak. Sie hatte sich jedoch sofort wieder unter Kontrolle. Emma mochte Kalle nicht sonderlich. Ihre erste Begegnung im Badezimmer war ihr sehr unangenehm gewesen, und sie wollte nie wieder an diesen Vorfall erinnert werden. Im Laufe der Zeit hatte sie ein anderes Bild von ihm gewonnen. Er war ein zutiefst schüchterner junger Mann, der sicherlich auch seine guten Seiten haben musste, sonst hätte sich ihre Enkelin nicht bis über beide Ohren in ihn verliebt. Für Emma jedoch blieben diese Seiten ein gut gehütetes Geheimnis.

Sandro verließ die Küche und klopfte an Kalles Zimmertür. Emma beobachtete ihn. Zuerst öffnete sich die Tür, Sandro sagte etwas und dann schaute Kalle ängstlich zu Emma in die Küche. Er fuhr erschrocken zurück, packte Sandros Handgelenk und zerrte ihn in sein Zimmer. Die Tür schloss sich wieder.

»Was ist denn mit Kalle los?«, fragte Emma irritiert.

»Nichts anderes als sonst auch«, antwortete Anja. »Verklemmt, neurotisch und neuerdings auch noch äußerst wortkarg.«

Jule rutschte auf ihrem Stuhl hin und her. Sie stopfte sich zu viel Kuchen auf einmal in den Mund und trank einen Schluck Kaffee dazu.

»Alles in Ordnung mit dir?«, fragte Emma.

»Mmh.«

Nach einer Weile kam Sandro in die Küche zurück. Er trug ein schwarzes T-Shirt, das eine Nummer zu klein war. Der Schriftzug *FBI – Female Body Inspector* spannte über seinem muskulösen Oberkörper. Jule traute ihren Augen nicht, als sie die Worte las. »Das ist von Kalle?«

»Es war das einzige saubere T-Shirt in seinem Schrank, das mir passt«, entschuldigte sich Sandro.

Jule wurde nachdenklich. »Hat Filippo endlich gesagt, was er von dir will?«

Bedrückt schüttelte Sandro den Kopf. »Ich habe große Angst um meine Mutter.«

»Wie ich sie kenne, wird sie das alles gut wegstecken. Glaub mir, sie ist robuster, als du denkst«, versuchte Jule ihn zu trösten.

»Du hättest sie sehen sollen. Sie wirkte so hilflos und verletzlich.« Sandro lief zum Fenster und starrte auf die Straße hinab.

Jule legte ihre Arme von hinten um seine Taille.

»Autsch.« Sandro verzog sein Gesicht vor Schmerzen.

»Sorry. Glaub mir, deiner Mutter wird nichts geschehen, solange du auf Filippos Forderungen eingehst.« Sie schmiegte sich gegen seinen Rücken.

»Vielleicht sollten wir ihn beschatten«, schlug Emma vor. »Wenn wir wissen, was er den ganzen Tag macht, ob er sich mit jemandem trifft, mit wem er telefoniert und so weiter, können wir vielleicht etwas in Erfahrung bringen und seinen Plan durchkreuzen.«

»Keine schlechte Idee.« Nachdenklich lief Jule durch die Küche. Plötzlich klingelte ihr Handy. Es war Milena. Jules Miene wurde immer ernster, während sie der Haushälterin zuhörte. »O.k., ganz ruhig, wir kommen.« Sie beendete das Gespräch und schaute Emma beunruhigt an. »In deine Villa ist eingebrochen worden.«

Einen Einbruch am Tag hatte ich noch nie zuvor gewagt. Die Schatten der Nacht waren bisher meine Freunde. Sie umhüllten und verbargen mich vor unliebsamen Blicken. Ich fühlte mich in der Dunkelheit geborgen, konnte jederzeit mit ihr verschmelzen und unsichtbar werden, doch heute schien die Sonne.

Die Zeitung berichtete von einem Dieb, der aus Habgier in die Villen einbrach und sich an fremdem Eigentum bereicherte. Was wussten die schon von mir? Kein einziges Schmuckstück aus meiner Beute hatte ich jemals zu Geld gemacht. Ich bewahrte sie wie Trophäen an einem geheimen Ort auf und betrachtete die goldenen Ketten, Perlen, Armbänder und Uhren wie andere Sammler ihre Briefmarken oder alten Schallplatten. Manchmal polierte ich die Diamanten, damit sie noch mehr funkelten.

Wenn ich in Häuser einbrach, lockten mich weder Geld noch Reichtum. Für mich lag der Reiz in der Fähigkeit, unbemerkt über das Schicksal der Bewohner entscheiden zu können. Nicht dass ich sie im Schlaf hätte töten wollen, das brächte mir nichts außer Scherereien. Was mich antrieb, war einfach nur die Möglichkeit und das

Wissen darum, es theoretisch tun zu können. Und ich nahm den Menschen das, was ihnen lieb und teuer war, ihren Schmuck, den sie, beladen mit Erinnerungen, in Tresore einsperrten.

Die Terrassentür der Villa von Stratnitz stand sperrangelweit offen. Die Sonne brannte vom Himmel. Ich lauerte hinter dem kleinen Gerätehaus im Garten und wartete. Vor drei Nächten war ich bei Frau Westermann eingestiegen. Es war viel zu früh, um schon wieder im Viertel zuzuschlagen. Ich wollte noch mehr Zeit bis zu meinem nächsten Einbruch verstreichen lassen, doch das lag nicht mehr in meiner Macht. Die Entscheidung, wann und wo ich zuschlug, war seit jenem Abend nicht mehr meine eigene.

Als ich nach dem missglückten Überfall bei Frau Westermann vor das Auto auf die Straße lief, dachte ich zuerst, dass dies mein Ende sei. Für den Bruchteil einer Sekunde sah ich bereits im Scheinwerferlicht des Wagens die fette Schlagzeile *Dieb auf Flucht von Auto überfahren.*

Der Fahrer bremste und riss die Tür auf. Der Regen prasselte auf den aufgeheizten Asphalt und verdampfte. Es roch nach schwülwarmem Staub. Der Mann befahl mir einzusteigen, was ich dankbar und ohne nachzudenken tat. Die Scheiben beschlugen, und wir jagten mit quietschenden Reifen in der Dunkelheit davon.

Ich kannte den Mann, hatte ihn schon oft gesehen und hasste ihn. Warum er mir zur Flucht verhalf, begriff ich erst später. Wir fuhren zu einem abgelegenen Parkplatz außerhalb der Stadt, und dort erklärte er mir seinen Plan, den er in dem Moment ausgeheckt hatte, als ich ihm vor den Wagen gestolpert war. Ich mochte nicht für ihn arbeiten, zu seinem Instrument werden, das er nach Belieben manipulieren konnte. Sein weißes Hemd war durchweicht, und sein Brusthaar schimmerte durch den Stoff. Das feuchte Wagenpolster roch muffig. Ich hatte keine Wahl, seine Forderung auszuschlagen. Er kannte mein Gesicht und konnte mich ohne weiteres als den gesuchten Dieb identifizieren. Trotz der kalten Nässe, die über meinen Rücken hinabsickerte, brach mir der Schweiß aus. Ich akzeptierte gezwungenermaßen seine Bedingungen.

Jetzt stand ich vor der Villa und beobachtete sie zum ersten Mal voller Abscheu, wollte nicht einsteigen, jedenfalls nicht unter diesen Voraussetzungen. Das kribbelnde Gefühl der Vorfreude blieb aus. Die Geborgenheit der Nacht umhüllte mich nicht mehr, sondern grelle Sonnenstrahlen beleuchteten mich wie Scheinwerferlicht auf einer Theaterbühne. Es fühlte sich falsch an, diesen Job auszuführen. Wo blieb die Leidenschaft? Wo die Lust und die Befriedigung an meinem Tun?

Milena, die Haushälterin, wischte Staub im Salon. Solange sie in der Nähe war, musste ich in meinem Versteck abwarten. Gelegentlich trat sie auf die Terrasse hinaus, schüttelte den Staubwedel aus und schaute sich länger als notwendig im Garten um.

Vergangene Nacht stand ich ebenfalls hier und beobachtete das Anwesen. Frau von Stratnitz und ihre beiden Mitbewohner waren, kurz bevor sie zu Bett gingen, noch am Pool gewesen. Die Alte blickte in den Garten, direkt in meine Richtung, und drängte plötzlich darauf, dass die jungen Leute ins Haus kommen sollten. Für einen Moment glaubte ich, dass sie mich bemerkt hatte.

Ich wartete im Schutz der Gartenlaube, bis das Licht im Haus erlosch und ich davon ausgehen konnte, dass die Bewohner der Villa tief und fest schliefen. Erst dann schlich ich über den weichen Rasen. Die Geräusche der Stadt verschmolzen im Hintergrund. Ich blendete sie aus und konzentrierte mich auf mein Vorhaben.

Um an den Tresor in der Bibliothek zu gelangen, musste ich durch die Terrassentür im Salon einsteigen. Es war kein separates Schloss an der Tür angebracht und für mich ein Leichtes, sie aufzuhebeln. Mit dem Rücken lehnte ich mich gegen die Hauswand und lauschte. Alles war still. Wie kurz vor jedem Einbruch durchfuhr mich ein Kribbeln der Vorfreude. Es war so weit. Ich löste mich aus meiner Deckung und sah plötzlich im Salon das Display eines Handys aufleuchten. Blitzschnell lehnte ich mich wieder gegen die Hauswand und wartete, bis mein Herzschlag sich beruhigte. Das war knapp gewesen. Ich beugte mich nach vorn und schaute in das Zimmer. Diese junge Frau mit den wilden Rastalocken und ihr Freund hatten sich auf dem Sofa auf die Lauer gelegt. Wahrscheinlich warteten sie auf mich. Ich fluchte leise und wagte einen letzten Blick durch das Fenster. Warum ausgerechnet jetzt die Enkelin von Frau von Stratnitz auftauchte und außerdem noch ein junger Mann zur Haustür hereingelassen wurde, wusste ich nicht. Ich wusste nur, dass mein Job für diese Nacht geplatzt war. Ich huschte in der Dunkelheit davon und berichtete meinem Auftraggeber von den Geschehnissen. Er war wütend und bestand darauf, dass ich die nächste Gelegenheit nutzen und einsteigen sollte. Ihm war es egal, ob der Mond oder die Sonne schien. Mir nicht, aber er saß am längeren Hebel und konnte mich jederzeit verraten, wenn ich ihm nicht gehorchte.

Nachts trug ich zur Tarnung dunkle Kleidung und eine Maske über dem Kopf. Am hellen Tag würde mich das wiederum verdächtig machen und die Aufmerksamkeit erst recht auf mich lenken. Frechheit siegt, sagte ich mir und versteckte mich ganz normal gekleidet, mit Shirt und Jeans, hinter der Gartenlaube. Auf meinen Rucksack verzichtete ich allerdings nicht. Den benötigte ich für meine Beute. Mir war schlecht.

Milena brauchte eine halbe Ewigkeit, um den Salon abzustauben. Da die Hausherrin nicht anwesend war, drehte sie die Stereoanlage lauter und sang mit Rod Stewart im Duett, bis sie endlich aus dem Zimmer verschwand. Das war mein Einsatz. Ich blickte zu den beiden Nachbarhäusern, ob auch niemand hinter den Fenstern oder in den Gärten zu sehen war, und spurtete über den kurz geschnittenen Rasen. Wie in der vergangenen Nacht lehnte ich mich wieder gegen die Hauswand und lauschte. Der Rauputz war von der Sonne aufgeheizt. Rod Stewart besang sein *Baby Jane* und scherte sich nicht darum, dass ich über die weichen Teppiche des Salons schlich. Außer der Haushälterin und der Enkelin von Frau von Stratnitz war niemand mehr im Haus. Beobachten und Ausspionieren waren für meinen Job lebensnotwendig. Ich wusste genau, wo sich der Tresor befand, den ich aufbrechen sollte, und ich hatte herausgefunden, wo die Alte den Merkzettel mit dem Zahlencode dafür aufbewahrte.

Die laute Musik verunsicherte mich. Sie bot mir zwar Schutz, damit niemand mich hörte, aber auch ich würde nicht bemerken, wenn die Haushälterin plötzlich hinter meinem Rücken auftauchte. Ich schlich durch den Salon bis in den Flur. Die Tür zum Keller stand offen. Mein Puls hämmerte in meinen Schläfen. Es war Irrsinn, am hellen Tag einzubrechen. Ich musste mich beeilen und lief in die Bibliothek. Ich trat vorsichtig ein und schloss die Tür hinter mir. Bisher hatte ich den Raum nur vom Garten aus gesehen, aber ich wusste, dass sich der Safe hinter diesem hässlichen Ölgemälde befand und der Zahlencode auf einem Zettel stand, der an der Unterseite der Schreibtischschublade mit Klebestreifen befestigt war. Als ich um den Tisch lief, schlug die Kellertür zu und Milena kehrte zurück. Sie sang wieder mit Rod Stewart, und ihre Stimme wurde leiser. Entweder war sie in den Salon oder die Küche gelaufen. Jetzt musste ich schnell sein. Es war nur eine Frage der Zeit, bis sie mich entdeckte. Die Musik verstummte in dem Moment, als ich die Schublade aufzog. Sie knarzte. Ich hielt inne und lauschte. Milenas Stimme kam wieder näher. Sie trällerte noch immer den letzten Refrain. Ich duckte mich hinter dem Schreibtisch und wartete. Im Salon wurde eine neue CD eingelegt. Dieses Mal säuselte Chris de Burgh von seiner *Lady in Red*. Der Magen drehte sich mir um. Mir war nach Musik von Rammstein und einem Adrenalinstoß zumute.

Ich musste nicht lange suchen, bis ich den Zettel mit dem Zahlencode gefunden hatte, und klappte das Ölgemälde zur Seite. Hastig öffnete ich das Schloss. Der Tresor sprang lautlos auf, und ich war glücklich.

Es lag nicht viel in dem Geheimfach. Ich nahm ein Bündel 100-Euro-Scheine, das mit einer Banderole zusammengehalten wurde, aus dem Fach und blätterte es mit meinem Daumen durch. Ich steckte das Geld in meinen Rucksack, genau wie drei DIN-A4-Briefumschläge und ein Kuvert mit alten Fotografien. Der Inhalt interessierte mich nicht. Mein Augenmerk fiel vielmehr auf eine kleine rote Samtschatulle. Ich griff danach und öffnete sie. Darin lag eine silberne Kette mit drei Anhängern aus blutroten Rubinen. Die Steine waren so groß wie Erbsen und mit Verzierungen eingefasst. Ein wunderschönes Stück. Ich konnte mich nur schwer von dem Anblick lösen. Trotzdem musste ich die Kette wieder in das Etui zurücklegen und mich beeilen. Milena konnte jeden Moment die Bibliothek betreten. Mein Herz schlug schneller. Das Teil war wunderschön und ergänzte meine Schmucksammlung vortrefflich. Mein Auftraggeber brauchte nichts von der Existenz der Kette zu erfahren. Sie war meine Beute, die ich mir redlich verdient hatte. Den Rest konnte er haben.

Genauso unauffällig, wie ich in die Villa geschlichen war, verließ ich sie auch wieder. Ich huschte hinaus in den Sonnenschein, rannte über den Rasen und war versucht, Chris de Burghs Refrain von *Lady in Red* mitzusingen, so leicht fühlte ich mich. Mein Auftrag war erfüllt, und ich wollte so schnell wie möglich verschwinden.

Milena wartete bereits an der Haustür, als Sandro den Wagen vor der Garage stoppte. Emma war bei ihm mitgefahren, falls er wegen seiner Verletzungen Hilfe brauchte. Jule war ihnen mit Milenas rotem Mini gefolgt und brauste direkt hinter ihnen in die Einfahrt. Sie hatte das Radio bis zum Anschlag aufgedreht. Das kleine Gefährt wummerte.

Emma stieg aus und eilte der Haushälterin entgegen. »Was ist passiert?«, rief sie. »Geht es Ihnen gut? Ist Trixi in ihrem Zimmer?« Sie war außer sich vor Sorge. Wenn der Dieb so dreist war, am hellen Tag einzubrechen, mussten sie mit dem Schlimmsten rechnen.

»Gott sei Dank ist uns nichts passiert.« Milena nahm Emmas Hand und zog sie mit sich in die Bibliothek.

Jule und Sandro folgten ihr. Auf den ersten Blick sah alles aus wie immer, kein Durcheinander, keine Scherben oder sonstiges Chaos.

»Wie kommen Sie überhaupt auf die Idee, dass eingebrochen worden ist?«, fragte Emma und schaute sich um.

»Ich war beim Staubwischen, als mir das Bild auffiel.« Milena deutete darauf. Es stand einen Spaltbreit von der Wand ab.

»Hast du etwas angefasst?«, fragte Sandro.

»Nein«, erwiderte sie kopfschüttelnd. »Zuerst habe ich gar nicht an einen Diebstahl gedacht. Das Bild hätte sich aus allen möglichen Gründen aus seiner Halterung gelöst haben können, doch dann entdeckte ich den Zettel mit dem Zahlencode auf Ihrem Schreibtisch, Frau von Stratnitz.«

»Wieso um alles in der Welt hast du einen Zettel mit dem Code für den Safe hier herumliegen?« Verständnislos schaute Jule Emma an.

»Meinst du, ich kann mir diese vielen PIN-Nummern und Code-Wörter alle merken, die man heutzutage für jeden Pipifax braucht? Außerdem lag das Papier nicht offen auf dem Tisch, sondern war gut versteckt.« Emma hatte immer gedacht, Kurts Versteck an der Unterseite der Schublade sei sicher.

»Schau mal nach, ob etwas fehlt«, schlug Jule vor.

Emma lief um den Tisch.

Sandro packte sie am Arm und hielt sie zurück. »Halt, warte! Da sind vielleicht Fingerabdrücke am Schloss. Wir dürfen nichts anfassen.« Er rieb sich seine lädierte Nase.

»Du hast recht, wir sollten besser die Polizei holen«, sagte Emma.

»Ihr wisst, was ich von den Pappnasen halte«, zischte Jule. »Wir müssen zuerst nachschauen, ob etwas gestohlen wurde, ehe wir sie informieren.«

Emma überlegte. Jules Einwand war nicht von der Hand zu weisen. Wenn sie nicht wussten, ob etwas fehlte und tatsächlich eingebrochen worden war, ergab es wenig Sinn, die Polizei zu rufen.

»Milena, seien Sie bitte so lieb und holen mir ein Paar Gummihandschuhe aus der Küche?«, bat Emma. »Ich werde den Tresor vorsichtig öffnen und nachschauen. Dann sind wir sicher, ob etwas gestohlen wurde oder nicht.«

Sandro trat hinter Jule und legte seine Hände auf ihre Schultern.

Emma sah ihm an, dass er mit seinen Gedanken meilenweit entfernt war. Was bedeutete schon ein Einbruch im Vergleich zu dem, was seine Mutter gerade durchlebte?

Während sie auf Milena warteten, schauten sie sich im Zimmer um. Alles stand an seinem gewohnten Platz. Nirgends waren Spuren oder Anzeichen eines gewaltsamen Eindringens zu sehen. Emma rätselte, woher der Dieb wusste, wo der Zettel mit dem Zahlencode versteckt gewesen war.

»Hier, bitte.« Milena reichte Emma zwei rosafarbene Küchenhandschuhe.

Emma stülpte sich diese über, trat an den Tresor und klappte das Bild mit den Fingerspitzen ganz zur Seite. Dann faltete sie ihre Hände und drückte die Gelenkknochen in Richtung Brust durch. Es knackte. »Kann mir jemand die Geheimnummer sagen?«

Jule verrenkte sich den Hals und las, ohne den Zettel zu berühren, die Ziffern vor. Emma gab sie ein, und der Tresor sprang mit einem leisen Klicken auf.

»Und?«, fragte Jule. Sie stellte sich auf ihre Zehenspitzen.

»Leer«, antwortete Emma nüchtern. In dem Tresor waren nicht viele Wertsachen gewesen. Die wirklich wichtigen Dinge, die Emma nicht auf der Bank deponiert hatte, verwahrte sie in einem anderen Versteck auf. Dieser Safe diente nur als Köder für eventuelle Einbrecher. Ihre Rechnung war aufgegangen. Hier lagen lediglich ein paar Papiere, ein wenig Bargeld und … Emma wurde blass und drehte sich in Zeitlupe zu Jule und Sandro um.

»Was ist?« Jule starrte sie neugierig an.

»Die Kette!«, rief Emma.

»Welche Kette?«, fragten Jule und Sandro gleichzeitig.

Emma packte das Mädchen an den Oberarmen. »Erinnerst du dich nicht mehr an das Schmuckstück, das ich dir in der WG gezeigt habe?«

»Du meinst das Teil mit den roten Rubinen, das du von deiner Mutter und die wiederum von ihren Vorfahren bekommen hat?«

Emma nickte. Tränen traten ihr in die Augen. »Sie bedeutete mir sehr viel«, schluchzte sie. »Es war ein Erbstück, das über Generationen von den Müttern unserer Familie an deren älteste Töchter weitergegeben wurde. Ich könnte mich für meine Dummheit ohrfeigen. Warum habe ich sie nur in diesem Safe aufbewahrt?«

»Wir holen sie uns wieder.« Jules Stimme war kaum mehr als ein Flüstern. »Das verspreche ich dir.« Sie nahm Emma in den Arm.

»Wie willst du das anstellen? Wir wissen doch gar nicht, wer der Dieb ist.« Emma klang verzweifelt.

»Mir wird etwas einfallen, mach dir keine Sorgen.« Jule tätschelte Emmas Rücken.

»Soll ich die Polizei informieren?«, fragte Milena. Sie stand auf der Türschwelle.

»Ja«, antwortete Emma. Sie löste sich aus der Umarmung und wischte sich eine Träne aus dem Augenwinkel.

»Nein«, rief Jule.

»Kind, die Polizei hat ganz andere Möglichkeiten als wir. Sie können vielleicht Fingerabdrücke finden«, lenkte Emma ein.

»Ich halte nicht viel von diesen Typen«, schnaubte Jule. »Die verfickten Kerle sehen nur das, was sie wollen.«

»Jule, bitte!«, Emma war empört über ihren rüden Ton.

»Ist doch wahr. Überall, wo die auftauchen, gibt es Ärger.« Jule ließ sich auf das Ledersofa fallen und verschränkte ihre Arme.

»Ich denke, wir sollten sie auf alle Fälle benachrichtigen. Milena, würden Sie das bitte übernehmen?«

Die Haushälterin verschwand im Flur. Emma setzte sich neben Jule.

»Glaub mir«, schimpfte Jule. »Die Bullen werden uns kein Wort glauben und zum Schluss behaupten, dass wir das alles selbst inszeniert haben, um die Versicherungsprämie abzugreifen. Das ist doch immer dasselbe mit denen.«

»Warum bist du nur so verbittert?« Emma strich ihr über die Wange.

»Weil ich mein Leben lang nur schlechte Erfahrungen mit ihnen gemacht habe, deswegen.« Jule bebte vor Wut.

»Du hast allerdings auch einen kriminellen Umgang in deiner Clique auf der Straße gehabt. Vergiss das nicht.« Emma erinnerte sich an ihren Freund Steve, der sie alle, ohne zu zögern, hatte umbringen wollen.

»Das hat doch schon viel früher angefangen«, brach es aus Jule hervor. »Als Daniels Unfall untersucht wurde, da hatten die Beamten meiner Mutter gesagt, sie sei schuld, weil sie ihn an der Straße hatte spielen lassen. Den Arsch, der ihn im Suff zu Tode gefahren hat, den hätte man einsperren müssen, aber die liebe Polizei hat ihn bis heute noch nicht ausfindig gemacht. Also bitte erzähl mir nicht, wie toll die Bullen sind.« Sie sprang auf und lief in den Garten.

Emma wollte ihr folgen, doch Sandro hielt sie zurück.

»Was ist nur in Jule gefahren?«, fragte sie.

»Lass gut sein. Ich kümmere mich um sie.«

Emma kannte die tragische Geschichte von Jules kleinem Bruder. Er war von einem betrunkenen Autofahrer auf dem Fußweg erfasst und überfahren worden. Jule war gerade 13 Jahre alt gewesen, als sie den Unfall von der anderen Straßenseite aus mit ansehen musste. Das Schicksal ihrer Familie war von einem auf den anderen Tag besiegelt gewesen. Nichts war wie früher. Der Vater begann zu trinken, die Mutter versank in Selbstvorwürfen, und Jule blieb auf der Strecke. Das Mädchen bekam nicht die nötige Hilfe, die es so dringend gebraucht hätte. Drei Jahre später, als sie ihren Schulabschluss gemacht hatte, war Jule von zu Hause fortgelaufen. Sie tauchte in der Stadt unter und lebte mit kriminellen Subjekten auf der Straße. Emma schauderte es jedes Mal, wenn sie an Jules traurige Geschichte dachte. Solange sie diesen fürchterlichen Unfall verdrängte, würde sie ihr Trauma niemals aufarbeiten können.

Auf Emmas Drängen hin hatte Jule immerhin den Kontakt mit ihrer Mutter wieder aufgenommen. Es hatte sie viel Kraft gekostet und noch mehr, als sie erfuhr, dass ihre Eltern ihr Leben, entgegen

Jules Vorstellungen, wieder in den Griff bekommen hatten und sogar wieder Eltern eines kleinen Jungen geworden waren. Jule reagierte fassungslos, als sie davon erfuhr. Sie würde erst Frieden finden, wenn sie sich mit ihren Eltern aussprach, und dafür wollte Emma alles in ihrer Macht Stehende tun. Sie liebte Jule, und es tat ihr in der Seele weh, wenn sie sie leiden sah.

»Was ist los mit dir?«, fragte Sandro.

Jule stand am Rand des Pools und betrachtete das türkisblaue Wasser. Die Sonne funkelte in den kleinen Wogen, die der Wind aufkräuselte. Jules Spiegelbild tanzte auf und ab. Sandro packte sie von hinten und drehte sie zu sich um. »Der Tod deines Bruders setzt dir mächtig zu, was?«

Jule hatte Mühe, ihre Tränen zurückzuhalten.

»Ich kriege das Bild einfach nicht aus meinem Kopf, wie er mit seinem selbst gebastelten Superman-Kostüm von dem Wagen erfasst und durch die Luft gewirbelt wurde. Er war doch erst neun Jahre alt gewesen, verdammt.« Jule lehnte sich schluchzend gegen Sandros Brust. Er legte seine Arme um sie und strich ihr sanft über den Rücken.

»Den besoffenen Arsch hat man nie gefasst.« Sie schniefte. »Weißt du, was mich ankotzt? Der Typ lebt irgendwo sein beschissenes Leben und kann sich vielleicht gar nicht mehr daran erinnern, dass er meinen Bruder über den Haufen gefahren hat.«

Sandro wiegte sie sanft.

»Ich will keine Kinder.« Sie löste sich aus seinen Armen. »Ich hätte jeden Tag Todesangst um sie.«

»Psst.« Sandro zog sie wieder an sich. »Triff dich mit deinen Eltern und redet über alles.«

»Sie haben sich ein neues Leben aufgebaut, eines ohne Daniel und mich, schon vergessen?«

»Nein, das haben sie nicht.« Sandro sprach ruhig. »Sie haben das wohl Schlimmste, was Eltern passieren kann, verarbeitet und neuen Mut gefunden. Sie haben nicht nur ein Kind verloren, sondern dich auf eine andere Art und Weise auch. Glaubst du wirklich, dass sie so etwas vergessen könnten?«

»Pah!«, sagte Jule wegwerfend.

»Ich weiß gar nicht, was du hast. Deine Mutter hat sich am Telefon gefreut, von dir zu hören. Sie war überglücklich, und ich bin mir sicher, wenn sie wüsste, wie sie dich erreichen könnte oder wo du bist, sie käme sofort hierher.«

Jules Miene verfinsterte sich.

»Warum bist du nur so verbittert? Du hattest Pläne geschmiedet, wolltest sie besuchen und deinen kleinen Bruder kennenlernen. Was ist daraus geworden? Was ist passiert?«

Jule löste sich aus Sandros Umarmung und blickte wieder auf den Pool. Wie sollte sie ihm erklären, was geschehen war, ohne ihn zu verletzen?

»Du!«, schrie sie plötzlich und drehte sich wieder zu ihm um. Sie schaute ihn wie eine wilde Katze an.

»Ich?« Sandro war schockiert. »Was habe ich damit zu tun?«

»Du willst Kinder mit mir haben. Ich nicht!« Dabei stampfte sie zornig mit dem Fuß auf den Boden und weinte.

»Hey, nun mal langsam. Ich dränge dich zu gar nichts. Wir haben doch alle Zeit der Welt.«

»Ich will aber weder heute noch irgendwann Kinder haben.« Sie schrie Sandro an, obwohl sie wusste, dass er nichts Falsches gesagt hatte.

»Was ist denn in dich gefahren?« Er packte sie an den Handgelenken. »Ich liebe dich, du Furie, und sonst nichts, also lass uns das Thema Kinder vergessen.«

Jule wusste, dass ihr Ausbruch absolut ungerechtfertigt war. Sandro war der verständnisvollste Mann, den sie kannte. Er würde sie nie zu etwas drängen, wovon er wusste, dass sie es nicht wollte. Wahrscheinlich war es weniger der Gedanke an gemeinsame Kinder als die Vorstellung, dass sie einen geliebten Menschen verlieren könnte. Als Emma vorhin von der Polizei gesprochen hatte, war Daniels Bild, wie er in der Blutlache auf dem Fußweg lag und die Polizisten um ihn herum alles absperrten, so real vor ihr erschienen, dass es ihr die Luft zum Atmen raubte. Sie hörte das kratzende Geräusch der Kreide, mit der die Beamten die Kontur um den kleinen Leichnam nachzogen. Als Jule im Moment ihrer Erinnerung in Sandros Gesicht schaute und dort Filippos Handschrift sah, wurde ihr plötzlich bewusst, wie sehr sie sich fürchtete, auch ihn zu verlieren. Sie standen sich schweigend gegenüber und hielten sich an den Händen.

»Ich habe einfach eine Scheißangst«, lenkte Jule ein und schmiegte sich gegen Sandro. Sie umklammerte ihn. Er stöhnte. Der Tritt in seine Seite schmerzte mehr, als er zugab.

»Oh, sorry, hab ich vergessen«, sagte sie bekümmert. »Du hast recht, wenn ich mich nicht mit meinen Eltern ausspreche, werden mich meine Dämonen mein Leben lang verfolgen.«

Sandro lächelte. Jule genoss seine Nähe.

»Entschuldige, ich bin ein Depp«, rief sie und schaute ihm in die Augen.

»Wieso?«

»Ich jammere hier herum, und dabei müssen wir jetzt erst einmal den Dämon in deinem Leben bewältigen, deinen lieben Cousin Filippo, und deine Mutter in Sicherheit bringen. Tut mir leid, ich bin manchmal echt doof und egoistisch.«

Sie küsste ihn. Ihre Finger wanderten dabei unter sein T-Shirt. Wie sehr sie diesen Mann liebte. Seinen Duft, seine Wärme, einfach alles an ihm.

»Ich störe nur ungern«, rief Emma von der Terrassentür.

»Dann lass es«, murmelte Jule.

»Die Polizei ist da.«

Die Polizisten Werbeck und Stolz standen auf der Türschwelle zur Bibliothek.

»So schnell sieht man sich wieder«, sagte Stolz zynisch und schubste die Tür mit dem Zeigefinger auf, ohne einzutreten. Sein Blick wanderte im Zimmer umher. Jedes Detail schien er aufzusaugen und in seinem Gedächtnis abzuspeichern.

»Wann haben Sie den Einbruch bemerkt?«, fragte sein Kollege und zückte seinen Notizblock.

Milena räusperte sich und berichtete, dass sie das Haus geputzt hatte. Zuerst wischte sie im Salon Staub, danach ging sie in den Keller, um Wäsche aufzuhängen, und dann goss sie die Blumen.

»Und jetzt bitte eine Antwort auf die Frage. Wann haben Sie den Einbruch bemerkt?«, blaffte Stolz, ohne sich nach der Haushälterin umzudrehen.

Emma hielt ihn noch immer für einen ungehobelten Flegel. Er zeigte keinen Respekt und spielte sich in seiner Uniform auf.

»Ich, ähm, ich habe nicht auf die Uhr geschaut«, stammelte Milena und zwirbelte verlegen ihre Halskette. »Es muss so gegen zwei oder drei Uhr gewesen sein.«

»Zwei oder drei?«

»Ich weiß es nicht.«

»Versuchen Sie, sich zu erinnern.«

Der Beamte drehte sich plötzlich um und blickte Milena eiskalt in die Augen. Dieses Mal trug er keine Sonnenbrille und fixierte die junge Frau mit seinen stechend blauen Augen. Sie wich einen Schritt zurück und wurde rot.

»Halb drei?«, sagte sie mit einem hörbaren Fragezeichen am Ende des Satzes, als ob sie seinen Groll befürchtete und sich ein Hintertürchen offen lassen wollte.

»Ist das eine Frage oder eine Aussage?«

»Sehen Sie denn nicht, dass Sie die Frau einschüchtern?«, lenkte Emma ein.

»Sie habe ich nicht gefragt«, antwortete er stattdessen. »Halb drei? Sicher?«

Milena straffte ihren Rücken und sagte: »Ja.«

Polizeiobermeister Werbeck inspizierte die Haustür, peinlich darauf bedacht, nichts anzufassen.

»Wie kommen Sie darauf, dass eingebrochen wurde?« Stolz war noch nicht fertig mit Milena.

»Ich sah das Bild offen stehen.«

»Das Bild stand offen? Wie geht das denn?«, fragte er.

»Sag mal, haste noch alle Tassen im Schrank?«, brauste Jule auf. Sie lehnte mit Sandro an der Salontür im Flur und hatte der Befragung zugehört.

Emma hatte schon vermutet, dass Jule sich nicht wie ausgemacht schweigend zur Verfügung hielt. Ihr vorlautes Mundwerk würde ihr zum Verhängnis werden. Emma musste das unterbinden, bevor die Situation eskalierte.

»Scht«, zischte sie in Jules Richtung. »Entschuldigen Sie bitte, Herr Polizeiobermeister, aber unsere Nerven liegen blank. Das hat sie nicht so gemeint.«

»Nicht?« Der Beamte taxierte Jule abschätzig.

»Was gibt's da zu glotzen? Rastalocken und Loch in der Jeans, und schon ist alles klar für so jemanden wie dich.« Jule sprühte vor Zorn und machte Anstalten, auf ihn zuzustürmen. Sandro packte sie an den Schultern und schob sie in den Salon. Er schloss die Tür hinter sich.

»Entschuldigen Sie«, versuchte Emma die Wogen zu glätten. »Sie ist sehr impulsiv.«

Stolz zog eine Braue in die Höhe und bedachte sie mit einem strafenden Blick, bevor er Milena wieder befragte. Die junge Frau konnte nicht viel mehr zur Klärung des Falls beitragen und wurde aus dem Verhör entlassen.

Der Kollege Werbeck telefonierte und beorderte die Spurensicherung an den Tatort, um Fingerabdrücke vom Tresor zu nehmen.

»Wo waren Sie, als der Einbruch stattfand?« Stolz notierte sich etwas auf seinem Schreibblock.

»Ich?« Emma hüstelte und überlegte, was sie sagen sollte. Sie hätte zu gern von Filippo berichtet und die Beamten gebeten, ihn zu verhaften und Carlotta zu befreien, aber sie traute sich nicht ohne

Sandros Zustimmung. Wenn sie nun eine Ausrede erfand, wo sie stattdessen gewesen war, würde diese wie ein Kartenhaus zusammenstürzen, sobald Jule und Sandro befragt wurden. Sie musste zusehen, dass die beiden bei ihrer Aussage anwesend waren.

»Entschuldigen Sie bitte, aber ich muss mich setzen«, sagte Emma und lief geradewegs in den Salon. Jule und Sandro standen in der Mitte des Raumes und stritten miteinander. Als Emma eintrat, verstummten sie. Sie setzte sich in ihren roten Ohrensessel.

»Also, wo waren Sie zur Tatzeit?« Stolz baute sich breitbeinig vor ihr auf.

»Ich war mit meinen beiden Freunden in der Stadt.« Emma wusste, dass man ihr Alibi überprüfen würde. »Wir waren im Park und sind spazieren gegangen. Danach wollten wir in einem Café gemütlich frühstücken.«

»Zeugen?«

»Alle Menschen, die uns im Park begegnet sind«, log sie.

Stolz knirschte missmutig mit den Zähnen.

»Sie waren auch – spazieren?« Er blickte zu Jule und betonte das letzte Wort, als ob es etwas Unanständiges wäre.

Jules Muskeln spannten sich an. Wie ein Vulkan kurz vor der Eruption holte sie Luft. Sandro legte seinen Arm um ihre Schulter und fuhr ihr ins Wort. »Nein, wir waren nicht einfach spazieren«, sagte er.

»Nicht?« Stolz horchte auf.

»Ich wollte meiner Freundin im Park einen Heiratsantrag machen.«

Der Polizist taxierte Jule von oben bis unten und richtete seinen Blick schließlich auf Sandros ramponierte Nase. Sie verfärbte sich bereits.

»Was ist mit Ihrer Nase passiert?«

Sandro betastete sie vorsichtig. »Sie hat meinen Antrag auf ihre Art und Weise abgelehnt«, antwortete er und ließ den Kopf theatralisch sinken.

Jule starrte ihren Freund an. Emma verkniff sich das Lachen. Eine gelungenere Ausrede hätte Sandro nicht einfallen können. Zum ersten Mal brachte der Polizist so etwas wie ein Lächeln zustande.

»Gut. Bis wir mit den Untersuchungen hier fertig sind, halten Sie sich bitte für weitere Fragen zur Verfügung.« Er drehte sich um und verließ den Salon. Im Türrahmen blieb er stehen. »Obwohl ich nicht glaube, dass wir etwas finden werden.«

»Warum nicht?«, wollte Emma wissen.

»Mir sieht das hier verdammt nach Versicherungsbetrug aus.« Stolz blickte jedem von ihnen streng in die Augen.

»Betrug?« Emma erhob sich. Sie war empört über diese Beschuldigung.

»Einbruch am hellen Tag, eine offene Terrassentür, der Zahlencode des Safes auf dem Schreibtisch«, resümierte Stolz. »Das ist für mich nichts weiter als ein kläglicher Versuch, sich an die Einbruchserie im Viertel anzuhängen. Damit kommen Sie nicht durch. Vergessen Sie es.«

Emma wollte etwas erwidern, doch der Beamte verschwand im Flur und schloss die Tür hinter sich.

»Siehste, was hab ich euch gesagt?«, polterte Jule. »Die nehmen uns nicht ernst.« Sie drehte sich zu Sandro um und fragte: »Glaubst du echt, dass ich deinen Heiratsantrag mit einem Fausthieb ablehnen würde?«

»Wer weiß, dir traue ich alles zu.« Er nahm Jule in den Arm und küsste sie auf die Nasenspitze. »Zu gegebenem Zeitpunkt werde ich es ausprobieren.«

»Versicherungsbetrug, das ist eine Unverschämtheit!« Emma stemmte die Fäuste in ihre Hüften und lief kopfschüttelnd durch das Zimmer. Sie öffnete die Terrassentür und ließ ihren Blick durch den Garten streifen. Wer auch immer der Dieb gewesen sein mochte, Emma schwor sich, nicht eher Ruhe zu geben, bis sie ihre Kette wieder zurückhatte. »Ich krieg dich und dann gnade dir Gott.«

Ihre Stimme klang leise und bedrohlich.

Carlotta beobachtete ihren Neffen. Er lief im Wohnzimmer auf und ab und tippte eine Nummer in sein Mobiltelefon. Jede Faser ihres Körpers tat weh, sie konnte nicht mehr sitzen.

Filippo und dieser schreckliche Mann waren gestern Vormittag bei ihr in die Wohnung eingefallen, hatten sie brutal überwältigt und auf diesem unbequemen Küchenstuhl gefesselt. Die Kabelbinder, mit denen ihre Handgelenke hinter der Lehne auf den Rücken gebunden und die Füße gegen die Stuhlbeine fixiert waren, schnitten in ihr Fleisch. Jede Bewegung scheuerte und tat entsetzlich weh.

Die beiden Männer hatten nach Sandro gesucht und Carlotta Schläge angedroht, wenn sie nicht verriet, wo er war. Sie war keine Heldin, und die in Aussicht gestellten Schmerzen, falls sie nicht reden würde, versetzten sie in Panik. Filippo hatte ihren Ehemann getötet, und Carlotta war überzeugt, dass er keine Sekunde zögern würde, sie oder Sandro ebenfalls zu ermorden. Trotzdem wollte sie die neue Adresse ihres Sohnes auf keinen Fall preisgeben. Filippo sollte den Jungen nicht in die Finger bekommen, jedenfalls nicht durch ihr Zutun. Der Mann, der mit Filippo gekommen war, stopfte ihr einen alten Lumpen als Knebel in den Mund. Filippo nannte ihn Dottore Morte, was so viel wie Doktor Tod bedeutete. Er war breitschultrig und unrasiert. Eine Dunstwolke aus Alkohol- und Zigarettenrauch umhüllte ihn. Er stank bestialisch. Filippo grinste über ihren kläglichen Versuch, Sandro beschützen zu wollen, und hörte sich im Haus bei den Nachbarn um. Er erzählte, dass er seinen Cousin suche und seine Tante nicht zu Hause sei. Die Adresse von Emma von Stratnitz hatte er binnen weniger Minuten ausfindig gemacht. Er packte seine Reisetasche, besprach sich mit Dottore Morte und verließ die Wohnung.

Seitdem konnte Carlotta nichts weiter tun, als abzuwarten und um Sandro zu bangen. Sie betrachtete sein Blut auf ihrem Teppich. Tränen traten ihr in die Augen, wenn sie daran dachte, wie brutal die Männer mit Sandro heute früh umgesprungen waren. Was auch immer sie von ihm wollten, sie würden keine Ruhe geben, bis sie ihr Ziel erreicht hatten.

»Sie suchen Alessandro Pascello?« Filippo lief noch immer in Carlottas Wohnzimmer auf und ab und telefonierte. Er hatte die Freisprechanlage seines Handys aktiviert, damit sein Freund das Gespräch mit anhören konnte. Carlotta lauschte ebenfalls. Sie musste herausfinden, was ihr Neffe vorhatte. Sie konnte sich denken, dass es um Sandros Aussage von damals ging, aber er hatte sie, wie Filippo es verlangte, zurückgezogen. Mit wem telefonierte ihr Neffe? Wer außer ihm sollte noch nach Sandro suchen und warum? Carlotta konnte sich keinen Reim auf all das machen. Am anderen Ende der Leitung hatte sich ein gewisser Paolo Izzo gemeldet.

»Wer sind Sie und warum wollen Sie das wissen?«, fragte Herr Izzo.

»Das tut nichts zur Sache.« Filippos Brauen zogen sich zusammen. »Was ist Ihnen die Information über seinen momentanen Aufenthaltsort wert?«

Ein kurzes Schweigen.

»Warum glauben Sie, dass ich diesen Mann suche?«

»Wie viel?« Filippo schaute zum Fenster hinaus in den Hinterhof des Hauses.

»Gehen wir einmal davon aus, dass ich diesen Mann tatsächlich suche, dann würde ich Ihnen 5 000 Euro zahlen.«

»5 000?«, brüllte Filippo und spie dabei feine Speicheltröpfchen in den Raum. Im Gegenlicht beobachtete Carlotta, wie sie zu Boden nieselten. Die Halsschlagader ihres Neffen trat hervor. »50 000 und keinen Cent weniger«, schrie er in das Telefon. »Ich kenne Ihre Auftraggeberin und weiß, dass ihr diese Information ein Vermögen wert ist. – Hallo? Hallo? Der Kerl hat einfach aufgelegt. Ich fasse es nicht«, tobte Filippo und trat gegen die Wand. Er tippte erneut die Telefonnummer ein und wartete.

Carlotta beobachtete ihn. Er war cholerisch und unbeherrscht, genau wie früher, als er noch ein kleiner Junge gewesen war. Er kam oft zu ihnen nach Hause und spielte mit Sandro. Die Ähnlichkeit der beiden war verblüffend. Wenn sie nebeneinander im Sandkasten mit ihren Plastikförmchen Ritterburgen bauten oder Seeschlachten im Badezuber schlugen, hätte man glauben können, sie seien Brüder. Es war eine unbekümmerte Zeit gewesen, und sie liebte den Sohn ihres Bruders wie ihr eigenes Kind. Doch schon damals neigte er zu Wutausbrüchen und schlug um sich, wenn er nicht das bekam, wonach er verlangte. Der Knebel in Carlottas Mund schmerzte. Ihre Mundwinkel waren wund und fühlten sich an, als wären sie eingerissen.

»Tun Sie das nie wieder!«, fauchte Filippo in sein Telefon. »Wann das Gespräch beendet ist, bestimme ich! Ich werde Ihnen Pascellos Aufenthaltsort verraten, und Sie bringen die Kohle mit.«

Dottore Morte grinste, schob sich einen Zahnstocher zwischen die Zähne und kaute darauf herum. Er saß auf der Armlehne von Carlottas Fernsehsessel. Seine dreckigen Armeestiefel stellte er auf das teure Polster.

»Ich werde mit meiner Auftraggeberin reden«, antwortete der Mann am anderen Ende der Leitung. Sein Tonfall war ruhig und unbeeindruckt von Filippos Drohgebärden.

»Pascello ist in Deutschland untergetaucht. Wir treffen uns – morgen.« Filippo nannte ein Straßencafé in der Innenstadt und die Uhrzeit.

»Deutschland? Morgen?«, Paolo Izzo überlegte. »Das geht nicht.«

»Wollen Sie den Mann oder nicht?«, fragte Filippo eisig.

»Unbedingt, aber«, er zögerte, »ich kann bis morgen keinen Flug zu Ihnen bekommen.«

»Nicht mein Problem.« Filippo war versucht, die Verbindung zu beenden.

»Ich liege im Krankenhaus und komme erst in zwei Tagen wieder raus. Ein verärgerter Klient, Sie verstehen?«, schob er als Erklärung hinterher.

Filippo blieb stehen und runzelte die Stirn.

Dottore Morte blickte zu Carlotta und verzog das Gesicht. Offensichtlich malte er sich aus, dass er sie noch länger beaufsichtigen musste. Dann fuhr er mit seinem Daumen quer vor seinem Hals vorbei und streckte die Zunge heraus. Carlotta verstand, dass ihm die Verzögerung nicht gefiel. Ihr auch nicht!

»Übermorgen, *e basta!*«, befahl Filippo.

Paolo Izzo schwieg. »O. k.«, sagte er schließlich. »Übermorgen um 16 Uhr in diesem Straßencafé. Ich werde da sein.«

Filippo beendete das Gespräch.

»Ich habe keine Lust, noch länger auf deine Tante aufzupassen.« Er stand auf und schubste Carlotta an der Schulter.

»Reiß dich zusammen, dieser eine Tag macht nun auch nichts mehr aus.«

»Du hast gut reden. Du sitzt in einer feinen Villa mit Swimmingpool.«

Filippo lachte.

»Glaub mir, dort gibt es auch eine zänkische Alte.« Er ging zum Fenster und schaute hinaus. Kinder kickten im Hof ihren Fußball gegen die Müllcontainer, die bei jedem Treffer dröhnten, und wäre Carlotta nicht gefesselt gewesen, hätte sie das Fenster aufgerissen und mit erhobenem Kochlöffel hinuntergeschrien.

»Bin ich froh, wenn wir wieder in Venedig sind. Mir fehlt mein Wassertaxi, die blaue Lagune.«

Dottore Morte lachte. »Dir fehlen die kaputten Typen, mit denen du ständig abhängst.«

Filippo drehte sich um und grinste.

Carlotta hatte Hunger und musste zur Toilette. Sie winselte in ihren Knebel und bedachte ihren Neffen mit einem flehentlichen Blick.

»Was ist los?«, fragte er und löste tatsächlich das Stück Stoff.

»Bitte«, seufzte Carlotta, »ich kann nicht mehr länger auf diesem bestialischen Holzstuhl sitzen. Mir tut jeder Knochen weh, und ich muss zur Toilette.«

»Weiber«, stöhnte Filippo und schnitt mit seinem Taschenmesser die Kabelbinder um ihre Handgelenke und ihre Knöchel auf. Er packte seine Tante am Oberarm und riss sie in die Höhe. Carlotta schrie auf. Ihre Beine waren durch das lange Sitzen steif geworden und ihre Füße eingeschlafen.

Dottore Morte fläzte sich auf das Sofa und legte seinen Arm in den Nacken. Mit der anderen Hand nahm er die Fernbedienung und zappte sich durch das Fernsehprogramm. Pubertierende Teenager flimmerten über die Mattscheibe und beschimpften sich bei *Veronika am Spätnachmittag* mit verbalen Entgleisungen. Dottore Morte lachte. Ihm schien das zu gefallen.

»Beeilung, Alte.« Filippo stieß Carlotta in den Flur. Sie rieb sich ihre schmerzenden Handgelenke und lief ins Badezimmer.

»Ich warte hier draußen und keine Dummheiten.« Er zog die Tür hinter ihr zu.

Carlotta betrachtete sich im Spiegel. Ihre Frisur war zerzaust. Sie sah müde und blass aus. Doch das war nichts im Vergleich zu Sandros blutig geschlagener Nase, dachte sie und konnte ihre Tränen nicht länger zurückhalten. Ihr Junge hatte versucht, sie zu retten, und jeden Schlag, den er dafür einstecken musste, traf Carlotta mitten ins Herz. Nach dem Mord an ihrem Mann hatte sie sich geschworen, dass sie auf ihren Sohn aufpassen und niemanden an ihn heranlassen würde. Sorgen hatte sie sich damals gemacht, als er dieses verlotterte Mädchen aus der WG unter ihnen mit nach Hause gebracht hatte. Sie war kein guter Umgang für ihn. Wer Löcher in der Hose hatte und solch schreckliche Zottellocken auf dem Kopf, der konnte auch Läuse und andere unangenehme Zeitgenossen mitbringen. Menschen wie Jule sorgten nur für Scherereien. Carlotta wünschte sich für ihren Sohn ein wohlerzogenes und gebildetes Mädchen aus gutem Haus. Einige ihrer zahlreichen Freundinnen hatten Töchter, die sie gern an seiner Seite gesehen hätte. Doch der Junge blieb stur und konnte die Finger nicht von diesem Weibsbild lassen.

»Beeil dich«, rief Filippo vor der Tür.

Carlotta ging zur Toilette und wusch sich anschließend die Hände. Sie befeuchtete ihr Gesicht und die wunden Handgelenke mit Wasser und trank einen Schluck aus der Leitung. Ihr Mund war ausgetrocknet.

»*Avanti*«, schrie Filippo und riss die Tür auf. Er packte sie am Ellenbogen und zerrte sie ins Wohnzimmer zurück. Dort stieß er sie auf ihren Stuhl und fesselte sie wieder an Hand- und Fußgelenken. Der neue Kabelbinder schnitt noch tiefer als zuvor in ihre Haut. Sie stöhnte.

»Bitte, lass den Knebel fort«, flehte sie. »Ich werde keinen Mucks von mir geben. Versprochen.«

Filippo zögerte, doch Dottore Morte schnellte wie eine Bogensehne vom Sofa in die Höhe und nahm ihm das Tuch aus der Hand. »*No*, ich will nicht Ohrenkrebs von ihrem Gezeter bekommen. Der Knebel muss sein.«

Er wickelte das Stück Stoff zusammen und wollte es Carlotta in den Mund stopfen, doch die biss ihm fest in den Handballen, dass er blutete.

»*Porca misera!*«, schrie er auf und schlug ihr mit dem Handrücken ins Gesicht. Ihr Kopf kippte zur Seite. Ihre Wange brannte wie Feuer. Sie bereute ihre Tat, doch verspürte sie auch eine gewisse Genugtuung.

»Pass bloß auf.« Dottore Morte hob ein zweites Mal den Arm und wollte zuschlagen, doch Filippo griff dazwischen.

»Lass den Mist. Ich habe eine bessere Idee«, sagte er und löste stattdessen Carlottas Fesseln wieder. Er zog sie in die Höhe und stieß sie in Richtung Küche. »Du wirst uns jetzt etwas zu essen kochen.«

»Nicht auch noch der«, stöhnte Emma und beobachtete über den Küchentisch hinweg, wie Konstantin seinen Wagen hinter Milenas Mini Cooper in der Einfahrt parkte.

Die Polizei und die Spurensicherung hatten die Untersuchungen in der Bibliothek längst abgeschlossen und den Rückzug angetreten. Polizeiobermeister Stolz gab unverhohlen zu verstehen, was er von der ganzen Angelegenheit hielt und dass er die Ermittlungen zur Aufklärung nur mit einem Mindestmaß seiner Pflichten erfüllen und keinen weiteren Handschlag als unbedingt notwendig unternehmen würde. Für ihn war der Vorfall als Versicherungsbetrug besiegelt. Wenn Emma den Einbrecher dingfest machen und ihre Kette wieder zurückhaben wollte, musste sie sich selbst darum kümmern. Sie hatte noch keine Idee, wie sie das anstellen sollte, aber ihr würde etwas einfallen, dessen war sie sich sicher.

Milena hatte ein leckeres Abendessen gezaubert. Auf dem rustikalen Holztisch in der Küche stand eine riesige Schüssel gefüllt mit Spaghetti, Kartoffelwürfeln und getrockneten Tomaten. Dazu hatte sie einen frischen Salat mit Joghurtdressing und Gartenkräutern und einen leichten Weißwein serviert. Es duftete im ganzen Raum. Jule, Sandro und Emma hatten bereits Platz genommen. Milena lief nach oben, um Trixi zu holen.

Jule folgte Emmas Blick nach draußen und entdeckte Konstantin. »Was will der Arsch denn hier?«

»Was genau hat er an dem Hausverbot nicht verstanden, das du ihm erteilt hast?«, fragte Sandro. »Soll ich ihn verjagen?«

Emma überlegte.

»Nein, lasst uns erst hören, was er zu sagen hat.« Sie erhob sich und ging zur Haustür.

Konstantin hielt sich nicht lange mit freundlichen Begrüßungsfloskeln auf und schob seine Mutter zur Seite. »Wo ist sie?«, fragte er und marschierte in die Küche. Er schaute sich um. Sandro und Jule bedachte er mit einem verächtlichen Blick.

»Wer?« Emma folgte ihm.

»Meine Tochter.« Konstantin trug ein weißes Jackett, und seine schwarze Fliege lag ungebunden um seinen Nacken, als ob er gerade von einer Party käme.

»Feiern, schon am hellen Tag?«, stichelte Emma und blieb ihm die Antwort schuldig.

»Einbruch am hellen Tag?«, konterte er und starrte sie an. Emma verstand seine Anspielung.

»Versicherungsbetrug ist dein Metier, mein lieber Sohn, nicht das meine.«

»Nicht, wenn es um mein Erbe geht.«

»Boah.« Jule sprang auf. Ihr Stuhl kratzte über die Steinfliesen auf dem Boden. »Sag mal, so bescheuert kann man doch gar nicht sein.«

Sandro hielt Jule am Handgelenk fest und zog sie zurück. »Lass ihn. Er ist es nicht wert.«

»Dein Erbe?«, fragte Emma. »Wieso um alles in der Welt rechnest du noch mit einem Erbe?«

Konstantins Wangen erröteten leicht, und er strich sich durch sein mit Pomade nach hinten gegeltes Haar. »Schon einmal etwas von einem gewissen Pflichtteil gehört?« Er gewann seine Zuversicht zurück.

»Bei deinen kriminellen Aktionen gegen mich wird sich bestimmt eine Gesetzeslücke finden, dir diesen zu entziehen. Freu dich nicht zu früh.« Emma hatte Hunger und wollte sich nicht länger mit ihrem Sohn streiten. »Wenn du jetzt bitte gehen würdest.« Sie wedelte mit der Hand, als ob sie eine lästige Fliege fortjagen wollte.

»Ich will mit Trixi reden.«

Konstantin schaute auf den gedeckten Tisch. Trixis Teller war noch unbenutzt. Im selben Moment betrat Milena die Küche. Konstantin stürmte auf sie zu und packte sie am Arm. »Sie holen sofort meine Tochter aus ihrem Zimmer.«

Sandro war aufgesprungen und schob sich zwischen die Haushälterin und Konstantin. »Es ist besser, wenn Sie jetzt gehen.«

Konstantin schnaubte vor Zorn. »Von Ihnen lasse ich mir gar nichts sagen, Sie Erbschleicher.«

»Jetzt ist aber Schluss«, rief Jule, sprang um den Tisch herum und verpasste Konstantin eine Ohrfeige.

Emma drehte sich zur Seite. Sie presste ihre Hand vor den Mund und verkniff sich das Lachen.

»Der einzige Erbschleicher, den ich hier sehe, sind Sie.« Jules Augen funkelten böse, was zusammen mit der Beule auf ihrer Stirn bedrohlich aussah. Sie baute sich mit geballten Fäusten und jeder Menge Wut im Bauch vor ihm auf. Obwohl sie einen Kopf kleiner war als Konstantin, wich er unwillkürlich einen Schritt zurück und rieb sich die Wange. »Trixi wird noch einige Tage bei uns bleiben, ob Ihnen das nun gefällt oder nicht!«

Mit Jules Dreistigkeit hatte Konstantin nicht gerechnet. Ihr Verhalten brachte ihn ins Schleudern, was allerdings nur wenige Sekunden andauerte, ehe er sich wieder fing und zum Gegenangriff überging. »Das entscheidest du kleines Flittchen ganz bestimmt nicht!«

Kaum hatte Konstantin das gesagt, jagte Jules Faust in sein Gesicht. Er taumelte und fasste sich an die Lippe. Sie blutete.

»Das wird ein Nachspiel haben«, schrie er. Eine Haarsträhne hatte sich aus seiner gestylten Frisur gelöst und fiel ihm quer über die Stirn.

»Schluss jetzt!«, befahl Emma scharf. Sie packte ihren Sohn am Ärmel seiner Jacke. Im Augenwinkel entdeckte sie Trixi oben auf dem Treppenabsatz. Das Mädchen musste den Zwischenfall beobachtet haben. Sie wirkte blass wie ein Gespenst und hatte dunkle Augenringe. Ihre Haare hingen strähnig links und rechts neben ihrem Gesicht herab. Als sie den Blick ihrer Großmutter bemerkte, rannte sie davon. Emma geriet aus dem Konzept, was Konstantin ausnutzte. »Wenn du nicht einmal auf deine Wertpapiere und die alten Fotografien aufpassen kannst, wie kannst du dann auf meine Tochter aufpassen?« Er zog ein Papiertaschentuch aus seiner Hosentasche, mit dem er sich das Blut von der Lippe tupfte.

Emma traute ihren Ohren nicht. Was hatte ihr Sohn soeben gesagt? Woher wusste er, dass Wertpapiere und die alten Familienfotografien gestohlen wurden? Er blinzelte nervös, und sie wusste plötzlich, dass er allen Grund dazu hatte.

»Du hast recht«, versuchte sie ihn in Sicherheit zu wiegen und änderte ihre Strategie. Sie setzte sich wieder an den Tisch. »Lasst uns heute Abend nicht mehr über diese unschönen Dinge reden. Möchtest du mit uns essen, Junge?«

Emma klopfte mit den Fingerspitzen auf den Stuhl neben sich und schob Trixis unbenutztes Gedeck vor Konstantin. Er zögerte einen

Moment, schaute Emma irritiert an und setzte sich schließlich. Jule und Sandro wechselten vielsagende Blicke. Emma konnte die Fragezeichen in ihren Gesichtern deutlich erkennen. Sie lächelte und lud Nudeln auf Konstantins Teller. »Salat?«, fragte sie freundlich.

Er nickte. Emma schmunzelte. Es war fast so wie früher, als sie am Tisch noch das Essen für die Familie verteilte. Schade, dass sie die Zeit nicht einfach zurückdrehen konnte.

»Zum Glück wurde nicht viel gestohlen«, fuhr sie fort. »In dem Safe in der Bibliothek bewahre ich gewöhnlich nur Kleinigkeiten auf. Bislang waren ein paar Papiere und ein wenig Bargeld darin.«

Jule beugte sich tief über ihren Teller, sog eine Nudel zwischen ihren Lippen in den Mund und ließ Konstantin nicht aus den Augen. Emma glaubte zu wissen, was in ihrem Kopf vor sich ging. Zu gern hätte sie ihr den Fehler erklärt, den ihr Sohn gemacht hatte, aber sie musste ihn zuerst in Sicherheit wiegen.

»Weißt du, die wirklich wichtigen Dinge bewahre ich in unserem Safe oben auf dem Dachboden auf.« Sie beobachtete Konstantin aus dem Augenwinkel. Seine Gesichtszüge entspannten sich. Er drehte die Nudeln um seine Gabel.

»Wenn ich mich noch recht daran erinnern kann, ist dieser Safe ziemlich klein.«

Emma seufzte. Für wie blöd hielt er sie eigentlich? »Er reicht für die wichtigsten Dinge in meinem Leben und …«, sie machte eine Pause und trank einen Schluck Wein.

»Und?«, fragte Konstantin.

Emma stellte das Glas langsam ab und lächelte ihn an. »… und für die Beweisfotos, die ich gegen dich in der Hand habe. Meine Lebensversicherung sozusagen.« Sie beobachtete die Mimik ihres Sohnes. Er bemühte sich um ein ungezwungenes Lächeln. Die Saat war gesät.

Konstantin blieb nach dem Essen keine Sekunde länger als notwendig und verabschiedete sich, ohne seine Tochter auch nur mit einem weiteren Wort zu erwähnen.

»Sag mal, was war das denn?«, schimpfte Jule, als er aus der Tür verschwunden war. »Warum hast du ihm auf die Nase gebunden, wo die Fotos sind?«

Emma lehnte sich zurück und erhob ihr Glas. Wenn Jule wütend war oder sich für eine Sache ereiferte, sah sie wunderschön aus. Ihre grünen Augen sprühten vor Energie, und ihre wilden Locken wirbelten bei jeder Bewegung um ihren Kopf. Emma liebte dieses Mädchen.

»Hast du nicht bemerkt, dass mein lieber Herr Sohn sich verraten hat?«, fragte sie.

»Verraten?« Jule zuckte mit den Schultern.

»Er hat gewusst, dass aus dem Tresor Papiere und Fotografien entwendet wurden.«

»Ja, und?«

»Ich hatte noch nie Fotografien dort aufbewahrt, die lagen bisher immer in dem Geheimfach im Sekretär. Woher sollte er das also wissen?«

»Du meinst, er hat etwas mit dem Einbruch zu tun?«, fragte sie nachdenklich.

»Könnte doch sein, oder?«

»Von der Kette hat er nichts erwähnt«, gab Sandro zu bedenken.

»Das ist mir auch aufgefallen.« Emma lehnte sich zurück und nippte an ihrem Wein. »Vielleicht ist auch nur meine Fantasie mit mir durchgegangen und hinter dieser Geschichte steckt etwas ganz anderes.« Sie seufzte.

»Wartet mal«, sagte Jule. »Bei den ganzen Einbrüchen hier im Viertel ist doch immer nur Schmuck gestohlen worden. Richtig?«

»Stimmt«, bestätigte Sandro.

»Was wäre, wenn Konstantin und der Dieb zusammenarbeiteten?« Sie sprang in die Höhe und lief in der Küche auf und ab. »Überlegt mal. Konstantin kann die Kette nicht gebrauchen, das würde auffallen, wenn Barbara sie eines Tages um den Hals tragen würde. Warum sollte er auch die alten Leutchen im Viertel ausrauben? Das ist nicht sein Stil. Nein, er ist, wie du schon vermutet hast, vielmehr hinter den Beweisfotos her, mit denen du ihn jederzeit erpressen könntest. Er setzt bestimmt alles daran, um sie in seinen Besitz zu bekommen oder sie zu vernichten. Die gestohlene Kette darf sein Handlanger als Lohn für die Drecksarbeit behalten, und falls er gefasst werden sollte, ist Konstantin fein raus. Er wäscht seine Hände in Unschuld.«

»Das klingt plausibel«, sagte Emma.

»Jetzt, da er weiß, dass er im Tresor auf dem Dachboden suchen muss, schickt er seinen Komplizen bestimmt noch einmal vorbei«, folgerte Jule, »und wir legen uns einfach auf die Lauer und fangen ihn ab.«

»Das habe ich befürchtet«, seufzte Sandro und trank sein Glas in einem Zug leer. Jetzt musste er wieder auf Einbrecherjagd gehen, während seine Mutter Filippo und seinem Komplizen ausgeliefert war und in Lebensgefahr schwebte.

Emma erhob sich. »Kinder, was täte ich nur ohne euch?«

»Wahrscheinlich würdest du heute noch an deinem Bettlaken am Balkon der Seniorenresidenz baumeln.«

Emma erinnerte sich an ihre erste Begegnung mit Jule, als sie sich nachts aus dem ersten Stock des Altenheims abseilen wollte und hilflos über dem Rasen hing, weil ihre Laken zu kurz waren. Ohne Jules Hilfe wäre ihre Flucht damals jämmerlich fehlgeschlagen.

Jule legte ihren Arm um Sandros Taille, betrachtete sein sorgenvolles Gesicht und küsste ihn auf die Wange. »Komm schon, dieses Mal kriegen wir ihn bestimmt, und dann befreien wir deine Mutter.«

Emma holte einen sauberen Teller aus dem Küchenschrank und häufte eine Portion Nudeln und Salat darauf.

»Und ich werde mich nun um Trixi kümmern. Ich habe das Gefühl, dass da etwas im Busch ist, worüber wir dringend reden sollten.«

»Ähm, warte mal …«, hob Jule an, doch Sandro fiel ihr ins Wort: »Ich glaube, das ist eine gute Idee.«

Die Grillen zirpten im Garten. Jule und Sandro lagen auf den Liegestühlen am Pool. Sandro grübelte. Er dachte an Filippo und fragte sich, wie seine teuflischen Pläne aussahen und welche Rolle er darin spielen sollte. Jule schaute hinauf in den Himmel und versuchte, trotz des orangefarbenen Leuchtens der Stadt vereinzelte Sterne zu entdecken. Die Motten und Nachtfalter schwirrten um die mondgelben Lichter des Kandelabers. Jule liebte diese Tageszeit, wenn der Lärm der Autos leiser wurde, die Luft abkühlte und der Boden die Hitze des Tages abstrahlte.

»Ist es nicht wunderschön hier?«, fragte sie, streckte ihre Hand seitlich aus und legte sie auf Sandros Brust. Dabei fuhr sie mit ihren Fingerspitzen durch die Knopfleiste seines Hemdes und spürte seine warme Haut. Jule drehte sich zu ihm und beobachtete ihn. »Ist was?«, fragte er.

»Nö, was soll sein? Alles wie immer.«

»Es ist zwar gar nichts wie immer, aber schade, ich dachte schon, du wolltest über mich herfallen und mich auf andere Gedanken bringen.«

Jule lachte, kletterte auf seinen Liegestuhl hinüber und setzte sich auf seine Beine.

»Das kannst du haben.«

Sie knöpfte sein Hemd auf. Sandro fuhr in die Höhe und wollte Jule umarmen, doch mitten in der Bewegung zuckte er mit schmerzverzerrtem Gesicht zusammen und stöhnte. Jule sprang erschrocken von ihm herunter. »Was ist? Hab ich dir wehgetan?«

»Du nicht, aber Filippos Freund hat ganze Arbeit geleistet, meine Rippen tun mir immer noch weh.« Er lächelte gequält. »Ich glaube, wir müssen das auf morgen vertagen.«

Jule setzte sich auf die Kante seines Liegestuhls. »Deinen Cousin werden wir uns noch vorknöpfen. Wo ist dieser verdammte Hurensohn eigentlich?«

»Von mir aus kann er bleiben, wo der Pfeffer wächst. Ich mache mir nur Sorgen um meine Mutter. Wenn ich bloß wüsste, wie ich ihr helfen könnte.«

»Ich habe da eine Idee.« Jule schnippte mit den Fingern.

»Und die wäre?« Sandro betrachtete sie skeptisch.

»Wir werden uns morgen früh an Filippos Fersen heften und ihn observieren«, schlug Jule vor. »Was auch immer er mit dir vorhat, er muss allem Anschein nach Vorbereitungen treffen, oder warum sonst lässt er dich so lange zappeln? Er wartet auf irgendetwas, und das werden wir herausfinden.«

Sandro zog Jule an sich und küsste sie.

»Mach dir keinen Kopf«, sagte sie plötzlich und erhob sich. »Deiner Mutter wird nichts geschehen, das verspreche ich dir. Aber jetzt«, Jule zog ihr Shirt über den Kopf und schlüpfte aus ihren Jeans, »werde ich noch eine Runde schwimmen gehen, ehe wir Nachtwache vor dem Tresor schieben.«

Sandro erhob sich und schubste Jule in den Pool. Das Wasser spritzte in die Höhe, und sie schrie vergnügt.

»Viel Spaß dabei. Ich gönne mir lieber eine heiße Dusche. Wir sehen uns drinnen.«

Er ging ins Haus, und Jule schaute ihm lächelnd hinterher. In diesem Moment fühlte sie sich ihm so nahe wie noch nie. Egal, was Filippo vorhatte, sie würde ihm die Tour vermasseln, und nichts sollte sie davon abhalten. Und sie würde alles tun, um Sandros Mutter zu befreien, obwohl sie diese Frau nicht besonders leiden konnte. Sie stieß sich vom Rand des Beckens ab und durchquerte das Wasser mit kräftigen Zügen. Das Augenpaar, das sie dabei aus der Dunkelheit des Gartens heraus beobachtete, bemerkte sie nicht.

Das Wasser war angenehm kühl. Sie schwamm eine Bahn nach der anderen, vergaß die Welt um sich herum und genoss das Gefühl der Schwerelosigkeit. Gedanken jagten ihr durch den Kopf, das Erlebte des Tages füllte ihr Denken aus, und es dauerte eine Weile, ehe ihr Geist zur Ruhe kam und sie nichts mehr um sich herum wahrnahm außer dem Wasser und ihrem Körper. Plötzlich hörte sie jemanden ihren Namen rufen.

»Fräulein Diemers.«

Eigenartig, wer nannte sie bei ihrem Nachnamen und noch mit diesem verstaubten *Fräulein* davor? Jule erreichte den Rand des Pools und wischte sich das Wasser aus den Augen. Mit den Beinen strampelte sie in dem grellen Licht der Unterwasserbeleuchtung des Pools.

»Fräulein Diemers.«

Das Rufen war kaum mehr als ein Raunen. Jule schaute sich um. Das Licht des Kandelabers blendete sie.

»Hier drüben.«

Jule legte ihre Hand wie ein Schild gegen die Stirn und entdeckte Frau Häkelsbacher auf der anderen Seite des Zauns in ihrem Garten. »Bitte, seien Sie leise«, bat sie.

Jule kletterte aus dem Schwimmbecken und wickelte sich in ein großes weißes Frotteehandtuch, das sie vorhin auf dem Gartentisch bereitgelegt hatte. Mit einem Zipfel rubbelte sie über ihre zotteligen Rastalocken und lief über das Gras zu Frau Häkelsbacher.

»Was ist denn los? Kann ich Ihnen helfen?«

»Psst!« Hanne legte den Zeigefinger vor ihren Mund. »Haben Sie denn nichts bemerkt?«

»Was sollte ich bemerkt haben?«, fragte Jule. Die alte Dame war sympathisch und unter Emmas Nachbarinnen sicherlich die netteste, aber Jule hatte keine Lust auf Tratsch, zumindest nicht um diese Zeit und nicht, wenn sie nass auf den Boden triefte.

»Als Sie eben geschwommen sind …« Die Frau griff sich an den Hals und starrte verängstigt zum Pool hinüber.

»Ist das Monster aus Loch Ness hinter mir her gewesen? Oder Jack the Ripper?«

»Machen Sie sich ruhig lustig über mich. Ich habe es nur gut gemeint.« Frau Häkelsbacher machte Anstalten zu gehen. »Dann eben nicht.«

»Nein, entschuldigen Sie, das war nicht so gemeint. Was ist denn los?« Jule war genervt, bemühte sich aber um einen freundlichen Ton. Wenn die Frau etwas zu sagen hatte, dann sollte sie es tun oder bleiben lassen.

»Da war jemand.«

Plötzlich hatte sie Jules volle Aufmerksamkeit. »Wo?«

»Da.«

»Aha, und wo genau?«

»Als Sie im Wasser waren, sah ich einen Schatten. Nicht dass ich neugierig wäre und Sie aus meinem Zimmer beobachtet hätte, aber als ich diese Bewegung dort hinten am Gartenhaus entdeckte, habe ich genauer hingeschaut.«

Jules Nackenhaare stellten sich auf. War da ein Perverser, der sie beim Baden beobachtete? Sie zog ihr Handtuch fester um sich und drehte sich um. Der Garten war still und friedlich.

»Was passierte dann?«, fragte Jule nervös.

»Ich habe mich nicht getraut, laut aus dem Fenster zu rufen. Vielleicht hätte ich den Schatten verjagt.«

»Was jetzt nicht die schlimmste Option gewesen wäre.« Jule schluckte. Da trieb sich jemand in Emmas Garten herum, und sie schwebte vielleicht sogar in Lebensgefahr, und die Alte tat keinen Mucks.

»Ich habe mich auch nicht getraut, aus dem Haus zu kommen, aber als der Schatten dann an Ihnen vorbei durch die Terrassentür ins Haus gehuscht war …«

Den Rest des Berichtes wartete Jule nicht mehr ab. Sie drehte sich blitzschnell herum, schlüpfte in ihre Jeans und ihr Shirt, die auf Sandros Liegestuhl lagen. Das Handtuch ließ sie achtlos zu Boden gleiten und rannte in den Salon. War der Schatten der Einbrecher, Filippo, Konstantin oder vielleicht schon wieder Kalle gewesen? Im Haus war alles ruhig. Jule löschte das Licht und griff nach dem messingfarbenen Kerzenständer, der auf der Fensterbank stand.

Ihre Haare waren nass und fühlten sich eiskalt an. Tropfen rannen ihr über den Rücken. Sie zitterte. Barfuß schlich sie in den Flur, blieb stehen und lauschte. Im Obergeschoss ließ Sandro das Wasser in der Dusche laufen. Emma hatte sich nach dem Gespräch mit Trixi schockiert über das Gehörte in ihr Zimmer zurückgezogen. Sie brauchte

Ruhe, hatte sie gesagt, wollte ihre Gedanken sortieren, damit sie einen klaren Gedanken fassen und überlegen konnte, was sie ihrer schwangeren Enkelin raten sollte. Der Umstand, dass Kalle der Vater war, hatte sie härter getroffen als die Tatsache, dass sie Urgroßmutter werden sollte.

Jule schlich zur Bibliothek und schaute vorsichtig durch den Türspalt. Der Raum war leer. Falls der Einbrecher oder vielleicht sogar Konstantin nach den Beweisfotos suchte, wusste er, dass es hier nichts mehr zu holen gab und wo er stattdessen suchen musste. Emma hatte die Fährte deutlich genug ausgelegt. Jule schlich die Treppe nach oben, wobei einige Stufen knarzten. Auf halber Höhe blieb sie stehen. Sie hatte die Terrassentür offen gelassen und überlegte, ob sie zurückgehen sollte, um sie zu schließen, entschied sich jedoch dagegen. Was konnte schon geschehen? Es war bereits jemand im Haus. Ein zweiter Einbrecher war unwahrscheinlich.

Jule erreichte die oberste Stufe und spähte den dunklen Flur entlang. Er erstreckte sich vom einen Ende des Hauses bis zum anderen. Die Zimmer waren links und rechts davon angeordnet. Jule umklammerte den Kerzenständer mit beiden Händen. Sie waren noch feucht und kalt. Direkt neben dem Treppenaufgang lag Filippos Zimmer, daneben das Badezimmer, aus dem Sandro zu hören war. Zur Rechten führte die Treppe weiter nach oben ins Dachgeschoss, wo Trixi schlief. Auf der anderen Flurseite am hinteren Ende befand sich Jules und Sandros Schlafgemach.

Direkt gegenüber dem Treppenaufgang war eine kuschelige Nische mit einem Bücherregal und zwei Ohrensesseln eingerichtet. Von hier aus führte eine große Glasschiebetür auf den Balkon. Jule liebte es, bei schlechtem Wetter in den Polstersesseln zu versinken und die Regentropfen zu beobachten, wie sie gegen die Scheibe hämmerten und in Rinnsalen daran herabliefen.

Es war dunkel im Flur. Die Gartenbeleuchtung schimmerte durch die Glastür und zeichnete lange Schatten auf den Boden und die Wände. Es blieben genügend dunkle Ecken und Winkel, in denen sich ein unerwünschter Eindringling verstecken konnte.

Jule tastete nach dem Lichtschalter, wollte das Licht anknipsen, doch irgendein Impuls hielt sie im letzten Moment davon ab. Sie zog ihre Hand zurück. Stattdessen schlich sie zu Filippos Tür und legte ihr Ohr dagegen. Alles war still, kein Ton drang aus dem Zimmer. Er schien noch nicht da zu sein. Jule strich ihn von der Liste ihrer Verdächtigen. Dass Kalle sich an ihr vorbeigeschlichen hatte, bezweifelte sie. Jetzt, da sie über das Geheimnis der beiden Bescheid wusste, würde Kalle zwar Emma aus dem Weg gehen, aber Jule bestimmt nicht. Immerhin hatte sie angeboten, eine Lösung für ihr in den nächsten Monaten immer größer werdendes Problem zu finden. Er schied also auch aus.

Dann blieb noch Herr Rittmansperger, der nachts durch die Anwesen der Nachbarschaft patrouillierte, aber nach ihrem Zusammenstoß in Emmas Garten war er dort nie wieder aufgetaucht. Jule bezweifelte, dass er so dreist war und in die Villa einbrechen würde. Warum auch?

Der Eindringling konnte nur der Einbrecher auf der Suche nach den Beweisfotos sein, die Emma als Köder deutlich genug ausgelegt hatte. Konstantin würde nicht selbst bei seiner Mutter einsteigen. Jule hielt nichts von ihm, aber ein Mindestmaß an Stolz schrieb sie ihm zu. Nach seinem Auftritt beim Abendessen glaubte sie nicht, dass er sich selbst die Finger schmutzig machen würde. Für die Drecksarbeit hatte er seine Leute.

Jule beschloss, Sandro zu Hilfe zu holen, und lief auf Zehenspitzen den Flur entlang. Den Kerzenständer hielt sie griffbereit zum Schlag erhoben. Sie war keine zwei Meter mehr von der Badezimmertür entfernt und schnupperte den verführerischen und feuchtwarmen Duft von Sandros Duschgel, als sie im Erdgeschoss ein Geräusch hörte. Sie wirbelte herum und rannte die Treppe barfuß nach unten. Gerade noch sah sie, wie jemand die Haustür öffnete und nach draußen verschwand.

»Stehen bleiben, du verfluchter Wichser!«, schrie Jule und folgte ihm, doch sie kam nicht weit. Vor ihr auf dem Gartenweg stand plötzlich ein Mann, in den sie mit voller Wucht hineinrannte. Er packte sie an beiden Oberarmen. Der Schatten, den sie verfolgte, floh zum Gartentor hinaus auf die Straße.

»Welch liebreizende Begrüßung«, sagte der Mann. Er hielt Jule fest und machte keine Anstalten, sie loszulassen. Es war Filippo. Jule erkannte seine Stimme.

»Lass mich los.« Sie zappelte und schlug mit der Faust und dem Kerzenständer auf ihn ein.

Filippo umklammerte sie und presste ihre Arme fest gegen ihren Körper, damit sie sich nicht wehren konnte. Jule trat mit den Füßen gegen seine Schienbeine und ärgerte sich, dass sie schon wieder barfuß war und ihm nicht den Schmerz zufügen konnte, den er verdient hatte.

»Du widerliches Aas, lass mich los, oder ich schreie die ganze Nachbarschaft zusammen.« Sie keuchte vor Anstrengung.

»Das ist mir der Moment wert«, flüsterte Filippo ihr ins Ohr. »So eine heiße Braut wie dich hatte ich schon lange nicht mehr.« Er grub sein Gesicht in ihre Halsbeuge.

Das war zu viel. Jule schrie auf und rammte ihr Knie zwischen seine Beine. Sie tobte wie eine Furie.

Filippo stöhnte und ließ sie los. »Das wirst du bereuen, du Miststück«, drohte er.

»Du auch, du Arsch«, antwortete Jule und schlug ihm den Kerzenständer auf den Kopf. Ohne sich umzuschauen, rannte sie ins Haus. Ihr war es egal, ob er ohnmächtig zusammengebrochen war oder eine Platzwunde hatte. Sie schloss die Haustür hinter sich und flitzte durch den Salon zur Terrassentür, die sie ebenfalls zuschlug und verriegelte. Filippo hämmerte gegen die Haustür und klingelte Sturm. Plötzlich flammte das Licht auf, und Emma stand schlaftrunken im Nachthemd vor ihr.

»Jule?«, rief sie. »Ist alles in Ordnung bei dir?«

Sandro stürmte die Treppe nach unten. »Was ist los? Wer ist da vor der Tür, und was soll der Lärm?«

Jule lächelte, als er nur mit Jeans bekleidet und nacktem Oberkörper vor ihr stand. Sein wunderschönes Gesicht war vor Sorge um sie ganz blass. Dafür war der Bluterguss in seiner Seite umso dunkler angelaufen.

»Ach, den kannste vergessen«, Jule winkte genervt ab. »Es war jemand im Haus«, berichtete sie stattdessen. »Ich bin hochgeschlichen, weil ich dachte, es sei der Dieb auf der Suche nach dem Tresor, doch der Kerl war gar nicht oben gewesen, sondern muss hier unten gewesen sein. Als ich ihn hörte, rannte ich wieder hinunter und ihm hinterher.«

»Du hast die Verfolgung aufgenommen?«, fragte Sandro entsetzt, als er den Kerzenständer in ihrer Hand entdeckte.

»Ich hab ihn allerdings nicht mehr einholen können, weil dein schrecklicher Cousin mich abfing und festhielt.« Jule schlug gegen die Haustür. »Halt's Maul da draußen.«

»Macht auf, oder Carlotta wird dafür bezahlen«, schrie er. Plötzlich hörte das Hämmern auf.

Sandro überlegte fieberhaft.

»Du willst den Kerl nicht allen Ernstes ins Haus lassen?«, fauchte Jule.

Emma hielt sich mit einer Hand am Treppengeländer fest und mit der anderen fasste sie sich an den Hals. »Kinder, sollen wir nicht doch die Polizei …?«

»Nein!«, riefen Jule und Sandro gleichzeitig, noch ehe Emma den Satz beendet hatte.

»Wir müssen ihn hereinlassen«, presste Sandro hervor.

»Der Depp wollte mir an die Wäsche.« Jule schlug mit dem Kerzenständer auf ihre Handfläche.

»Bitte?« Sandro schnappte nach Luft und schüttelte Jule.

»Ich weiß nicht, ob er die Nacht überlebt, wenn er mir nochmals zu nahe kommt«, schimpfte sie. »Ich kann für nichts garantieren, das sag ich dir.« Jule gab Sandro unmissverständlich zu verstehen, was sie von seiner Idee, die Tür zu öffnen, hielt.

Sandro raufte sich die Haare und lief im Kreis. »Wir können ihn aber nicht draußen stehen lassen. Er wird sich an meiner Mutter rächen.«

Jule wusste, dass er recht hatte. Sandro musste sich entscheiden, welcher der beiden Frauen, die er liebte, er beistehen sollte. Jule trat gegen die Haustür. Auch wenn es ihr nicht gefiel, sie wollte Sandro die Entscheidung abnehmen. Sie war jung und in der Lage, auf sich aufpassen, aber Carlotta war eine ältere Frau, die sich gegen solche Typen nicht wehren konnte. Jule schlang beide Arme um Sandros Taille und schmiegte sich gegen seinen warmen Körper. Er roch so unwiderstehlich gut. Sie spürte seinen Herzschlag.

»Mach die Tür auf«, sagte sie und seufzte.

Er drückte sie fest an sich.

»Los, mach schon.« Jule löste sich aus seiner Umarmung. »Das ist nicht der erste Widerling, mit dem ich mich herumschlage.«

»Wenn dir etwas passiert, werde ich mir das nie verzeihen.« Sandro zögerte und küsste sie auf ihre Rastalocken.

»Und ich könnte mir nicht verzeihen, wenn ich schuld am Tod deiner Mutter wäre. Wer hätte gedacht, dass ich das eines Tages sage und auch noch so meine?« Jule lachte spöttisch und schlug Sandro auf den Po.

Sandro atmete tief ein, dann legte er die Hand auf den Türknauf und blickte zu Jule. »Hab ich dir schon gesagt, dass ich dich liebe?«

»Och«, sie kratzte sich verlegen hinter ihrem Ohr, »ich glaube schon mal so etwas gehört zu haben. Na los, lass den Arsch rein.«

Sandro drückte die Klinke herunter, und kaum war die Tür einen Spaltbreit offen, drückte Filippo sie mit voller Wucht nach innen und schlug sie gegen die Wand. Er stand im Türrahmen und lachte.

»Gute Entscheidung.« Er rieb sich den Hinterkopf. »Dafür, Schätzchen, wirst du bezahlen.« Er packte Jule am Kinn. Sandro fuhr blitzschnell dazwischen, riss Filippo an den Schultern zurück und presste ihn gegen die Wand. Seinen linken Unterarm legte er quer vor die Kehle und erhob die Faust zum Schlag. Filippo grinste und entwand sich geschickt aus dem Würgegriff.

»Hast du noch nicht genug?«, zischte er.

Ohne seinen Cousin eines weiteren Blickes zu würdigen, eilte er die Treppe nach oben. Sandro wollte ihm hinterher, doch Jule zog ihn am Hosenbund zurück. Als Filippo oben angekommen war, drehte er sich um und rief Jule zu: »Falls du doch noch Sehnsucht bekommst, dann weißt du, wo du mich findest.«

Sie zeigte ihm den erhobenen Mittelfinger. Filippo grinste. Er verschwand in seinem Zimmer und schloss hinter sich ab. Sandro war wütend. Jule spürte seinen Zorn, seine Hilflosigkeit und seinen Hass.

»Komm, lass gut sein«, versuchte sie ihn zu beruhigen.

»Dieser Kotzbrocken!«, Sandro schlug mit der Faust gegen die Wand. »Der meint, er könne sich alles erlauben.«

»Momentan sieht es ganz danach aus, aber glaub mir, Süßer, wir kriegen ihn noch an seinen Eiern.«

»Jule!«, zischte Emma empört.

»Is ja gut, ich meinte, wir werden ihn schon noch dingfest machen«, korrigierte sie sich und lächelte. Sie mochte es, wenn Emma sich über ihre Wortwahl aufregte. Früher, als sie noch auf der Straße gelebt hatte, kümmerte es niemanden, wenn sie so sprach, wie es alle dort taten, aber seit Emma in ihr Leben gestolpert war, gab es jemanden, der sich um sie sorgte. Jule mochte die alte Dame, liebte sie mehr als ihre Mutter und vertraute ihr bedingungslos.

Sandro schloss die Haustür und zog Jule hinter sich her die Treppe nach oben. »Du bleibst bei mir. Ich werde dich keine Sekunde aus den Augen lassen.«

»Das ist sinnlos. Du weißt, dass Filippo am längeren Hebel sitzt. Trotzdem finde ich den Gedanken, von dir auf Schritt und Tritt beobachtet zu werden, verführerisch. Am liebsten würde ich mich in Handschellen an dein Bett ketten lassen.«

»Das kannst du haben, aber vorher sollten wir nachschauen, ob dieser geheimnisvolle Eindringling vielleicht doch oben am Tresor gewesen ist.«

Im Dachgeschoss befanden sich einige unbewohnte Zimmer. Im Grunde war die Villa für Emma viel zu groß, da hatte Konstantin ausnahmsweise recht, aber für nichts auf der Welt wollte sie ihr Haus verlassen und schon gar nicht in ein Altersheim ziehen, in dem es nach Urin stank und jede Mahlzeit püriert wurde.

Emma lief zielstrebig auf die hinterste Tür im Gang zu, öffnete sie und knipste das Licht im Raum an. Es roch ungelüftet.

»Früher hatten wir viel Besuch, Kurt und ich, da wohnten hier oben ständig Gäste oder unsere Hausangestellten. Es herrschte ein Kommen und Gehen, doch heute …« Emma erinnerte sich gern an die alten Zeiten, als das Leben bunt und unbeschwert in ihrer Villa pulsierte. Je älter sie wurde, desto ruhiger wurde auch ihr Leben, und als Kurt starb, wohnte Emma plötzlich allein in diesem viel zu großen und für sie doch wunderschönsten Haus der Stadt.

»Emma?« Jule legte ihr zärtlich die Hand auf den Arm. »Alles o. k.?«

Emma schreckte zusammen. »Ja, natürlich«, sie fuhr mit der Hand vor ihrem Gesicht vorbei und vertrieb die wehmütigen Gedanken. »Lasst uns nachschauen, ob der Dieb es bis hierher geschafft hat, ehe er von Jule aufgescheucht wurde.«

Der Raum war voller Erinnerungsstücke. An der Wand stand ein schwarzes Klavier mit zwei Kerzenhaltern links und rechts, an dem Emma vergeblich Etüden einstudiert hatte, bis sie sich selbst eingestehen musste, dass die Musik nicht ihre Berufung war und sie in dieser Hinsicht keinerlei Talent besaß. Vor dem Fenster stand eine rissige Holztruhe mit goldenen Initialen und jeder Menge Wurmlöchern, ein Erbstück ihrer Urgroßmutter. Emma hätte zu jedem Möbelstück eine Anekdote erzählen können, schöne sowie traurige Geschichten. Jedes Mal, wenn sie dieses Zimmer betrat, überfiel sie eine eigenartige Melancholie. Sie hatte das Gefühl, die einzige Überlebende einer vergangenen Epoche zu sein. Die Menschen, deren Geschichten hier so dicht verwoben waren, lebten alle nicht mehr. Emma starrte auf ein Ölgemälde, es war ein Porträt ihres Vaters.

»Cooles Mannsbild«, stellte Jule fest. »Dein Vater?«

Emma strich mit dem Finger Staub vom Bilderrahmen. »Ja«, flüsterte sie andächtig.

»Wo ist denn nun dein Tresor?«, fragte Sandro und schaute sich im Zimmer um.

»Du wärst für den Job als Einbrecher 'ne volle Fehlbesetzung, mein Lieber«, lachte Jule und öffnete die Türen eines alten wuchtigen Holzschrankes. Darin befanden sich allerlei Fächer mit Porzellan, Büchern und alten Schallplatten. In der rechten Schrankhälfte war ein Stahlkasten eingelassen, Emmas Tresor.

»Woher wusstest du, dass er im Schrank versteckt ist?«, fragte Sandro und zog anerkennend seine Braue in die Höhe.

»Schon vergessen, wen du vor dir hast? Ist nicht das erste Mal, dass ich mich auf die Suche nach Geheimfächern gemacht habe.«

Emma tippte den Zahlencode ein und öffnete das Fach.

»Ich dachte, du kannst dir die Ziffern nicht merken und vergisst sie, wenn du sie nicht notierst«, neckte Jule sie und stieß Emma belustigt ihren Ellenbogen in die Seite.

»Die hier kann ich mir gut merken. Mein Geburtsdatum.«

»Oh, das ist fast so originell wie kleine Zettel im Schreibtisch.« Jule kicherte. »Kein Wunder, dass hier in der Gegend eingebrochen und geklaut wird wie blöd. Ihr macht es dem Dieb aber auch leicht. Ich sollte über eine Umschulung nachdenken. Eine fundierte Ausbildung habe ich ja schon.«

»Ich helfe dir«, drohte Emma mit erhobenem Zeigefinger und lachte.

»Fehlt etwas?«, fragte Sandro und schaute neugierig in das Innere des Safes.

Emma brauchte nicht lange, um festzustellen, dass alles an Ort und Stelle war. Sie schloss die Stahltür und den Schrank.

»Eigentlich schade«, sagte sie. »Ich hätte zu gern Konstantins enttäuschtes Gesicht gesehen, als er statt der gesuchten Beweisfotos nur unwichtige Dokumente in den Händen hielt.«

»Kann doch sein, dass sein Handlanger noch mal kommt. Immerhin habe ich ihm die Tour vermasselt. Der gibt bestimmt nicht so schnell auf.«

»Wir werden uns heute Nacht auf alle Fälle hier auf die Lauer legen.« Sandro schaute sich um und deutete auf ein Sofa. »Vielleicht etwas unbequem, aber an Schlaf ist sowieso nicht zu denken, nicht solange Filippo im Haus ist.«

»Wenn das alles nur gut geht«, jammerte Emma und legte die Handflächen an ihre Wangen.

»Mach dir keine Sorgen«, sagte Jule und strich ihr liebevoll über den Rücken. »In ein paar Tagen ist der ganze Mist vorüber, und wir liegen faul am Pool und haben etwas zu erzählen.«

»Wenn wir bis dahin alle noch leben«, sagte Sandro niedergeschlagen. Er biss auf seine Unterlippe und schaute zum Fenster in die Nacht hinaus.

»Hör auf, solchen Unsinn zu reden. Natürlich werden wir das alle überleben! Auch deine Mutter.« Jule schmiegte sich an ihn und schlang ihre Arme um seine Taille. »Wir werden Filippos Pläne durchkreuzen und ihm die Hölle heißmachen. Darauf kannst du einen lassen.«

»Jule!«, empörte sich Emma.

»Wassn? Is doch so.«

Emma war müde und wollte in ihr Bett. Wer wusste schon, was die Nacht noch bringen würde? Sie brauchte jede Minute Schlaf, die sie bekommen konnte. »Lasst uns versuchen, wenigstens ein klein wenig zu schlafen.«

»Hast recht, Grübeleien bringen uns jetzt auch nicht weiter.« Jule ließ sich auf das Sofa plumpsen und federte nach. »Es ist kein Himmelbett, aber es wird schon gehen.«

»Gute Nacht, und passt auf euch auf.« Emma war nicht wohl bei dem Gedanken, was alles passieren könnte, aber sie vertraute auf Jule und zog sich zurück.

Emma lief den Flur entlang Richtung Treppe. Ihr Blick fiel auf Trixis geschlossene Zimmertür. Das Geständnis ihrer Enkelin hatte ihr mächtig zugesetzt. Bevor sie dem Mädchen einen Ratschlag geben konnte, musste sie erst einmal gründlich nachdenken. Trixi war zu jung, um Mutter zu werden, das stand außer Frage. Emma seufzte. Das war keine Entscheidung, die man eben schnell zwischen Tür und Angel traf. Inwieweit sollte sie Konstantin und Barbara informieren? Sie waren schließlich die Eltern, aber Emma hatte das Gefühl, sie müsse eine Lösung für ihre Enkelin finden. Eine, mit der Trixi zurechtkam, die nicht ihr ganzes Leben ruinierte. Emma traute Barbara nicht zu, an das Wohl ihrer Tochter zu denken. Sie würde vielmehr ihr eigenes in den Vordergrund stellen.

Emma stieg die Treppe hinunter ins Erdgeschoss und trat an die Terrassentür im Salon, löschte die Gartenbeleuchtung und zog die Gardine zu. Sie rieb sich die Oberarme und warf einen letzten Blick nach draußen. Früher war ihr Zuhause ein Ort der Ruhe gewesen. Ein gelegentliches Knacken oder Knistern im Haus waren die aufregendsten Ereignisse, die Emma den Schlaf raubten, doch seitdem diese Einbruchserie im Viertel begonnen hatte und Filippo aufgetaucht war, hatte sich alles geändert. Hinter jedem Geräusch konnte eine Gefahr lauern. Emma fröstelte und sehnte sich nach ihrem Bett, in das sie sich verkriechen wollte. Sie lief den Flur entlang, vorbei an der Bibliothek und blieb plötzlich stehen. Schon von weitem sah sie etwas vor ihrer Schlafzimmertür auf dem Boden liegen. Sie zitterte. Wer hatte das dorthin gelegt? Der Einbrecher? Wenn es vorhin schon dort lag, hätte sie es eigentlich sehen müssen, als sie aus ihrem Zimmer gelaufen kam, doch sie war viel zu aufgeregt gewesen, um darauf zu achten. Sie hatte nur den Lärm im Haus gehört, als Filippo wie verrückt an die Haustür hämmerte, und nicht auf den Boden geschaut. Ihre Beine wurden zittrig.

»Juuule!«

Ihr Hilferuf klang schrill und musste jeden Winkel des Hauses durchdrungen haben, denn sofort donnerten Schritte aus dem Dachgeschoss die Treppe hinab. Jule und Sandro waren außer Atem, als sie neben Emma stehen blieben und den Grund der Aufregung entdeckten.

»Scheiße, wo kommt die denn her?«, fragte Jule.

Donnerstag

»Unseren Urlaub habe ich mir anders vorgestellt«, jammerte Jule und schlich mit Sandro leicht gebeugt hinter den parkenden Autos den Fußweg entlang. Filippo lief auf der anderen Straßenseite. Er trug eine verspiegelte Sonnenbrille und telefonierte. Gelegentlich schaute er sich um, um sicherzugehen, dass er nicht verfolgt wurde. Jule und Sandro hielten Abstand und versteckten sich so gut es ging.

»Ich könnte kotzen«, schimpfte Jule leise. »Statt Sonne pur und Cocktails am Pool verfolgen wir nun deinen bescheuerten Cousin.«

Filippo bog an der nächsten Kreuzung nach rechts in eine belebte Einkaufsstraße. Sandro und Jule wechselten die Straßenseite und folgten ihm. Kleintransporter lieferten Obst und Gemüse oder Paletten voller Kartons an. Fußgänger hetzten über das Trottoir, und Mütter schoben ihre Kinderwagen unbeeindruckt und entspannt mitten durch das Gewühl. Filippo schaute auf seine Uhr. Er lief schneller und schlängelte sich zwischen den Passanten hindurch.

»Meinst du, er hat uns gesehen?«, fragte Jule.

»Glaub ich nicht. Er hat es eilig.«

Filippo drehte sich um und blickte die Straße zurück. Sandro zog Jule geistesgegenwärtig zwischen zwei parkende Autos und ging mit ihr in die Hocke. Sie kauerten nebeneinander und spähten über den Kofferraumdeckel hinweg durch die Scheiben des Wagens. Filippo lief weiter.

»Los, komm!« Sandro sprang auf.

Jule folgte ihm. Auf dem Fußweg wuchsen Platanen, deren dichtes Laubdach Schatten spendete, allerdings nichts gegen die drückende Schwüle ausrichten konnte. Jule zog eine Wasserflasche aus ihrer Umhängetasche und trank einen Schluck.

»Was macht er denn jetzt?«, schimpfte Sandro und zerrte sie erneut zwischen zwei parkende Autos. Filippo blieb an einer Bushaltestelle stehen und schaute wieder auf seine Uhr.

»Der will mit dem Bus fahren? Wie uncool ist das denn für so einen knallharten Bruder?« Jule schüttelte den Kopf und trank einen weiteren Schluck Wasser.

»Und jetzt?«, fragte Sandro.

»Mitfahren, was sonst?« Jule ließ Filippo keine Sekunde aus den Augen. »Da stehen etwa 15 Fahrgäste. Das ist gut«, überlegte sie laut. »Je mehr Leute einsteigen wollen, desto unachtsamer ist der Fahrer. Das ist unsere Chance, unbemerkt durch die hintere Tür in den Bus zu gelangen.«

»Das ist idiotisch. Der Busfahrer wird uns entdecken, wenn wir hinten einsteigen und keine Fahrkarten entwerten. Das geht in die Hose, und wir werden mehr Aufmerksamkeit erregen, als wir gebrauchen können.« Sandro runzelte die Stirn, während er überlegte.

»Bin ich auf diesem Gebiet Fachfrau oder du? Lass mich mal machen.« Jule lächelte und küsste ihn.

»Was hast du vor?«

»Improvisieren.«

Sandro verdrehte die Augen.

Jule blickte den Fußweg entlang, nach links und rechts. Hier gab es einige kleine Geschäfte und Boutiquen mit jeder Menge Auslagen. Ganz in ihrer Nähe befand sie ein Ein-Euro-Laden mit Krimskrams auf kleinen Wühltischen und zwei Ständern mit Sonnenbrillen, Baseballkappen, Tüchern und Wasserpistolen. Jule fuhr täglich mit dieser Linie zur Arbeit und wusste, dass alle 20 Minuten ein Bus abfuhr. Sie schaute zur Uhr. Noch fünf Minuten, bis der nächste kam. Die Zeit wurde knapp. Im Schutz der Fußgänger huschte sie über den Gehweg und entwendete zwei Baseballkappen und eine Wasserpistole von den Ständern des Ladens und versteckte sich wieder neben Sandro. »Hier«, sagte sie und reichte Sandro eine Kappe, die er aufsetzte. Jule band ihre Haare zu einem Zopf und zog ihre Kappe ebenfalls auf. Dann kramte sie ihre Wasserflasche aus der Tasche hervor und befüllte die Wasserpistole.

»Was gibt das, wenn es fertig ist? Willst du den Busfahrer damit überfallen?«, fragte Sandro.

»Blödmann«, lachte Jule. Es war wie früher, als sie mit ihren Kumpels von der Straße durch die U-Bahn und Busse streifte und den Fahrgästen die Portemonnaies aus den Taschen zog. Sie hatte beinahe vergessen, wie prickelnd sich diese Raubzüge anfühlten. Einerseits hatte sie Angst gehabt, erwischt zu werden, andererseits verspürte sie den ultimativen Adrenalinkick.

»Schau zu und lerne! Lauf mir einfach hinterher, egal was passiert.«

»Und es wird etwas passieren, das ist so sicher wie das Amen in der Kirche! Ich kenne dich inzwischen gut genug«, seufzte Sandro.

Jule huschte aus ihrem Versteck und drängte sich dicht hinter den breiten Rücken eines großen Mannes. Sie folgte ihm wie ein Schatten, lief mit ihm im Gleichschritt und schlich bis kurz vor die Bushaltestelle, wo sie wieder zwischen zwei Autos in die Hocke ging und Deckung suchte. Sandro schaffte das Kunststück ebenfalls, obwohl er größer als Jule war und hinter dem Rücken einer korpulenten Frau wahrscheinlich sofort aufgefallen wäre, hätte Filippo in seine Richtung geschaut. Doch er blieb unbemerkt. Dann geschah alles sehr schnell. Eine Frau mit Kinderwagen und einem Kleinkind an der Hand lief dicht an ihrem Versteck vorbei. Das Kind war bockig, wollte nicht mehr laufen, zerrte an der Hand seiner Mutter und quengelte. Die Frau ignorierte das Gezeter und schob sich zwischen den Fußgängern hindurch.

»Perfekt«, lächelte Jule. In ihrem Versteck hockten sie mit dem vorbeilaufenden Kleinkind auf Augenhöhe. Es saugte an seinem Schnuller. Speichel glänzte rund um seinen Mund. Als es Jule und Sandro zwischen den Autos entdeckte, glotzte es sie mit großen Augen an und vergaß zu schreien. Im selben Moment kam der Bus. Jule formte ein tonloses *Buh* und streckte dabei die Hände nach vorn. Das Kind erschrak und klammerte sich an seine Mutter. Sandro fuhr auch zusammen. Der Bus erreichte die Haltestelle und öffnete seine Türen mit einem lauten Zischen. Die Mutter wollte mit dem Kinderwagen die Schlange der einsteigenden Fahrgäste durchqueren und zog ihren Sprössling genervt mit sich. Der Kinderwagen war sperrig und blieb im Gedränge an den Einkaufstüten der Fahrgäste hängen. Filippo war einer der Ersten, die einstiegen.

»Komm!«, rief Jule.

Sie erhob sich, zielte mit der Wasserpistole und schoss eine kräftige Fontäne genau auf den Hinterkopf des Kindes, das jetzt direkt vor dem vorderen Einstieg losbrüllte, als würde man es enthaupten. Der Busfahrer blickte auf, erhob sich und schaute zur Tür hinaus. Er fragte, ob irgendetwas geschehen sei. Während die Passanten und die überforderte Mutter sich in die Haare bekamen, nutzten Jule und Sandro den Tumult und huschten durch den hinteren Ausstieg in den Bus. Filippo saß weiter vorn und beobachtete die Szene, die sich auf dem Fußweg abspielte. Was hinter ihm vor sich ging, beachtete er nicht.

Jule zog ihre Kappe tief ins Gesicht und ließ sich in der vorletzten Reihe in einen der Sitze sinken. Sandro nahm neben ihr Platz und rutschte so weit in das Polster hinab, wie es gerade noch möglich war, ohne aufzufallen.

»Geil, hä?« Jule lachte und boxte Sandro in die Seite.

»Du spinnst doch total.« Sandro schüttelte den Kopf und legte seine Hand vors Gesicht.

»Wassn? Hat doch alles perfekt geklappt.«

»Meine Nerven!«, schimpfte Sandro mit gespielter Empörung. Er lächelte unter seiner Baseballkappe hervor und küsste Jule. Seine Lippen schmeckten warm und köstlich. Seine Hand fuhr unter ihr T-Shirt und strich sanft über ihre Haut. Der Bus schloss seine Türen und fuhr los.

Filippo stieg als Erster am Marktplatz aus. Der Bus leerte sich nach und nach. Jule erhob sich und mischte sich unter die Fahrgäste, die hier aussteigen wollten.

»Wir müssen zusehen, dass wir zusammen mit den anderen Leuten hier rauskommen. Die werden sich in Windeseile in alle Himmelsrichtungen verteilen, sobald sie draußen sind, und dann stehen wir ohne Deckung vor dem Bus.« Jule schaute sich auf dem Platz um und überlegte, wo sie sich verstecken könnten, um nicht entdeckt zu werden und trotzdem einen guten Überblick zu haben. »Wir laufen zu dem Brunnen. Dort können wir uns unbemerkt unter die Menschen mischen.«

Sie ließ Filippo nicht aus den Augen. Keine zwei Meter vor dem Bus blieb er plötzlich stehen, den Rücken zu ihnen gewandt.

»Was macht er denn jetzt?«, zischte Sandro. »Wenn er sich umdreht, sieht er uns. Shit. Und was nun?«

»Immer mit der Ruhe.« Jule lachte. »Der dreht sich nicht um.«

»Wieso bist du dir da so sicher?«

»Weil er eine Zigarettenschachtel aus seiner Hosentasche gezogen hat. Der braucht Nikotin und zündet sich gerade eine Kippe an. Dabei schaut man nicht zurück. Ist dir das noch nie aufgefallen?«

»Meine Güte, auf was du alles achtest.« Sandro war ehrlich beeindruckt. Filippo zündete sich die Zigarette an, sog einmal kräftig daran und blies den Rauch in die Luft. Er lief, wie Jule prophezeit hatte, quer über den Platz, ohne sich umzudrehen.

»Komm schon.« Jule nahm Sandro an der Hand und zog ihn mit sich zu dem Springbrunnen mitten auf dem Marktplatz. Große Treppenstufen aus Beton umfassten ein Wasserbassin, aus dem eine Skulptur aus Metall und Stein in die Höhe ragte. Undefinierbar und dennoch Kunst. Überall lümmelten oder dösten junge Leute auf den warmen Steinen und genossen das Plätschern des Wassers und die Strahlen der Sonne auf ihrer Haut. Der Platz war ein beliebter Treffpunkt im Sommer. Hier pulsierte das Leben, und man verabredete sich auf einen Kaffee in den Bistros oder Straßencafés, die rund um den Platz angesiedelt waren. Bunte Sonnenschirme überspannten die verchromten Tische und Stühle.

Direkt neben dem Brunnen befand sich eine Kirche. Eine Gruppe

Peruaner musizierte neben dem Haupteingang. Die Männer und Frauen trugen trotz der mörderischen Hitze buntgewebte Ponchos und spielten dabei auf ihren Panflöten, als ob es kein Morgen mehr gäbe. Jule mochte sie nicht, genauso wenig wie die Pantomimen, die manchmal hier standen. Früher, als sie noch mit ihren Freunden auf der Straße herumlungerte, hatten sie sich zu zweit oder dritt vor den Künstler gestellt und ihn so lange imitiert, bis die Passanten ihnen das Trinkgeld gaben, weil ihre Vorführung lustiger war als die des Pantomimen. Jule schmunzelte. Es war eine beschissene und doch auch aufregende Zeit gewesen.

Jule und Sandro tauchten mitten in das bunte Gewühl und setzten sich auf die Stufen des Springbrunnens. Filippo überquerte den Platz. Er steuerte ein Café an und fläzte sich in einen der Korbsessel. Er warf den Kopf in den Nacken, zog sich einen zweiten Stuhl für seine Füße heran und legte diese lässig übereinandergeschlagen darauf ab. Den Qualm seiner Zigarette blies er in die Luft.

»Ob er auf jemanden wartet?«, fragte Jule.

»Sieht fast so aus.«

Sie rutschte nach hinten und lehnte sich mit dem Rücken gegen die nächste Stufe. »Komm«, sie klopfte auf den Steinboden neben sich, »machen wir es uns gemütlich. Das kann dauern.«

Sandro zögerte und schaute zu Filippo hinüber. »Meinst du nicht, dass er uns entdecken könnte?«

»Never ever. Schau dich um, hier sitzen so viele Leute, da fallen wir als Einzelpersonen nicht auf. Manchmal ist das Offensichtliche das Letzte, was man bemerkt.« Jule strahlte zufrieden über das ganze Gesicht. Es fühlte sich an wie früher, als sie noch mit der Clique zusammen hier auf dem Marktplatz abhing und Steve ihr beibrachte, nach welchen Kriterien sie ihre Opfer aussuchen sollte, ehe sie ihnen unauffällig auf die Pelle rückte und die Taschen leerte. Sie war jedes Mal überrascht, wie viele Frauen ihre Handtaschen mit geöffnetem Reißverschluss lässig über ihre Schultern gehängt trugen und wie viele Geldbeutel aus den Gesäßtaschen der Herren herausragten. Es gab aber auch Herausforderungen: Leute, die Brustbeutel unter ihren Jacken versteckten oder die Handtaschen unter die Achseln pressten. Manchmal arbeiteten sie auch zu zweit. Der eine lenkte ab, der andere griff zu. So konnten sie auch die Vorsichtigen unter den Passanten knacken. Jule lächelte. Manchmal fehlte ihr dieser Nervenkitzel, nicht das Leben auf der Straße und Steve schon gar nicht, aber sie würde zu gern ausprobieren, ob sie ihre Fingerfertigkeit noch draufhatte.

»Wenn ich nur wüsste, was der Kerl vorhat«, unterbrach Sandro ihre Gedanken, was besser war, als auf dumme Ideen zu kommen und wieder rückfällig zu werden. Diese Zeit war vorbei. Ein dunkles Kapitel in ihrem Leben, das auch seine bunten Seiten gehabt hatte, letztendlich aber nur ihren Untergang bedeutet hätte. Jule betrachtete Sandro, wie er angespannt auf der Kante der Stufe saß und zu seinem Cousin hinüberstarrte. Sie strich ihm zärtlich über den Rücken.

»Deswegen sind wir ja hier, um das herauszufinden. Also jetzt komm schon, entspann dich.« Sie zog an Sandros Hosenbund. »Wenn du dich nicht sofort zu mir setzt, muss ich Gewalt anwenden.« Jule kicherte und zielte mit der Wasserpistole auf Sandros Rücken.

»Gewalt?« Er drehte sich um und blickte in die Mündung der Plastikwaffe. Als Jule abdrückte, hielt Sandro geistesgegenwärtig die Düse mit dem Zeigefinger zu. Das Wasser spritzte seitlich in einer feinen Fontäne auf eine junge Frau, die neben ihnen saß und telefonierte. Sie schrie auf und erhob sich.

»Sag mal, geht's noch?«, schimpfte sie und betrachtete ihre Bluse, die mit feinen Wasserflecken übersät war.

»Sorry, das wollte ich nicht«, entschuldigte sich Jule und schielte zu Filippo hinüber, ob er etwas von dem Zwischenfall mitbekommen hatte. Die junge Frau beruhigte sich und setzte sich wieder.

»Gib der Frau eine Waffe in die Hand, und schon ist der Ärger vorprogrammiert«, foppte Sandro Jule und setzte sich neben sie. Er legte seinen Kopf nach hinten und schielte unter dem Rand seiner Kappe zu seinem Cousin hinüber.

»Schau dir das an«, Jule legte ihren Kopf gegen Sandros Schulter und beobachtete die Bedienung an Filippos Tisch. Offensichtlich flirteten die beiden miteinander. Sie schubberte ihren Fuß an der Wade und strich immer wieder eine Haarsträhne hinter ihr Ohr. Sie lachte und fingerte verlegen an ihrem runden Tablett herum. Irgendwann lief sie in das Café zurück und schaute sich mehrmals nach dem hübschen Italiener um. Der wiederum genoss die Situation. Er verschränkte die Arme hinter seinem Kopf und grinste unter seiner verspiegelten Sonnenbrille der Sonne entgegen.

Jule und Sandro warteten zwei Stunden auf ihrem Posten, während Filippo einen Kaffee nach dem anderen trank, schließlich noch ein Sandwich bestellte und einen Espresso zum Schluss.

»Kannst du mir erklären, was der Knallkopf so lange dort macht? Wenn er auf jemanden gewartet hätte, wäre er nicht so lange ruhig geblieben. Ich meine, er hätte telefoniert oder wäre gegangen.« Jule gähnte und ließ ihren Kopf nach hinten auf die Treppenstufe sinken. »Ich kann nicht mehr sitzen, mir tut mein Kreuz weh, und die Sonne macht mich ganz dösig.«

Sandro küsste sie auf die Wange. »Wer wollte vorhin noch Sonne pur?«

»Ja, aber doch nicht hier, und außerdem dachte ich an Cocktails zur Erfrischung.«

»Warte, ich besorg uns etwas.« Sandro erhob sich. »Dort drüben ist eine Eisdiele, ich …«

Im selben Moment erhob sich Filippo, legte ein Trinkgeld auf die gelbe Lacktischdecke und verließ das Café.

»O. k., es geht los.« Mit einem Schlag war Jule hellwach. Sie sprang in die Höhe, zog ihre Kappe zurecht, und zur Tarnung umarmte sie Sandro. Dabei schielte sie über seine Schulter hinweg und ließ Filippo keine Sekunde aus den Augen. Er lief quer über den Platz auf die Kirche zu.

»Sobald er um den Brunnen herumgelaufen ist, schleichen wir ihm langsam hinterher«, schlug Jule vor, »gleich, warte, jetzt!«

Jule löste sich aus der Umarmung und spurtete los. Dabei rempelte sie einen Mann an. Er stank nach Schweiß und allen möglichen Gerüchen, deren Ursache sie nicht wissen mochte. Sie taumelte und blieb plötzlich wie angewurzelt stehen. Seine grüne John-Lennon-Sonnenbrille erkannte sie auf Anhieb. Mike.

»Ey, Jule.« Er umarmte sie.

Die Nacht war die Hölle gewesen. Emma hatte nur gefühlte zehn Minuten geschlafen und den Rest der Zeit mit Grübeleien verbracht. Aus Angst vor weiteren nächtlichen Besuchern hatte sie das Fenster in ihrem Zimmer geschlossen gehalten und die drückende Schwüle in Kauf genommen. Erst als es draußen hell wurde und die Vögel ihr Morgenkonzert zum Besten gaben, traute sie sich, es zu öffnen. Dankbar sog sie die kühle Luft ein und legte sich erschöpft in ihr Bett zurück. Sie verkroch sich unter ihrer Decke und schlief ein. Als sie wieder erwachte und auf den Wecker schaute, war es bereits halb zehn. Erschrocken fuhr sie in die Höhe.

»Oh, bitte nicht!«, rief sie, rieb sich die Augen und schaute ein zweites Mal auf die Uhr, doch die Zeiger standen noch immer an derselben Stelle. Emma schlug die Decke zurück und sprang, so schnell es ihre müden Knochen erlaubten, aus dem Bett. Sie griff nach ihrer Jeans und einer cremefarbenen Bluse, die sie gestern Abend herausgelegt hatte, und schlüpfte hinein. Heute brauchte sie bequeme und unauffällige Kleidung. Tarnung war bei einer Verfolgung das A und O.

Emma schloss ihre Tür auf und lauschte in den Flur hinaus. Aus der Küche hörte sie leises Geschirrklappern und Radiomusik. Milena war bereits fleißig. Ansonsten war es im Haus ruhig, viel zu ruhig, überlegte Emma, während sie eine böse Vorahnung hatte. Sie huschte ins Badezimmer und erschrak, als sie ihr müdes und zerknittertes Spiegelbild erblickte.

»Ich kenne dich nicht, wasche dich aber trotzdem«, seufzte sie und erledigte ihre Morgentoilette in Windeseile. Ihre Augenringe versteckte sie unter einer gehörigen Portion Make-up, und ihre Haare zupfte sie mit Gel zurecht, bis sie mit ihrem Anblick zufrieden war. Die Spuren einer fast schlaflosen Nacht ließen sich nicht komplett verdecken. Zu lange hatte Emma gegrübelt und über den Einbrecher nachgedacht. Warum hatte er den Tresor nicht angerührt und ihr stattdessen eine rote Rose vor die Zimmertür gelegt? Was sollte das bedeuten? Jule hatte die Blume sofort in den Mülleimer geworfen und Emma beruhigen wollen, es handele sich um einen Spinner, den man nicht ernst nehmen solle. Es war ein netter Versuch, sie abzulenken, aber wenn sich jemand in ihrer Villa herumtrieb, der dort nichts zu suchen hatte, dann machte sie sich Sorgen.

Emma warf einen letzten Blick in den Spiegel und verließ das Badezimmer. Aus der Küche roch es wunderbar nach Kaffee und frischen Brötchen. Milena stellte gerade Geschirr in die Spülmaschine und drehte sich um, als Emma den Raum betrat. »Guten Morgen, Frau von Stratnitz. Gut geschlafen?«

»Morgen, Milena. Wo sind die anderen?« Sie schaute auf den Kaffeetisch und ahnte bereits die Antwort. Es standen nur noch zwei frische Gedecke auf dem Tisch. Das eine für sie, das andere wahrscheinlich für Trixi. Jule und Sandro waren ohne sie fortgegangen. Emma presste ihre Lippen fest aufeinander und hätte am liebsten wie ein trotziges Kind mit dem Fuß auf den Boden gestampft. »Sie sind schon weg, nicht wahr?«

Milena trocknete sich die Hände an einem karierten Küchentuch ab. Sie lächelte und goss Kaffee in Emmas Tasse.

»Ja, schon ziemlich früh sogar. Jule bat mich, Ihnen auszurichten, dass Sie sich keine Sorgen zu machen brauchen. Es gab keine besonderen Vorkommnisse in der Nacht, und dann soll ich noch ausrichten, dass ihr Plan zu zweit unauffälliger durchzuführen sei, und außerdem benötigten Sie Ihren Schlaf dringender als neue Aufregung.« Milena strich sich eine Haarsträhne aus der Stirn und lächelte. »Keine Ahnung, was sie damit meinte, aber Sie wüssten schon Bescheid.«

Natürlich wusste sie, was Jule gemeint hatte, und konnte nicht sagen, welche der beiden Informationen sie mehr ärgerte. ›Keine besonderen Vorkommnisse in der Nacht‹ bedeutete, dass Konstantins Laufbursche kein zweites Mal eingebrochen war, um die Beweisfotos aus ihrem Tresor zu stehlen. Warum hatte er ihren Köder nicht geschluckt? Emma hätte schwören können, dass er hinter dem Einbruch in ihrem Salon steckte. Sie war enttäuscht. Somit rückte ihre Hoffnung, dass sie jemals wieder ihre Kette zurückbekommen würde, in weite Ferne.

Nicht nur das ärgerte Emma, sondern auch die Tatsache, dass Jule und Sandro Filippos Beschattung ohne sie aufgenommen hatten. Sie wäre zu gern mitgegangen. Vielleicht hätten sie seine Pläne durchkreuzen und Carlotta befreien können. Wahrscheinlich hatte Jule recht. Zu dritt war eine Verfolgung äußerst schwierig. Filippo hätte sie bestimmt irgendwann entdeckt. Emma ließ sich auf ihren Stuhl sinken und trank einen Schluck Kaffee. Sie war müde und fühlte sich um Jahre gealtert. Auch wenn sie es nicht wahrhaben wollte, aber sie war definitiv keine 20 mehr und hätte eine Hetzjagd durch die Stadt wahrscheinlich nicht durchgehalten, zumindest nicht bei diesem schwülen Wetter. Plötzlich hatte sie eine Idee, wie sie sich trotzdem nützlich machen konnte. Emma lächelte und legte sich ein Brötchen auf den Teller. »Ist Trixi schon wach?«

»Nein, soll ich sie wecken?«

Emma überlegte und beschloss, das Mädchen schlafen zu lassen. Obwohl Emma in der Nacht auch viel über Trixis Schwangerschaft gegrübelt hatte, war sie zu noch keinem wirklich befriedigenden Ergebnis gelangt. Sollte sie dem Mädchen raten, mit 15 Jahren Mutter zu werden, wo sie selbst fast noch ein Kind war? Mit Barbaras Unterstützung war nicht zu rechnen. So, wie Emma ihre Schwiegertochter kannte, würde sie eine der besten Kliniken finden und sich mit Geld kurzerhand von allen anfallenden Unannehmlichkeiten freikaufen. Wie würde Trixi jedoch mit einer Abtreibung zurechtkommen? Würde sie es eines Tages bereuen? Ihre Enkelin war auf ihre Unterstützung angewiesen, doch Emma fühlte sich im Moment von der Situation überfordert. Sie musste zuerst mit Jule reden.

Sie strich Honig auf ihr Brötchen und biss hinein. Seltsam, sie – eine gestandene Frau, die schon vieles in ihrem langen Leben gesehen und erlebt hatte und bereits unzählige heikle Entscheidungen hatte treffen müssen – war unsicher und legte Wert auf Jules Meinung. Emma lächelte. Die junge Frau mit ihrer verrückten, spontanen und erfrischenden Art war ihr ans Herz gewachsen. Jule agierte aus dem Bauch heraus, traf beileibe nicht immer den richtigen Ton, aber sie wusste ganz genau, worauf es im Leben ankam. Sie würde Emma bestimmt sagen können, welchen Rat sie ihrer Enkelin geben sollte.

Emma genoss ihr Frühstück und auch die Ruhe im Haus. Durch das geöffnete Küchenfenster hörte sie die Vögel zwitschern und den Springbrunnen im Vorgarten plätschern. Wenn man die Augen schloss, konnte man glauben, die Welt sei in Ordnung. Emma atmete tief durch und setzte die Tasse ab. Filippos Observierung hatte sie verpasst, aber sie wollte auf keinen Fall untätig herumsitzen. Sie würde sich in der Nachbarschaft umhören, ob gestern Abend jemand diesen mysteriösen Eindringling hatte in ihr Haus kommen oder aus der Haustür fliehen sehen. Vielleicht war Jakob Rittmansperger wieder draußen herumgeschlichen und hatte etwas bemerkt. Ihn wollte sie zuerst befragen.

Frisch gestärkt machte sie sich auf den Weg zu Rosa und Jakob. Insgeheim war sie froh, dass Jule sie hatte schlafen lassen, denn die Befragung der Nachbarn war bei dieser mörderischen Hitze weniger anstrengend, als durch die Stadt zu hetzen, um Filippo zu beschatten. Emma fächelte sich mit der Hand im Gehen Luft zu. Jede Bewegung war zu viel.

Das Anwesen der Familie Rittmansperger war penibel gepflegt. Wenn man Jakobs militärischen Drill erlebt hatte und Rosas Hang zur Perfektion kannte, konnte man sich vorstellen, dass der Gärtner der Familie kein einfaches Leben führte. Er musste allen Wünschen seiner Herrschaft nachkommen und alle Schikanen ertragen, und davon gab es bestimmt viele. Durch den Vorgarten führte ein Natursteinweg zur Haustür. Kein einziges Unkraut wuchs zwischen den Fugen. Daneben erstreckte sich ein Beet mit duftenden Blumen, die in allen möglichen Farbnuancen blühten. Auf der frisch aufgehackten Erde war kein einziges verwelktes Blatt zu finden. Sklavenhaltung war abgeschafft, doch das hier konnte nicht mit rechten Dingen zugehen. Die Vorstellung, dass Jakob wie ein amerikanischer Großgrundbesitzer mit seiner Flinte im Anschlag hinter einer Armada von Gärtnern auf und ab flanierte, drängte sich vor Emmas geistiges Auge. Sie lächelte und drückte den messingfarbenen Klingelknopf neben der Haustür. Für den Bruchteil einer Sekunde war sie versucht, ihn sogleich mit einem Zipfel ihrer Bluse wieder blank zu polieren.

Vanessa, das Hausmädchen, öffnete. Sie trug ein weißes Häubchen und eine weiße Spitzenschürze. Emma empfand Mitleid mit der Angestellten. Niemals würde sie von Milena eine solche alberne Kostümierung verlangen.

»Guten Morgen, Frau von Stratnitz.«

»Guten Morgen, Vanessa. Könnte ich bitte mit Herrn und Frau Rittmansperger sprechen?«

Das Mädchen machte einen kleinen Knicks und ließ Emma ins Haus. Sie bat sie, im Flur zu warten, bis sie die Herrschaften über ihren Besuch informiert hatte. Emma kannte das Prozedere und schaute Vanessa hinterher, die durch eine weiße Tür im Salon verschwand.

Das Haus war mit Antiquitäten, Gemälden und dicken Teppichen geradezu vollgestopft, damit jeder Besucher sofort einen Eindruck vom Reichtum der Bewohner erhielt. Wenn Emma hier leben müsste, würde sie von all dem Pomp eine Stauballergie bekommen, obwohl kein einziges Krümelchen zu sehen war. Auch hier herrschten Disziplin, Zucht und Ordnung.

Vanessa kam zurück und bat Emma, ihr zu folgen. Rosa stand im Salon am Fenster. In ihrer Hand hielt sie eine Tasse Tee. Sie schaute nach draußen in den Garten, wo Jakob sich über eine Rosenhecke beugte und verwelkte Blüten abschnitt, die er dann in einen Korb legte. Er hatte eine grüne Gartenschürze umgebunden und trug einen Strohhut. Emma schmunzelte. Er sah aus wie ein Gärtner aus einem Kinderbilderbuch, nur nicht so freundlich.

»Emma, meine Liebe«, säuselte Rosa und stellte ihre Tasse auf dem Flügel ab. Emma lächelte und malte sich aus, welch hässliche Ränder das auf dem gewienerten Lack geben könnte, doch das war nicht ihr Problem. »Was führt dich zu uns?« Rosa fasste ihre Nachbarin am Ellenbogen und zog sie sanft zum Sofa. Heute war Rosa hellgrün gekleidet. Das Kostüm wie immer vom Feinsten, die Pumps farblich dazu abgestimmt. Eine Halskette mit dezenten Smaragden schmiegte sich um ihren Hals. Die Frisur akkurat gestylt. Jedes einzelne Haar saß genau dort, wo es hingehörte. Dafür sorgte eine Unmenge von Haarspray. Emma erwischte sich bei dem Gedanken, dass es sich hier um einen Frisurenhelm handeln könnte, den Rosa abends in die Ecke stellte, weil er so hart wie Beton sein musste und beim Schlafen störte.

Emma setzte sich und strich mit den Handflächen über ihre Jeans. Kontrastprogramm, dachte sie und schmunzelte innerlich.

»Rosa, ich will gleich zur Sache kommen. Hast du gestern Abend jemanden in meinem Garten umherschleichen sehen?«

Rosa erschrak. Sie saß kerzengerade mit einer Pobacke auf dem Sofa, züchtig die Hände auf ihrem Schoß verschränkt. Als sie Emmas Worte hörte, fasste sie an ihre Halskette. »Bei euch ist eingebrochen worden?«

»So würde ich das nicht nennen.«

»Ist etwas gestohlen worden? Schmuck?« Sie erhob sich, ohne die Antwort abzuwarten, und öffnete die Terrassentür. »Jakob«, rief sie.

Herr Rittmansperger richtete sich auf und wandte sich ihr zu.

»Komm doch bitte mal. Bei Emma wurde eingebrochen.«

»Nein, eigentlich nicht«, fuhr Emma dazwischen und ärgerte sich, dass Rosa nicht richtig zugehört hatte und sogleich Gerüchte verbreitete.

Jakob stellte seinen Korb auf den Gartentisch und legte die Rosenschere daneben. Er knotete seine Gartenschürze auf, legte sie samt Strohhut auf einen der Liegestühle und kam in den Salon. »Emma«, sagte er, schlug die Hacken zusammen und deutete eine Verbeugung an. Sie kam sich vor wie im letzten Jahrhundert. Seine strenge preußische Erziehung und sein militärisches Gehabe waren ihr zuwider. Er machte sich damit lächerlich.

»Bei mir wurde nicht eingebrochen«, stellte Emma richtig.

»Du sagtest doch eben …« Rosa setzte sich wieder auf das Sofa.

»Ich sagte nicht, dass eingebrochen und etwas gestohlen wurde. Vielmehr huschte jemand in unser Haus und verschwand gleich darauf wieder zur Haustür hinaus.«

»Was soll das bedeuten?«, fragte Jakob streng. Er nahm auf einem Sessel Platz und holte aus einer kleinen Holzkiste auf dem Tisch eine Zigarre. Emma hasste das stinkende Zeremoniell, das nun mit viel Qualm und Gepuste folgte. Sie hüstelte demonstrativ, was Jakob geflissentlich ignorierte.

»Wer rennt schon in ein Haus und verlässt es sogleich wieder durch die Haustür? Was soll der Unsinn?«

Emma wurde ungeduldig. »Genau das, mein lieber Jakob, möchte ich den Eindringling selbst fragen, und hier kommen wir wieder zu meiner eigentlichen Frage: Habt ihr jemanden in meinem Garten gesehen?«

Jakob sog an seiner Zigarre und blies Kringel in die Luft. »Wie sollte ich etwas gesehen haben, meine Teuerste? Wie du dich sicherlich noch erinnern kannst, hast du mir erst kürzlich deutlich zu verstehen gegeben, was du von meinen nächtlichen Kontrollgängen zur Sicherheit aller Nachbarn hältst.« Er machte eine Kunstpause, damit seine Worte voll zur Geltung kamen.

»Jakob, bitte …«, versuchte sie ihn milde zu stimmen.

»Ich weiß nicht, ob ich dir nach einer so dreisten Bloßstellung überhaupt noch behilflich sein soll.« Er lehnte sich zurück und spielte die beleidigte Leberwurst.

»Jetzt bleib aber mal auf dem Teppich!« Emma sprang auf. Sie hatte es nicht nötig, wie eine Bittstellerin vor ihm auf den Knien zu rutschen. »Du hast meine Mitbewohnerin in meinem Garten angefallen. Da brauchst du dich nicht zu wundern, wenn ich ungehalten bin. Also was ist jetzt? Habt ihr etwas gesehen oder gehört?«

Jakob erhob sich ebenfalls und stand Emma gegenüber. »Dein Ton lässt zu wünschen übrig, meine Liebe!«

Emma fehlten die Worte. Sie öffnete den Mund und schloss ihn wieder. Jule hätte bestimmt einen passenden Kommentar auf den Lippen gehabt, doch ihr fiel nichts ein, das einigermaßen freundlich umschrieb, was sie gerade dachte.

»Seit du dich mit diesem Pack umgibst, hast du dich sehr verändert. Kurt würde sich im Grab umdrehen, wenn er davon wüsste.« Jakob betrachtete sie von oben bis unten. »Und deine Kleidung hat ebenfalls sehr unter deinem – wie soll ich sagen? – nicht standesgemäßen Umgang gelitten. Wo ist die elegante Frau von Stratnitz geblieben, die wir kannten?«

»Du meinst die alte, verstaubte Schachtel, die vor lauter Anstandsregeln und guten Sitten vergessen hatte zu leben? Die sich von ihrem Sohn in ein Altersheim hatte abschieben lassen?« Emma redete sich in Rage. Dieser von Zwängen beherrschte Wicht sollte ihr nicht sagen, was richtig und falsch war. »Wenn du diese Frau meinst, Jakob, dann kann ich dir nur sagen, dass ich froh bin, sie nie wiedersehen zu müssen. Mein Gott, hör dich doch selbst reden. Vergiss nicht, der Krieg ist vorüber.«

Jakob wurde puterrot. Seine Backenknochen mahlten, und seine Hände ballten sich zu Fäusten.

»Emma hat das nicht so gemeint«, lenkte Rosa ein, sprang an die Seite ihres Gemahls und legte sanft ihre Hand auf seine Schulter. »Bitte, rege dich nicht auf. Du weißt, das ist nicht gut für dein Herz.«

»Doch, das habe ich so gemeint, und zwar genau so«, beharrte Emma.

»Es ist besser, wenn du jetzt gehst. Sofort!« Rosa stellte sich demonstrativ dicht neben ihren Mann, um zu zeigen, auf wessen Seite sie stand.

»Entschuldigt, wenn ich euch überfallen habe und um Hilfe bat«, sagte Emma und lief zur Tür. Auf der Schwelle drehte sie sich nochmals um. »Rosa, Jakob, es gibt so viel Wunderbares zu erleben in der wenigen Zeit, die uns bleibt …« Sie wollte noch etwas hinzufügen, schwieg aber, als sie die versteinerten Mienen der beiden sah. Es war sinnlos, ihnen etwas zu erklären, wovon sie nichts hören wollten. Sollten sie doch an ihren Zwängen ersticken.

Als Emma das Haus der Rittmanspergers verließ, atmete sie tief durch. Sie hatte nichts erfahren, was sie auf der Suche nach dem nächtlichen Eindringling weiterbrachte, aber sie fühlte sich darin bestätigt, jeden Moment ihres Lebens zu genießen und sich nie wieder in starre und staubige Konventionen zwängen zu lassen. Sie wollte alles bis zu ihrem letzten Atemzug auskosten und mit Jule in noch viele Fettnäpfchen treten.

»Huch!«, schrie Patrizia von der Schleich, als sie mit Emma an deren Gartentürchen zusammenstieß.

»Wer erschrickt, hat ein schlechtes Gewissen«, stellte Emma trocken fest und fragte sich, was ihre Nachbarin bei ihr zu suchen hatte. Sie schaute ihr streng in die Augen.

Patrizia kicherte dümmlich und nestelte an einer ihrer blondierten Haarsträhnen herum.

»Wolltest du mich besuchen?«, fragte Emma.

»Nein, wieso?«

»Weil du aus meinem Garten gekommen bist.«

»Ich komme aus deinem Garten?« Patrizia schaute sich um, als ob sie sichergehen wollte, dass sie tatsächlich von dort gekommen war. »Ja, ich, ähm, ich wollte nur fragen, wie es dir geht.«

»Bitte, hör auf mit der Lügerei. Was willst du wirklich von mir?«, fragte Emma wütend. Sie mochte diese falsche Schlange nicht. Bestimmt war sie wieder in Barbaras Auftrag unterwegs gewesen. Entweder sie spionierte Milena aus, sobald Emma nicht zu Hause war oder … Emma kam ein Verdacht.

»Warst du gestern Nacht schon einmal in meinem Haus und hast mich fragen wollen, wie es mir geht?«

»Was meinst du damit?« Patrizia blickte sie verstört an und zog das Gartentor hinter sich zu.

»Du warst gestern nicht zufällig in meinem Haus und hast mir Blumen mitgebracht?« Emma trat einen Schritt auf sie zu.

»Barbara hatte doch recht. Du redest wirr und hast keine Ahnung, was du sagst.« Patrizia wich zurück, als ob sie Angst hätte, dass Emma sie wie ein wildes Tier anspringen und beißen könnte. Die münzgroßen Anhänger an ihrem Armband klirrten. Emma betrachtete ihre Nachbarin. Sie war eine Nuance zu braun gebrannt, trug ein leichtes Sommerkleidchen mit Spaghettiträgern und Volants, die über ihrem Knie endeten. Ihre Fußnägel waren rot lackiert und schauten mit dem großen Zeh voran aus ihren ultrahohen Stöckelschuhen mit Zierriemchen und Strasssteinen. Ein Hauch von Mitleid regte sich in Emma. Patrizias ganze Erscheinung war bis ins letzte Detail auf Perfektion und Makellosigkeit ausgerichtet. Die ersten Zeichen des Alters wurden kaschiert, überschminkt oder vom Fachmann wegoperiert. Patrizia versuchte, mit Designerkleidern und teurem Schmuck den körperlichen Verfall auszutricksen. Doch da gab es keine Tricks. Jeder kam an die Reihe, und wenn es so weit war, blieb nur die Frage, ob man das Alter mit Würde akzeptierte oder sich im verzweifelten Kampf gegen das Unausweichliche zu allerlei Peinlichkeiten hinreißen ließ. Patrizia hatte sich für den Kampf entschieden. Emma machte aus ihren kleinen und manchmal auch größeren Wehwehchen das Beste und genoss jeden Tag in vollen Zügen, solange sie noch konnte.

»Verschone mich mit Barbara«, winkte Emma angewidert ab. »Sag schon, was wolltest du von mir?«

Patrizia suchte fieberhaft nach einer Ausrede. Egal, was sie sagte, es war eine Lüge, dessen war sich Emma sicher, und sie wollte nichts dergleichen hören. Deswegen bot sie Patrizia einen Strohhalm, mit dem sie sich aus dieser für sie unangenehmen Situation retten konnte.

»Sicherlich hast du mitbekommen, dass gestern jemand in mein Haus eingedrungen ist. Ich befrage gerade unsere Nachbarn, ob sie etwas gesehen oder gehört haben.«

Patrizia lächelte nervös und strich sich eine Haarsträhne hinter das Ohr.

»Und?«, hakte Emma nach.

»Was und?«

»Hast du vielleicht jemanden gesehen?«

»Nein.«

»Danke, wie freundlich von dir, dass du deswegen gleich zu mir gekommen bist«, erwiderte Emma ironisch, während sie sich fragte, was diese falsche Schlange wirklich auf ihrem Grundstück zu suchen hatte.

Kaum glaubte Patrizia, dieser peinlichen Situation entkommen zu sein, veränderte sich ihr ganzes Gehabe. Sie blickte von oben auf Emma herab, bedachte sie mit einem arroganten Lächeln und stemmte die Faust in ihre Seite. »Bei dir wurde neulich schon einmal eingebrochen, habe ich gehört.«

»Du weißt bereits davon?«

»Natürlich, die Polizei war bei dir.«

Plötzlich hatte Emma eine Idee. Wenn Barbara oder auch Konstantin Patrizia zum Aushorchen auf sie ansetzten, dann konnte Emma das im Umkehrschluss genauso tun.

»Hast du auch gehört, was bei uns gestohlen wurde?«, fragte sie mit Unschuldsmiene.

»Es sollen angeblich ein wenig Bargeld, Dokumente und alte Fotografien abhandengekommen sein. Stimmt das?«

Emma nickte. Diese Informationen konnte sie nur von Konstantin haben, denn sie hatte nicht die alte Kette mit den Rubinen erwähnt, die Emma viel mehr wert war als alles andere. Warum Konstantin nichts davon wusste, war ihr noch immer ein Rätsel, aber Jules Theorie, dass der Einbrecher ihm das Schmuckstück vorenthalten hatte, klang plausibel.

»Das ist richtig«, seufzte Emma theatralisch, »aber zum Glück hat der Dieb den falschen Safe geöffnet.«

»Wieso den falschen Safe?«, sprang Patrizia sogleich in die Falle.

»Ich habe im Dachgeschoss einen zweiten Tresor, und dort bewahre ich die für mich wirklich wichtigen Dinge auf. Der Einbrecher konnte das nicht wissen und hatte sich gar nicht erst auf die Suche nach einem zweiten Geheimfach gemacht.«

»Was für wichtige Dinge meinst du denn?« Patrizia trat einen Schritt auf sie zu und erhoffte sich geheime Informationen, die sie sicherlich brühwarm an Barbara weitertratschen würde.

»Familienangelegenheiten, meine Teuerste«, flüsterte Emma verschwörerisch. Sie wusste, dass sie ihre Nachbarin dadurch erst richtig neugierig machte. »Dort sind Dinge drin, die Konstantin ganz schön in die Bredouille bringen könnten.«

»Wirklich?«

»Wirklich!« Emma spürte Patrizias Drang, telefonieren zu müssen. Sie tippelte mit ihren Stöckelschuhen von einem Fuß auf den anderen und suchte nach einer Möglichkeit, so schnell wie möglich das Gespräch zu beenden.

»Meine Liebe«, sagte Emma wichtig, »ich muss weiter, und du willst wahrscheinlich mit Barbara telefonieren.«

»Ja, unbedingt«, antwortete sie und errötete im selben Moment, als sie ihren Lapsus bemerkte.

»Grüß meine Schwiegertochter von mir und sag ihr, dass Trixi noch ein paar Tage bleibt. Es geht ihr gut, und es besteht kein Grund zur Sorge.«

Emma ließ Patrizia stehen und marschierte an ihr vorbei zu ihrer Nachbarin Hanne Häkelsbacher. Hinter sich hörte sie das hastige Geklacker von Pfennigabsätzen über die Straße und die marmorne

Eingangstreppe hinauf in die Villa der Familie von der Schleich. Was Patrizia nun wirklich auf ihrem Grundstück zu suchen hatte, blieb Emma ein Rätsel. Wahrscheinlich sollte sie sich in Konstantins Auftrag ein wenig umschauen. Emma seufzte. Die Schwüle machte ihr zu schaffen. Sie tupfte sich mit einem Papiertaschentuch feine Schweißperlen von der Stirn und öffnete das Gartentor ihrer Nachbarn.

Das Türchen quietschte leise und fiel hinter Emma ins Schloss. Ganz im Gegensatz zu Jakobs und Rosas Garten durften hier die Pflanzen wachsen, wie es ihnen gefiel. Es herrschte ein von Meisterhand überwachtes Chaos. Efeu rankte an der Hausfassade empor. Inmitten einer Gruppe duftender Rosen und Lavendelstöcke stand eine kleine schmiedeeiserne Parkbank. Rund um das Anwesen wuchsen blühende Büsche, die die neugierigen Blicke von außen fernhielten. Zwischen den Sträuchern lagen hie und da bunte Sandförmchen, gefüllt mit Kieselsteinen oder vertrockneten Blütenknospen. Hannes und Julius' Enkelkinder kamen manchmal übers Wochenende und bauten sich dort ihre Fantasiewelt, krochen auf Knien durch die Erde und tollten durch den Garten.

Barbara hatte Trixi nie erlaubt, sich draußen auszutoben. Das Kind musste in einem Laufstall mit pädagogisch wertvollen Bauklötzen spielen oder im weißen Rüschenkleidchen auf einer Decke im Gras sitzen. Emma konnte sich nicht erinnern, dass Trixi jemals mit ihren Fingerchen in der Erde graben und Regenwürmer aus dem weichen Erdboden ziehen durfte. Das Mädchen hatte nie Fantasiesuppen aus Wasser und Blumenblüten gekocht oder Stöckchen und Blätter in einem improvisierten Kaufmannsladen im Garten verkauft. Kein Wunder, dass sie eine verzogene Göre geworden war, die jetzt mächtig in der Klemme steckte. Emma seufzte.

Hanne öffnete selbst die Haustür und strahlte über das ganze Gesicht, als sie Emma erblickte. »Welch Überraschung!«, rief sie. »Komm doch herein.«

Sie trat zur Seite und machte eine einladende Geste. Ihr Lächeln war ehrlich, ihre ganze Art herzlich. »Komm, wir gehen auf die Veranda. Julius ist im Garten.« Sie nahm Emma an die Hand und führte sie durch den Flur und das Wohnzimmer. Das gesamte Haus war nach Julius' Reitunfall rollstuhlgerecht umgebaut worden, damit er sich allein im Haus bewegen konnte. Hier gab es keine muffigen Teppiche, sondern Parkettböden. Die Räume waren mit wenig Mobiliar ausgestattet, es dominierten klare Linien und helle Farben. Alles strahlte Großzügigkeit und Frische aus.

Emma folgte ihrer Freundin hinaus in den Garten. Vögel zwitscherten, und zwei Zitronenfalter flatterten an ihrem Gesicht vorbei. Julius saß in seinem Rollstuhl am Gartentisch und las die Tageszeitung. Als er Emma sah, freute er sich. »Meine Lieblingsnachbarin, wie geht es dir?«

Emma küsste ihn auf die Stirn.

»Setz dich doch«, bat Hanne und zog einen der Gartenstühle heran. »Möchtest du eine Tasse Kaffee?«

»Nein danke.« Emma nahm Platz. »Aber ein Glas Wasser wäre prima.«

Hanne verschwand im Haus und kam kurz darauf mit drei Gläsern und einer Karaffe Wasser wieder, in der Minzblätter und Limettenscheiben schwammen.

»Ich will euch nicht lange stören, aber habt ihr gestern Nacht zufällig jemanden in mein Haus schleichen sehen?«

Hanne schenkte jedem ein und setzte sich zu ihnen. »Das habe ich deiner Mitbewohnerin doch schon erzählt«, antwortete sie.

»Wie? Du hast etwas gesehen?«

Jule hatte Emma nichts von diesem Gespräch erzählt, sie hatte es vor lauter Trubel wahrscheinlich vergessen.

»Was genau hast du gesehen?«

Hanne wiederholte ihren Bericht und fragte besorgt: »Ist etwas gestohlen worden oder jemand zu Schaden gekommen?«

Emma lächelte. »Nein, zum Glück nicht, aber irgendjemand hat mir eine Rose vor meine Schlafzimmertür gelegt.«

»Nein!«, rief Hanne und schlug die Hand vor ihren Mund.

»Was beschwerst du dich, Emma?«, lachte Julius. »Ist es nicht das, wovon Frauen träumen?«

Was wusste Julius, wovon sie träumte? Sie wollte keinen heimlichen Verehrer, sondern einen knackigen Liebhaber südländischer Herkunft. Sie fuhr mit der Hand durch die Luft, als wollte sie ihre erotischen Fantasien fortjagen, ehe diese sich in bunten Bildern in ihrem Kopf manifestierten, und war froh, dass Hanne plötzlich von ihren beiden Enkelkindern erzählte.

Nach einer gewissen Anstandsfrist erhob sich Emma. »Danke, ihr Lieben, ich will euch nicht länger stören. Ich denke, ich werde doch die Polizei informieren.«

»Hältst du uns bitte auf dem Laufenden?«, bat Hanne und begleitete Emma hinaus.

»Natürlich.«

Kaum hatte Emma das Gartentürchen hinter sich geschlossen, vernahm sie dicht neben sich eine Stimme.

»Hallo, Emma.«

Sie fuhr zusammen und drehte sich um. Nicht auch noch das! Herbert Mahlinski stand vor ihr.

»Was machen Sie denn schon wieder hier?«, fragte sie und ließ ihrem Unmut freien Lauf. Er war der Letzte, den sie jetzt gebrauchen konnte.

»Ich wollte dich sehen und dich fragen …«

»Stopp!« Emma erhob abwehrend beide Hände. »War ich nicht deutlich genug? Bitte lassen Sie mich in Ruhe.«

»Schon, aber ich weiß, dass Frauen oft ›Nein‹ sagen und ›Ja‹ meinen.« Herbert schmunzelte. Er trug ein dunkelblaues Marinepoloshirt, eine weiße Hose und dunkelblaue Slipper. Er sah für sein Alter durchaus passabel aus, aber im Vergleich zu Sandro besaß er einfach keine Ausstrahlung, die sie hätte schwach werden lassen können. Sie wollte nur eines von diesem Mann – dass er sie endlich in Ruhe ließ und für immer aus ihrem Leben verschwand. Sie hätte niemals eine Kontaktanzeige aufgeben sollen. Es war dumm gewesen. Sie hätte sich denken können, dass sie damit auch unliebsame Verehrer aus ihren Löchern hervorlockte, die sie nun nicht wieder loswurde.

Emma atmete tief ein, bevor sie antwortete. »Glauben Sie mir, ich bin sehr wohl noch im Besitz meiner geistigen Kräfte und weiß, was ich sage. Ein ›Nein‹ meinerseits bedeutet auch ein ›Nein‹. Haben Sie verstanden? Und jetzt entschuldigen Sie mich bitte.«

Emma drehte sich auf dem Absatz um und wollte so schnell wie möglich fliehen. Der Gedanke, dass er ihr nachschaute, dass sein Blick über ihren Rücken glitt und wahrscheinlich an ihrem Po haften blieb, war ekelhaft. Wie ganz zufällig strich sie ihre Bluse hinten ein wenig nach unten, um ihre Rückseite zu kaschieren. Es kostete sie Mühe, nicht schreiend davonzulaufen.

»Warte bitte«, sagte Herr Mahlinski und holte auf. Er sprang neben Emma und fasste nach ihrer Hand.

Emma blieb stehen, riss sich von ihm los und fauchte ihn an. »Was fällt Ihnen ein? Nehmen Sie Ihre Finger weg!« Sie warf ihm einen bösen Blick zu und überlegte, ob sie ihn, ihrem ersten Impuls folgend, ohrfeigen sollte, entschied sich jedoch dagegen, weil sie nicht abschätzen konnte, welche Reaktion das bei ihm hervorrufen würde. Sie starrte ihn an, ließ ihn spüren, wie sehr sie ihn verachtete, und was tat er? Er lachte und fragte: »Hast du sie gefunden?«

»Wen?«, fragte Emma verblüfft, obwohl sie kein Wort mehr mit ihm wechseln wollte.

»Die Rose.«

Emma schluckte. »Welche Rose?« Sie wusste ganz genau, was er meinte, aber sie wollte nicht wahrhaben, dass dieser Mann in ihrem Haus gewesen war. Allein die Vorstellung war schockierend!

»Ich habe sie vor deine Schlafzimmertür gelegt.« Herr Mahlinski lächelte. Er schien zu wissen, welche Wechselbäder der Gefühle Emma durchlebte. Die Gewissheit, dass dieser Mann ihr nachspionierte, sie beobachtete und auch noch die Dreistigkeit besaß, in ihr Haus einzubrechen, war zu viel. Emma lehnte sich gegen den Gartenzaun und kämpfte gegen die aufsteigende Übelkeit an. Sie atmete tief durch. Die schwüle Luft setzte ihr zu, und sie glaubte, jeden Moment zu kollabieren. Sie strich sich mit dem Handrücken über ihre Stirn.

»Kann ich dir helfen?«, fragte Herbert und stützte sie am Ellenbogen.

»Fassen Sie mich nicht an!«, schrie Emma und riss sich los. Lieber wollte sie auf dem Fußweg tot zusammenbrechen, als von diesem Lüstling berührt zu werden.

»Ich möchte dir helfen, für dich da sein.« Herbert schaute sie mit treuem Dackelblick an. »Ich liebe dich.«

Emma schüttelte sich, als ob sie dem Leibhaftigen ins Antlitz schaute. »Bitte gehen Sie«, wimmerte sie und schlich mit dem Rücken am Zaun entlang, bis sie ihr Gartentürchen erreichte. Sie tastete nach dem Türgriff und öffnete es. Warum um alles in der Welt kam denn kein Fußgänger vorbei, der ihr zu Hilfe eilen konnte? Patrizias Wagen war verschwunden. Emmas letzte Hoffnung war Milena. Sie schob sich rückwärts in ihren Garten und warf die schmiedeeiserne Tür ins Schloss. Die Gitterstäbe zwischen ihnen gaben Emma ein wenig Sicherheit, was unsinnig war, denn das Einfahrtstor direkt neben ihr stand sperrangelweit offen. Milenas Mini war verschwunden. Sie hatte gesagt, dass sie zum Einkaufen fahren wollte. *Aber bitte nicht ausgerechnet jetzt.* Emma schickte ein Stoßgebet zum Himmel.

Herbert blieb vor dem Gartentor stehen, umfasste zwei der Gitterstäbe und grinste. Emma lief rückwärts in Richtung Haustür und ließ ihn nicht aus den Augen. Dabei stolperte sie über einen der Pflastersteine und hatte Mühe, die Balance nicht zu verlieren. »Gehen Sie endlich!«, rief Emma.

Der Mann bewegte sich keinen Zentimeter von der Stelle.

Emma drehte sich um und rannte zur Haustür. Sie griff in ihre Hosentasche. Nichts. Sie hatte ihren Schlüssel vergessen.

»Nicht auch das noch«, fluchte sie und warf einen verstohlenen Blick zurück. Warum glotzte dieser Mann nur so dämlich? Emma wurde fahrig in ihren Bewegungen und fühlte sich ihm hilflos ausgeliefert. Sie drückte den Klingelknopf in stürmischen Intervallen und hoffte, dass Trixi sie hörte und einließ. Am liebsten hätte sie mit den Fäusten gegen die Tür gehämmert und nach ihrer Enkelin gerufen, aber diese Blöße wollte sie sich vor Herberts Augen nicht geben. Die Tür blieb verschlossen. Trixi hatte bestimmt wieder diese vermaledeiten Kopfhörer ihres Mp3-Players auf den Ohren und wollte nichts von der Welt hören. Emma warf einen verstohlenen Blick über ihre Schulter. Sie musste ins Haus, bevor dieser Unhold ihr folgte. Herr Mahlinski stand noch immer vor dem Gartentürchen und wartete. Egal, was er vorhatte, sie wollte nicht untätig herumstehen und abwarten. Fieberhaft überlegte sie, was sie tun könnte. Die Terrassentür! Milena vergaß schon das ein oder andere Mal, sie zu schließen. In der Hoffnung, dass sie ausgerechnet heute offen stand, lief Emma um die Hausecke und verschwand, so schnell sie konnte, aus Herrn Mahlinskis Blickfeld. Natürlich war die Terrassentür geschlossen. Es wäre zu schön gewesen, um wahr zu sein.

»Mist«, fluchte Emma. Doch dann hatte sie eine Idee, rannte zur Gartenlaube und riss die Tür auf. In der Holzhütte standen Gartenwerkzeuge, Schubkarren, Spaten, Hacken und der Rasenmäher. Entlang der Wand zog sich eine Arbeitsfläche. Darüber waren zwei Regalbretter angebracht, auf denen Blumentöpfe, Dünger und allerlei Krimskrams lagen. Emma zog sich eine kleine Holzkiste unter der Arbeitsplatte hervor, stellte sie auf den Kopf und kletterte darauf. Irgendwo ganz weit hinten auf dem Regal befand sich eine kleine Metallschatulle, in der sie einen Ersatzschlüssel für die Haustür aufbewahrte. Sie musste sich strecken und konnte nicht sehen, wohin sie fasste. Sie tastete blind über das raue Holz. Spinnweben verfingen sich um ihre Finger. Sie verzog ihr Gesicht und tastete weiter, bis sie sich zu weit zur Seite lehnte und die Kiste unter ihr schaukelte. Im letzten Moment konnte sie sich noch abfangen.

»Da bist du ja«, flüsterte sie und griff nach dem gesuchten Kästchen. Sie öffnete es, zog den Ersatzschlüssel hervor und sprang von der Kiste. Als sie in den Garten hinausstürmte, stand Herbert direkt vor ihr. Er hatte seine Arme siegessicher vor der Brust verschränkt und grinste. »Warum läufst du vor mir davon?«

Emma hätte ihm Hunderte von Gründen nennen können, doch sie brachte keinen Ton hervor. Was wollte dieser Mensch von ihr? Sie in die Laube zerren und über sie herfallen? Allein der Gedanke war widerlich.

»Verlassen Sie sofort mein Grundstück, sonst rufe ich die Polizei«, befahl sie rüde.

Herbert lachte. »Tu das, und was willst du ihnen sagen?«

Emma fühlte sich in die Enge getrieben und hasste sich dafür, dass sie sich von ihm wie ein dummes Schulmädchen vorführen ließ.

»Du meinst doch nicht, dass die Polizei dir glaubt? Dass ein alter Mann dir an die Wäsche will.« Er lachte.

Er fühlte sich seiner Sache sicher, und Emma musste zugeben, dass die Beamten sie wahrscheinlich nur belächelten, wenn sie von diesem Vorfall hier hörten. Sie hielten sie für eine Versicherungsbetrügerin, die zwei Mafiosi in ihrem Haus beherbergte. Diese Situation war wirklich absurd. Sie musste diesen Kerl loswerden. Wenn er noch einen Schritt auf sie zukam, saß sie wie eine Maus in der Falle. Er konnte sie ohne Mühe in die Gartenlaube drängen und sonst was mit ihr anstellen, ohne dass es die Nachbarn mitbekamen. Ein alter Mann und sie - zugegebenermaßen auch nicht mehr taufrisch –, es war einfach lächerlich.

Herbert ließ seine Arme sinken und kam einen Schritt auf sie zu. Emma wich zurück und hielt sich am Türrahmen fest. Ihr Herz pochte. »Gehen Sie mir aus dem Weg, sonst …«

»Sonst was?« Er neigte den Kopf zur Seite und betrachtete sie von oben bis unten. »Was soll das Theater? Du weißt genauso gut wie ich, dass wir füreinander bestimmt sind. Uns bleibt vielleicht nicht mehr viel Zeit. Ich liebe dich. Das weißt du doch.«

Emma stöhnte und hob abwehrend die Hände. Sie wollte das alles nicht hören, es ekelte sie an. Dieser Mann weckte mit jedem weiteren Geständnis den Wunsch in ihr, ihn endgültig loszuwerden.

»Du bist wunderschön, deine Lachfältchen …«

Das war zu viel. Emma konnte seinen schmeichelnden Worten nicht länger zuhören. Als er dann auch noch die Arme ausbreitete und auf sie zukam, geschah alles ganz mechanisch. Emma packte den Spaten und schlug auf Herbert Mahlinski ein. Zuerst lachte der Mann und wehrte belustigt die Attacke ab, was Emma nur noch mehr in Rage versetzte. Dieser Mensch sollte nicht über sie lachen. Sie packte den Stiel mit beiden Händen und schlug so fest zu, wie sie nur konnte. Es ertönte ein lautes *Plong*, Herbert Mahlinski taumelte und stürzte zur Seite. Er kippte durch die angrenzende Ligusterhecke, die den Komposthaufen umfasste. Die Zweige teilten sich durch Herberts Aufprall und schlossen sich wieder, nachdem er hindurchgesaust war. Emma starrte auf die Äste, die zuerst noch ein klein wenig schaukelten und gleich darauf wieder stillstanden, als ob nichts geschehen sei. Eine Amsel zwitscherte, Hummeln summten um den Lavendel, der aus einer der Tonamphoren neben dem Gartenhäuschen wuchs. Emmas Herz klopfte so laut, dass sie Angst hatte, die Nachbarschaft könnte es hören. Sie stand reglos mit dem Spaten in der Hand und wartete. Herbert Mahlinski würde sich bestimmt gleich vom Komposthaufen erheben, sich fluchend den Kopf reiben und auf Emma losgehen, doch nichts dergleichen geschah. Hinter der Hecke blieb es still. Emma schluckte und umklammerte den Spaten, bis ihre Fingerknöchel weiß hervortraten. Und jetzt?

Sie setzte einen Fuß vor den anderen, schlich an der Hecke entlang und wollte durch den schmalen Durchlass schauen, der zum Komposthaufen führte. Bestimmt lauerte Herbert dort, und sobald sie um die Ecke kam, fuhr er in die Höhe, um sie zu erschrecken.

»Konzentriere dich, altes Mädchen«, sprach sie sich Mut zu und lief Zentimeter um Zentimeter weiter. Hinter der Hecke raschelte es leise. Emma fuhr zusammen und blieb stehen. Das Geräusch verebbte sofort wieder. Sie lief langsam weiter, bis sie nur noch den Kopf nach vorn zu strecken brauchte, um hinter die Büsche schauen zu können. Sie nahm allen Mut zusammen und machte einen Satz nach vorn. Eine Amsel flatterte in die Höhe und zwitscherte. Emma warf den Spaten vor Schreck zu Boden. Sofort bückte sie sich und hob ihn wieder auf, um bewaffnet zu sein, falls Herbert Mahlinski sich auf sie stürzen wollte.

Der alte Mann dachte gar nicht an einen erneuten Angriff. Mit geschlossenen Augen und einer tiefen Wunde auf der Stirn lag er mitten auf dem Komposthaufen. Blut sickerte an seinem Hals entlang in die frisch gemähten Grasabfälle unter ihm. Emma überfiel ein schlechtes Gewissen. Sie hatte ihn nicht ernsthaft verletzen, sondern sich ihn einfach nur vom Hals halten wollen.

»Herr Mahlinski?«, flüsterte sie und beugte sich über ihn. Er bewegte sich nicht. »Lassen Sie den Unsinn und stehen Sie auf.«

Emma ließ den Spaten sinken. »Stehen Sie auf, habe ich gesagt!«

Der Mann reagierte immer noch nicht und blieb reglos vor ihr liegen. Emma wurde zornig. »Jetzt machen Sie schon«, schimpfte sie und trat ihm gegen den Fuß. Nichts. Weniger als nichts. Emma nahm den Spaten und fuhr langsam unter seinen Oberkörper, als ob sie ihn anheben wollte. »Hören Sie auf mit den Spielchen. Das ist nicht mehr lustig.«

All ihre Bemühungen, ihn wieder zum Aufstehen zu bewegen, waren vergebens, und nur ganz langsam, dafür aber umso deutlicher, wurde Emma bewusst, was sie angerichtet hatte. Herbert Mahlinski war tot. Sie warf den Spaten zur Seite. Ihre Knie gaben nach, genau wie die geschnittenen Rasenabfälle, auf die sie sich setzen musste, um nicht umzufallen. Emma saß nur einen kurzen Moment auf dem Komposthaufen, als sie Stimmen durch den Garten näher kommen hörte.

Sie sprang in die Höhe und spähte durch die Ligusterzweige. Der Gärtner und sein Neffe marschierten über den Rasen, direkt auf den Geräteschuppen zu. Sie musste etwas unternehmen, bevor die Männer den Toten entdeckten. Emma wurde übel. Nun musste sie einen kühlen Kopf bewahren. Wenn sie jetzt versagte, war alles verloren.

Sie atmete tief durch, straffte ihren Oberkörper und hob den Spaten auf. Dann marschierte sie hinter der Hecke hervor.

»Hallo, Herr Heinrich, hallo, Jonas«, rief sie so unbekümmert, wie es ihr möglich war.

»Frau von Stratnitz, was machen Sie denn mit dem Spaten im Garten? Wollen Sie uns arbeitslos sehen?« Herr Heinrich lachte über seinen Scherz. Emma war vielmehr zum Heulen zumute, sie spielte aber tapfer mit.

»Es sieht ganz danach aus, nicht wahr?« Sie rang sich ein Lächeln ab.

Jonas betrat den Schuppen und hantierte an den Werkzeugen herum, holte sich eine Hacke und trat wieder hervor. Er kam dem Komposthaufen für Emmas Geschmack viel zu nah.

»Ach, ähm, meine Herren, es ist so schrecklich schwül heute. Was halten Sie davon, wenn Sie sich den Mittag freinehmen?«

Jonas stellte sofort den Eimer zurück und lehnte die Hacke wieder an die Wand des Schuppens.

»Das macht uns nichts aus, Frau von Stratnitz«, sagte Herr Heinrich. »Wir hatten schon schlimmeres Wetter. Wenn wir nicht den Rest des Gemüsebeetes jäten, fällt der Unkrautsamen aus und wir haben nachher noch mehr Arbeit.« Er wickelte seine Ärmel hoch und lächelte Emma zu. »Trotzdem vielen Dank für Ihr freundliches Angebot.«

Jonas verzog enttäuscht sein Gesicht und holte wieder die Hacke und den Eimer.

In Emmas Kopf rotierte es. Diese vermaledeite Hitze brachte sie um den Verstand, oder war es der Tote auf dem Komposthaufen? Sie musste die beiden Männer loswerden, und zwar sofort.

»Bitte, ich meine das ernst, nehmen Sie sich den Nachmittag frei.«

Herr Heinrich schaute sie skeptisch an. Jonas stellte ein zweites Mal den Eimer und die Hacke zurück.

»Was machen Sie eigentlich mit dem Spaten im Garten?«

Emma lächelte und überlegte, was sie antworten sollte. Die Wahrheit konnte sie auf keinen Fall sagen. Also was tat sie mit dem Spaten im Garten?

»Es ist mir peinlich, dass Sie mich dabei erwischt haben.« Emma setzte ein Lächeln auf und blickte beschämt zu Boden. »Ich wollte mir ein Stückchen Rasen ausstechen, weil ich eine kleine Tischdekoration zusammenstellen möchte.« Etwas Blöderes fiel ihr nicht ein, aber ein gestandenes Mannsbild wie Herr Heinrich und ein Jungspund wie Jonas interessierten Tischdekorationen wenig und ihnen war es sicherlich egal, dass Emma nie einen Klumpen Erde auf den Tisch gelegt hätte, aus dem womöglich noch Würmer und Käfer gekrochen wären.

»Soll ich Ihnen behilflich sein?«, fragte der Gärtner und ließ einfach nicht locker.

»Nein danke.« Emma stellte den Spaten in die Laube. Was sollte sie denn noch tun, um die Männer zum Gehen zu bewegen?

»Wissen Sie was, Herr Heinrich? Ich werde das Gemüsebeet selbst jäten.«

»Sie?« Er kratzte sich am Hinterkopf.

»Ja, das habe ich so lange schon nicht mehr getan.«

»Sind Sie sicher?«

»Gehen Sie ruhig, ich mache das gern.« Langsam fielen Emma keine Argumente mehr ein, und sie betete inständig, dass die beiden endlich verschwanden.

Jonas grinste und wandte sich an seinen Onkel. »Komm, lass uns gehen. Morgen ist auch noch ein Tag.« Er blickte sich zu Emma um. Er war ein bildhübscher junger Mann geworden – verschmitztes Lächeln, kleines Spitzbärtchen, braun gebrannt und bestimmt der Schwarm aller jungen Frauen. Emma kannte ihn seit Kindertagen. »Wenn wir Frau von Stratnitz einen Gefallen damit tun können, dann machen wir das doch gern. Nicht wahr, Onkelchen?« Jonas packte ihn an den Schultern und drehte ihn sanft zum Gehen um.

»Wenn das wirklich in Ordnung ist?«

»Ist es, genießen Sie den freien Tag. Wir sehen uns morgen wieder.« Emma winkte ihnen hinterher und schlug drei Kreuze, als sie um die Hausecke verschwanden. Sie huschte schnell wieder hinter die Hecke und schaute nach Herbert. Das Blut an seiner Stirn verkrustete bereits. Fliegen surrten um ihn herum und setzten sich auf die Wunde. Emma musste tief durchatmen, um sich nicht zu übergeben, doch für Empfindsamkeiten war jetzt keine Zeit. Sie musste den Toten notdürftig verstecken. Zum Glück lag er mitten auf den gemähten Grasabfällen. Emma hob seine Beine an und zerrte an Herbert Mahlinski, bis er der Länge nach auf dem Haufen lag. Dann fasste sie in das welke Gras und breitete es über der Leiche aus. Das Zeug hatte bereits begonnen zu vermodern und stank ekelhaft. Sie verzog ihr Gesicht und machte sich an die Arbeit. Als sie fertig war, war nichts mehr von dem Toten zu sehen, nur ein fein säuberlich aufgetürmter Haufen Grasschnitt. Was hatte sie bloß angerichtet? In nur einer Sekunde hatte sie nicht nur Herberts Leben, sondern auch ihres zerstört. Sie war jetzt eine Mörderin.

»Mike, wo kommst du denn her?«, stammelte Jule und trat einen Schritt zurück.

»Schon vergessen? Dies hier«, dabei deutete er auf die Treppenstufen rund um den Springbrunnen, »ist sozusagen mein Zuhause.«

Er lachte und offenbarte seine Zähne, die seit der Jugendvorsorgeuntersuchung beim Schulzahnarzt wahrscheinlich keinen Kontakt mehr zu Zahnbürste und Co gehabt hatten. Nicht nur seine Mundhygiene, auch der Rest seiner Erscheinung ließ zu wünschen übrig. Seine Lederhose starrte vor Schmutz. Sein T-Shirt hatte Löcher am Saum und Schweißflecken unter den Achseln. Er taumelte ein wenig und fuhr mit seiner Hand durch die Luft, als ob er ein Orchester dirigierte.

»Boah, Alter«, Jule wedelte mit der Hand vor ihrem Gesicht, »du stinkst wie drei Monate nicht gewaschen.«

»Könnte hinkommen«, kicherte Mike.

Sandro hatte Filippos Verfolgung aufgenommen und nicht bemerkt, dass Jule ihm nicht mehr folgte.

»Sorry, ich muss los.« Jule wollte losspurten, als Mike sie grob am Arm packte und an sich zog. Seine knochigen Finger bohrten sich in ihr Fleisch.

»Lass los!« Jule schlug nach ihm.

»Brauchst gar nicht so hochnäsig zu tun. Früher waren wir dir gut genug. Da haste genauso gestunken. Bloß weil du nicht mehr auf der Straße lebst, brauchste nicht glauben, dass du etwas Besseres geworden bist.« Mike betrachtete sie durch seine Brille. Sein Mund verzog sich zu einer verbitterten Grimasse.

»Wassn mit dir los?«, feuerte Jule zurück. Sie spiegelte sich in seiner Brille. Mike war nicht gerade ihr bester Freund gewesen, als sie noch mit der Clique auf der Straße abhing, aber sie mochte ihn, weil er nett zu ihr und nie aggressiv gewesen war. »Haste heute den falschen Stoff geraucht oder was? Alter, jetzt lass mich los, sonst setzt es was.« Jule hebelte ihren Arm aus seiner Umklammerung und funkelte ihn wütend an.

Mike ließ seinen Rucksack fallen, den er lässig über die Schulter geworfen hatte. Er packte Jule erneut am Handgelenk, drehte ihr den Arm auf den Rücken und zog sie an sich.

»Was soll der Scheiß?« Mikes Gestank war unerträglich. Jule atmete tief durch. Sie hatte keine Zeit für diesen Mist, sie musste Sandro folgen, sonst würde sie ihn und Filippo verlieren.

»So redest du nicht mit mir«, schrie Mike.

»Was ist denn nur in dich gefahren?« Jule verstand die Welt nicht mehr. Aus heiterem Himmel hatte er sie angefahren und sich wie ein Pitbull festgebissen. So sehr sie auch zappelte und versuchte, seinem Klammergriff zu entkommen, sie schaffte es nicht. Mike legte Kräfte an den Tag, die sie von ihm nicht gewohnt war. Er war ein Kiffer, aber sie hatte ihn niemals gewalttätig erlebt.

Ihre Rangelei blieb nicht unbeobachtet. Mikes Straßenfreunde und Saufkollegen sammelten sich in einem Kreis um sie herum. Sie johlten, lachten und verströmten einen Gestank, der Jule fast die Luft zum Atmen raubte.

»Zeig's ihr, Mike. Mach die Schnecke fertig.«

»Ich setze 20 Cent auf Mike.«

»Wenn die Tussi gewinnt, nehm ich sie mit nach Hause.«

»Du hast kein Zuhause.«

»Ach so.«

Jule versetzte Mike einen Kinnhaken, und obwohl seine Zähne bedrohlich aufeinanderschlugen, lachte er nur. Was war nur mit der ganzen Bande los? Waren sie alle vollgedröhnt bis zum Anschlag? Wo war Sandro? Er musste doch bemerkt haben, dass sie in Schwierigkeiten steckte. Der Kreis zog sich enger um sie zusammen.

»Lass mich endlich los!«, schrie Jule und rammte ihren Ellenbogen mit voller Wucht in Mikes Magen. Er krümmte sich und stöhnte.

»Achtung, die Bullen kommen!«, rief jemand.

Mike ließ Jule sofort los und hob seinen Rucksack auf. Er taumelte und zeigte ihr den erhobenen Mittelfinger.

»Du mich auch«, sagte sie und spuckte ihm vor die Füße.

Der Kreis der Zuschauer löste sich sekundenschnell auf. Jemand packte Jule am Handgelenk und zog sie mit sich fort. Es war Sandro.

»Komm schnell, bevor die Polizei anrückt. Die können wir jetzt nicht auch noch gebrauchen«, rief Jule und wollte schon in Richtung Kirche rennen, doch Sandro hielt sie fest.

»Warte, die Polizei ist nicht im Anmarsch«, erklärte er. »Das habe ich nur gerufen, weil ich nicht wusste, wie ich dich aus diesem Hexenkessel herausholen sollte.«

»Cool. Die Idee hätte von mir sein können.« Jule war stolz auf Sandro. Anscheinend gewann er langsam Gefallen an ihren Methoden.

»Was war denn los? Wieso ist dieser Typ auf dich losgegangen?«

»Frag mich was Leichteres.« Jule blickte sich nachdenklich zu Mike um. Er hatte sich auf einer der Treppenstufen in die Sonne gelegt, als ob nichts geschehen wäre. »Der Kerl war vollkommen daneben. Sieht mir fast danach aus, als ob er zu viel von irgendetwas Falschem geraucht hätte.«

»Komm, wir müssen uns beeilen, Filippo will mal wieder Bus fahren. Er steht dort vorn an der Halte…« Sandro hatte den Satz noch nicht zu Ende gesprochen, als ein Bus vorfuhr und Filippo einstieg.

»Scheiße!«, rief Jule und rannte los, doch es war zu spät. Der Bus schloss seine Türen mit einem lauten Zischen und fuhr davon. Filippo entdeckte Jule und warf ihr ein gehässiges Grinsen durch die verschmierte Fensterscheibe zu.

»Shit, das hat uns gerade noch gefehlt«, schimpfte Jule und stampfte trotzig wie ein Kind mit dem Fuß auf den Asphalt.

Sandro rannte zum Fahrplan an der Haltestelle und fuhr mit dem Finger über die Busverbindungen. Jule folgte ihm.

»Das können wir vergessen. Das ist eine der Hauptverkehrsverbindungen der Stadt. Er könnte überall hinfahren. Das haben wir wohl mächtig verpatzt.«

Jule ließ sich enttäuscht auf die türkis gestrichene Bank der Bushaltestelle fallen und streckte ihre Füße von sich.

»Lass den Kopf nicht hängen, es war nicht deine Schuld, dass wir Filippo verloren haben.« Sandro setzte sich neben sie und legte seinen Arm um ihre Schulter. »Ich bin nur froh, dass dieser Mike dir nichts getan hat. Hast du ihn provoziert?«

»Hab ich nicht«, Jule boxte Sandro auf den Oberschenkel und schaute ihn empört an, als ob allein die Frage schon an Unverschämtheit grenzte. »Der Typ war mit irgend so einem Mist vollgedröhnt. Morgen kann er sich bestimmt an nichts mehr erinnern.« Sie drehte sich um und schaute nachdenklich zum Brunnen. »Bin ich froh, dass ich da raus bin. Irgendwann hätte es mich genauso erwischt, und wer weiß, was ich für einen nächsten Schuss alles getan hätte. Verdammte Scheiße.« Jule spuckte zu Boden und schwieg.

Das Leben in der Stadt pulsierte. Die Sonne schien heiß auf den Asphalt und verwandelte die Innenstadt in einen überdimensionalen

Brutkasten. Passanten hetzten mit prall gefüllten Einkaufstüten vorbei, Kinder schleckten Eis am Stiel, die Straßenbahn bimmelte und von irgendwo waren Straßenmusiker mit Gitarre und Tamburin zu hören. Es hätte ein wunderschöner Sommertag sein können, wenn Filippos Rache nicht wie eine dunkle Gewitterwolke über ihnen schwebte und jederzeit mit Blitz und Donner auf sie niederfahren könnte. Jule ärgerte sich, dass sie seine Spur und damit ihre Chance, seinen Plan zu vereiteln, verloren hatten. Ihre Überwachungsaktion war wie eine Seifenblase geplatzt. Sandros Handy klingelte. Er zog es aus der Tasche und meldete sich.

»Ich habe dich gewarnt.« Es war Filippo. Sandro beugte sich zu Jule und ließ sie mithören. »Eure Beschattungsaktion war idiotisch. Noch solch ein Fehler, und ich werde mir deine Mutter vorknöpfen.«

»Du verdammter Hurensohn, wenn ich dich in die Finger bekomme, dann …« Sandros Halsschlagader pochte.

»Spar dir deinen Atem und freu dich auf morgen.«

»Was soll morgen sein?«

Filippo lachte. »Dein großer Auftritt. Du darfst dich auf meine Überraschung freuen.« Er unterbrach die Verbindung.

»Hallo?« Sandro war aufgesprungen. »Scheiße!«

Jule erhob sich und schlang ihre Arme um ihn. »Was auch immer passiert, wir retten deine Mutter. Ich habe da auch schon eine Idee.«

Jules Handy klingelte. Sie zog es aus ihrer Hosentasche und schaute auf das Display.

»Es ist Emma. – Hallo, Emma!« Jule lauschte und riss plötzlich die Augen auf. »Du hast was? Bleib, wo du bist! Wir kommen.«

»Was ist passiert?«, fragte Sandro.

»Emma hat Herbert Mahlinski getötet.«

»Wo ist er?«, fragte Jule und stürmte eine Dreiviertelstunde später durch die Haustür der Villa. Sandro folgte ihr.

»Gut, dass ihr endlich kommt.« Emma fühlte sich hundeelend. Es hatte eine gefühlte Ewigkeit gedauert, bis Jule und Sandro zurückgekommen waren. Sie schob die beiden zur Terrassentür hinaus und lauschte, ob Milena noch mit dem Staubsauger im Obergeschoss hantierte. Nachdem sie Herbert Mahlinski erschlagen und unter den Grasabfällen begraben hatte, war sie ins Haus geeilt, hatte sich einen Schnaps eingeschenkt und ihn die Kehle hinunterlaufen lassen. Das brennende Gebräu löste nicht ihre Probleme, aber es riss sie aus ihrer Lethargie.

»Was ist denn passiert?«, fragte Jule.

Emma zitterte am ganzen Leib. Sandro legte seinen Arm um sie und führte sie zu den Gartenstühlen. Emma ertappte sich dabei, dass sie ihren Kopf gegen seinen Oberkörper legte und seine Wärme und seinen Duft für den Bruchteil einer Sekunde genoss. Auf dem Tisch standen eine Flasche Mineralwasser und Gläser. Sandro goss ein und drückte Emma die Erfrischung in die Hand. Das Wasser prickelte auf ihrer Zunge und rann wohltuend ihre Kehle hinab.

»Ich war bei Hanne drüben«, berichtete Emma. »An ihrem Gartentürchen fing er mich ab und bedrängte mich. Er wollte einfach nicht gehen, obwohl ich ihn klar in seine Schranken gewiesen habe.«

»Was war dann?«, hakte Jule nach.

Emma berichtete von ihrer Flucht auf ihr Grundstück, dem vergessenen Haustürschlüssel bis hin zum bitteren Finale.

»Du meinst, er liegt … auf dem Komposthaufen?«, raunte Jule.

»Ich habe das nicht gewollt, das müsst ihr mir glauben«, flehte Emma.

Sandro setzte sich neben sie. Unruhig lief Jule auf der Terrasse auf und ab. Keiner von ihnen machte Anstalten, nachzuschauen.

»Was tun wir jetzt?« Emmas Stimme war kaum mehr als ein Flüstern.

»Wir werden ihn heute Nacht ins Auto packen und an den Baggersee fahren.« Jule fuhr sich mit beiden Händen durch die Haare. »Mit ein paar großen Steinen an den Füßen werden wir ihn versenken.«

»Super Idee, du Mafiabraut.« Sandro strich mit der Hand über seine Bartstoppeln und lehnte sich zurück.

»Haste 'nen besseren Vorschlag?«

»Wir könnten ein Loch unter dem Komposthaufen ausheben und ihn dort begraben«, schlug er vor.

»Das geht nicht.«

»Warum nicht?«

»Das dauert viel zu lange, und Herr Rittmansperger mit seinem Patrouillenwahn oder Frau Häkelsbacher, die gern in fremde Gärten schaut, würden uns bestimmt bemerken. Was willst du erklären, wenn sie dich nachts ein Grab ausheben sehen?«

»Wieso ich? Ich habe im Moment ganz andere Sorgen.«

»Soll ich die Drecksarbeit etwa machen?« Jule funkelte ihn an.

»Kinder, streitet euch nicht«, fuhr Emma dazwischen. Sie erhob sich. »Ich habe uns das Malheur eingebrockt, also werde ich das auch wieder auslöffeln.«

»Und wie willst du das anstellen?«

»Ich«, begann sie mit fester Stimme und brach plötzlich in Tränen aus, »ich weiß es nicht.« Sie setzte sich wieder hin und schluchzte hemmungslos.

Jule ging neben ihr in die Hocke und strich ihr sanft über den Rücken. »Pst, ist schon gut. Wir kriegen das wieder hin. Hey, haste schon vergessen, was wir schon alles überstanden haben? Da kommt es auf einen Toten mehr oder weniger auch nicht mehr an.«

Sandro schnaubte. Emma vermutete, dass er genau in diesem Moment an Steve denken musste, den er ebenso unabsichtlich umgebracht hatte wie sie Herbert. Damals hatten sie das alte Haus im Wald, in dem es geschehen war, einfach angezündet und ihn verbrannt. Der Verdacht fiel auf Steves Komplizen.

Jule sprang in die Höhe. »O. k., meint ihr, der Alte passt in einen blauen Müllsack?«

Emma wischte sich die Tränen aus den Augen.

»Was hast du vor?«, fragte Sandro.

»Wir laden ihn heute Nacht in unser Auto und werfen ihn irgendwo auf der Landstraße in den Straßengraben.«

»Jule, du kannst ihn doch nicht wie ein Stück Müll in die Gosse schmeißen.« Emma war entsetzt. »Das hat er trotz allem nicht verdient.«

»Haste ihn doch geliebt oder warum jetzt plötzlich diese Mitleidstour?« Jule machte auf dem Absatz kehrt und marschierte zum Komposthaufen.

»Sandro, bitte unternimm etwas«, flehte Emma.

»Und was?« Hilflos zuckte er mit den Schultern.

Emma wurde schlecht bei dem Gedanken, dass sie den Mann in einen Plastiksack stecken und in der Nacht mit ihm im Kofferraum durch die Gegend fahren sollten. Sie konnten in eine Polizeikontrolle geraten oder Spuren an ihm hinterlassen, die sie eindeutig als Mörder identifizierten. Heutzutage konnte man schon aus winzigen Fasern unter den Fingernägeln des Opfers Rückschlüsse ziehen. Ihre einzige Möglichkeit war, es so aussehen zu lassen, als ob es ein Unfall und kein Mord gewesen wäre. Emma seufzte. Wie sollten sie das anstellen?

Plötzlich verschwand Jule hinter der Ligusterhecke. Sandro war aufgestanden und sah ihr erwartungsvoll hinterher. Emma griff nach seiner Hand. Ihr Blick folgte dem seinen. Jeder Muskel ihres Körpers war angespannt. Sie lauschte auf jedes Geräusch und erschrak beinahe zu Tode, als Milena aus dem Salon kam.

»Soll ich Ihnen einen Eiskaffee machen, Frau von Stratnitz? Bei der Hitze tut eine Abkühlung sicherlich gut.«

Die Haushälterin strahlte über das ganze Gesicht und wartete auf eine Antwort. Emma drehte sich zu ihr um und fühlte sich wie eine zum Tode verurteilte Mörderin auf ihrem Weg zum Schafott. ›Ich muss schrecklich aussehen‹, dachte Emma und versuchte zu lächeln, was misslang.

»Alles in Ordnung mit Ihnen?« Milena entdeckte, dass Emma mit Sandro Händchen hielt, und räusperte sich verlegen. Sie blickte zu

Boden. »Ich komme dann einfach später noch einmal wieder.« Milena verschwand im Haus. Emma war die Situation peinlich. Die junge Frau machte sich bestimmt ihre eigenen Gedanken. Lieber eine angebliche Romanze mit Sandro als einen Toten auf dem Komposthaufen.

»Emma?«, hörten sie Jule hinter der Hecke rufen.

»Pst«, zischte Sandro und ließ Emmas Hand los. Er rannte über den Rasen. Emma roch an ihren Fingern und sog Sandros Duft ein. Nur einen kurzen Moment träumen, das durfte doch nicht verboten sein.

»Emma?«, holte sie Jules Stimme wieder auf den Boden der Tatsachen zurück. Sie streckte ihren Kopf hinter den Büschen hervor und winkte sie zu sich.

Emma lief im Laufschritt über den Plattenweg, der am Gemüsebeet und Gartenhaus vorbeiführte, und stellte sich hinter Sandro. Sie wollte Herbert nicht sehen müssen oder zumindest den Berg Gras, den sie auf seinem leblosen Körper verteilt hatte.

»Warum schreist du denn so laut durch die Gegend?«, schimpfte sie. »Was, wenn uns jemand hört oder hier sieht?«

»Das macht nichts mehr.«

»Das verstehe ich nicht.« Emma riskierte einen Blick an Sandros Arm vorbei. Sie traute ihren Augen nicht. Das Gras auf dem Komposthaufen war zerwühlt und überall auf dem Boden verstreut.

»Aber …« Emma rieb sich die Augen. Sie konnte nicht glauben, was sie sah, oder vielmehr, was sie nicht sah. Herbert war verschwunden.

Emma schlug die Augen auf und glaubte zu träumen. Sandro trug sie auf seinen Armen durch ihren Garten. Sein Aftershave kitzelte in ihrer Nase. Sie atmete tief ein, lächelte und schloss die Augen wieder. Dieser Traum sollte nie zu Ende gehen. Moment, das war kein Traum! Mit geballter Grausamkeit drängte sich die Realität in ihr Bewusstsein zurück. Sie war ohnmächtig geworden, und zwar genau in dem

Moment, als Jule mit einem Stock in den gemähten Grasabfällen herumstocherte, um Emma zu beweisen, dass Herbert tatsächlich fort war.

»Pack sie auf den Liegestuhl«, befahl Jule und zog den Sonnenschirm heran. Sandro legte sie auf der geblümten Polsterauflage ab. Emma öffnete die Augen und wollte sich sogleich aufsetzen.

»Schön liegen geblieben«, widersprach Jule und reichte ihr ein Glas Wasser.

Milena stürmte aus dem Salon. »Ist etwas passiert? Geht es ihr nicht gut? Soll ich Dr. Jungblut anrufen?«

»Nein, keinen Arzt!«, rief Emma und trank einen großen Schluck. »Mir geht es schon wieder besser. Ich war bestimmt nur dehydriert.« Sie lächelte ihrer Haushälterin zu, doch sie wusste genau, dass ihre Ohnmacht ganz andere Gründe gehabt hatte.

»Kann ich Ihnen irgendetwas bringen?« Milena war aufrichtig um Emmas Wohl besorgt.

»Danke, es geht schon wieder.«

»Wirklich?«

»Wirklich.«

Erst als Emma einen zweiten Schluck Wasser trank und ihr aufmunternd zulächelte, zeigte sie sich zufrieden und ging wieder ins Haus, aber nicht ohne sich nochmals umzudrehen.

Jule setzte sich zu Emma auf den Liegestuhl und flüsterte: »Ich will dir nicht zu nahe treten, aber bist du sicher, dass …?«

»Natürlich!«, fauchte Emma und rappelte sich auf. »Ich weiß sehr wohl, was ich getan habe. Der Mann lag tot auf dem Komposthaufen. Das war weiß Gott kein schöner Anblick.«

Sandro lehnte sich gegen den Gartentisch und verschränkte seine Arme vor der Brust. »Wenn er wirklich tot war«, folgerte er, »wie soll er dann verschwunden sein? Die Ameisen haben ihn bestimmt nicht fortgetragen.«

»Macht euch nicht über mich lustig. Herbert blutete heftig am Kopf. Ich muss ihn hart mit dem Spaten getroffen haben.«

»Gut, wenn er wirklich tot ist, wo ist er dann?« Jule überlegte und kaute auf ihrer Unterlippe.

»Meint ihr, dieser militante Wicht hat ihn geholt?« Sandro schaute hinüber in den Garten der Familie Rittmansperger.

»Warum sollte er?« Jule schüttelte den Kopf. »Würdest du dir einen Toten vom Komposthaufen deines Nachbarn ins Haus holen? Der stinkt doch und bringt nur Scherereien. Außerdem wäre seine Frau Gemahlin bestimmt abgegangen wie ein Zäpfchen, wenn sie das gesehen hätte. Nö, das glaube ich nicht.«

Emma konnte sich auf all das keinen Reim machen. »Wer sollte einen Toten aus meinem Garten stehlen?«

»Also, nur mal rein theoretisch«, begann Sandro diplomatisch, »wenn der Schlag doch nicht tödlich und dieser Mahlinski nur bewusstlos war, glaubt ihr nicht, dass er vielleicht selbst abgehauen sein könnte?«

Emma griff nach Jules Hand. Der Gedanke, dass sie Herbert nicht getötet hatte, beruhigte sie zum einen ungemein, doch zum anderen bedeutete es, dass er jetzt wütend auf sie war und erst recht nach Rache sann. Welche der beiden Möglichkeiten – sein Tod oder sein Überleben – ihr lieber war, konnte sie im Augenblick nicht sagen.

Milena brachte drei große Gläser Eiskaffee mit Strohhalmen auf einem Tablett in den Garten.

»Das bringt Ihren Kreislauf wieder in Schwung.«

»Boah, geil.« Jule stürzte sich auf die Erfrischung und nahm ein zweites Glas, das sie Emma reichte.

Milena zog Sandro an der Hand mit sich zur Terrassentür. Die beiden tuschelten. Milenas besorgter Blick in Emmas Richtung war nicht zu übersehen.

»Was, meinst du, hecken die beiden aus?«, flüsterte Emma Jule zu.

»Keine Ahnung, aber ich werde das im Auge behalten. So wie dich.« Sie zwinkerte und sog an ihrem Strohhalm.

»Mich?«

»Meinst du, ich habe vorhin nicht gesehen, wie du in Sandros Armen geschmachtet und deine Ohnmacht schamlos ausgenutzt hast?«

Emma errötete bis zur Haarwurzel. Das Mädchen bemerkt aber auch alles.

»Das … das muss ein Reflex gewesen sein«, stammelte Emma.

»Ein Reflex?«, Jule sprang in die Höhe, so dass Milena und Sandro zusammenfuhren. Er steckte hastig einen Brief in seine Hosentasche und drehte sich wieder zu Emma und Jule um.

»Reflex? Wovon redet ihr?«, fragte er.

Die ganze Situation war Emma unsäglich peinlich. Sie schlug die Hände vor ihr Gesicht und schüttelte den Kopf.

»Emma meinte nur, dass sie vorhin …«

»Sei still!«, fuhr sie dazwischen. »Bitte, Jule, sei einfach still. Habe ich nicht schon genug um die Ohren?«

Jule trank ihren Eiskaffee, während ihre Blicke zwischen Emma und Sandro hin und her wanderten.

»Sag mir lieber, was Milena dir heimlich zugesteckt hat«, versuchte Emma das Thema zu wechseln. »Ich habe das Gefühl, dass es mich betrifft.«

Sandro nickte und zog den weißen Briefumschlag aus seiner Hosentasche.

»Den hat Milena gerade eben vor der Haustür gefunden.«

»Nicht schon wieder ein Drohbrief.« Emma streckte die Hand aus und gab Jule ihr Glas. Ihre Finger zitterten.

Der Briefumschlag war genau wie die anderen unbeschriftet, keine Adresse, kein Absender. Emma fuhr mit dem Zeigefinger unter die Lasche und riss das Kuvert auf. Eine Collage aus bunten Zeitungslettern kam zum Vorschein. Die Botschaft lautete: *Ich krieg dich.* Emma ließ das Papier sinken. Sie seufzte. »Meint ihr, da steckt Herbert dahinter?«

»Vielleicht ist er jetzt erst richtig sauer geworden.« Jule betrachtete das Papier und zuckte mit den Schultern.

Emma ließ sich nach hinten in das Polster fallen. Was hatte sie nur angerichtet?

Jule nahm ihr den Brief aus den Händen und legte ihn auf den Tisch. Sie saugte den letzten Rest ihres Eiskaffees lautstark durch den Trinkhalm. Als sie fertig war, erhob sie sich und blinzelte in die Sonne.

»Du solltest dich ein wenig ausruhen, Emma. Und ich«, dabei trat sie zu Sandro, »ich werde jetzt eine Runde im Pool schwimmen, damit ich wieder einen klaren Kopf bekomme und nicht vergesse, dass ich eigentlich Urlaub habe. Kommst du mit?« Sie schlang ihre Arme um seinen Körper und küsste ihn in seine Halsbeuge. Sandro lächelte und zog ihr das T-Shirt über den Kopf.

»Du hast recht. Wer weiß, was mich morgen erwartet. Vielleicht ist das heute mein letzter Tag als unbescholtener Bürger. Filippo traue ich alles zu«, murmelte er und küsste sie dabei.

»Egal, was passiert«, sagte Jule und löste sich von ihm, »wir werden deine Mutter retten. Versprochen.«

Emma beobachtete die beiden, wie sie sich im Pool amüsierten. Das Wasser glitzerte in der Sonne. Die Hummeln surrten um die gelben Rosenblüten, und Schmetterlinge flatterten umher. Durch den tiefblauen Himmel zogen zwei Flugzeuge weiße Kondensstreifen. Emma wünschte sich, in einem der Flieger zu sitzen, der sie irgendwohin brachte, Hauptsache weit weg von hier. Sie schloss die Augen und lauschte dem monotonen Brummen der Autos in der Stadt. Jule kicherte und lachte. Das Wasser spritzte, und es hörte sich an wie ein unbeschwerter Sommertag, wären nicht diese entsetzlichen Bilder, die Herberts Tod in allen Details widerspiegelten. Was war nur in sie gefahren, dermaßen hart zuzuschlagen? Sie versuchte sich einzureden, dass sie aus Notwehr gehandelt hatte, aber das beschönigte die Situation nicht wirklich. Herbert war tot, was auch immer die anderen glauben mochten oder nicht. Nur ohne Leiche fiel es ihr schwer, das zu beweisen, und je länger sie über sein Verschwinden nachdachte, desto wahrscheinlicher erschien es ihr, dass er wirklich nur bewusstlos gewesen war. Was sollte sie tun, wenn er ihr nun mit Racheabsichten nachstellte? Vielleicht war der Drohbrief von ihm. Konnte er überhaupt so schnell nach ihrem Zusammentreffen nach Hause fahren und diesen Brief basteln, um ihn ihr anschließend wieder unterzujubeln? Dann musste er auch die beiden ersten Briefe geschrieben haben, aber warum? Das alles war verworren und ergab keinen Sinn. Emma seufzte. Sie war müde und wünschte sich nichts sehnlicher als Ruhe. Sie richtete die Rückenlehne der Gartenliege auf und beobachtete Jule und Sandro im Swimmingpool. Plötzlich hatte sie das Gefühl, dass alles in ihrem Leben schiefging. Ein dicker Kloß machte sich in ihrem Hals breit, und eine Träne rann über ihre faltige Wange.

Jule musste dies bemerkt haben, denn sie kletterte aus dem Wasser und legte sich auf die Liege neben Emma in die Sonne. Sandro schwamm mit kräftigen Zügen eine Bahn nach der anderen. Emma beobachtete seine muskulösen Arme, die das Wasser durchpflügten und ihn vorwärtstrieben.

»Wassn los?«, fragte Jule und stützte sich seitlich auf ihrem Arm ab. Ihre nassen Rastalocken trieften und durchweichten das Handtuch unter ihrem schlanken Körper.

Emma wischte sich hastig die Tränen aus den Augenwinkeln.

»Glaubste immer noch, dass du den Alten erschlagen hast?« Jule wartete, bis Emma sich gefangen hatte.

»Ach …«, seufzte sie und wusste nicht, wie sie Jule das erklären sollte. Es war nicht nur Herbert oder dessen Tod, der sie bedrückte. Eine Melange aus allem zog sie in die Tiefe, und sie hatte das Gefühl zu fallen, ohne sich halten zu können.

»Ach? Und wie weiter?« Jule starrte Emma neugierig an.

»Es ist, als würde mir jemand den Boden unter den Füßen fortziehen und mir würde alles entgleiten.«

»Komm, die Sache mit deinem aufdringlichen Lover kriegen wir schon hin.« Jule lachte und tätschelte Emmas Hand.

»Das ist es nicht allein. Diese Drohbriefe, Filippo, der Einbrecher und dann auch noch Trixi. – Mir wird das alles zu viel.«

»Du hast doch uns. Die Sache mit Filippo ist bald überstanden, und wenn dein Macker dir diese dubiosen Briefe schreibt, bekommt er von mir ein zweites Mal eins über die Birne gezogen, falls er überhaupt noch unter den Lebenden weilt.«

»Jule!«

»Wassn? Bleibt nur noch der Einbrecher. Heute Nacht kommt er bestimmt. Konstantin wird nicht ewig warten wollen. Wir stehen das zusammen durch. In ein paar Tagen hat sich die ganze Aufregung gelegt, und du wirst vor Langeweile die Wände hochgehen.«

»Langeweile, welch herrlicher Gedanke.« Emma streckte ihre Arme wie zu einem Stoßgebet gen Himmel.

»Willste das wirklich?«

Emma überlegte kurz. »Nein!«

»Siehste.« Jule ließ sich nach hinten auf ihren Rücken sinken und genoss die Sonne auf ihrer Haut.

»Was soll ich Trixi raten?«, fragte Emma. »Eine Abtreibung erscheint mir auf den ersten Blick als die sinnvollste Lösung. Das Mädchen ist noch nicht reif, um Mutter zu werden und Verantwortung zu übernehmen, aber auf der anderen Seite ist das ein Einschnitt in ihr Leben, den sie nicht so leicht verwinden könnte.«

»Auf die Unterstützung ihrer Mutter würde das Mädel vermutlich vergebens setzen«, stellte Jule mit geschlossenen Augen fest.

»Du meinst, ich soll sie zur Abtreibung überreden?«, fragte Emma zweifelnd. Es fühlte sich so endgültig, grausam und falsch an. Emma beobachtete Sandro, wie er durchs Wasser glitt. »Ich werde noch eine Nacht darüber schlafen müssen, ehe ich mit ihr rede. Ich kann das nicht so leichtfertig vorschlagen.«

»Wenn du willst, reden wir zusammen mit ihr.« Jule öffnete die Augen.

Emma lächelte dankbar. »Du bist ein Schatz. Ich weiß gar nicht, womit ich dich verdient habe. Deine Mutter kann stolz auf dich sein.«

Jule wurde still und schaute in den tiefblauen Himmel. Emma wusste, dass Jule nicht gern über ihre Vergangenheit sprach, weil das alte Wunden aufriss.

»Meine Mutter«, sagte sie nachdenklich.

»Warum gehst du sie nicht besuchen? Rede mit ihr.«

Plötzlich liefen Jule Tränen über die Wangen. Sie atmete tief durch und drehte sich zu Emma. »Du willst wissen, warum ich sie noch nicht besucht habe?«

»Ja, du hattest es dir fest vorgenommen und jetzt?«

»Weil … weil ich eine Scheißangst davor habe.« Jule ließ sich wieder auf den Rücken fallen. »Auf der einen Seite ist mir nichts wichtiger, als sie wiederzusehen, aber auf der anderen Seite weiß ich nicht, wie ich damit zurechtkomme. Ich weiß, dass meine Mutter auf einen weiteren Anruf von mir wartet, aber es hat sich so viel daheim verändert. Hey, ich meine, plötzlich kommt mir dann ein kleiner Windelkacker entgegen, und der soll dann mein Bruder sein. Meinen Bruder Daniel kann er nicht ersetzen. Niemals!« Sie zog die Nase hoch.

»Jule, du musst dich mit deinen Eltern treffen. Willst du denn dein Leben lang vor deinen Erinnerungen davonlaufen?« Emma verstand das Mädchen, wollte ihr aber auch das Recht der Eltern auf einen Neuanfang deutlich machen. »Wie willst du denn mit Sandro eine eigene Familie gründen, wenn du mit den alten Geistern nicht zurechtkommst?«

Jule sprang in die Höhe. »Scheiße, Mann, das weiß ich doch selbst!« Sie nahm Anlauf und sprang mit angezogenen Beinen in den Pool, so dass das Wasser über die heißen Steinplatten spritzte. Sandro drehte sich nach ihr um. Sie ignorierte ihn und schwamm, als ob der Teufel hinter ihr her wäre. Auf eine gewisse Art und Weise war er das auch.

»Heute Nacht steigen Sie in die Villa ein, verstanden?«

Ich saß neben Konstantin von Stratnitz auf dem Beifahrersitz seines Wagens und atmete den Zigarettenrauch ein, den er gerade eben noch durch seine Lunge gejagt hatte und mir nun direkt ins Gesicht blies. Er war ein arroganter Lackaffe. Wir hatten uns auf einem abgelegenen Waldparkplatz an der Landstraße getroffen. Ich war mit dem Fahrrad gekommen. Wagenspuren auf dem staubtrockenen Boden oder einen Zeugen, der das Nummernschild meines Wagens notierte, wollte ich nicht riskieren. Obwohl die Sonne schon tief über dem Horizont stand und glutrote Strahlen durch die Bäume schimmerten, war es noch drückend heiß. Dieser Sommer war das Paradies für jeden Einbrecher, denn in keiner anderen Jahreszeit standen nachts so viele Fenster in den Häusern offen.

»Kommen Sie mir nicht wieder mit Ausreden, dass der Tresor bewacht wurde oder sonst etwas. Ich will die Fotos, und zwar heute noch. Verstanden?«

Der Mann hatte gut reden. Ich hatte gestern Nachmittag verdammt hoch gepokert, nur um in die Villa seiner Mutter zu gelangen. Die Haushälterin hätte mich ertappen können. Immerhin musste ich meinen Kopf hinhalten, wenn etwas schiefging, also wollte ich auch die Konditionen und den richtigen Zeitpunkt bestimmen. Das lag allerdings nicht mehr in meiner Hand, wenn ich nicht Gefahr laufen wollte, dass Konstantin mich auffliegen ließ. Ich hasste diesen Schnösel, sein mit Gel nach hinten gestrichenes Haar und den feinen Anzug, der mehr versprach, als darin steckte. Konstantin von Stratnitz war keinen Deut besser als ich. Im Gegenteil. Ich war ein einfacher Dieb, der eine Passion hatte, der mit Leidenschaft einbrach und seine rechte Hand für diese wunderschönen Schmuckstücke gab, aber ich war kein schmieriger Windhund, der sich auf die widrigsten Geschäfte einließ, nur um seinen eigenen Vorteil zu erlangen. Ein kleiner, aber moralisch sehr entscheidender Unterschied.

»Worauf warten Sie? Steigen Sie aus und tun Sie, wofür Sie nicht bezahlt werden.« Konstantin lachte über seinen Scherz, denn von Geld war nie die Rede gewesen. Er wedelte mit beiden Händen, als ob er ein lästiges Insekt loswerden wollte. In diesem Fall war ich das Insekt.

»Apropos Bezahlung«, sagte ich leise und senkte den Kopf. Wenn ich die Drecksarbeit für ihn übernehmen sollte, musste er mich dafür entlohnen. Es traf keinen Armen.

»Bitte?«

»Ich will 10 000 Euro für diesen Einbruch.« Mein Herz pochte bis zum Hals. Ich ahnte, dass sein Wutausbruch nicht lange auf sich warten lassen würde.

»Sie wollen was?« Konstantin drehte sich zu mir um. In seinem Gesicht lag der Ausdruck ehrlicher Empörung.

»10 000. Fünf jetzt und fünf bei Lieferung der Ware.« Ich hatte mir das gut überlegt. Konstantin glaubte, mich in der Hand zu haben, aber er vergaß, dass auch er Dreck am Stecken hatte und auf diese Bilder, die ich ihm besorgen sollte, angewiesen war.

»Sie spinnen doch!« Konstantin fuhr sich mit der Hand über seine Bartstoppeln. »Wieso sollte ich Sie bezahlen? Sie können froh sein, dass ich Sie nicht der Polizei ausliefere. Und jetzt hauen Sie ab. Sie wissen, was Sie zu tun haben.«

Ich blieb sitzen und wartete.

»Raus hier!«

»Erst die Anzahlung.«

Konstantin öffnete die Tür und stieg aus. Er lief um den Wagen herum und riss die Beifahrertür auf. Er packte mich an meinem Kragen und zerrte mich aus dem Auto.

»Sie werden tun, was ich Ihnen gesagt habe. Ich kann Sie jederzeit hochgehen lassen. Vergessen Sie das nicht.« Seine Worte waren kaum mehr als ein Zischen. Er sprühte vor Zorn, aber das brachte mich nicht aus der Ruhe. Ich musste nur pokern, denn er wollte etwas von mir und nicht ich von ihm. Er hatte nicht damit gerechnet, dass ich mich querstellen würde. Wahrscheinlich dachte der feine Herr, dass man mir nur ein wenig Angst machen müsse und ich würde seinen Befehlen ohne Murren folgen. Irrtum!

»Wenn Sie nicht zahlen, werde ich gar nichts tun«, blaffte ich im gleichen Tonfall zurück.

Konstantin starrte mich an und überlegte. Ich konnte seine Gedanken in seinem Kopf rattern hören. Egal, was er vorhatte, ich würde zu meinem Geld kommen. Wenn er so besessen war, dass ich ihm Fotos aus dem Safe seiner Mutter stehlen sollte, mussten sie zumindest für ihn höchst brisant sein. Was sollte mich davon abhalten, die Bilder gegen ihn zu verwenden? Vielleicht konnte ich den Spieß umdrehen und ihn erpressen. So clever, wie der feine Herr dachte zu sein, war er wohl doch nicht. Ich grinste.

Er fixierte mich mit zusammengekniffenen Augen und stieß mich von sich. Ich stolperte mit dem Rücken gegen seinen Wagen.

»10 000, aber erst nach Lieferung der Ware.«

»O. k.«

»Und jetzt verpissen Sie sich.« Konstantin schlug die Beifahrertür zu. Er lief um das Auto herum, stieg ein und jagte mit aufheulendem Motor davon. Ich beobachtete die Staubwolke, die er aufwirbelte und die sich auf seinen silbergrauen Audi legte. Heute Nacht sollte ich also 10 000 Euro verdienen. Ich lächelte dem Sonnenuntergang entgegen und schwang mich auf mein Fahrrad.

Milena hatte Feierabend und stieg in ihren Mini Cooper. Sie fuhr rückwärts aus der Einfahrt auf die Straße hinaus. Jule wollte das Einfahrttor hinter ihr schließen. Sie schaute der jungen Frau nach, bis sie an der nächsten Kreuzung abbog und aus ihrem Blickfeld verschwand. Patrizia von der Schleich schloss in ihrer Villa gegenüber eines der oberen Fenster. Sie blieb hinter der Gardine stehen und beobachtete, was vor sich ging.

Jule schüttelte den Kopf und konnte sich ein Grinsen nicht verkneifen. Glaubte diese Frau tatsächlich, dass niemand bemerkte, wie sie andere ausspionierte? Jule verriegelte die beiden Tore der Einfahrt und schob den Arretierungsbolzen in seine Halterung. Sie ließ sich Zeit, spürte die neugierigen Blicke der Nachbarin. Dann schnellte sie plötzlich herum und streckte den Mittelfinger in die Höhe.

»Heute gibt es nichts zu glotzen«, rief sie laut über die Straße. »Kümmere dich um dein eigenes verficktes Zeug.«

Jule drehte sich um und lief zur Haustür, den Finger noch immer erhoben.

»Gern, mein Herzblatt.«

Die Stimme gehörte einem Mann, der plötzlich durch die Gartentür kam und dicht hinter sie trat. Jule wirbelte herum und starrte Filippo in die Augen.

»Du schon wieder. Ich glaub, ich muss kotzen.« Sie drehte sich um und lief unbeeindruckt zum Haus. Als Filippo ihr folgte, blieb sie stehen.

»Was willst du Sackgesicht von uns? Hast du kein Zuhause?«

»Noch immer die kleine Raubkatze. Das gefällt mir.« Er grinste und fuhr sich mit der Zunge über die Lippen.

»Was willst du von Sandro?«, bohrte Jule weiter.

»Eure Verfolgungsaktion hat wohl nicht geklappt, was?«

Jule ballte die Fäuste.

»Und jetzt fragt ihr euch bestimmt, was ich den ganzen Tag gemacht habe? Schon blöd, wenn man im Dunkeln tappt und weiß, dass irgendwann die Falle zuschnappt und man keine Ahnung hat, aus welcher Richtung der Pfeil kommen wird, der sich dann mitten durch die Brust bohrt.« Filippo zündete sich eine Zigarette an und blies Rauchkringel in den Abendhimmel.

»Du hältst dich wohl für besonders schlau.« Was Jule am meisten ärgerte, war die Tatsache, dass er recht hatte. Was auch immer er plante, es würde Sandro empfindlich treffen. Ihr Freund war zur Untätigkeit verdammt und musste hinnehmen, dass sein Cousin Spielchen mit ihm spielte. Er konnte sich nicht wehren, ohne das Wohl seiner Mutter zu riskieren. Er musste tatsächlich auf den Pfeil warten, der ihn ohne Zweifel schmerzhaft treffen würde. Hätten sie Filippo heute nicht aus den Augen verloren, hätten sie vielleicht herausfinden können, was er plante, aber so hatten sie nicht den geringsten Schimmer. Jule mochte Carlotta absolut nicht und hätte sie ohne weiteres geopfert. Eine Zukunft mit Sandro ohne nervende Schwiegermutter war eine verlockende Vorstellung, aber er hing an ihr. Nach all dem, was Jule nun über Sandros Vergangenheit erfahren hatte, konnte sie die Alte ein wenig besser verstehen, aber ihre übertriebene mütterliche Fürsorge – oder sollte sie es Überwachungszwang nennen? – nervte trotzdem.

»Scheißgefühl, wenn man in der Luft hängt und nicht weiß, was kommt, nicht wahr?« Filippo lachte und griff nach Jules Rastalocken.

Sie schlug ihm die Hand fort und fauchte ihn böse an: »Wag es noch einmal, mich anzufassen!«

»Buh.«

»Drecksarsch.« Jule machte kehrt und wollte zur Haustür gehen, doch Filippo packte sie am Arm und riss sie zu sich herum. »So redest du nicht mit mir, du kleines Flittchen.« Seine Nasenflügel blähten sich.

»Nicht? Was willst du dagegen tun, du Wichser?« Jule betonte das letzte Wort mit einem genüsslichen Grinsen. Diese Art von Machtspielchen hatte sie früher schon oft gespielt. Frechheit und Arroganz siegten immer. Es vergingen Sekunden, die zu Minuten wurden, ehe er sie von sich stieß und sie mit einem überheblichen Blick strafte.

»Vergiss nicht, jedes deiner Worte wird mein Tantchen Carlotta schmerzhaft bezahlen.«

Jule erinnerte sich an ihre Kindheit, als sie beim Suppe essen »Einen Löffel für Mama« und »einen für Papa« essen sollte. Irgendwie war das hier genauso, »Einen Schlag für Tantchen Carlotta« …

»Hurensohn«, konnte sie sich nicht verkneifen, und damit hatte sie der alten Dame vermutlich einen weiteren Löffel eingebrockt. Im selben Moment schämte sie sich für ihre gemeinen Gedanken und dachte an Sandro und seine Angst um seine Mutter.

Filippo schaute sie eindringlich an und grinste. »Du magst sie nicht und dir ist es egal, was mit ihr passiert. Habe ich recht?«

»Beiß dir doch selbst ins Knie und lass mich in Ruhe.«

Jule machte auf dem Absatz kehrt und ging ins Haus.

»Was, meinst du, wird Sandro davon halten, wenn er das erfährt?«

»Was soll ich erfahren?« Sandro kam aus dem Haus und schob sich zwischen Jule und seinen Cousin.

»Vergiss den Depp«, fauchte Jule und wollte Sandro mit sich ins Haus ziehen.

»Deine Zuckerschnecke hat deiner Mutter gerade eine gehörige Portion Ärger beschert.«

Sandros Augen blitzten auf. Er packte Filippo am Kragen. »Verdammt noch mal, hör auf mit den Spielchen und stell dich wie ein Mann.«

Filippo riss beide Arme in die Höhe und lachte. »He, he, nur mit der Ruhe. Wird hier jemand ungeduldig? Ich kann dich beruhigen, du wirst bald wissen, was ich mit dir vorhabe. Sehr bald sogar.«

Sandro stieß ihn von sich. Er bedachte ihn mit einem Gesichtsausdruck voller Ekel und Verachtung. Jule schauderte. So verbittert hatte sie ihren Freund noch nie erlebt. Sie liebte ihn wegen seiner sanften und fröhlichen Art, doch langsam entdeckte sie eine ganz andere Seite an ihm, eine, die sie noch nicht kannte. Was wusste sie schon von seiner Flucht aus Italien und der Beziehung zu seiner Mutter, die wohl eine ganz andere war, als sie anfangs glaubte? Plötzlich hatte Jule eine Idee.

»O. k.«, machte sich Filippo wichtig, »weil du mich so nett bittest, verrate ich dir ein Geheimnis. Morgen ist der Tag, den du dein Leben lang nicht vergessen wirst.«

»Und was genau werde ich mein Leben lang nicht vergessen?«, fragte Sandro. Er trat dicht vor Filippo, seinen Brustkorb nach vorn geschoben, seine Hände ein wenig nach hinten gestreckt.

»Das wirst du noch früh genug erfahren«, zischte Filippo, »morgen Mittag um 16 Uhr solltest du dir Zeit für ein kleines Rendezvous nehmen.«

Trixi öffnete die Haustür, zog Kalle in den Flur und schloss die Tür hastig hinter ihm. Sie legte ihren Zeigefinger auf den Mund und bedeutete ihm, leise zu sein. Sie hatte sich nach dem Essen mit der Ausrede, sie sei müde und wolle früh schlafen gehen, von Emma in der Küche verabschiedet. Die Tür hatte sie geschlossen, denn Oma sollte nicht mitbekommen, dass sie Besuch erwartete.

»Komm, schnell«, sagte sie und huschte mit Kalle im Schlepptau die Treppen nach oben in ihr Zimmer, in das sie sich verbarrikadiert hatte und das sie nur zum Essen verließ. Sie brauchte Zeit zum Nachdenken und wollte so wenig wie möglich mit ihrer Großmutter oder den anderen zu tun haben. Auf gute Ratschläge, Vorwürfe und all das konnte sie verzichten. Sie hatte mit sich selbst zu tun und dem Kind, das in ihr heranwuchs. Allein der Gedanke, dass in ihrem Bauch etwas lebte, sich wie ein Alien in ihr ausbreitete, war beängstigend. Sie wollte das Kind nicht. Sie wollte das Leben genießen, auf Partys gehen, mit Jungs rummachen, reisen, aber sie wollte auf keinen Fall einen Kinderwagen durch die Straßen schieben und sich mitleidig belächeln lassen, weil sie noch zu jung sei, um Mutter zu sein. Vor allem wollte sie nicht die Predigt und den Wutausbruch ihrer Eltern über sich ergehen lassen. Emma hatte cool reagiert. Sie war erschrocken über das Geständnis, aber sie hatte ihr keine Moralpredigt gehalten. Erschrocken war Trixi auch, als ihre Regel ausgeblieben war und Jule mit ihr den endgültigen Test gemacht hatte. Sie hatte doch nicht absichtlich schwanger werden wollen. Dass das aber auch so schnell ging. Kalle war geschockt gewesen, als sie ihm von ihrem Verdacht erzählt hatte. Selbst wenn sich alle über ihn lustig machten, weil er schüchtern war, Trixi fand ihn einfach nur süß und himmelte ihn an. Er war der einzige Mensch auf der ganzen Welt, der sie verstand und wirklich liebte. Er war zärtlich und einfühlsam. Er war ihre große Liebe, und sie würde nichts und niemand auseinanderbringen. Sollte Jule davon halten, was sie wollte. Die hatte doch keine Ahnung.

Trixi zog Kalle in ihr Zimmer und verriegelte die Tür hinter sich. Sie wollte mit ihm ungestört sein. Bis morgen früh würden sie Ruhe haben.

»Meinst du, es ist eine gute Idee, wenn ich hier bei dir bin?« Kalle knetete seine Hände und schaute sich um.

»Du bist der Einzige, den ich jetzt sehen möchte.« Trixi warf sich in seine Arme und umklammerte ihn. »Die anderen verstehen mich alle nicht.«

Kalle legte linkisch seine Arme um ihren dünnen Körper. »Wenn Jule mich hier entdeckt, bin ich tot.«

»Ich beschütze dich.« Trixi schob ihn in Richtung Bett und warf sich mit ihm auf die Matratze und schmiegte sich an ihn. Kalle lag steif wie ein Brett neben ihr und fuhr gelegentlich mit der Hand über ihr Haar.

»Wie geht es dir? Ist dir noch immer übel?«

»Manchmal ja.«

»Was wirst du jetzt tun?«

Trixi schwieg. Sie hatte sich längst für eine Abtreibung entschieden, dies jedoch noch nie laut ausgesprochen. Irgendwie kam es ihr vor, als ob es dann kein Zurück mehr gäbe. Sie war fest entschlossen, es zu tun, aber sie hatte Angst. Würde es wehtun? Würde sie es jemals bereuen? Es war eine beschissene Situation, und sie fühlte sich hilflos und klein. Emma hatte versprochen, über alles nachzudenken und mit ihr zu reden, aber Trixi glaubte, dass auch ihre Großmutter nicht wusste, was in dieser Situation am besten wäre. Wahrscheinlich würde sie ihre Eltern informieren und um Rat fragen. Bevor das geschah, musste sie selbst eine Entscheidung getroffen haben.

Sie lag dicht neben Kalle, spürte seinen Herzschlag und seine warme Hand, mit der er über ihre Wange strich. Er war anders als die Jungs in der Schule, die den Mädchen hinterherpfiffen. Kalle war erwachsen, gab ihr das Gefühl, eine Frau zu sein, und als sie das erste Mal miteinander schliefen, war er behutsam und zärtlich gewesen. Trixi lächelte. Die Erinnerung an jene Nacht, in der er ihre Jungfräulichkeit nahm, löste ein wohliges Gefühl in ihr aus. Am liebsten würde sie es noch einmal tun, genau jetzt und hier. Ob das dem Kind schadete? Verdammt, sie wusste nichts darüber, wie es war, Mutter zu werden, und überhaupt, warum scherte sie sich um das Kind? Sie wollte es sowieso nicht haben. Vielleicht sollte sie genau deswegen mit Kalle …?

»Warte mal«, sagte er und hielt Trixis Hand fest, als sie sich an seiner Gürtelschnalle zu schaffen machte. Er stand auf, lief zu dem großen runden Fenster und schaute in den Vorgarten hinab. Der Mond stand beinahe kugelrund am Nachthimmel und überzog die Gärten mit einem silbrigen Dämmerlicht. Trixi schoss in die Höhe und stieß ihn zur Seite. »Geh da weg!«, rief sie.

»Was ist los?«

»Nachbarin ist los. Die Alte von gegenüber steht den ganzen Tag hinter den Gardinen und beobachtet alles, was bei uns hier passiert. Wenn sie dich am Fenster stehen sieht, weiß meine Mutter spätestens in fünf Minuten Bescheid, dass du bei mir bist.«

»Oh«, sagte Kalle und setzte sich auf das Sofa neben dem Fenster.

Trixis Zimmer war groß. Sie hatte ein französisches Bett, über das sich ein Baldachin aus weißem Stoff spannte, eine Sitzecke mit zwei Sesseln, einen Schreibtisch, einen Schrank und einen Paravent, hinter dem sie sich umkleidete. Daneben stand ein Kerzenständer mit sechs blutroten Kerzen. Kalle knetete noch immer seine Hände und kaute auf seiner Unterlippe.

»Wie hast du dich jetzt entschieden? Also ich meine«, stotterte er, »wegen des Babys.« Es fiel ihm sichtlich schwer, Trixi in die Augen zu schauen. Sie lächelte und ging vor ihm auf die Knie. Sie konnte ihm nicht antworten, weil sie die Antwort selbst nicht kannte. Meine Güte, sie war erst 15, da musste man solche gewichtigen Entscheidungen noch nicht treffen. Sie zuckte mit den Schultern. Kalle sackte in sich zusammen.

»Also, ich meine, wenn du das Kind wegmachen willst«, er atmete schwer, »dann werde ich für dich da sein, und wenn du das Kind bekommen möchtest, auch.«

Er war der süßeste Mann auf der Welt. Trixi konnte nicht verstehen, warum die anderen ständig auf ihm herumhackten. Sie liebte ihn und war blind für alles andere.

»Willst *du* das Kind denn haben?«, fragte sie plötzlich.

Kalle schwieg. Er wurde puterrot und schaute zur Seite.

»Welche Entscheidung auch immer du triffst, ich stehe hinter dir«, versuchte er sich diplomatisch aus der Affäre zu ziehen.

»Toll!« Trixi ließ seine Hände los und stand enttäuscht auf. Sie lief zum Fenster und schaute in die Dämmerung hinaus. »Du machst es dir ganz schön einfach. Erst schwängerst du mich, und dann soll ich alles entscheiden.« Sie verschränkte die Arme vor ihrer Brust.

Kalle erhob sich und wollte auf sie zugehen, blieb aber stehen, weil er sonst wieder im Blickfeld der Nachbarin auftauchen würde.

»Ich mache es mir gar nicht einfach.« Seine Stimme zitterte. Er hatte Mühe, die Tränen zu unterdrücken. »Ich will nur das Richtige tun.«

»Und was ist das? Kannst du mir das verraten?«, fragte Trixi schnippisch und drehte sich um. »Ich weiß es nämlich nicht. Ich will keine Mutter sein. Ich will Spaß in meinem Leben haben.«

»Das heißt, du treibst ab?«

»Das würde dir passen, nicht wahr?«, erwiderte Trixi bissig.

»Was ist denn plötzlich in dich gefahren?« Kalle versuchte, sich ihr zu nähern, doch sie stieß ihn von sich. Er errötete bis zum Haaransatz.

»Du hast deinen Spaß mit dem dummen Püppi gehabt, und jetzt, wo es unangenehm wird, wäre dir nichts lieber, als das Kind loszuwerden und mich am besten gleich mit.«

Kalles Unterkiefer klappte nach unten. Er japste nach Luft und suchte nach Worten.

Trixi hatte keine Ahnung, was in sie gefahren war. Warum war sie so gemein zu ihm? Er stand hinter ihr und war bereit, jede Entscheidung mitzutragen, und sie zickte ihn an. Im einen Moment würde sie ihn am liebsten von oben bis unten abküssen und im nächsten schon wieder ohrfeigen, einfach nur, weil er da war. Das war doch nicht normal, schalt Trixi sich selbst, aber sie hatte keine Kontrolle über diese dämlichen Gemütsschwankungen. Das ging schon seit ein paar

Tagen so, und sie wollte einfach nur ihre Ruhe haben und allein sein. Obwohl, wenn sie es sich genau überlegte, eine Liebesnacht mit Kalle keine schlechte Idee war.

»Komm her«, sagte sie, streckte ihre Hand nach ihm aus und ließ sich auf ihr Bett fallen.

»Aber?« Kalle stand vor ihr und zögerte. Er blickte zu Boden.

»Komm schon.« Sie öffnete die Knöpfe ihrer Bluse und rekelte sich verführerisch.

»Ich glaube nicht, dass das eine gute Idee ist.« Kalle wandte sich ab und versuchte, einen Punkt im Zimmer zu fixieren, um nicht in Versuchung zu geraten.

»Dann halt nicht«, rief Trixi, setzte sich auf und knöpfte die Bluse wieder zu. Sie stützte die Ellenbogen auf ihren Knien ab, legte ihr Gesicht in die Handflächen und fing bitterlich an zu weinen.

Der Tag war die Hölle gewesen. Emma fühlte sich am Ende ihrer Kräfte und ließ sich erschöpft in ihren Ohrensessel im Salon sinken. Die Erdanziehungskraft schien ihren Körper immer tiefer und tiefer in das weiche Polster zu ziehen, bis sie eins mit dem Möbelstück wurde und nur noch den Wunsch hatte, sich nie wieder bewegen zu müssen.

Draußen war es bereits dunkel geworden, doch statt Licht im Zimmer anzuknipsen, schloss Emma einfach die Augen. Ihre Gedanken jagten ihr wie Luftballons, aus denen die Luft entwich, kreuz und quer durch den Sinn. Herberts Verschwinden machte ihr am meisten zu schaffen. Diese Ungewissheit, ob sie eine Mörderin war oder Herbert noch lebte und irgendwo auf Rache sann, setzte ihr zu. Sie fühlte sich schwach und leer. Das Beste wäre, zu Bett zu gehen, um endlich den verpassten Schlaf der vergangenen Nacht nachzuholen, doch Emma befürchtete, dass das Sorgenkarussell auch mit geschlossenen Augen weiterlief und sich nicht stoppen ließ. Gäbe es doch nur eine Handbremse für quälende Gedanken. Selbst wenn sie Herberts Verschwinden vorübergehend ausblenden könnte, würden Filippo mit seinen Drohungen, Trixis Schwangerschaft, der Dieb oder die anonymen Briefe in der Warteschleife aufrücken und das Karussell wieder in Gang setzen. Emma holte tief Luft, konzentrierte sich auf ihren Atem und wollte sich ablenken, was ihr allerdings nur für wenige Minuten gelang. Vielleicht sollte sie heute Nacht eine Schlaftablette einnehmen, damit sie morgen früh wenigstens ausgeschlafen wäre.

Sie dämmerte vor sich hin. Im Haus war es ruhig geworden. Jule und Sandro hatten sich im Dachgeschoss neben dem Tresor ihr Nachtlager auf dem Sofa eingerichtet. Jule glaubte fest daran, dass der Dieb heute zuschlagen würde. Wahrscheinlich hatte sie recht. Konstantin war ungeduldig, und wenn er tatsächlich der Drahtzieher im Hintergrund war, dann würde er keine unnötige Zeit verstreichen lassen, um an sein Ziel zu gelangen. Nein, Emma würde keine Schlaftablette nehmen. Nicht heute. Sie wollte sehen, wer bei ihr einbrach.

Sie erhob sich langsam aus ihrem Sessel, lief zur Terrassentür und kontrollierte, ob diese verschlossen war. Wegen der Lichter der Stadt wurde es nicht wirklich dunkel draußen. Früher waren Emma und Kurt oft auf eine Anhöhe außerhalb der Stadt gefahren und hatten die Sternbilder betrachtet oder den Perseidenstrom im August mit seinen unzähligen Sternschnuppen bewundert. Hier im Stadtzentrum waren nur wenige Sterne zu sehen und heute, da der Mond fast seine volle Größe erreicht hatte, gar keine. Dafür reflektierte sich sein fahles Licht im Wasser des Pools. Emma liebte die Nacht und ihre Gefährten, doch in letzter Zeit fürchtete sie sich vor den unliebsamen Kreaturen, die durch die Dunkelheit schlichen – Diebe, die Schmuck stahlen, oder auch trübe Gedanken, die ihr den Schlaf raubten.

Emmas Blick wanderte zur Gartenlaube und weiter bis zur Ligusterhecke. Wo mochte Herbert sein? Sie atmete tief, öffnete die Tür und trat auf die Terrasse hinaus. Ein milder Windhauch liebkoste ihre nackten Arme, und trotzdem fühlte sie sich unwohl. Irgendetwas zog sie magisch in den dunklen Garten. Eine Grille zirpte ohne Unterlass. Emma lief barfuß am Pool vorbei und blieb auf den Steinplatten stehen. Der Boden war von der Hitze des Tages noch angenehm warm. Ihre Fußsohlen kribbelten. Ihr ganzer Körper stand unter Hochspannung. Sie musste einfach Gewissheit haben, dass Herbert wirklich verschwunden war, sonst würde sie heute Nacht kein Auge schließen. Obwohl Jule unter den Grasabfällen nachgeschaut, mit einem Stock tief in dem Haufen gestochert und bewiesen hatte, dass Herbert definitiv verschwunden war, wurde sie das Gefühl nicht los, dass etwas nicht stimmte.

Die Lichter in Hannes Fenstern waren bereits erloschen, und auch bei Jakob und Rosa war alles still. Emma straffte den Rücken und wollte nachschauen und allen Spekulationen ein Ende setzen. Sie hatte gerade zwei Schritte auf das kurz geschnittene Gras gewagt, als sie ein Geräusch hörte. Sie blieb sofort stehen und lauschte. Zuerst war alles still, bis auf das Brummen einiger Autos in der Ferne, doch dann hörte sie es wieder. Es war ein Scharren gewesen, nur ganz kurz und leise. Emma schauderte und strich sich über die Oberarme. Wahrscheinlich schlich eine Katze oder ein Marder durch den Garten, oder ihre aufgebrachte Seele spielte ihr einen Streich. Emma wusste, dass beides nicht stimmte. Da war etwas.

Das Scharren kam in unregelmäßigen Abständen, mal lauter und wieder leiser, dann ein Poltern, als ob jemand gegen Holz klopfte. Emma musste herausfinden, was in ihrem Garten vor sich ging. Es war Leichtsinn, durch die Dunkelheit zu marschieren. Vielleicht lauerte der Einbrecher irgendwo hinter den Hecken und wartete auf seine Chance. Jule und Sandro würden nicht schlecht staunen, wenn Emma ihn bereits im Garten abfing, doch was dann? Sie konnte ihn schlecht mit einem *Buh* außer Gefecht setzen. Sie brauchte eine Waffe. Neben dem Pool standen einige Terrakottablumentöpfe. Emma lief zurück, hob ein kleines Olivenbäumchen in die Höhe und probierte aus, wie sie damit zuschlagen könnte. Der Topf war schwer genug, um ihn dem Eindringling über den Kopf zu hauen und ihn in die Knie zu zwingen, und trotzdem noch leicht genug, dass Emma ihn ohne große Mühe tragen konnte. Der Gedanke, ein zweites Mal jemandem etwas über den Kopf zu ziehen, erschreckte Emma, und sie stellte das Bäumchen sofort wieder an seinen Platz am Beckenrand zurück. Da! Wieder jenes Geräusch, nur dieses Mal war es lauter gewesen. Es erstarb sofort, und es folgte Stille, als würde jemand warten, ob man ihn gehört hatte. Emma blieb stehen und wartete ebenfalls. Es scharrte erneut. Zumindest glaubte der Verursacher des Lärms, nicht entdeckt worden zu sein, und sie hatte das Überraschungsmoment noch auf ihrer Seite. Ihr fiel der Besen ein, mit dem Milena gelegentlich die Terrasse fegte. Er stand an die Hauswand gelehnt. Sie holte ihn und hielt ihn wie eine Lanze mit den Borsten nach vorn und marschierte leise über den Rasen. Sie traute sich kaum zu atmen und schlich wie in Zeitlupe auf das Gartenhaus zu. Die Geräusche kamen genau von dort. Sollte Herbert doch wieder aufgetaucht sein? ›Blödsinn‹, dachte Emma und schritt tapfer voran.

Je näher sie der Holzhütte kam, desto deutlicher wurden die Laute. Aus dem Inneren drang eine Stimme. Es war kaum mehr als ein Flüstern. Emma duckte sich, schlich mit dem Besen in der Hand bis zur Gartenlaube und lehnte sich mit dem Rücken gegen die Holzwand. Ihr Puls raste. Sie hatte keine Ahnung, was sie gleich erwarten würde, ob sie der Situation gewachsen sein würde, und bereute, so kopflos in die Nacht gelaufen zu sein. Sie hätte Jule und Sandro zu Hilfe holen sollen, doch dafür war es jetzt zu spät. Sie wartete, bis sich ihr Puls wieder beruhigte. In der Laube war es stockdunkel. Wer auch immer sich dort drinnen verbarg und sein Unwesen trieb, musste einen Grund haben, nicht entdeckt werden zu wollen, und genau den wollte Emma herausfinden.

Vom Rasen kroch eine feuchte Kühle über ihre Knöchel unter die Hosenbeine bis zu den Waden hinauf. Sie legte ihr Ohr gegen die Wand und lauschte. Ganz leise hörte sie ein Kichern, und das kam definitiv nicht von Herbert oder einem Einbrecher. Es war das Lachen einer Frau. Die Geräusche wurden lauter und eindeutiger. Emma richtete sich auf und begriff, was sich hier in der Nacht auf ihrem Grundstück abspielte. Sie musste sich beherrschen, um nicht einfach die Tür aufzureißen und nachzuschauen, wer ihre Gartenlaube als Liebesnest missbrauchte. Jule und Sandro schieden aus. Sie schoben im Dachgeschoss Wache. Eine böse Ahnung überfiel Emma, eine, die sie nicht wahrhaben wollte.

Sie blickte hinauf zum Mond und zählte bis drei, um ihre Nervosität unter Kontrolle zu bekommen. Wenn das Trixi und Kalle waren, dann musste sie dazwischengehen und würde somit das letzte bisschen Vertrauen ihrer Enkeltochter verlieren, das sie für ein klärendes Gespräch wegen ihrer Schwangerschaft dringend brauchte. Andererseits konnte sie nicht zulassen, dass Kalle schon wieder mit ihrer Enkelin …

Emma brach der Schweiß aus. Herbert wurde zur Nebensache. Die Tür der Gartenlaube war geschlossen. Wenn sie durch das Fenster nach innen schaute, lief sie Gefahr, dass man die Silhouette ihres Kopfes entdeckte, doch sie musste sich zuerst ein Bild von der Situation machen, ehe sie im wahrsten Sinne des Wortes mit der Tür ins Gartenhaus fiel. Sie lehnte den Besen gegen die Wand und schob sich Zentimeter um Zentimeter über die Fensterbank nach oben, bis sie etwas sehen konnte. Das fahle Mondlicht reichte aus, um Konturen zu erkennen. Ihre Augen brauchten eine Weile, bis sie sich an die Dunkelheit gewöhnten und Details unterscheiden konnten. Zwei Frauenarme umschlangen den Rücken eines Mannes. Er trug ein helles Hemd, das vorn geöffnet war. Die Arme der Frau fuhren unter das Hemd, glitten über seine Arme, griffen nach seinem Hinterkopf. Emma musste plötzlich an Sandro denken.

›Himmel noch mal, das ist doch krank!‹, schimpfte sie in Gedanken mit sich selbst. Sie schloss die Augen, atmete tief durch, und als sie sich beruhigt hatte, öffnete sie wieder die Augen und erkannte einen silbernen Ring am Finger der Frau. Beinahe hätte sie laut aufgelacht, so froh war sie, denn dieses Schmuckstück gehörte nicht Trixi. Diese Frau hier im Gartenhaus war ihre Haushälterin Milena. Sie mochte die junge Frau, die immer zuverlässig und höchst korrekt war. Ein Stelldichein in der Laube hatte Emma ihr nicht zugetraut. Milena war in den letzten Tagen mit ihren Gedanken oft woanders gewesen, und das verträumte Lächeln auf ihren Lippen sprach ebenfalls Bände. Emma wollte Milena auf keinen Fall kompromittieren und beschloss, den Rückzug ins Haus anzutreten. Die Suche nach Herbert musste in diesem Fall warten.

Sie nahm den Besen, wollte sich dezent zurückziehen, doch ihre Neugier war größer. Wer mochte der junge Mann sein, mit dem Milena sich vergnügte? Obwohl sich die beiden größte Mühe gaben, leise zu sein, wurde ihr Liebesspiel immer lauter. Emma bezog wieder ihre Position am Fenster. Der junge Mann stand gegen die Arbeitsplatte gelehnt mit dem Rücken zum Fenster. Milena zog ihm sein Hemd über die Schultern und entblößte seine nackten Schulterblätter. An seinem Hosenbund reflektierte sich etwas aus Metall im Mondlicht. Es war eine Art Anhänger, ein Flaschenöffner. So sehr Emma sich auch wünschte, der Mann möge sich umdrehen und ihr sein Gesicht offenbaren, er tat ihr den Gefallen nicht. Im Gegenteil, er packte Milena und drängte sie auf die andere Seite des Schuppens, genau dorthin, wo das Mondlicht sie nicht mehr erreichte und sie von der Finsternis verschlungen wurden.

Emma seufzte und zog sich enttäuscht zurück.

»Was auch immer Filippo unter einem Rendezvous versteht, für mich bedeutet das nichts Gutes.« Sandro schaute aus dem Fenster der Dachkammer. Jule trat hinter ihn und schlang ihre Arme um seinen Körper. Sie schmiegte sich fest an ihn, und er spürte ihren Herzschlag. Der Mond stand still und friedlich am Himmel, wie er es seit Ewigkeiten tat. Was wusste er schon von den Problemen der Menschen? Sandro musste an seine Mutter denken. Konnte sie den Mond in diesem Moment auch sehen? Der Gedanke fühlte sich tröstlich an.

»Mach dir keinen Kopf, Süßer«, Jule fuhr mit ihrer Wange über seinen Rücken. »Wir werden Filippos Plan torpedieren. Der hat keine Chance gegen uns.«

Ihr Aufmunterungsversuch war lieb gemeint, und wahrscheinlich glaubte sie, was sie sagte, aber Filippo war ein anderes Kaliber als

Steve oder die Halbganoven, mit denen Jule es bisher zu tun gehabt hatte. Filippo hatte mafiöse Methoden. Er ging über Leichen. Er wollte Sandro fertigmachen, sich für seinen Verrat revanchieren. Es ging ihm allem Anschein nach nicht mehr nur darum, dass Sandro schwieg, denn das hatte er bereits getan. Filippo wollte Rache, und wie weit er dabei gehen würde, konnte Sandro sich in den finstersten Farben ausmalen.

»Jule?«, er drehte sich zu ihr um und nahm sie fest in den Arm. Er tauchte sein Gesicht in ihre Haare. Sie roch so verdammt gut, und der Gedanke, dass, wenn er den morgigen Tag nicht überleben sollte, sie heute hier vielleicht das letzte Mal zusammen wären, schnürte ihm fast die Kehle zu.

»Hm?« Jule kuschelte sich an ihn.

»Egal, was morgen passiert …«

»Hey, hey«, Jule löste sich von ihm und schüttelte den Kopf, so dass ihre Rastalocken wie wilde Schlangen um sie herumwirbelten. »Mann, hör auf mit dem Mist. Ich will das nicht hören. Morgen wird nichts passieren.«

Sandro packte Jule an ihren Oberarmen. »Hör mir zu!«

Sie schaute ihn mit ihren großen grünen Augen an, und ihm fielen die Worte noch schwerer als zuvor.

»Egal, was morgen passiert, bitte versprich mir, dass du auf dich aufpasst. Ich weiß, dass du dein Leben für mich aufs Spiel setzen würdest, aber das will ich nicht.«

Als Jule antworten wollte, hob Sandro wie ein strenger Oberlehrer die Hand, und sie verstummte.

»Bitte, tu mir den Gefallen, nur dieses eine Mal. Versuche nicht, die Heldin zu spielen. Ich kann alles ertragen, nur nicht den Gedanken, dass dir etwas zustößt.«

»Super egoistisch«, schnaubte Jule und riss sich los. »Ich soll zusehen, bei was auch immer Filippo sich für dich ausgedacht hat, egal, ob er dir die Fußnägel ausreißt oder dir einen Kopfschuss verpasst? Stellst du dir das so vor?«

Sandro schluckte. »Ja, genau so stelle ich mir das vor.«

»Vergiss es! Du bist doch vollkommen hirnfrei.«

»Jule, bitte.«

»Diesen Wunsch würde ich dir sofort erfüllen, wenn es um deine Mutter ging, aber ich werde den Teufel tun und zuschauen, wie dieser Arsch dir etwas antut. Never ever! Er will Krieg, dann soll er ihn bekommen.«

Sandro nahm Jule wieder in den Arm und wiegte sie sanft hin und her. Genau das hatte er befürchtet. Was sollte er tun, wenn Filippo nicht nur seine Mutter, sondern auch noch seine Freundin gegen ihn als Druckmittel einsetzte? Er hatte keine Wahl und musste auf alles eingehen, was morgen auf ihn zukam. Es war ein beschissenes Gefühl, nicht zu wissen, aus welcher Ecke der Todespfeil auf ihn abgeschossen wurde. Er konnte nichts, aber auch gar nichts vorhersehen und war der Willkür seines Cousins ausgeliefert. Sie standen eine ganze Weile reglos da und beobachteten den Mond.

»Dir wird nichts passieren«, flüsterte Jule. Sie schniefte. »Dir darf nichts passieren. Wer soll denn dann der Vater meiner rothaarigen Teufelskinder werden?«

Sandro traute seinen Ohren nicht. »Ich dachte, du wolltest keine Kinder.«

»Wenn ich dich damit motivieren kann, dich nicht erschießen oder sonst was zu lassen, dann nehme ich auch eine Rasselbande von kleinen Satansbraten in Kauf.«

»Wow, ich wusste nicht, dass du solche Opfer für mich auf dich nehmen würdest.« Er küsste sie.

»Wer weiß, wenn wir morgen Abend wieder den Mond anbeten, nehme ich mein Angebot vielleicht zurück.«

»Hauptsache, ich kann ihn überhaupt noch anbeten.«

Jule legte ihre Hand auf seinen Mund. »Scht!«

Jule wusste genau, was in Sandro vorging. Er hatte Angst, er sorgte sich um sie und um seine Mutter. Ihr ging es genauso. Die Vorstellung, dass Sandro sterben und dies die letzte Nacht mit ihm sein könnte, brachte Jule schier um den Verstand. Natürlich würde sie alles tun, um ihn zu retten, auch wenn es ihr eigenes Leben kosten würde. Herrgott noch mal, sie liebte diesen Mann. Wie konnte sie tatenlos zusehen, wenn er in Gefahr war? Sie wollte nie wieder mit ansehen müssen, wie ein Mensch, den sie liebte, vor ihren Augen starb. Niemals! Filippo würde sich noch wundern. Er sollte seine Abreibung bekommen.

»Komm, wir sollten uns lieber leise verhalten, damit der Einbrecher nicht gewarnt ist. Ich habe keinen Bock, ein Leben lang nachts auf der Lauer zu liegen.«

Jule zog Sandro zu sich auf das Sofa und kuschelte sich eng an seinen warmen Körper. Sie nahm ihn mit jeder Faser wahr, den Moschusgeruch seines Rasierwassers, seine Hand, die über ihren Körper streichelte, die Bartstoppeln an seinem Kinn, die Wärme, die er ausstrahlte, und vor allem seinen Herzschlag. Das rhythmische Schlagen erinnerte sie an die Trommeln eines Galeerenschiffs, die die Sklaven im Gleichtakt antrieben. Jules Gedanken ruderten durch die dunkle See ihrer Befürchtungen und erkannten am Horizont plötzlich einen Hoffnungsschimmer, der Sandro vielleicht das Leben retten könnte.

Als Jule das leise Quietschen hörte, war sie sofort hellwach. Die Türklinke wurde vorsichtig nach unten gedrückt. Sie hatte mit Sandro abwechselnd Wache geschoben und war dabei in einen leichten Dämmerschlaf gefallen. Sie legte ihm sanft die Hand auf den Mund, damit er kein Geräusch von sich gab, wenn er aufwachte, und rüttelte ihn. Sie hatten das Sofa an die Wand neben der Zimmertür geschoben, damit der Einbrecher sie nicht sofort entdecken würde. Ihr Plan war es gewesen, den Mann bis zum Tresor laufen zu lassen, ihm dann von hinten den Rückweg abzuschneiden und ihn zu überwältigen.

Sandro drehte sich langsam zur Seite. Sein Arm glitt zu Boden und suchte nach Emmas Baseballschläger. Jule zog ihre Beine aus Sandro Umklammerung, damit sie beim Aufspringen nicht stolperte. Sandro setzte sich auf.

Es dauerte eine halbe Ewigkeit, ehe der Dieb eintrat. Jule erhob sich und schlich hinter die Tür, damit sie diese zuschlagen konnte, sobald Sandro mit dem Schläger auf den Eindringling losging. Alles war genau geplant.

Das Mondlicht reichte aus, um die Silhouette eines Mannes auszumachen. Er war durchschnittlich groß und schlank. Eine Beschreibung, die auf jeden hätte passen können. Jule hatte darauf bestanden abzuwarten, bis der Dieb den Tresor öffnete, ehe sie ihn überwältigten. Zum einen wollte sie ihn auf frischer Tat ertappen und zum anderen wollte sie wissen, wie lange er brauchte, um den Tresor zu finden.

Der Mann trug einen Rucksack, den er absetzte. Wahrscheinlich dachte er nicht im Geringsten daran, dass er nicht allein im Raum war. Ein dummer Fehler. Früher hatte Jule bei ihren nicht ganz legalen Beutezügen durch fremde Häuser immer zuerst den gesamten Raum inspiziert, ehe sie an die Arbeit ging. Man konnte nicht vorsichtig genug sein.

Sandro hob den Baseballschläger, machte sich für seinen Zugriff bereit, doch Jule hielt ihn am Arm zurück. Sie wollte sehen, wie lange der Mann brauchte, um den Safe aufzubrechen.

Ohne zu zögern, lief dieser auf den Schrank zu und öffnete ihn. Das tat er ganz langsam. Er schien zu wissen, dass die Scharniere ein wenig quietschten. Jule hatte vorhin mehrmals ausprobiert, wie man das Geräusch vermeiden konnte, und festgestellt, dass sie beim Öffnen die Türen einfach ein wenig nach oben drücken musste, dann war fast nichts zu hören. Der Dieb vollführte das Kunststück beinahe lautlos. Er kannte sich also aus. Das stand fest.

Als die Schranktür offen stand, holte er eine Taschenlampe aus seinem Rucksack. Sie musste vorn so weit zugeklebt worden sein, dass nur ein ganz schmaler Lichtschein über das Zahlenschloss des Safes huschte. Hell genug, um die Ziffern zu erkennen, dunkel genug, um kein verräterisches Licht durch das Fenster in die Nacht zu werfen.

Wir sollten zuschlagen, dachte Jule, und zwar genau jetzt! Sie wollte Sandro ein Zeichen geben, holte Luft und verschluckte sich an ihrem eigenen Speichel und musste husten. Der Mann schreckte herum, leuchtete auf Jule und Sandro. Der hob den Schläger und ließ ihn niedersausen, doch der Einbrecher bückte sich im selben Moment, schnappte seine Tasche und wurde von Sandros Hieb verfehlt. Der zweite Schlag folgte sofort, doch der Mann floh blitzschnell durch die Tür, die Jule nicht schnell genug hatte schließen können. Sie war über ihre eigene Dummheit verärgert und fluchte laut.

Dann geschah alles sehr schnell. Der Mann rannte durch den dunklen Flur und wollte die Treppe hinunterstürmen. Mit dem Baseballschläger in der Hand eilte Sandro ihm hinterher. Jule knipste das Licht an, um wenigstens erkennen zu können, wer der Mann war. Er bog um die Ecke, trat auf die ersten Stufen der Treppe und prallte dabei mit voller Wucht auf Trixi. Sie war von unten gekommen und sah entsetzlich blass aus. Ihre Haare hingen strähnig um ihr knochiges Gesicht. In der Hand trug sie ein Glas Milch. Weder Trixi noch der Dieb waren auf diesen Zusammenstoß gefasst gewesen. Es gab einen lauten Knall. Trixi schrie auf, Glas zersplitterte auf der Holztreppe, der Mann balancierte sich mit ein paar geschickten Sprüngen aus und sprang die Treppe hinab. Trixi hatte weniger Glück. Sie versuchte, das Geländer zu greifen, verpasste es und verlor den Halt. Sie stürzte die Stufen nach unten. Es war ein schreckliches Geräusch, das kein Ende finden wollte. Trixi schlug unzählige Male auf. Ihre Arme und Beine wirbelten durch die Luft, bis sie am Fuß der Treppe liegen blieb. Die Milch sickerte über die Stufen nach unten und vermengte sich mit den Scherben auf der Treppe. Es war ein Moment des Grauens. Der Dieb eilte aus dem Haus und verschwand in der Nacht.

Freitag

Emma lag in ihrem Bett und grübelte. Am Morgen wollte sie unbedingt mit Milena sprechen und sie nach ihrem Stelldichein in der Gartenlaube befragen. Nicht dass sie spießig wäre, aber sie konnte solche Eskapaden nicht dulden, nicht hier auf ihrem Grundstück. Ein Gedanke jagte den anderen und machte es ihr unmöglich, auch nur an das Wort Schlaf zu denken.

Die rote Digitalanzeige ihres Weckers zeigte halb zwei, als sie Geräusche von oben vernahm. Der Einbrecher? Emma sprang aus dem Bett. Sie griff nach der hölzernen Giraffenskulptur auf der Kommode, die sie und Kurt aus einem Afrikaurlaub mitgebracht hatten, und rannte hinaus in den Flur. Schritte polterten die Treppe hinab, und jemand schrie so entsetzlich, dass Emma der Schrecken durch Mark und Bein jagte. Scherben klirrten zu Boden. Ein Mann rannte die letzten Stufen nach unten, an Emma vorbei und zur Haustür hinaus. Zuerst wollte sie mit der Holzgiraffe hinterher, doch diese plötzliche Stille im Obergeschoss, dieses absolute Nichts, fühlte sich wie eiskalte Klauen an, die sich um ihr Herz legten. Jule? Emma wurde übel. Ihre Beine drohten zu versagen und einzuknicken. Wie im Traum stieg sie die Stufen nach oben. Sie wollte rufen, fragen, was geschehen sei, doch sie brachte keinen Laut hervor. Als sie die erste Etage erreicht hatte, starrte sie vollkommen paralysiert auf ihre Enkelin am Fuß der Treppe ins Dachgeschoss und ließ die Holzgiraffe neben ihr fallen.

Das Mädchen lag mit dem Kopf nach unten und verrenktem Körper auf den letzten beiden Stufen. Ihre Augen waren geschlossen, und sie bewegte sich nicht mehr. Emma ging neben ihr auf die Knie und strich ihr sanft die Haare aus dem Gesicht. Der Kloß in ihrem Hals drohte sie zu ersticken.

»Scheiße!«, rief Jule und sprang über die Scherben und die Milch hinweg nach unten zu Emma. Sandro folgte ihr. Sie beugten sich beide über Trixi.

Emma wagte nicht, sie zu bewegen. Sie wollte nichts falsch machen, ihr nicht durch eine unachtsame Bewegung noch mehr Schaden zufügen. Plötzlich kam ihr ein ganz anderer Gedanke, und ihr wurde übel. Sie musste ein paarmal tief durchatmen, ehe sie fragte: »Ist sie …?«

Jule überprüfte fachmännisch den Puls an Trixis Halsschlagader und brachte ein gequältes Lächeln zustande. »Nein, sie lebt.«

»Gott sei Dank«, stieß Emma hervor und setzte sich auf den Boden neben ihre Enkelin und weinte. Sie strich ihr sanft über die Wange. »Wach doch auf, Kind.«

Sandro überlegte nicht lange, rannte in den Salon hinab und telefonierte mit dem Notarzt.

»Was ist denn hier los?« Filippo kam gähnend aus seinem Zimmer und fuhr sich mit der Hand durch sein zerzaustes Haar. »Kann man in diesem Haus nicht einmal in Ruhe schlafen? Ich habe morgen einen harten Tag vor mir.« Er blickte zu Trixi und fügte ein gleichgültiges »Oh, so dumm kann's gehen« hinzu und wollte wieder in seinem Zimmer verschwinden.

Emma war fassungslos. So etwas Gefühlskaltes hatte sie noch nie gesehen, und das bereitete ihr noch mehr Angst um Sandro, als sie sowieso schon hatte.

Jule hob Emmas Holzskulptur vom Boden und sprang in die Höhe. Ihre Augen funkelten. Sie holte mit voller Kraft aus und schleuderte die Giraffe in Filippos Richtung. Er bückte sich geistesgegenwärtig, so dass das Geschoss gegen die Wand prallte und zerschellte. Er lachte, ging in sein Zimmer zurück und verriegelte die Tür hinter sich.

»Du verwichster Mafiosoarsch! Ich mache dich fertig …«

Plötzlich fuhr Jule herum und schaute die Treppe nach oben. Ihr Gesichtsausdruck spiegelte Überraschung und Zorn gleichermaßen wider, als sie fragte: »Du?«

Emma folgte ihrem Blick und entdeckte Kalle, der vorsichtig um die Ecke spähte.

»Was machst denn du schon wieder hier?«, fragte Jule gereizt.

Kalle starrte auf die bewusstlose Trixi und wurde kreidebleich. Er streckte den Finger nach ihr aus, formte die Lippen zu einem Wort, das er nicht mehr aussprechen konnte, und fiel in Ohnmacht.

Das grelle Neonlicht im Krankenhaus brannte in Emmas Augen. Vielleicht brannten sie aber auch wegen der vielen Tränen, die sie um ihre Enkelin vergossen hatte. Der Notarzt war keine zehn Minuten nach Sandros Anruf in der Villa eingetroffen. Er hatte das verletzte Mädchen versorgt und von den Sanitätern sofort in die Klinik bringen lassen. Kalle bekam etwas zur Stärkung seines Kreislaufes und wurde von Anja abgeholt und in die WG zurückgebracht. Emma wollte ihn im Krankenhaus nicht dabeihaben. Sein Anblick war das Letzte, was sie nun ertragen konnte. Genauso wenig wollte sie Konstantin oder Barbara sehen. Nicht jetzt. Emma entschied abzuwarten, was der Arzt nach einer gründlichen Untersuchung sagen würde, und dann konnte man immer noch die Eltern informieren. Ihre Ausrede, dass sie die beiden nicht erreichen konnte, sie jedoch die Großmutter des Mädchens sei, genügte den Ärzten fürs Erste.

»Warum brauchen die Deppen bloß so lange?« Unruhig lief Jule den Krankenhausflur auf und ab. Ihre Armeestiefel quietschten auf dem Linoleumboden.

»Kannst du dich bitte mal hinsetzen? Das Geräusch macht mich wahnsinnig«, brauste Sandro auf. Er saß neben Emma auf einem orangefarbenen Plastikstuhl und stützte sich mit seinen Unterarmen auf den Knien ab. Er war blass und übermüdet wie sie alle.

»Lass mich!«, fauchte Jule und lief weiter.

Emma legte den Kopf nach hinten gegen die weiße Wand. Jule musste sich bewegen, um mit dieser nervenaufreibenden Warterei zurechtzukommen. Emma saß der Schrecken in den Knochen, er machte sie handlungsunfähig.

»Meint ihr, sie wird wieder gesund?« Emma starrte zur Decke.

Sandro legte seine Hand auf ihren Oberschenkel, und wenn die Situation nicht so tragisch gewesen wäre, hätte Emma es genossen. Doch in diesem Moment empfand sie gar nichts, war einfach nur müde und ausgelaugt. Die Angst um ihre Enkelin hatte ihr allen Lebensmut geraubt.

»Klaro«, sagte Jule kurz und bestimmt.

Die Tür zum Behandlungsraum öffnete sich, und eine Schwester kam heraus. Jule packte sie an den Armen und schüttelte sie. »Wie geht es Trixi?«

Die junge Schwester blickte Jule erschrocken an. Sandro und Emma sprangen von ihren Sitzen auf.

»Tut mir leid, aber ich kann Ihnen noch nichts sagen.«

»Ach, Scheiße, den Spruch sagt ihr doch immer. Wenn Sie nicht vollkommen taub und blind sind, haben Sie doch mitbekommen, was in dem Zimmer geschieht. Jetzt sagen Sie mir nicht, dass Sie nichts wissen.«

Sandro zog Jule von der jungen Frau fort, die sich mit einem verwirrten Blick und einem leise an Sandro gerichteten »Danke« schnell aus dem Staub machte.

»Du kannst doch nicht Krankenschwestern anfallen, bloß weil es dir zu lange dauert, bis wir Bescheid bekommen.« Sandro drehte seine Freundin zu sich und nahm sie in den Arm. Sie boxte ihm auf die Schulter und ließ ihren Tränen freien Lauf. »Ich hasse dieses Warten«, schluchzte sie.

Emma setzte sich wieder auf ihren Platz, weil sie befürchtete, dass ihre Beine erneut nachgeben könnten. Sie musste stark bleiben. Was auch immer mit Trixi geschah, sie fühlte sich für das Mädchen verantwortlich. Sie hatte ihr Unterschlupf gewährt, und das gegen den Willen ihrer Eltern. Konstantin würde ihr den Kopf abreißen, wenn er von dem Unfall erfahren würde. Das alles wollte sie in Kauf nehmen, wenn Trixi nur gesund werden und keine bleibenden Schäden zurückbehalten würde. Emma zog ein mit Spitzen umhäkeltes

Taschentuch aus ihrer Handtasche und schnäuzte sich. Warum fühlte sie sich eigentlich verantwortlich? War es nicht Konstantin, der den Dieb beauftragt hatte, durch ihr Haus zu schleichen? Diesen Unfall musste er mit seinem Gewissen klären. Emma straffte ihren Rücken und beschloss, sich nicht länger Vorwürfe für etwas zu machen, woran sie keine Schuld trug. Die folgende halbe Stunde quälte sie sich mit solcherlei Gedanken, bis sich endlich die Tür zum Behandlungszimmer öffnete und ein kahlköpfiger Arzt mit Bauchansatz unter seinem weißen Kittel heraustrat. Jule, Sandro und Emma standen wie auf Kommando sofort vor ihm und starrten ihn gefasst an. Der Mann lächelte und machte eine beruhigende Handbewegung. »Sie sind die Angehörigen der jungen Dame?« Er blickte über seine Brille hinweg und verharrte bei Emma.

»Ich bin die Großmutter. Ihre Eltern können wir zurzeit nicht erreichen«, log Emma, ohne rot zu werden.

»Was ist mit ihr? Reden Sie schon!«, drängelte Jule ungeduldig. Sandro hielt sie vorsichtshalber am Arm fest.

»Die junge Frau hatte mehr Glück als Verstand. Dieser Treppensturz hätte ganz anders ausgehen können.«

»Und was ist jetzt?«

»Jule!«, ermahnte Sandro.

»Die Patientin hat eine Fraktur am linken Unterarm, diverse Prellungen und eine leichte Gehirnerschütterung.«

»Das ist alles?«, fragte Emma, während sie befürchtete, dass das dicke Ende noch folgen würde.

Der Arzt blickte sie eindringlich an. »Da gibt es allerdings noch etwas.«

Emma traf seine Bemerkung wie ein Fausthieb in den Magen. Trixi war gelähmt, hatte eine Amnesie oder innere Blutungen, an denen sie sterben würde. Binnen dem Bruchteil einer Sekunde gaukelte Emmas Verstand ihr die schwärzesten Szenarien vor.

»Sie wissen von ihrer Schwangerschaft?«, fragte der Arzt vorsichtig und wartete auf Emmas Reaktion.

»Natürlich.«

»Der Fötus hat den Sturz nicht überlebt, es kam zu einem Abgang.«

Emma wusste im ersten Moment nicht, was sie von dieser Information halten sollte. Ihr Urenkelchen war gestorben, noch ehe es auf die Welt kommen durfte. Dann erinnerte sie sich an Kalles lächerlichen Gesichtsausdruck, als er in ihrem Haus in Ohnmacht gefallen war, und sie wusste, dass sie dieses Kind nie hätte wirklich lieben können. Eine der schwersten Entscheidungen, was sie Trixi hätte raten sollen, war ihr soeben abgenommen worden. Emma schlug die Hand vor ihren Mund, nicht vor Entsetzen, wie der freundliche Arzt vermutete, sondern um nicht vor Erleichterung laut zu lachen.

Jule war da weniger diplomatisch. Sie wirbelte mit ihrer Faust durch die Luft und rief: »Yes!«

Der Arzt starrte sie überrascht an. Solch eine Reaktion von besorgten Verwandten war ihm sichtlich fremd.

»Junge Frau, über einen Schwangerschaftsabbruch sollten Sie sich nicht freuen. Das ist eine traurige Angelegenheit.«

»Haben Sie 'ne Ahnung …«

Weiter kam Jule mit ihren Ausführungen nicht, denn Sandro hielt ihr den Mund zu und zog sie mit sich ein Stück den Flur entlang.

»Sie sollten zusehen, dass diese Person Ihre Enkelin in den nächsten Tagen nicht besucht. Das wäre nicht gut für das Wohl der jungen Frau. Sie muss mit dieser Situation erst noch zurechtkommen.« Der Arzt drehte sich um und wollte wieder in das Behandlungszimmer gehen. Im Türrahmen wandte er sich noch mal zu Emma um. »Versuchen Sie bitte, die Eltern zu informieren.«

»Selbstverständlich und ähm«, Emma umklammerte den Griff ihrer Handtasche vor der Brust und trat ein wenig näher zu dem Arzt, »dürfte ich Sie um etwas bitten?«

Der Mann wurde neugierig und beugte sich zu Emma.

»Könnten Sie bitte die Sache mit der Schwangerschaft für sich behalten? Also, ich meine, würden Sie bitte das Thema nicht vor den

Eltern erwähnen?« Emma setzte ein honigsüßes Lächeln auf und zwinkerte dem Arzt zu.

Er schien zu begreifen, blickte den Flur hinab zu Jule, und seine Miene verfinsterte sich. »Dieser Treppensturz – war der etwa vorsätzlich herbeigeführt?«

Emma wurde schlecht. Sie begriff, was der Arzt vermutete, und sah sich schon in Handschellen abgeführt. Sie legte die Hand erschrocken auf die Brust und schüttelte vehement den Kopf. »Um Gottes willen, nein! Bei uns wurde eingebrochen, und der Dieb ist auf seiner Flucht mit meiner Enkelin zusammengestoßen. Ich würde doch niemals zulassen, dass ihr etwas geschieht. Nein, bitte befragen Sie das Mädchen selbst, wenn Sie mir nicht glauben.«

Das Gesicht des Arztes entspannte sich. »Keine Sorge. Die Patientin hat mir bereits alles erzählt. Sie bat mich, Ihnen die Nachricht zu überbringen, und sie bat mich ebenso, ihren Eltern nichts zu sagen. Ich werde in diesem Fall ihren Wünschen nachgehen, obwohl ich eigentlich …«

»Danke«, fuhr Emma dazwischen, damit der Arzt gar nicht erst auf dumme Gedanken kam, und drückte seine Hand.

Den nächsten Morgen hätte Emma am liebsten aus ihrem Leben gestrichen. Sie war hundemüde, und zwei dunkle Ringe zeichneten sich trotz Make-up unter ihren Augen ab. Nach ihrer Rückkehr aus dem Krankenhaus in den frühen Morgenstunden war sie wie eine Steinsäule in die weichen Kissen ihres Bettes gefallen und sofort tief und fest eingeschlafen.

Nur wenige Stunden später klopfte Jule schon wieder an ihre Zimmertür und weckte sie.

»Aufstehen!«, rief sie. »Wir müssen die Welt retten.« Jule grinste.

Emma brachte nur ein müdes Gähnen zustande und sortierte ihre Gedanken. Plötzlich erinnerte sie sich an die grausame Realität. Es war Freitag. Filippos große Stunde war gekommen, und das konnte alles bedeuteten, nur nichts Gutes. Sie setzte sich auf und schwang ihre Beine aus dem Bett. Woher nahm Jule nur ihre Energie und ihren Optimismus? Es lag wahrscheinlich an ihrer Jugend, dass weder Müdigkeit noch Angst Spuren in ihrem Gesicht hinterließen. Im Gegenteil, mit ihren lustigen Sommersprossen, ihren grünen Augen und einem Lächeln auf den Lippen strotzte sie vor Energie. Oder lag es an ihrem Plan, den sie gestern ausgeheckt und noch nicht verraten hatte? Das Einzige, was sie gesagt hatte, war, dass sie heute Emmas Hilfe benötigte. Was auch immer sie vorhatte, es würde ein anstrengender Tag für Emma werden, und sie sehnte bereits jetzt den Abend herbei. Dann wäre alles vorüber, und sie dürfte sich endlich ausruhen. Wirklich? Was, wenn etwas schieflief, Filippos teuflischer Plan aufging und Sandro eventuell …? Emma schüttelte den Kopf und wollte ihre finsteren Gedanken loswerden. Jetzt war nicht die Zeit zum Grübeln, sie musste Jule helfen.

Der Frühstückstisch war bereits gedeckt. Emma betrat die Küche und grüßte Milena, die gerade an ihr vorbeihuschte und nach oben ging, um die Betten zu lüften. Die Wangen der jungen Frau glühten, ihre Augen strahlten. Sie war verliebt, das konnte man ihr unschwer ansehen. Emma würde mit ihr über das nächtliche Stelldichein in der Gartenlaube reden müssen, aber nicht heute. Sie brauchte den kleinen Rest ihrer Energie für Wichtigeres. Sie setzte sich an den Tisch, goss Kaffee in ihre Tasse und bestrich ein Brötchen mit Holundermarmelade.

»Schade, dass wir den Dieb nicht gefasst haben«, sagte Sandro. »Ob dein Sohn ihn nach dieser verpatzten Gelegenheit noch mal schickt?«

Irgendetwas an dem nächtlichen Einbruch hatte Emma nachdenklich gestimmt. Sie hatte das Gefühl, dass sie den Einbrecher kannte, konnte aber nicht sagen, warum. Es war vielmehr eine flüchtige Ahnung, die sie im Trubel um Trixis Sturz jedoch aus den Augen verloren hatte und jetzt nicht mehr zu fassen bekam.

»Ich weiß nicht«, sagte Emma nachdenklich, »es ging alles so schnell und dann das Unglück mit Trixi, aber irgendwie habe ich ein komisches Gefühl. Ich glaube, ich weiß, wer der Mann war.«

»Was?« Sandro war sofort hellwach und beugte sich zu Emma über den Tisch.

»Ich kann nicht sagen, warum ich auf diese Idee komme, das ist ja das Dumme, aber irgendetwas an ihm kam mir vertraut vor. Wenn ich nur wüsste, was es war.«

»Leute, vergesst mal den Einbrecher. Der kann warten«, warf Jule ein. »Heute ist Freitag, und wir haben nur noch siebeneinhalb Stunden Zeit, bis Filippo mit Sandro sein Spielchen durchzieht. Wir sollten uns schleunigst etwas einfallen lassen, wie wir das verhindern können.«

Sandro seufzte. Er trank seinen Kaffee und lehnte sich kraftlos zurück. »Danke, dass du mich daran erinnerst.«

Er sah mitgenommen aus, mit Schatten unter den Augen und fahlen Wangen. Der Junge musste durch die Hölle gehen, ständig die Angst um seine Mutter und diese verdammte Ungewissheit im Nacken, was ihn heute erwartete.

»Du hast einen Plan, nicht wahr?«, fragte Emma. Sie vertraute Jule und würde alles in ihrer Macht Stehende tun, um Sandro zu helfen.

»Ich habe mir etwas ausgedacht«, antwortete sie. »Emma und ich werden Carlotta befreien. Wenn Filippo dich mit ihr nicht mehr erpressen kann, dann sieht er ganz schön alt aus und wir können den Spieß umdrehen.«

Sandro seufzte und strich mit beiden Händen über sein unrasiertes Gesicht.

»Jule, bitte, das hatten wir schon. Halte meine Mutter aus dem Spiel raus. Ich will nicht, dass sie …«

»Jetzt sei doch mal still, du Luschi!« Jule lächelte siegessicher. »Deiner Mutter wird nichts passieren, großes Ehrenwort. Du musst nur zusehen, dass Filippo uns nicht in die Quere kommt. Schaffst du das?«

»Wie soll ich das anstellen?« Sandro runzelte die Stirn und rührte nachdenklich in seinem Kaffee.

»Das ist das einzige Problem an meinem Plan. Wenn er uns in die Quere kommt, wird es schwierig.«

»Was hast du vor?«, fragte Emma.

Aus dem Flur hörten sie Filippo die Treppe herunterkommen.

»Pst, kein Wort«, zischte Jule und beugte sich zu Sandro. »Vertrau mir, ich hole deine Mutter noch vor heute Mittag da raus.«

Sandro hatte keine Zeit mehr zu antworten. Stattdessen drückte er ihr einen innigen Kuss auf den Mund.

»Mir wird schlecht, wenn ich so viel Harmonie auf einmal sehe.« Filippo zog einen Stuhl zurück und setzte sich an den Frühstückstisch. Ohne ein weiteres Wort nahm er sich ein Brötchen und goss sich Kaffee ein.

Emma verabscheute diesen Mann. Er hatte seine Haare mit Gel nach hinten gekämmt und trug eine goldene Kette um seinen Hals und sein Handgelenk. ›Typ italienischer Macho‹, dachte Emma. Die Beule, die Jule ihm verpasst hatte, war kaum noch zu sehen. Emma hätte ihm eine fette Platzwunde gewünscht. Sie betrachtete diesen Mann, der vor wenigen Tagen noch heftige Hormonschübe in ihr ausgelöst hatte und heute einfach nur abstoßend auf sie wirkte. Männer! Sie sollte das Thema gänzlich begraben und sich damit begnügen, dass Jule und Sandro bei ihr lebten. Die Idee, Kontaktanzeigen aufzugeben, war ein absoluter Reinfall gewesen, und wenn Emma genauer darüber nachdachte, waren Südländer auch nicht besser, selbst wenn sie, wie Jule so schön sagte, »Knackärsche« hatten. Ihr Blick blieb an Filippo hängen. Schade eigentlich, dieser Körper hatte durchaus seine Reize …

»Nicht vergessen, Sandro, heute Mittag haben wir ein Date«, sagte Filippo und biss in sein Brötchen. Krümel rieselten auf seinen Teller hinab. Drei Augenpaare ruhten auf ihm und wünschten ihm die Pest an den Hals. Filippo grinste und schaute sie reihum an.

»Was ist? Ihr seht grausig aus. Habt ihr schlecht geschlafen heute Nacht? Kein Wunder, bei dem Gepolter konnte man wirklich kein Auge zutun.«

Jule sprang auf. Ihre Locken wirbelten wild um ihren Kopf. Ihr rotes T-Shirt schmiegte sich eng an ihren schlanken Körper.

»Danke für deine Nachfrage, Trixi hat den Sturz überlebt, du Arschgesicht.«

»Warum denn so gereizt? Du brauchst wohl eine Runde Schlaf, dann bist du wieder ausgeglichener«, lachte Filippo und warf ihr einen feurigen Blick zu.

Jule stand kurz vor der Explosion. Hätte Sandro sie nicht am Arm gepackt, wäre sie wie eine Raubkatze über Filippo hergefallen.

»Was ist, Schätzchen, willst du mir heute früh nicht Gesellschaft leisten?«, stichelte Filippo weiter.

»Wobei? Beim Bescheuertsein?«

Er lachte und köpfte sein Frühstücksei. »Ich dachte vielmehr, wir vergnügen uns eine Runde am Pool«, dabei blickte er zu Sandro. »Ich möchte meinen lieben Cousin heute im Auge behalten, damit er keinen Unsinn macht und nicht auf dumme Gedanken kommt.«

›Das ist perfekt‹, dachte Emma. Wenn er Sandro im Auge behielt, brauchte dieser nur in der Villa zu bleiben und sie konnten in der Zwischenzeit Carlotta befreien. Emma würde alles tun und Jule bei ihrem Vorhaben unterstützen. Ihr Blick glitt zu Sandro. Alles.

Jule parkte den Wagen vor Carlottas Haus. Sie versprühte wilde Entschlossenheit. Ihre Jeans waren an beiden Knien eingerissen. Auf ihre Gesäßtasche war ein Totenkopfschädel gestickt, passend zu dem Piratentuch, das sie um ihre Stirn gebunden hatte. Weiße Schädel grinsten Emma von schwarzem Grund entgegen. Sie lächelte.

»Wassn?«

»Nichts, ich bewundere nur deinen Mut, wie du um Sandro kämpfst, als ob es kein Morgen mehr gäbe.«

Jules Mimik erstarrte. »Wenn er diesen Tag nicht überleben sollte, wird es für mich auch kein Morgen mehr geben.« Ihre Augen funkelten eiskalt. Sie würde bis zum Äußersten gehen, dessen war sich Emma sicher, und sie würde ihr, ohne mit der Wimper zu zucken, folgen.

»Du weißt Bescheid, was du zu tun hast?«

Emma nickte. Jule hatte ihr unterwegs Anweisungen für diesen aberwitzigen Plan gegeben. Sie klappte die Sonnenblende herunter und betrachtete ihr Gesicht im Frisierspiegel. Die Augenringe waren immer noch da, aber ihre Müdigkeit war mit der steigenden Anspannung gewichen. Adrenalin schoss durch ihren Körper und verlieh ihr neue Kraft. Emma griff nach ihrer Handtasche, klappte die Blende wieder hoch und schaute zu Jule. »Bereit?«

»Klaro!«

Emma stieg aus dem Wagen, strich ihre cremefarbene Leinentunika glatt und schaute zu Carlottas Fenstern hinauf. Sie atmete tief durch. Wenn sie auch nur den stinkenden Hinterhofmief einatmete, gab es ihr dennoch das Gefühl von Stärke. Auf in den Kampf, alte Frau.

Emma überquerte den Hof und drückte Carlotta Pascellos Klingelknopf an der Haustür. Sie wartete eine ganze Weile, ehe sie ein zweites Mal läutete. Nichts. Sie drehte sich zu Jule um und zuckte mit den Schultern. Jule hatte bereits vermutet, dass Carlotta und ihr Bewacher nicht reagieren würden, und einen Plan B bereitgelegt.

Jule sprang aus dem Auto, lief zu Emma hinüber und klingelte in der WG. Kalle und Anja waren zu Hause, das hatte sie zuvor telefonisch abgeklärt.

»Ja?«, krächzte eine Frauenstimme aus dem Lautsprecher.

»Ich bin's«, sagte Jule.

»Du?«

»Ja, mach schon auf.«

»Und das Unheil wird über mich kommen.«

»Anja!«

»Ist ja schon gut.«

Die Tür surrte und sprang auf. Sie eilten in den dunklen Hausflur und stiegen die Treppen nach oben. Jule sprintete, immer zwei Stufen auf einmal nehmend, bis zur Wohnungstür der WG. Als Emma aufholte, hatte Anja bereits die Tür geöffnet. Sie lächelte ihr zu und lief weiter, eine Etage höher, bis zur Wohnung von Carlotta. Auf dem Fußabtreter blieb Emma stehen und verschnaufte. Sie legte ihr Ohr gegen die Tür und lauschte. Irgendwo lief ein Fernsehapparat. Sie drückte den messingfarbenen Klingelknopf und hörte das schrille Läuten in der Wohnung.

Der Fernseher verstummte sofort und alles wurde still. Jule hatte befürchtet, dass Carlottas Bewacher auf Tauchstation ging. Emma klingelte ein zweites Mal. Ihr Magen rumorte vor Aufregung. Hoffentlich ging alles gut und sie brachten Sandros oder Carlottas Leben nicht in Gefahr. Da sich nach dem zweiten Klingeln immer noch niemand rührte, tat Emma, was Jule ihr gesagt hatte. Sie trommelte mit der Faust gegen die Tür.

»Carlotta, mach auf!«

Nichts.

»Ich weiß, dass du da bist. Wir waren verabredet. Schon vergessen?«

Emma wartete.

»Komm schon, lass mich nicht so lange warten.«

Ob von drinnen jemand durch den Spion schaute und sie beobachtete? Emma gab sich Mühe, möglichst unbefangen auszusehen, und hämmerte erneut gegen die Tür.

»Liebes, ich bin's, jetzt mach endlich auf.«

Gut, so weit hatte Jule recht behalten. Dieser Widerling würde abwarten und auf Zeit spielen. Wenn er glaubte, dass die Alte vor der Tür irgendwann wieder ging, dann hatte er sich getäuscht. Emma hämmerte noch kräftiger.

»Carlotta, so langsam mache ich mir Sorgen. Das gab es noch nie, dass du mir nicht geöffnet hast. Ist etwas passiert? Ich hole die Polizei oder am besten gleich noch den Notarzt. – Wo ist es denn nur?« Emma kramte in ihrer Handtasche und zog Jules Handy hervor. Noch ehe sie so tat, als ob sie den Notruf anwählte, öffnete sich die Tür einen schmalen Spalt. Carlotta schaute ängstlich hervor. Ihr sonst so penibel nach hinten gekämmter Pferdeschwanz hatte sich gelöst, und einzelne Strähnen hingen lose an ihrem Gesicht nach unten. In ihren Augen spiegelte sich Furcht, und sie versuchte, Emma mit einer Ausrede abzuspeisen, genau wie Jule vermutet hatte.

»Emma, wie lieb von dir, dass du vorbeischaust, aber ich … also mir geht es nicht so gut. Ich lag im Bett und habe geschlafen. Bitte besuche mich ein andermal.«

Carlotta wollte die Tür wieder schließen, doch ihre Augen flehten um Hilfe. Emma lächelte. Dieser Rohling, der sie in der Wohnung gefangen hielt, hatte sie wahrscheinlich gezwungen, etwas Derartiges zu sagen. Emma drückte die Tür in den Flur auf und stürmte hinein. Was sie dort erwarten würde, war Spekulation gewesen. Entweder Filippos Freund hatte sich irgendwo in der Wohnung versteckt und Carlotta dermaßen unter Druck gesetzt, dass sie die richtigen Antworten gab, oder er stand bewaffnet im Flur direkt hinter der Tür. Emmas Puls pochte wie verrückt, doch sie verbarg ihre Nervosität großartig. Sie war früher an Kurts Seite jedes Mal zur Perfektion aufgelaufen, wenn es darum ging, wichtige Persönlichkeiten in der Firma zu begrüßen und spontan und individuell auf deren Spleens einzugehen. Nur hätten die ihr keine Gewalt angetan, wenn sie etwas Falsches gesagt hätte. Aber im Grunde war die Situation ähnlich. Lügen auf Teufel komm raus und dabei eine selbstbewusste Miene aufsetzen. ›Irgendwie reizvoll‹, dachte Emma und musste schmunzeln.

Blitzschnell schaute sie sich im Flur um. Hinter der Tür stand niemand, doch durch die Glasscheibe der Wohnzimmertür entdeckte sie einen Schatten. Emma hatte vorgeschlagen, Carlotta einfach zu sich in den Treppenaufgang hinauszuziehen und mit ihr nach unten in die WG zu fliehen, aber Jule meinte, dass das keinen Sinn hätte, denn der Italiener würde sofort die Verfolgung aufnehmen, ohne Rücksicht auf Verluste. Wahrscheinlich hatte sie recht. Emma schloss die Wohnungstür hinter sich und hakte Carlotta unter.

»Wie lange spielen wir nun schon freitags Bridge, meine Liebe?«, fragte Emma mit gespielter Unbekümmertheit und blickte in Carlottas verstörtes Gesicht. Was musste die Frau von ihr denken? Sandros Mutter konnte Emma nicht ausstehen. Ihre Bekanntschaft stand bisher unter keinem guten Stern, und als Sandro sie eines Tages aus Protest als seine zukünftige Verlobte vorgestellt hatte, waren die Weichen endgültig auf abgrundtiefe Verachtung gestellt. Carlotta war entsetzt über die Aussicht gewesen, dass ihre Schwiegertochter älter als sie selbst sein sollte. Sie war eine kleine und pummelige Frau, mit der nicht gut Kirschen essen war und die alles daransetzte, Jule und Sandro auseinanderzubringen.

Emma zwinkerte Carlotta zu und machte eine Kopfbewegung in Richtung Wohnzimmer. Die Italienerin schien zu verstehen und nickte.

»Sehen Sie zu, dass Sie irgendwie das Fenster in Sandros Zimmer öffnen«, flüsterte Emma und fügte laut hinzu: »Komm, ich brühe dir einen Kaffee auf und du erzählst mir, was dich bedrückt.«

Aus dem Wohnzimmer war ein Geräusch zu hören.

»Hast du Besuch?«, fragte Emma und öffnete die Glastür. »Oh, wer sind denn Sie?«

Dottore Morte ließ seine Hände auf den Rücken fahren. Sandro hatte von diesem widerlichen Mann berichtet und auch von seiner Waffe. Emma vermutete, dass er diese nun hinter sich verbarg. Sein irritierter Gesichtsausdruck war köstlich. Am liebsten hätte sie »Überraschung« gerufen. Bestimmt überlegte er fieberhaft, ob er die Situation mit Gewalt lösen sollte oder ob die Alte freiwillig wieder ging. Er schwitzte. Kein Wunder, sein Plan lief alles andere als rund. Emma durfte ihm keine Zeit zum Nachdenken lassen. Jule war schon ein verrücktes Huhn! Sie hatte genau vorhergesagt, wie dieser Mann reagieren würde. Übertölpeln war die beste Strategie.

»Carlotta, ist das nicht dein Neffe aus Italien? Giorgio? Mein Gott, du bist aber groß geworden, Junge«, sagte Emma und tätschelte ihm die Wange.

Der Mann starrte sie fassungslos an, und sein Kiefer klappte nach unten. Er hatte wohl mit allem, aber nicht hiermit gerechnet.

»Carlotta, hol doch schon mal unsere Bridgekarten aus Sandros Zimmer.« Sandros Mutter verstand, was zu tun war, und lief den Flur zurück. »Spielst du eine Runde mit uns, Junge?«

Seine erste Verwirrung hatte sich gelegt. Nun wurde es ernst. Entweder er zog sofort seine Waffe, oder er versuchte, sie unter irgendeinem Vorwand aus der Wohnung hinauszukomplimentieren. Emma musste Jule ein wenig Zeit verschaffen.

»Du sagst ja gar nichts. Ist dir nicht gut? Kein Wunder, hier riecht es aber auch streng.« Der Mann stank tatsächlich wie ein Otter. Hatte er noch nie von der Erfindung der Dusche gehört? Emma lief zum Fenster und riss es auf. Sie wollte nachsehen, ob Jule bereits aus ihrem alten Zimmer aus der WG gestiegen war. Es befand sich eine Etage unter Carlottas Wohnung. Von dort aus war sie früher heimlich über die Feuerleiter in Sandros Zimmer geklettert. Als Emma Jule das erste Mal an der Hauswand nach oben hatte steigen sehen, war ihr das Herz in die Hose gerutscht, doch das Mädchen beherrschte den Weg in das Zimmer ihres Freundes im Schlaf, denn zur Haustür hätte Carlotta sie nie hereingelassen.

Emma sah gerade noch Jules Fuß über die Fensterbank in Sandros Zimmer verschwinden. ›Das Paket ist geliefert‹, dachte Emma und fühlte sich wie in einem Spionagefilm. Nun sollte es eine Kleinigkeit sein, Filippos Handlanger zu überwältigen. Sie waren zu dritt und er war ahnungslos.

Emma lief zur Wohnzimmertür und stellte sich so, dass sie ihm die Sicht in den Flur versperrte, durch den Jule jetzt schlich.

»Was solle die ganze Mist?«, zischte Dottore Morte und zog die Waffe hinter seinem Rücken hervor. Die Zigarette in seinem Mundwinkel wippte beim Reden auf und ab.

»Giorgio, so kenne ich dich gar nicht«, stammelte Emma zu Tode erschrocken, als sie in die Mündung der Pistole schaute. Sie fasste hinter sich und tastete nach der Sofalehne.

»Du werde genau tun, wasse isch sage.« Er drückte ihr die Pistole an die Stirn.

So hatte Emma sich das nicht vorgestellt, aber Jule würde gleich dem Spektakel ein Ende bereiten. Hoffentlich.

»Bitte, steck das Ding weg«, flehte sie.

»Wo isse die Alte hin?«, fragte er und wollte in den Flur hinausstürmen. Im selben Moment flog ihm die Tür gegen den Kopf. Jule stand breitbeinig vor ihm und sprühte ihm eine Ladung Pfefferspray ins Gesicht.

»*Buona notte, stronzo!*«, fauchte Jule und schlug ihm die Waffe aus der Hand.

»Aah!«, schrie Dottore Morte und rieb sich die Augen. Er taumelte durch das Wohnzimmer und fluchte auf Italienisch. Er versuchte, sich zu orientieren, stolperte dabei über die Teppichkante und ging auf die Knie. Jule setzte ihm nach und verpasste ihm einen Tritt mit ihren Armeestiefeln zwischen die Schulterblätter. Der Mann kippte nach vorn.

Emma hatte seine Pistole geistesgegenwärtig mit dem Fuß in den Flur gekickt. Sie mussten den Mann fesseln, bevor die Wirkung des Reizgases nachließ. Jule zog ihm die Arme auf den Rücken, und Emma reichte ihr die Kabelbinder, die sie in ihrer Handtasche mitgebracht hatte. Jule kannte keine Gnade und zurrte die Fesseln fest zusammen.

»Das werde du bereue, du Luder«, schimpfte Dottore Morte und wand sich auf dem Teppich wie ein Fisch an Land. Seine Augen waren feuerrot, und Tränen liefen ihm über die Wangen. »Du biste tot! Wenn isch dich in die Finger kriege.«

»Halt mal die Luft an, Alter.« Jule verschnürte den Italiener an Händen und Füßen und ließ ihn auf dem Boden vor dem Fernseher liegen. Sie strich sich nach getaner Arbeit über die Stirn.

»Hat doch super geklappt.« Sie schlug mit Emma ein und lachte. Dottore Mortes Morddrohungen und Beschimpfungen ließen sie kalt.

Carlotta tauchte ängstlich an der Wohnzimmertür auf. Ihr Gesicht war blass, ihre Handgelenke von den Fesseln wund gescheuert, während sie sich am Türrahmen festhielt. »Danke«, hauchte sie und drohte zusammenzubrechen.

Jule packte die Frau und legte den Arm um ihre Taille. Sie führte sie wie eine Schwerverletzte in die Küche und setzte sie auf einen der vier weißen Holzstühle.

»Warten Sie, ich bringe Ihnen einen Schluck Wasser.« Jule öffnete ungeniert alle Schranktüren, bis sie die Gläser fand, und füllte eines mit kaltem Wasser aus der Leitung. »Hier, trinken Sie.«

Emma setzte sich zu Carlotta an den Tisch. Ihre Beine waren ebenfalls zittrig, aber im Gegensatz zu Sandros Mutter kannte sie Jules aberwitzige Aktionen und war bei ihr auf alles gefasst. Gewöhnte sie sich etwa schon an diese Art zu leben?

»Ihr entschuldigt? Ich muss unbedingt erfahren, was Filippo mit Sandro vorhat«, sagte Jule und eilte zurück ins Wohnzimmer.

»Wie geht es meinem Sohn? Ist er gesund?« Carlotta nahm Emmas Hände und starrte sie flehentlich an.

»Es ist alles in Ordnung, Frau Pascello. Sandro geht es gut.«

»*Dio mio,* ich hatte solche Angst um ihn.« Tränen der Erleichterung liefen ihr über die Wangen.

Emma mochte diese impertinente Person absolut nicht, aber wie sie mit wund gescheuerten Handgelenken und rot geweinten Augen wie ein Häufchen Elend hier am Küchentisch saß, hatte sie doch Mitleid mit ihr.

»Ich muss mich bei Ihnen bedanken«, begann sie leise und starrte auf das Glas Wasser vor sich.

»Bedanken sollten Sie sich bei Jule, auch wenn Sie sie für eine verlotterte Person halten. Für Sandro würde sie alles tun.«

Carlotta nickte und schaute auf. »Ich bin eine Idiotin«, sagte sie leise. »Ich weiß, dass ich ihn nie hätte bevormunden dürfen, aber er ist doch das Einzige, was ich noch habe. Ich wollte nur das Beste für ihn.«

»Ich weiß, aber genau das hat er in Jule gefunden. Wenn Sie ihn nicht verlieren wollen, sollten Sie auf die beiden zugehen.« Emma lächelte. Ihr Blick streifte durch die weiße Einbauküche mit goldfarbenen Türgriffen und blieb an der aufgeschlagenen Tageszeitung auf dem Tisch hängen. Ein Aschenbecher voller Kippen stand daneben und verströmte kalten Zigarettengestank. Stopp! Emma hatte im Augenwinkel etwas entdeckt, das ihr kalten Schweiß auf die Stirn trieb. Sie zog die Zeitung zu sich heran und betrachtete das große Foto eines Mannes im Lokalteil. Ihr wurde schwarz vor Augen. Speichel sammelte sich in ihrem Mund, der bittere Vorgeschmack einer Ohnmacht.

»Ist Ihnen nicht gut?«, fragte Carlotta und schob ihr Wasserglas über den Tisch.

»Jule«, hauchte Emma.

Carlotta stand auf und huschte ins Wohnzimmer. Sie kam eine Sekunde später mit Jule zurück.

»Was ist los? Mein Gott, Emma, du bist kreidebleich. Was ist?«

Emma tippte mit dem Zeigefinger auf das Foto und brachte keinen Ton hervor.

»Verdammter Mist!«

Jule setzte sich neben Emma und las:

Wer kennt diesen Mann? Im Stadtpark wurde in den frühen Morgenstunden dieser Mann orientierungslos aufgefunden … Kopfverletzung, Amnesie und sachdienliche Hinweise waren die letzten Worte, die Emma noch hörte. Sie konnte Jules Stimme nicht länger folgen. Herbert lebte. Sollte sie sich nun freuen oder Angst davor haben, dass er sie anzeigte, sobald er sich wieder erinnerte?

»Hast du gehört?« Jule rüttelte an Emmas Schulter.

»Bitte?« Emma vernahm sie nur dumpf, wie durch einen dicken Wattebausch.

»Das ist perfekt!«

»Ja?«

»Natürlich. Jetzt wird er dich in Ruhe lassen.«

»Und wenn seine Erinnerungen zurückkehren? Was dann?«

Jule lachte. »Wir werden ihn als komplett unglaubwürdig abtun, was nach einem Schlag auf den Kopf kein Problem darstellen dürfte. Er muss dir den Vorfall erst einmal beweisen.«

Emma bezweifelte, dass das so einfach ginge, aber im Grunde hatte Jule recht. Für das, was in ihrem Garten vorgefallen war, gab es keine Zeugen, nicht einmal Patrizia, und jetzt im Nachhinein war sie froh, dass ihre Gardinen nicht gewackelt hatten, als Herbert aufdringlich wurde.

»Es gibt doch einen Gott«, sagte Jule. Ihr Lachen erstarb, als sie in Carlottas finsteres Gesicht blickte, die mahnend über diesen Ausruf auf das Holzkreuz über der Küchenuhr deutete, an der eine goldene Jesusfigur hing.

Emma räusperte sich, und Carlotta entspannte sich wieder.

»Entschuldigung, ich kann wohl noch nicht so schnell aus meiner Haut«, sagte sie und senkte den Kopf.

Plötzlich schrillte die Haustürklingel. Die drei Frauen fuhren zusammen.

»Filippo?«

Jule erhob sich, schlich den Flur entlang und schaute durch den Türspion. Draußen stand eine Frau mit schwarzer Sonnenbrille und einem schwarzen Tuch im Grace-Kelly-Stil um den Kopf geschlungen. Sie klingelte ein zweites Mal. Carlotta und Emma waren in den Flur gekommen. Die kleine Italienerin spähte selbst durch den Spion. Jule überlegte, ob sie öffnen sollte oder nicht. Vielleicht hatte diese Frau etwas mit Filippos Plan zu tun. Sie schaute noch einmal hinaus, um sicherzugehen, dass die Frau allein vor der Tür stand. Jule wägte ab. Sie waren zu dritt und würden mit ihr fertigwerden, wenn sie Probleme machen sollte. Im Notfall, sie schaute hinter sich auf den Flurboden, hatten sie auch noch Dottore Mortes Pistole. Jule nickte Emma zu und rief: »Wer ist da?«

»Senora Pascello?«

»Wer will das wissen?«

»*Scusi*, mein Name ist Anna Macchioni. Ich komme aus Venedig und muss mit Ihnen reden. Bitte öffnen Sie die Tür.«

»Kennen Sie die Tussi?«, flüsterte Jule zu Carlotta. Sandros Mutter rieb sich den Mund und nickte langsam. »Nicht direkt«, sie zögerte, »wir hatten in Italien einige Schwierigkeiten, aber das ist eine lange Geschichte.«

»Soll ich sie reinlassen?«

Carlotta antwortete nicht.

»Was wollen Sie von mir?«, rief Jule, da Carlotta schwieg.

»Bitte, ich muss mit Ihnen reden. Es geht um Ihren Sohn.«

Carlotta nickte, und Jule öffnete die Tür.

»Was soll das heißen, Sie haben nichts gefunden?« Konstantin drückte seine Zigarette im Aschenbecher des Wagens aus.

Wir hatten uns wie am Tag zuvor auf einem Waldparkplatz getroffen. Mir war heiß, der Rauch kratzte in meinem Hals, oder war es das trockene Gefühl der Angst, die mir aus allen Poren kroch?

»Der Safe war leer«, log ich, während ich hoffte, er würde meine Lüge nicht bemerken.

»Unsinn. Es liegt immer irgendetwas in einem Tresor.« Konstantin stieg aus und lief um den Wagen herum. Er war wütend, weil er nicht bekam, was er wollte, und jetzt bekam ich von ihm bestimmt gleich das, was ich nicht wollte, nämlich Schläge. Ich öffnete die Wagentür und stieg aus. Ich wollte ihm auf Augenhöhe begegnen.

Konstantin packte mich am Hemdkragen und zog mich zu sich. Sein Atem roch nach kaltem Rauch.

»Was haben Sie gefunden, reden Sie!«

»Nichts, das habe ich Ihnen bereits gesagt. Der Safe war leer.«

»Diesen Mist soll ich Ihnen glauben?« Konstantin stieß mich gegen seinen Wagen und überlegte. Er starrte mich mit zusammengekniffenen Augen an. »Sie haben unter Garantie etwas gefunden, und das war Ihnen mehr wert als die 10.000 Euro Belohnung, die Sie von mir verlangt haben. Was war es?«

Er schüttelte mich und drückte mich gegen den Wagen. Ich musste lachen. Die ganze Situation war verrückt. Ich konnte ihm nicht sagen, dass ich den Tresor nicht einmal geöffnet hatte. Er würde wissen wollen, warum, und ich müsste ihm erzählen, dass ich ertappt wurde und geflohen bin. Das hätte er vielleicht noch verärgert hingenommen, aber nicht, dass ich dabei seine Tochter die Treppe hinabgestoßen hatte. Mein Gott, das wollte ich nicht. Mit dem Mädchen hatte ich nichts am Hut. Sie war einfach nur zur falschen Zeit am falschen Ort.

Seit Konstantin mir im Nacken saß, ging alles schief. Ich wollte mich nicht von ihm instrumentalisieren lassen. Wenn er einen Handlanger brauchte, um seine Mutter zu bestehlen, sollte er sich einen Profi suchen, aber nicht mich. Bei keinem der Einbrüche im Villenviertel hatte ich Zeugen gehabt. Ich arbeitete unbemerkt, genoss das Gefühl des Verbotenen und den Nervenkitzel, doch die letzte Nacht war ein einziges Fiasko gewesen. Es wurde Zeit, mich aus dem Staub zu machen und für eine Weile unterzutauchen.

»Wie oft soll ich es denn noch sagen? Der Safe war leer, bis auf das hier«, log ich und zog einen Zettel aus meiner Hosentasche, den ich zu Hause vorbereitet hatte, weil ich schon vermutete, dass Konstantin genau so reagieren und mir nicht glauben würde. Er riss mir das Stück Papier aus der Hand und las: »Ätsch! Was soll das?«

Ich zuckte mit den Schultern und setzte eine unschuldige Miene auf.

»Meine Mutter hat keinen PC. Das haben Sie selbst geschrieben«, fauchte Konstantin und kam mir bedrohlich nahe.

»Sie sind doch krank«, empörte ich mich und stieß ihn mit beiden Händen von mir. »Glauben Sie, ich setze meinen Arsch aufs Spiel und marschiere in die Villa, bloß um mir selbst einen Zettel in den Safe zu legen? Wissen Sie was? Sie können mich mal. Suchen Sie sich einen anderen, der Ihre Mutter für Sie ausraubt.«

Ich lief zu meinem Fahrrad, das ich gegen den Stamm einer Eiche gelehnt hatte, und wollte aufsteigen, fortfahren, solange ich die Gelegenheit dazu hatte.

»Moment!«, rief er und packte mich am Ärmel. Er trug wieder dieses helle Partyjackett und roch nach Alkohol. »Sie lassen mich nicht wie einen dummen Schuljungen hier stehen. Ich kann Sie jederzeit hochgehen lassen – schon vergessen?« Er lachte bitter.

Nein, das hatte ich nicht vergessen, und ich hatte mir das Hirn zermartert, wie ich aus dieser Nummer wieder herauskam.

»Sagen wir mal so«, pokerte ich, »wenn Sie mich wegen der Einbrüche bei der Polizei anschwärzen, werde ich den netten Herren glaubhaft vermitteln, dass Ihre Frau Mutter etwas gegen Sie in der Hand hat, das Sie dermaßen belasten kann, dass Sie dafür sogar einen Profieinbrecher engagiert haben. Wie gefällt Ihnen das?«

»Profieinbrecher? Dass ich nicht lache. Ein Profi hätte seinen Auftrag erfüllt.«

Konstantin kickte einen Tannenzapfen in den Wald. Er fuhr sich mit beiden Händen durch sein gegeltes Haar und lief auf die offene Fahrertür seines Wagens zu. Er legte seinen Unterarm lässig auf dem Dach ab und drohte mir mit dem Zeigefinger. »Sie können mir gar nichts.«

»Dann sind wir uns einig?«, fragte ich und wünschte mir, dass er endlich einstieg und abfuhr. Konstantin spuckte zu Boden und ließ sich in seine Limousine fallen. Er schlug die Tür zu und jagte mit jaulendem Motor über die Landstraße davon.

Mir war klar, dass er mich in der Hand hatte und jederzeit verraten könnte, sobald er Lust dazu oder einen neuen Auftrag für mich hatte. Es wurde wirklich Zeit, die Stadt zu verlassen.

Anna Macchioni war eine äußerst attraktive Frau Mitte 40. Sie trug ein elegantes schwarzes Kleid, schwarze Pumps und ein Goldkettchen mit einem Kreuz um den Hals. Als Jule die Haustür öffnete, zog sie ihre Sonnenbrille ab und lächelte. Sie reichte Carlotta die Hand. »Sie erinnern sich an mich?«

Carlotta nickte. Entgegen ihrer sonst so biestigen Haltung erwiderte sie das Lächeln und bat Frau Macchioni in ihre Wohnung. Dottore Morte fluchte aus dem Wohnzimmer. Er wälzte sich auf dem Boden und versuchte, seine Fesseln loszuwerden. Anna Macchioni blieb stehen und beobachtete den Mann. Emma war die Situation peinlich. Sie wusste nicht, wer die Frau war und was sie hier suchte. Sie wollte nicht, dass sie einen falschen Eindruck bekam oder sogar die Polizei informierte. Jule musste ihre Gedanken erraten haben, denn sie flitzte zur Wohnzimmertür und wollte sie schließen, doch Frau Macchioni folgte ihr und hielt sie am Arm zurück.

»Welch Überraschung«, trällerte sie. »Sie hier und unter solchen Umständen?« Dabei lächelte sie Dottore Morte schadenfroh zu.

»Sie kennen sich?«, fragte Emma überrascht.

»Leider.«

Die Augen des Gefangenen verengten sich. Er zog eine Grimasse und fluchte auf Italienisch. Emma verstand kein Wort von dem, was er sagte, doch seine Mimik war eindeutig. Seine Augen funkelten böse, und sein Gesicht färbte sich dunkelrot. Wenn er gekonnt hätte, wäre er der Frau an den Hals gesprungen.

Jule holte mit dem Fuß aus und trat ihm in die Rippen. Er verstummte sofort und krümmte sich wie ein Wurm.

»Jule!«, schrie Emma entsetzt. »Der Mann ist hilflos.«

Carlotta verschränkte die Arme vor der Brust und lächelte zufrieden auf den Mann hinab, genau wie Anna Macchioni.

Emma war verwirrt. Der Italiener war weiß Gott kein Heiliger, hatte seine Strafe mehr als verdient, aber es gab Grenzen, die man nicht überschreiten durfte, wenn man sich nicht mit solchen Verbrechern auf eine Stufe stellen wollte.

»Dieser Mann hat so viel Leid über unsere Familien gebracht, er hat noch ganz andere Strafen verdient«, sagte Frau Macchioni mit einer Kälte in ihrer Stimme, dass Emma ein Schauer über den Rücken lief.

Kaum bekam Dottore Morte wieder Luft, setzte er seine Schimpftirade lauthals fort. Jule schnappte sich den schmutzigen Knebel vom Wohnzimmertisch, mit dem Carlotta zuvor gefesselt war, und wollte ihn in den Mund des Mannes stopfen. Er warf seinen Kopf hin und her, so dass Jule schon die Faust erhob und über seinem Gesicht kreisen ließ, damit er endlich stillhielt.

»Moment, ich helfe Ihnen«, sagte Carlotta und packte ihn an seinen Ohren, bis Jule das dreckige Stückchen Stoff in seinen Mund geschoben und genau wie bei Carlotta mit Klebeband fixiert hatte. Die beiden Frauen knieten sich gegenüber und blickten sich in die Augen. Emma spürte, wie Carlottas Hass gegen Jule in etwas anderes umschlug – Dankbarkeit. Es war nur ein kurzes Leuchten in ihren Augen, doch es sprach mehr als 1.000 Worte. Carlotta erhob sich, strich ihren Rock glatt und eine lose Haarsträhne hinter ihr Ohr. Dann betrachtete sie Frau Macchioni und fragte: »Warum sind Sie hier?«

Bevor die zierliche Italienerin zu erzählen begann, schlug Emma vor, das Gespräch bei einer Tasse Kaffee in der Küche fortzusetzen. Der Mann auf dem Fußboden irritierte sie. Carlotta nickte zustimmend und brühte einen Kaffee auf. In Windeseile stellte sie vier Tassen auf den Küchentisch, und die Frauen setzten sich. Carlottas Küche war penibel aufgeräumt. Die Herdplatten mit Schutzkappen aus Metall zugedeckt, die Handtücher fein säuberlich auf einem Halter zum Trocknen aufgehängt. Ein Stapel schmutziger Teller, eine geöffnete Dose Ravioli und ein Topf mit angebrannten Rückständen, die Emma nicht einmal mehr farblich zuordnen konnte, waren die einzigen Anzeichen dafür, dass sie in ihrer Küche seit ein paar Tagen nicht mehr das Regiment führte wie gewohnt.

»Das ist Anna Macchioni, die Witwe des Mannes«, versuchte Carlotta die Italienerin vorzustellen, »die Witwe des Mannes, den Filippo in der Lagerhalle …« Sie verstummte, als die Italienerin den Kopf senkte und ihre Hand gegen den Mund presste.

»Ist schon gut«, unterbrach Emma ihre Rede. »Sandro hat uns von der traurigen Geschichte erzählt. Es tut uns leid, Frau Macchioni.« Emma schaute die Frau mitfühlend an.

»Danke«, entgegnete diese leise und nahm die Tasse Kaffee entgegen, die Carlotta ihr reichte. Sie trank einen Schluck und stellte sie seufzend auf den Tisch zurück. »Ich bin so froh, dass ich Sie endlich gefunden habe, Frau Pascello.«

Carlotta verzog das Gesicht und setzte sich. Emma war nicht sicher, ob diese Freude auf Gegenseitigkeit beruhte. Nach all dem, was Sandro erzählt hatte, wäre es ihm und seiner Mutter am liebsten gewesen, wenn sie nie wieder mit den alten Erinnerungen konfrontiert worden wären.

»Was wollen Sie von Sandro und seiner Mutter?«, fragte Jule. Sie schaukelte auf ihrem Stuhl und beobachtete die Gesichter der beiden Frauen.

»Das ist eine lange Geschichte«, begann sie. »Nachdem der Mörder meines Mannes, Filippo Lonardi, von Ihrem Sohn vor Gericht entlastet wurde, brach für mich eine Welt zusammen. Sie können sich nicht vorstellen, wie es für mich war, als dieses Ungeheuer mit einem frechen Grinsen den Gerichtssaal als freier Mann verließ. Er hat meinen Mann in der Lagerhalle brutal hingerichtet und ihn wie einen räudigen Hund im Dreck sterben lassen. Das darf nicht ungestraft bleiben.« Ihre Stimme hatte einen unheimlichen Unterton bekommen. »Ich hatte Einspruch erhoben, das Urteil anfechten lassen, doch weil Ihr Sohn die Zeugenaussage zurückzog, war dieser Mensch rehabilitiert, obwohl jeder vom Gegenteil überzeugt war.«

Sie blickte Carlotta flehentlich an. »Bitte, Frau Pascello, hören Sie mich an. Schicken Sie mich nicht fort.«

Carlotta senkte den Kopf. »Sandro hatte keine Wahl. Er konnte die Wahrheit nicht sagen.« Ihre Stimme war kaum mehr als ein Flüstern.

»Ich weiß.« Anna Macchioni ergriff Carlottas Hände. »Ich habe gehört, was mit Ihrem Mann geschah und dass Sie untertauchen mussten. Dieser Lonardi ist zu allem fähig«, sie blickte Carlotta mitfühlend an. »Bitte helfen Sie mir, dass der Tod meines Mannes nicht ungesühnt bleibt.«

Carlotta brachte nur ein müdes Lächeln zustande.

»Sie wollen sich an Filippo rächen?«, fragte Jule gedehnt. Emma kannte diesen Gesichtsausdruck, der nichts Gutes verhieß. Jule hatte Lunte gerochen und sicherlich schon einen Plan, wie sie Anna Macchionis Rachegelüste mit ihren Absichten koordinieren konnte.

»Sie auch?« Sie blickte Jule an und lächelte. »Ich kann es an dem Lodern in Ihren Augen erkennen.« Sie reichte ihr die Hand und lächelte. »Ich bin Anna.«

»Jule. Und das ist Emma.«

Emma mochte die Italienerin, aber trotzdem war ihr nicht klar, warum sie ausgerechnet jetzt auf der Bildfläche erschien. Vielleicht spielte sie auch nur eine Rolle in Filippos bösem Spiel, das er für Sandro inszeniert hatte, und sie gingen ihr allesamt auf den Leim.

»Wieso kommen Sie ausgerechnet heute zu Carlotta, und was wollen Sie von ihr?«, fragte sie skeptisch.

»Das kann ich Ihnen erklären«, setzte Anna, ohne zu zögern, fort. »Ich habe seit einer Ewigkeit versucht, mit Sandro Pascello, dem einzigen Zeugen, der den Mörder meines Mannes hinter Gitter bringen kann, Kontakt aufzunehmen. Nach dem Prozess lehnte er alle Versuche, mit ihm zu sprechen, ab. Ich erfuhr dann vom Tod seines Vaters und war fest entschlossen, ihn zu einer erneuten Aussage zu überreden. Der Mörder durfte nicht länger auf freiem Fuß bleiben. Das musste doch auch in seinem Sinn gewesen sein?«

Sie trank einen Schluck Kaffee, ehe sie fortfuhr: »Doch dann waren Sie beide plötzlich wie vom Erdboden verschwunden, Frau Pascello. Niemand wusste, wo Sie waren. Es gab keine polizeiliche Abmeldung, keine Freunde oder Familie, die etwas über Ihren Verbleib wussten.«

»Wir hatten uns große Mühe gegeben, unsere Spuren zu verwischen. Wir sind bei Nacht und Nebel abgereist und hatten niemandem von unseren Plänen erzählt.« Carlotta seufzte und wischte sich eine Träne aus dem Augenwinkel. »Glauben Sie mir, das war eine der schwersten Entscheidungen meines Lebens. Wir mussten alles zurücklassen, konnten uns von niemandem verabschieden und nur so viel mitnehmen, wie in eine Tasche passte.« Sie fuhr mit der Fingerspitze über den Tisch. Ihr Kinn bebte. »Wir haben wie die Hasen Haken geschlagen, sind kreuz und quer mit der Bahn oder mit Mietwagen gefahren und schlussendlich hier untergetaucht.«

»Hatten Sie denn keine Angst, dass Filippo Sie ausfindig machen könnte?« Jule knabberte an einem ihrer Fingernägel.

»Natürlich! Jeden Tag habe ich gebetet, dass wir nicht gefunden werden. Ich hatte Sandro vorgeschlagen, dass wir die Stadt verlassen und uns irgendwo auf dem Land eine Wohnung suchen sollten, aber«, dabei blickte Carlotta zu Jule, »er wollte nicht fort von hier.«

»Warum bloß?«, stichelte Jule. »Eine Zwangsehe mit einem dieser Mäuschen aus Ihrem Bekanntenkreis und Vorgartenzwerge waren bestimmt nicht das, was er sich wünschte.« Sie verdrehte die Augen.

Carlotta räusperte sich und wollte etwas sagen, doch Emma fuhr dazwischen: »Bitte, das ist jetzt doch nicht wichtig.« Ein Streit zwischen den Frauen war das Letzte, was sie jetzt gebrauchen konnten.

»Wie haben Sie uns eigentlich gefunden?«, fragte Carlotta unvermittelt, und alle Augenpaare richteten sich auf Anna.

»Wir erhielten einen anonymen Anruf.«

»Wir?«, fragte Emma. Sie hatte ein ungutes Gefühl und fragte sich, was diese Frau tatsächlich wollte.

»Paolo Izzo, ein Privatdetektiv, den ich engagiert habe, und ich.«

Emma ließ Anna keine Sekunde aus den Augen. Ihre freundliche Art konnte ein Hinterhalt sein.

»Glauben Sie mir, als Lonardi erfuhr, dass ich nach Ihnen suchte und alles in Gang setzte, nur um seinen Freispruch rückgängig zu machen, begannen er und seine Leute mich zu terrorisieren. Er hetzte mir seine Schläger auf den Hals. Einen davon kennen Sie bereits.« Sie deutete in Richtung Wohnzimmer, wo ein dumpfes Knurren und Poltern zu hören war. »Sie lauerten mir auf und wollten mich einschüchtern. Sie hatten es beinahe geschafft, doch der Gedanke an meinen Mann verlieh mir die Kraft weiterzusuchen. Ich wurde vorsichtiger, aber aufgeben konnte ich nicht.« Sie trank ihren Kaffee leer, und Carlotta goss nach.

»Ich engagierte Paolo, der ganz andere Möglichkeiten hatte als ich. Vor zwei Tagen bekam er einen anonymen Anruf. Der Mann am anderen Ende der Leitung behauptete, er wüsste, wo Ihr Sohn sich aufhielt, und würde gegen Bezahlung seinen Aufenthaltsort verraten.«

»Wer sollte daran Interesse haben?«, fragte Jule und zog ihre Augenbrauen in die Höhe.

»Das haben wir uns auch gefragt.«

»Filippo, wer sonst? Das Geld wird ihm nicht so wichtig sein, er will Sandro quälen, einfach weil es ihm Spaß macht, und dafür hat er sich bestimmt einen teuflischen Plan ausgedacht.« Jule hämmerte mit der Faust auf die Tischplatte. Über ihre Stirn zogen sich tiefe Furchen. Sie grübelte und suchte nach einer plausiblen Erklärung.

»Sie meinen, er will Sandro etwas antun?«, flüsterte Carlotta.

»Klaro, sonst macht es ihm keinen Spaß, aber warum hat er den Detektiv angerufen? Warum so umständlich?«

»Vielleicht war der Anrufer gar nicht Filippo«, wandte Emma nachdenklich ein.

»Wer denn sonst?« Jule steckte eine ihrer Rastalocken quer in den Mund und knabberte darauf herum. Carlotta beobachtete dies angewidert, was Jule nicht entging. »Wassn? Ihnen muss es ja nicht schmecken«, erwiderte sie patzig.

»Jule, bitte«, sagte Emma sanft und verkniff sich ein Lächeln. Carlotta würde noch eine ganze Weile benötigen, um sich an Jules Art zu gewöhnen.

»Paolo hatte zum Glück blitzschnell reagiert«, fuhr Anna fort. »Er sollte gestern bereits nach Deutschland kommen und sich mit dem Anrufer in einem Straßencafé hier in der Stadt treffen, doch er hatte eine Idee und wollte sich Zeit verschaffen. Er sagte, dass er im Krankenhaus läge und frühestens heute am vereinbarten Treffpunkt eintreffen könne. Paolo vermutete, dass – wenn der Anrufer hier in der Stadt war – Sie und Ihr Sohn ebenfalls hier untergetaucht waren. Es war einen Versuch wert, und wir konnten Sie über das hiesige Einwohnermeldeamt ausfindig machen.«

»Cool, da hat unser Mister Oberschlau Lonardi einen Fehler gemacht«, lachte Jule.

»Paolo soll sich mit dem Anrufer treffen und bekommt gegen Bezahlung den Aufenthaltsort von Sandro Pascello genannt.«

»Den kennen Sie doch schon, sonst wären Sie ja nicht hier«, folgerte Jule, »warum also noch ein Treffen und die Bezahlung?«

»Stimmt. Da wir aber erst vor einer Stunde hier angekommen sind, dachten wir, es wäre vernünftig, wenn wir auf Nummer sicher gehen. Ich sollte direkt hierherfahren und eventuell Sandro ausfindig machen, während Paolo gleich in das Café gefahren ist, um sich mit dem anonymen Anrufer zu treffen.«

»Und genau in Filippos Falle läuft.« Jule sprang in die Höhe.

»Wie kommst du darauf?«, fragte Emma, die bei dem Gedanken eine Gänsehaut bekam.

Jule schaute auf die Uhr. »Ich wette, dieser geheimnisvolle Anrufer will sich mit Ihrem Detektiv genau um 16 Uhr treffen. Richtig?«

Überrascht schaute Anna sie an. »Stimmt, aber woher wissen Sie das?«

»Natürlich«, warf Emma ein und sprang auf. »Filippo wollte sein ›Spielchen‹ um 16 Uhr mit Sandro spielen.«

Vier Augenpaare blickten im selben Moment zur Küchenuhr, über der die goldene Jesusfigur wie jeden Tag sterbend am Kreuz hing.

»Nur noch zehn Minuten«, flüsterte Carlotta und legte die Hände vor ihr Gesicht.

Filippo stieß Sandro zur Haustür hinaus und blieb stehen.

»Wo ist das Auto?«, fluchte er, als er den leeren Parkplatz sah. Er stampfte wütend mit dem Fuß auf den Boden.

»Manchmal scheitern die besten Pläne an profanen Kleinigkeiten«, kommentierte Sandro trocken und schmunzelte.

»Dir wird das Lachen noch vergehen«, sagte Filippo und stieß ihm die Mündung seiner Pistole in den Rücken. »Dieses dumme Flittchen. Das hat sie absichtlich gemacht.« Filippo raste vor Wut.

Sandros Schadenfreude wich einem mulmigen Gefühl in der Magengegend. Jule und Emma waren mit dem Wagen zu seiner Mutter unterwegs und hätten schon längst zurück sein müssen. Jule wollte sich sofort melden, sobald Carlotta in Sicherheit war. Sandro wagte nicht, sich vorzustellen, was passiert sein mochte. Mit diesem Dottore Morte war nicht zu scherzen, das hatte er am eigenen Leib erfahren. Er hätte Jule zurückhalten müssen, als sie ihm zum Abschied ins Ohr flüsterte, dass sie wüsste, was sie tat, und er sich keine Sorgen machen sollte. Ihr Plan war ziemlich verrückt gewesen, eben typisch Jule. Und jetzt konnte alles Mögliche schiefgegangen sein.

»Wo ist der Schlüssel zu diesem Auto?«, fragte Filippo und deutete auf den roten Kastenwagen des Gärtners. Um die Dringlichkeit seiner Frage deutlich zu machen, stieß er den Pistolenlauf grob in Sandros Rücken. Er stolperte nach vorn. Filippo dirigierte ihn zu dem Auto und schaute durch das Fenster. Der Schlüssel steckte im Zündschloss.

»Los, worauf wartest du?«

Sandro sollte fahren, Filippo setzte sich auf den Beifahrersitz und hielt die Pistole schussbereit auf seinen Cousin gerichtet.

Sandro startete den Motor und fuhr langsam aus der Einfahrt hinaus. Auf dem Fußweg blieb er länger als notwendig stehen und beobachtete aufmerksam den Verkehr. Er musste Zeit gewinnen und zermarterte sich das Hirn, wie er Filippo überwältigen oder zumindest seinen Plan durchkreuzen konnte. Als Herr Heinrich aus dem Garten hervorgesprungen kam und schaute, wer seinen Wagen entwendete, hoffte Sandro auf Rettung, doch der Gärtner blieb nur stehen, schob sich seinen Strohhut aus der Stirn und schaute ihm neugierig hinterher. Diese Schlange von Nachbarin gegenüber winkte ihm scheinheilig zu, als sie ihm mit ihrem Sportwagen die Vorfahrt auf der Straße nahm, und brauste davon. Sandro seufzte. Herr Rittmansperger wusch seinen Wagen in der Einfahrt. ›Das darf alles nicht wahr sein‹, dachte Sandro. Sah denn niemand, dass er Hilfe brauchte?

»Los, bieg dort ein, in die Innenstadt«, kommandierte Filippo.

Sandro folgte den Anweisungen und fuhr durch den Nachmittagsverkehr, der sich zäh durch die Straßen quälte. Die Sonne brannte auf das Wagendach. Die Fußwege waren verstopft mit Fußgängern, die bunte Einkaufstüten schleppten. Kinder schleckten an ihren Eistüten und sprangen um ihre Mütter herum wie kleine tollende Hunde. Ein ganz normaler Sommertag in der Stadt und niemand ahnte, was in dem roten Kastenwagen vor sich ging, der sich genau wie die anderen Autos von roter Ampel zu roter Ampel quälte. Je näher sie dem Stadtzentrum kamen, desto heftiger hämmerte Sandros Puls. Was auch immer Filippo sich ausgedacht hatte, es würde die Hölle werden. Warum, verdammt noch mal, meldete sich Jule nicht?

An einer Parkbucht für Busse rief Filippo plötzlich: »Halt an, da rein!«

Sandro lenkte den Wagen wie befohlen in die Parkbucht und stoppte so abrupt, dass das Werkzeug im hinteren Teil des Autos klapperte. Kleinere Arbeitsgeräte wie Rosenschere, Setzholz, Gartenschnur oder auch Schraubenzieher steckten in speziellen Halterungen an den Wänden. Eimer, Rechen, Blumenerde und Hacken lagen auf dem Boden des Wagens. Filippo erhob sich von seinem Sitz und kletterte umständlich im Innenraum nach hinten. Mit der Pistole zielte er dabei die ganze Zeit auf Sandro. Er drehte einen schwarzen Plastikeimer hinter dem Beifahrersitz um und setzte sich darauf. Dann fuchtelte er mit der Pistole. »Fahr schon weiter, worauf wartest du?«

Sandro ließ die Kupplung absichtlich zu schnell kommen und machte mit dem Auto einen Satz nach vorn. Filippo war darauf nicht gefasst gewesen und fiel von seinem Eimer nach hinten auf die Hacken und fluchte. »Noch einmal so eine Aktion, und du bist tot«, drohte er.

Sandro blickte in den Rückspiegel und fuhr weiter, Richtung Innenstadt. Filippo dirigierte Sandro zum Marktplatz und schaute zur Uhr. »Bleib hier stehen«, sagte er und deutete auf eine kleine Nische zwischen einem roten Wasserhydranten und einer Parkbank.

»Hier? Da ist totales Parkverbot.«

»Mir doch egal. Du bleibst hier stehen, *basta*.«

Sandro gehorchte. Ihm konnte es nur recht sein, wenn eine Politesse kam und ein Ticket an den Scheibenwischer klemmte oder sich sonst irgendjemand beschwerte. Filippo spähte über die Kopfstütze hinweg auf den Platz. Direkt vor ihnen war ein kleines Straßencafé. Sandro fuhr sich mit dem Handrücken über die Stirn. Die Hitze war unerträglich, oder war es die Anspannung, die ihm die Luft zum Atmen raubte? Es war drückend heiß im Wagen. Er wollte das Fenster herunterkurbeln, doch Filippo tippte ihm mit der Waffe auf die Schulter.

»Siehst du den Mann dort drüben?«

Er deutete auf einen kleinen, etwas untersetzten Mann, der auf einem der Stühle des Cafés saß und sich mit einer zusammengefalteten Tageszeitung Wind zufächelte. Zwischen seinen Füßen stand eine Aktentasche. Er trug eine Sonnenbrille, ein zitronengelbes Hemd und eine schwarze Hose. Nervös schaute er sich um, als ob er auf etwas wartete oder nach jemandem Ausschau hielte.

»Was ist mit dem?«

»Du wirst zu ihm gehen und ihn fragen, ob er Paolo Izzo ist, und ihn dann bitten, mit dir zu kommen. Keine Diskussion oder Erklärungen.«

Sandro überlegte. »Was, wenn ich das nicht tue?«, fragte er schließlich.

»*Ragazzo*, was schon? Dann wird deine Mutter sterben!«

Sandro stöhnte. Wann würde dieser Wahnsinn endlich zu Ende sein? Warum hatte Jule sich noch nicht gemeldet?

»Worauf wartest du? Geh!«

Sandro wandte sich um und starrte Filippo ins Gesicht. »Was soll der ganze Mist? Was willst du von mir?«

Filippo grinste. Er führte die Mündung seiner Waffe direkt zwischen Sandros Augen und formte mit den Lippen ein lautloses *Peng*. »Lass dich überraschen.«

Sandro öffnete die Wagentür, stieg aus und lief langsam über den Platz. In Gedanken spielte er alle Möglichkeiten durch: ob er sein

Handy zücken und Jule anrufen sollte, sie fragen, was mit seiner Mutter war, oder ob er einfach davonlaufen und in der Menschenmenge untertauchen oder die Polizei anrufen sollte. Was er auch tat, wenn er Filippo nicht gehorchte, unterschrieb er damit das Todesurteil seiner Mutter. Aus Angst um sie verwarf er alle Fluchtgedanken und konzentrierte sich auf den Mann im gelben Hemd.

Er saß in einem Korbstuhl unter den blauen Sonnenschirmen des Straßencafés, und als er Sandro kommen sah, legte er seine Zeitung auf den Tisch. Er griff nach der Aktentasche zwischen seinen Füßen, hob sie auf seine Knie und umklammerte sie mit beiden Händen, als ob er etwas Wertvolles darin aufbewahrte, oder er tat das aus Furcht vor dem, was ihn erwartete. Sandro hatte keine Ahnung, wer dieser Mann war, ob Filippo mit ihm zusammenarbeitete oder ob er ihn ebenfalls erpresste.

Sandro blieb direkt vor ihm stehen. Der Mann zog seine Sonnenbrille von der Nase und fragte: »Sind Sie nicht Sandro Pascello?«

Sandro war überrascht, dass er ihn kannte. »Und Sie sind Paolo Izzo?«

»Ja«, nickte dieser und sprang auf. Er wollte Sandro die Hand reichen und lachte. Sandro brachte nur ein gequältes Lächeln zustande.

»Bitte folgen Sie mir. Der Wagen steht dort vorn.«

»Haben Sie mich vorgestern angerufen?«, fragte Paolo Izzo und schlängelte sich hektisch zwischen den Stühlen, die an den Nachbartischen standen, durch, um Sandro schnell zu folgen. »Ich versteh das nicht. Warum haben Sie nicht gleich gesagt, dass Sie selbst der Anrufer waren?«

Seine Worte ergaben für Sandro keinen Sinn. So gern er nachgefragt hätte, er wollte kein Risiko eingehen und hielt sich an Filippos Anweisungen und schwieg. Paolo Izzo dackelte in leichtem Laufschritt hinter Sandro her und stieg wie befohlen in den Wagen. Kaum hatte er die Tür geschlossen, drückte Filippo ihm von hinten die Pistole in den Nacken.

»Sie werden jetzt ganz genau das tun, was ich Ihnen sage. Keinen Mucks! Anschnallen!«

Der kleine Mann erschrak, hob zuerst die Hände und wollte sich umdrehen.

»Anschnallen und nicht umdrehen, hab ich gesagt!«, brüllte Filippo und hieb mit der Pistole auf Izzos Kopf. Der Mann gehorchte sofort und legte den Gurt um. Schweiß perlte auf seiner Stirn.

»Sorry, Mann, ich hatte keine Wahl«, flüsterte Sandro.

»Schnauze. Du hältst die Klappe und fährst«, ordnete Filippo an.

»Wohin?«

»Ihr bleibt hier und passt auf diesen Depp im Wohnzimmer auf«, befahl Jule und sprang von ihrem Stuhl.

»Wie bitte?«, Carlotta wurde bleich.

»Wir müssen Sandro retten.«

Carlotta schluckte.

»Anna, würden Sie bei Frau Pascello bleiben?«, fragte Emma. Sie konnte nicht sagen, ob sie sich um das Wohl von Sandros Mutter sorgte oder vielmehr Angst hatte, dass Dottore Morte sich befreien könnte.

»Natürlich, das tue ich gern. Glauben Sie mir, mir liegt nichts mehr am Herzen, als dass dieser Lonardi endlich gefasst wird und hinter Gitter wandert.«

»Hoffen wir das Beste.«

Jule lief ins Wohnzimmer und kontrollierte die Fesseln ihres Gefangenen. Carlotta schaute ihr nachdenklich hinterher. Emma erkannte in ihrem Blick eine Mischung aus Verachtung, Angst und Hilflosigkeit. Sie nahm die Hände der Frau und lächelte. »Frau Pascello, geben Sie ihr eine Chance. Sie ist das Beste, was Ihrem Sohn passieren konnte. Und glauben Sie mir, wenn jemand Sandro helfen kann, dann ist sie es. Vertrauen Sie ihr.«

»Aber …«, Carlotta traten Tränen in die Augen.

»Alles wird gut, glauben Sie mir.«

Ein Poltern und ein Stöhnen drangen aus dem Wohnzimmer, und Jule stürmte sogleich in den Flur. »Komm, Emma, wir müssen uns beeilen.«

Anna legte ihren Arm um Carlottas Schultern und lächelte. »Viel Glück.«

Jule lenkte den Wagen durch den Verkehr, ohne Rücksicht auf Geschwindigkeitsbegrenzungen oder Verbotsschilder zu nehmen. Als sie an dem Straßencafé ankamen, das Anna Macchioni genannt hatte, parkten sie zwischen einem roten Wasserhydranten und einer Parkbank.

»Hier ist absolutes Halteverbot«, stellte Emma fest, doch bei all den Verkehrsüberschreitungen, die Jule in den letzten Minuten begangen hatte, kam es auf einen Strafzettel wegen Falschparkens nun auch nicht mehr an.

»Das ist mir so was von egal«, sagte Jule und stieg aus. Sie legte die Hand wie eine Sonnenblende gegen die Stirn und schaute hinüber zu den Korbstühlen und Tischen des Cafés. »Das müsste es sein.«

Emma stieg aus. Ihr schlug die Hitze wie eine massive Wand entgegen. Sie wollte sich am Wagen abstützen und verbrannte sich den Unterarm an dem heißen Blech des Wagendaches.

»Und?«, fragte Jule.

»Was und?«

»Siehst du diesen Izzo?«

»Woher soll ich wissen, wie dieser Mann aussieht? Außer dass er Italiener ist, weiß ich nichts von ihm.«

»Das reicht bei dir doch schon aus, damit du Alarm schlägst«, lachte Jule. Emma errötete.

»Komm, das war nicht so gemeint. Ich konnte es mir einfach nicht verkneifen.« Jule schaute auf die Uhr. Es war bereits zehn Minuten nach vier. »Wir haben sie bestimmt verpasst.«

»Und jetzt? Ich meine, wir haben keinen Anhaltspunkt, was Filippo geplant hat. Wo sollen wir anfangen zu suchen?«

»Scheiße«, fluchte Jule und trat gegen den Autoreifen.

»Würdest du das bitte bleiben lassen? Das ist immerhin mein Wagen.«

»Ach, ist doch wahr. Sie können überallhin verschwunden sein. Was machen wir denn jetzt?« Jule drehte sich nach allen Himmelsrichtungen um und versuchte verzweifelt, Sandro zu entdecken. Tränen stiegen ihr in die Augen.

Emma spürte ihre Angst um Sandro. Wenn sie ihn nicht rechtzeitig fanden, war Filippo am Ziel seiner Pläne, und dass das kein gutes Ende für Sandro bedeutete, wussten sie beide. In Emmas Hals krampfte sich ein dicker Kloß zusammen.

»Zum Glück haben wir Carlotta in Sicherheit gebracht, dann kann Sandro …« Emma wurde schlecht. Sie hatten vergessen, Sandro anzurufen.

»Verdammt!«, rief Jule, die Emmas Gedanken erraten hatte. »Ich habe vergessen, ihm eine SMS zu schicken. Er weiß noch gar nicht, dass wir Carlotta haben.« Sie zog hastig ihr Handy aus der Hosentasche, tippte seine Nummer ein und wartete.

Emma hielt sich an der offenen Wagentür fest. Sie hatte das Gefühl, den Boden unter ihren Füßen zu verlieren und sofort in Ohnmacht zu fallen, wenn Sandro das Gespräch nicht entgegennahm.

Jule trommelte mit den Fingern auf das Wagendach und tippelte, als ob sie zur Toilette müsse.

»Hier können Sie aber nicht parken«, fauchte plötzlich eine kleine Politesse, die wie aus dem Nichts neben Jule aufgetaucht war. Sie zückte ihren Zettelblock, notierte Kennzeichen und Uhrzeit und klemmte den Strafzettel mit einem strengen Blick unter den Scheibenwischer.

»Ach, fick dich!«

»Jule!«, rief Emma.

Die Politesse drehte sich um und schaute Jule mit hochgezogener Braue bitterböse an. Hatten Politessen Dienstwaffen? Emma hätte es nicht gewundert, wenn sie genau in diesem Moment eine gezogen hätte.

»Ihr Freund ist am Telefon«, log Emma. »Er hat gerade mit ihr Schluss gemacht. Entschuldigen Sie bitte. Das Ticket bezahle ich natürlich, und wir verschwinden auch sofort von hier.«

Die Frau blieb einen Moment länger als notwendig stehen und ging schließlich weiter.

»Das darf doch nicht wahr sein, bist du von Sinnen?«, stöhnte Emma.

»Er hebt nicht ab.« Tränen liefen über Jules Wangen.

Freitagnachmittag, die Straßen der Stadt waren mit Autos überfüllt. Sandro reihte sich in den zäh fließenden Berufsverkehr ein und manövrierte den Wagen im Stop-and-go-Tempo von Ampel zu Ampel. Die Sonne brannte vom Himmel und verwandelte das Auto in eine mobile Sauna.

Der Detektiv auf dem Beifahrersitz schwitzte. Sein gelbes Hemd klebte an seiner Brust, und er fächelte sich mit der Hand Luft zu.

»Können wir nicht bitte ein Fenster öffnen?«, fragte er und drehte sich zu Filippo um.

»Nein!«

»Toller Plan«, murmelte Sandro, und schon legte Filippo die Pistole gegen seinen Hinterkopf. Sandro setzte den Blinker und bog nach links in eine Seitenstraße ab. »Was auch immer du mit uns vorhast, bei dieser Hitze werden wir unser Ziel nicht mehr lebend erreichen.«

»Schnauze!«, blaffte Filippo.

Sandro schwieg. Ihm lief der Schweiß zwischen den Schulterblättern hinab. Er hatte Mühe, sich auf die Straße zu konzentrieren.

»*Scusi*, aber was soll das Ganze hier?«, fragte Izzo. »Sie wollten mir Pascello ausliefern, und ich habe das versprochene Geld dabei.« Er holte seine Aktentasche aus dem Fußraum, legte sie auf seinen Schoß und wollte sie öffnen.

»Stopp«, warnte Filippo und drückte dem Detektiv die Waffe ins Genick.

Izzo hob die Hände.

»Schon gut, schon gut, beruhigen Sie sich.«

»Geben Sie mir die Tasche.«

Izzo gehorchte und reichte sie nach hinten. Filippo öffnete die Schnalle mit einer Hand und schaute hinein. Er lächelte und schloss sie wieder.

»Jetzt, da alles geklärt ist, lassen Sie uns bitte aussteigen.« Izzo hielt noch immer die Hände in die Höhe.

»Runter mit den Flossen! Muss ja nicht jeder sehen.«

Sandro blickte in das Auto, das rechts neben ihnen im Stau stand. Zwei junge Mädchen mit überdimensionalen Sonnenbrillen kicherten und schauten immer wieder zu ihnen hinüber. Ihre Stereoanlage war laut aufgedreht und ihre Fensterscheiben heruntergekurbelt. Sandro überlegte. Was wäre, wenn er einen Auffahrunfall inszenierte? Er müsste anhalten, aussteigen und hatte dann vielleicht die Möglichkeit abzuhauen. ›Blöde Idee‹, schalt er sich selbst. Filippo saß nun mal am längeren Hebel. Er hatte Carlotta.

Plötzlich klingelte Sandros Handy. Er verkniff sich ein Lächeln. Das musste Jule sein. Endlich. Er griff in seine Tasche, und noch ehe er den Apparat herausholen konnte, war Filippo ganz dicht hinter ihn gerückt. Er richtete die Pistole gegen seine Schläfe und flüsterte ihm ins Ohr: »Denk nicht einmal daran, das Gespräch entgegenzunehmen.«

Sandro schnaubte wütend und zog seine Hand wieder aus der Hosentasche.

»Du wirst jetzt dein Fenster einen Spaltbreit herunterkurbeln und das Telefon hinauswerfen.«

Sandro bebte vor unterdrückter Wut. Er hatte keine Wahl und gehorchte notgedrungen. Zu gern hätte er einen Blick auf das Display geworfen, nur um zu sehen, ob tatsächlich Jule am anderen Ende der Leitung gewesen war, doch Filippos Waffe an seinem Kopf war ein Argument, dies nicht zu tun. Das Telefon flog scheppernd auf den Asphalt und zerschellte. Er musste das Wagenfenster wieder schließen.

Der Verkehrsstau in der Innenstadt löste sich auf, je weiter sie das Zentrum verließen. Sandro lenkte den Wagen durch die Vorstadt, hinaus auf die Landstraße.

»Wohin fahren wir?«, fragte er und blickte in den Rückspiegel. Sein Cousin kaute auf einem Zahnstocher und grinste. »Das wirst du noch früh genug erfahren, Mann, und winseln, nicht dort sein zu müssen.« Er lachte.

Sandro hatte das ungute Gefühl, dass jedes seiner Worte der Wahrheit entsprach. Immerhin waren sie zu zweit und konnten Filippo vielleicht überwältigen. Warum fuhren sie aufs Land hinaus? Warum schleppte er diesen Detektiv mit? Das alles ergab keinen wirklichen Sinn, und je länger Sandro darüber nachdachte, desto beunruhigender wurde die Situation.

»Dort vorn rechts«, befahl Filippo.

Sandro drosselte die Geschwindigkeit und bog in eine Seitenstraße. Der Wegweiser war mit zwei roten Streifen Isolierband zugeklebt, doch Sandro wusste, wohin Filippo ihn dirigierte. Die Straße wurde seit Jahren nicht mehr genutzt und war von der Erde der angrenzenden Felder beinahe komplett zugeweht. Unkraut schob sich aus der Teerdecke ans Tageslicht. Obwohl Sandro langsam über den unebenen Weg fuhr, schaukelten sie auf ihren Sitzen hin und her, während das Werkzeug im Wagen schepperte. Staub wirbelte auf, legte sich in einer feinen Wolke über den Wagen.

»*Dio mio*«, jammerte der Detektiv und bekreuzigte sich.

Der Weg führte etwa 100 Meter an einem Getreidefeld entlang und mündete in einen Laubwald. Gleich hinter den ersten Bäumen versperrte ein großer Bauzaun die Straße. Die Gitterstäbe waren mit einer Eisenkette und einem Vorhängeschloss versperrt. In Augenhöhe hing ein Schild mit der Aufschrift *Zutritt verboten – Eltern haften für ihre Kinder*. Der alte Steinbruch war also Filippos Ziel gewesen. Sandro ließ den Kopf sinken und atmete tief durch.

Paolo Izzo umklammerte seinen Sitz mit beiden Händen und starrte auf die Absperrung.

»Steig aus!«, befahl Filippo. Aus seinem Rucksack zog er einen Bolzenschneider und reichte ihn Sandro nach vorn. »Los, brich die Kette auf und keine Dummheiten, sonst«, er zielte auf den Hinterkopf von Paolo Izzo, »ist unser Freund hier tot, und danach kümmere ich mich um deine Mutter. Verstanden?«

Sandro zweifelte keinen Moment an seinen Absichten und nickte. Er nahm den Bolzenschneider und stieg aus. Die Sonne brannte auf seiner Haut, und der aufgewirbelte Staub kitzelte in seiner Nase. Irgendwo zirpte eine Grille. ›Zeit schinden‹, überlegte Sandro, ›das Unausweichliche so lange wie möglich hinauszögern.‹ Doch er hatte keine Ahnung, auf was er wartete. Solange er nicht wusste, ob seine Mutter in Sicherheit war, konnte er gar nichts unternehmen, und Jule würde ihm dieses Mal auch nicht helfen können. Sie wusste nicht einmal, wo er war. Sandro lief wie in Zeitlupe auf das Absperrgitter zu und blieb davor stehen. Es war die letzte Hürde zu dem, was nun geschehen mochte.

»Mach schon!«, brüllte Filippo aus dem Wagen.

Sandro durchtrennte die Eisenkette mit dem Bolzenschneider und ließ sie zu Boden gleiten. Er stieß das Tor auf und lief zum Wagen zurück.

»Schlaf nicht ein, komm endlich!«

Sandro stieg ein und schaute in das selbstherrliche Gesicht seines Cousins. Am liebsten hätte er ihm die Faust in selbiges gejagt. Ein abgrundtiefer Hass machte sich in ihm breit, und er erschrak, als er plötzlich das Verlangen verspürte, Filippo zu töten. *Wenn ich das hier überlebe, dann gnade dir Gott. Ich werde dich finden und dir die Hölle heißmachen.*

Jakob Rittmansperger wusch seinen Wagen wie jeden Freitag. Dieses Mal verpasste er ihm sogar noch eine Extraportion Pflege und wachste ihn. Er polierte die letzten Schlieren mit einem Wattebausch weg und betrachtete sein Werk. Der alte Opel Admiral stand glänzend vor ihm. Jakob lächelte und fuhr liebevoll mit der Fingerspitze über den Lack. Was verstand seine Frau Rosa schon von Autos? Sie meckerte, weil der Wagen fast so alt wie er selbst war. Die Nachbarn würden ihrer Meinung nach hinter vorgehaltener Hand tuscheln. Taten sie das nicht sowieso? Dieses verlogene Pack! Jakob entdeckte einen Mückenfleck auf dem lindgrünen Wagendach und rieb mit der Watte kreisförmig darüber, bis sich der Schmutz löste. Dieser Wagen, auch wenn Rosa das nie verstehen mochte, war Jakobs ganzer Stolz. Es war eines der wenigen Geschenke seines Vaters und somit für ihn mehr wert als alles andere auf der Welt.

Gedankenverloren polierte er das Gefährt. Manchmal hatte er das Gefühl, dass der Wagen ihn verstand. »Lächerlich«, würde Rosa schimpfen, aber irgendwie war es so. Wenn er das Auto wusch, konnte er nachdenken, und manchmal redete er sogar mit ihm, wie mit einem treuen Freund, der über all die Jahre an seiner Seite weilte. Er hatte das Gefühl, dass dieses Auto genau wie er belächelt wurde und bei passender Gelegenheit ausgetauscht werden könnte. Doch so weit sollte es nie kommen. Sie mussten zusammenhalten und sich mit eiserner Disziplin gegen die Widrigkeiten des Lebens stellen.

Jakob lächelte, als er den letzten Fleck auf dem Lack wegpoliert hatte. Er war zufrieden mit seinem Werk, räumte Putzlappen und Wassereimer zur Seite und lief lächelnd um den Wagen herum. Plötzlich hörte er wütende Stimmen aus dem Vorgarten seiner Nachbarin. Nichts Ungewöhnliches. Seit sie dieses Pack in ihre Villa geholt hatte, fluchte ständig jemand oder es wurden Türen zugeschlagen. Jakob sollte darüberstehen und sich nicht darum kümmern, vor allem seit dem Vorfall in Emmas Garten. Sie hatte ihm klar zu verstehen gegeben, dass sie auf seine Hilfe keinen Wert legte. Das war dumm von ihr, denn er hätte ihr Schutz bieten und ein Auge auf die jungen Leute werfen können, was er heimlich dennoch tat. Manche Menschen konnte man einfach nicht belehren.

Er hörte die verärgerte Stimme eines Mannes. Jakob legte den verschmierten Wattebausch auf die Kühlerhaube und wischte sich die Hände an den Hosenbeinen seines grauen Overalls ab. Er war nicht neugierig, sondern nur um das Wohl seiner Nachbarn besorgt, obwohl sie es nicht verdient hatten. Er lief zur Hecke, die das Grundstück zur Villa von Stratnitz abgrenzte, und spähte durch die Äste. Diese beiden Italiener standen vor der Haustür. Sandro kannte er, den anderen nur vom Sehen. Er kam und ging seit vier Tagen. Jakob hatte das genau beobachtet. Dienstagvormittag war er angekommen und hatte sogleich einen Streit mit Sandro angezettelt. Jakob hatte nicht gelauscht, aber als er bei der Gartenarbeit laute Stimmen aus Emmas Garten hörte und gleich darauf die Polizei vorfuhr, war es seine Bürgerpflicht gewesen, nachzuschauen. Vielleicht hing das alles mit diesen mysteriösen Einbrüchen zusammen. Man konnte nicht vorsichtig genug sein.

Wahrscheinlich hätte Jakob die beiden Männer gar nicht lange beobachtet und sich wieder seinem Wagen gewidmet, wenn er nicht die Pistole entdeckt hätte, mit der dieser Mafioso Sandro bedrohte. Jakob war sofort alarmiert. Er rannte in seine Garage und blieb vor einem Regal stehen. Auf dem obersten Brett standen fünf Farbdosen, deren Inhalt schon vertrocknet war, aber sie dienten ihm als Versteck. Er stieg auf einen Fußschemel, hob die zweite Dose von rechts an und fingerte auf Zehenspitzen nach dem Schlüssel, der darunter verborgen lag. Kaum hatte er ihn gefunden, sprang er von der Kiste herunter und steckte ihn in das Vorhängeschloss einer alten Holzkiste unter der Werkbank. Er schlug den Deckel zurück und wickelte eine Schrotflinte und eine Packung Munition aus einer karierten Wolldecke. Er musste sich beeilen, bevor die beiden Männer verschwanden. Er lud die Flinte mit gekonnten Griffen, wickelte sie lose in die Wolldecke und rannte mit der Waffe in den Vorgarten zurück.

Vorsichtig schlich er zur Hecke und schaute wieder hindurch. Genau im selben Moment fuhr der rote Kastenwagen aus Emmas Einfahrt.

Für Jakob war die Sachlage klar. Sandro wurde unter Waffengewalt gezwungen zu fahren. Er mochte den jungen Mann nicht sonderlich, aber hier ging etwas vor sich, das Jakob in seiner Nachbarschaft nicht dulden konnte. Sie lebten in einer friedlichen Gegend, obwohl es auch Ausnahmen gab, wenn er an Jule, diese verlotterte Person, dachte, doch Gewalt konnte er nicht befürworten. Jakob sah es als seine Verpflichtung an zu helfen.

Er sprang um seinen Wagen, legte die Flinte auf den Beifahrersitz und die Decke darüber, damit nicht jeder sah, was er bei sich führte. Eine polizeiliche Ermahnung reichte ihm. Rosa kam mit einem Tablett und einer Tasse Tee aus dem Haus. Jakob winkte ihr nicht einmal zu, sondern startete den Wagen. Das Gefährt hustete und spuckte ein wenig, ehe es mit zuverlässigem Schnurren bereit für eine Ausfahrt war. Jakob legte den Rückwärtsgang ein, bog auf die Straße und folgte dem roten Kastenwagen mit gebührendem Abstand in die Innenstadt.

Er war darauf bedacht, stets ein oder zwei Autos zwischen sich und den roten Wagen zu bringen. Sein Auto war antik und für eine Verfolgungsjagd gänzlich ungeeignet. Es war Vorsicht geboten, damit dieser Italiener ihn nicht im Rückspiegel entdeckte. Jakob lächelte.

Plötzlich stoppten die Männer an einer Bushaltestelle.

»Was soll denn das?«, fluchte er und scherte im letzten Moment in eine Hauseinfahrt ein, um nicht an den Italienern vorbeifahren zu müssen. Das Hupkonzert hinter ihm störte ihn nicht. Er schwang nur mit der Faust durch die Luft und ließ den Kastenwagen dabei keine Sekunde aus den Augen. Das Fahrzeug fuhr schließlich weiter. Ohne die Vorfahrt der Autos auf der Straße zu beachten, schob er sich rücksichtslos in den Verkehr und erntete erneut eine Kakofonie von Hupsignalen. Es gab Wichtigeres als die Befindlichkeiten der Autofahrer hinter ihm. Er hatte einen Einsatz.

Es war brütend heiß im Wagen. Jakob kurbelte die Scheibe herunter und genoss den Fahrtwind. Er folgte den Italienern und fühlte sich um Jahre jünger – Bond, James Bond. Er lächelte. Wenn es nach ihm gegangen wäre, hätte er die Verfolgung noch Stunden fortsetzen können, doch schon wenige Minuten später parkte Sandro den Wagen im Halteverbot am Rande des Marktplatzes.

»Nicht schon wieder«, fluchte Jakob, und in Anbetracht der Parkplatznot blieb ihm nichts anderes übrig, als den alten Opel diagonal auf den Fußweg zu steuern. Er blieb direkt unter einem Halteverbotsschild stehen. Niemals hätte er so etwas freiwillig getan. Sein Rechtsempfinden war äußerst ausgeprägt, und er verstieß niemals gegen Gesetze. In diesem Fall hatte er allerdings keine Wahl.

Ein Schatten schob sich vor Jakobs Seitenfenster.

»Sie wissen, dass Sie hier im Halteverbot stehen?«

Eine kleine Politesse schaute zu ihm ins Wageninnere. Seinem ersten Impuls, die Frau zum Teufel zu jagen oder in die Küche, wo sie seiner Meinung nach hingehörte, widerstand er nur unter größter Anstrengung. Er war in geheimer Mission unterwegs und musste zusehen, das Frauenzimmer schnellstmöglich loszuwerden. Er lächelte und besann sich auf eine List, die Rosa bei ihm nur zu gern anwandte, wenn sie etwas von ihm wollte.

»Entschuldigung«, sagte er und legte den Kopf gegen seine Nackenstütze. Dabei fächelte er sich Luft zu und griff nach dem Kragen seines Overalls. »Ich weiß, ich weiß. Mir wurde wegen der Hitze nur gerade so schwummrig, dass ich rasch aus dem Verkehr gelangen wollte, bevor ich einen Unfall baue.«

Die Frau steckte ihren Zettelblock wieder ein und lächelte. »Da taten Sie gut daran.«

Jakob glaubte schon, sie überzeugt zu haben, und schielte nach vorn zu dem Kastenwagen. Sandro stieg aus und lief über den Platz auf ein Straßencafé zu. Wo war der andere Mann geblieben? Wartete er im Wagen?

Die Politesse öffnete Jakobs Wagentür und griff nach seinem Arm. »Kommen Sie, ich helfe Ihnen raus an die frische Luft.«

»Was soll das?«, rief Jakob empört. Sein Blick wanderte flüchtig auf den Beifahrersitz. Wenn diese Ziege seine Waffe entdeckte, war alles vorüber. Die Decke lag zum Glück über der Flinte. Die Beamtin hatte sie noch nicht bemerkt, und das musste auch so bleiben. Am liebsten hätte er die Frau von sich gestoßen. Diese impertinente Person sollte sich vom Acker machen und ihn in Ruhe lassen. Die Verfolgung konnte jeden Moment weitergehen, und da wollte er nicht als debiler Großvater mit Schrotflinte aus dem Wagen gezerrt werden und den Rücklichtern des Kastenwagens hinterherblicken.

»Nein, bitte lassen Sie mich nur einen Moment sitzen. Es ist schon wieder besser.« Er atmete tief durch, brachte sogar ein Lächeln zustande und schloss seine Wagentür wieder. Sandro kam mit einem kleinen Mann, der ein gelbes Hemd trug, zum Wagen zurück. Jakob musste diese Person loswerden.

»Danke, Fräulein, ich glaube, es geht mir wieder gut. Sehr freundlich, dass Sie sich um mein Wohl gekümmert haben. Das ist bei der heutigen Jugend nicht selbstverständlich. Wie ist doch Ihr Name? Ich werde Sie bei Ihrer Behörde lobend erwähnen.«

Die junge Frau strahlte. Sandro und der Mann stiegen ein und fuhren davon.

»Wenn Sie mich jetzt entschuldigen.« Jakob ließ den Motor an, gab Gas und ließ eine verwirrt dreinblickende Politesse zurück. Ob sie sich sein Nummernschild notierte? Egal, die Verfolgung ging weiter. Der Verkehr war zäh, und er musste aufpassen, dass die Männer ihn nicht entdeckten. Er schob sich im Stau mit gebührendem Abstand hinter ihnen her und vermisste seinen Nachmittagstee. Es konnte noch so heiß sein, dieses Zeremoniell ließ er sich nicht nehmen, außer wenn er in geheimer Mission unterwegs war.

Je länger Jakob an der Ampel wartete, desto mehr machte ihm die Hitze zu schaffen. Plötzlich flog aus dem Kastenwagen, der vier Autos weiter vor ihm stand, ein Handy auf die Straße. Das Teil zerschellte auf dem Asphalt und zersprang in viele Einzelteile. Jakob konnte sich keinen Reim auf das alles machen. Dieser Mafioso hielt zwei Männer unter Waffengewalt in diesem Wagen fest. Irgendetwas lief hier mächtig aus dem Ruder.

Jakob überlegte, ob er Emma informieren sollte. Er konnte die Situation durchaus selbst bewältigen, aber falls er die Männer verlor und Emmas Untermieter etwas geschah, würde dessen Freundin ihm das Leben zur Hölle machen. Jakob hatte vor so gut wie nichts im Leben Angst, er besaß Mut und Disziplin, um mit allen Lebenslagen fertigzuwerden, aber mit dieser irren Person wollte er nichts zu tun haben. Während er an der Ampel wartete, zog er sein Handy aus der Brusttasche seines Overalls und suchte nach Emmas Telefonnummer. Sie war nicht zu Hause, aber er gab der Haushälterin genaue Details durch und das Versprechen, dass er sich direkt auf Jules Handy melden würde, sobald er das Ziel der Männer kannte.

Die Fahrt führte Jakob aus der Stadt hinaus. Nun musste er einen größeren Abstand einhalten, um nicht entdeckt zu werden. Der rote Kastenwagen bog irgendwann in eine Seitenstraße ab. Eine riesige Staubwolke wirbelte auf und umhüllte das Auto. Jakob blieb auf der Landstraße stehen und betrachtete die polierte Kühlerhaube seines Wagens. Allein der Gedanke, den Italienern zu folgen und mit seinem Juwel von frisch poliertem Wagen ebenfalls unter Unmengen von Staub begraben zu werden, brachte Jakob zu dem Entschluss, einfach umzukehren. Was ging ihn das alles an? Sollten Emma und ihre Konsorten ihre Angelegenheiten doch selbst regeln. Sie hatte es ihm ausdrücklich verboten, sich einzumischen. Bitte, das konnte sie haben. Jakob beschloss, nach Hause zu fahren. So weit ging die Freundschaft dann doch nicht, dass er den Lack seines Wagens ruinieren würde.

Er setzte den Blinker, schaute sich im Rückspiegel um und wendete den Wagen mitten auf der Landstraße. Er gab Gas und fuhr in Richtung Stadt zurück, keine 50 Meter weiter bremste er, beugte sich zum offenen Fenster hinaus und beobachtete, wohin der Kastenwagen fuhr. Jakob betrachtete sich selbst im Spiegel und trommelte mit den Fingerkuppen auf das Lenkrad.

»Was für eine Lusche, Jakob, was für eine Lusche bist du geworden?« Er atmete tief ein und aus, strich dabei zärtlich über das Lenkrad. »Ich muss es einfach tun, bitte verzeih mir.«

Er gab Gas und lenkte den Wagen erneut auf der einsamen Landstraße herum und folgte dem Kastenwagen den Weg zum alten Steinbruch.

Jetzt musste er vorsichtig zu sein. Sobald die Männer Jakob entdeckten, wussten sie, dass er sie verfolgte, und die Situation konnte eskalieren. Er fuhr Schrittgeschwindigkeit, parkte schließlich am Feldrand und wartete, bis der Kastenwagen hinter den ersten Bäumen verschwunden war. Dann informierte er Emma über seinen Standort. Jetzt kam es ganz auf ihn an. Sandro war in Schwierigkeiten, in mächtigen Schwierigkeiten, wie Emma ihm verraten hatte. Jakob blickte grinsend in den Rückspiegel. Er war bereit, das zu tun, was zu tun war. Er packte seine Schrotflinte und folgte den Männern zu Fuß.

»Das ist alles meine Schuld«, schniefte Jule und zog den Strafzettel unter dem Scheibenwischer hervor.

»Das stimmt nicht, und das weißt du ganz genau«, versuchte Emma sie zu beruhigen.

Jule setzte sich in den Wagen, knallte die Tür zu und legte ihre Stirn gegen das Lenkrad. Ganz nebenbei steckte sie das Ticket Emma zu. »Da, der gehört dir.«

Emma nahm ihn entgegen und strich Jule über den Kopf. »Wir dürfen jetzt nicht aufgeben, Liebes. Wir haben Carlotta gerettet, was ich heute früh noch als blanken Wahnsinn angesehen habe. Wir werden Sandro auch irgendwie helfen.«

»Wie denn?«, rief Jule und blickte Emma verzweifelt an. »Wir haben keine Ahnung, wo er ist.« Plötzlich funkelten ihre Augen wild entschlossen, und ein Lächeln huschte über ihr Gesicht.

»Was hast du vor?«, fragte Emma.

»Jetzt wird es ungemütlich.« Jule startete den Wagen.

»Könntest du mich bitte auf den neuesten Stand der Dinge bringen? Lass mich alte Frau nicht dumm sterben.«

»Wir gehen foltern.«

»Foltern?«

»Dottore Morte wird uns gleich erzählen, was Filippo vorhat. Das hätten wir gleich tun sollen.« Jule setzte den Blinker und fädelte sich in den Verkehr ein, als ihr Handy klingelte. Emma nahm das Gespräch entgegen.

»Milena? Was ist los?« Sie schüttelte den Kopf und hob die Hand. »Moment, ganz langsam. Jakob hat angerufen?« Sie lauschte konzentriert, um auch kein einziges Wort zu überhören. »Danke.« Emma beendete die Verbindung.

»Milena hat angerufen.«

»Und?«

»Jakob hat beobachtet, wie Filippo Sandro mit gezogener Waffe in Herrn Heinrichs Wagen gezwungen hat und mit ihm fortgefahren ist«, berichtete Emma.

»Jakob war gerade beim Wagenwaschen und hat sich sofort an die Fersen der beiden gehängt und sie durch die Stadt verfolgt.«

Jule wurde hellhörig.

»Sie waren hier im Café und haben diesen Detektiv eingeladen und sind zu dritt weitergefahren.«

»Wohin?«

»Aus der Stadt raus, Richtung Norden.«

Jule riss das Lenkrad herum, fädelte sich in eine Abbiegespur ein und nahm die Verfolgung auf. Emma kurbelte das Fenster herunter und streckte ihr Gesicht dem Fahrtwind entgegen. Die Hitze im Wagen war unerträglich.

»Was meinst du, wo wollen sie hin?«, fragte Jule und manövrierte den Wagen durch den zäh fließenden Freitagnachmittagsverkehr.

»Milena hat Jakob deine Handynummer gegeben. Er will sich melden, sobald er Genaueres weiß.«

»Fahr doch, du Nachtgespenst!«, schrie Jule einer Autofahrerin zu, die ihren Wagen mitten auf der Kreuzung abwürgte und die gesamte Fahrbahn blockierte. Jule hupte.

Sie fuhren schweigend weiter, bis sie die letzten Häuser der Stadt erreicht hatten. An einer Kreuzung mussten sie sich entscheiden, in welche Richtung sie fahren sollten. Emma hielt das Handy in der Hand und überlegte, ob sie Jakob anrufen und nachfragen sollte.

Brachte sie ihn oder Sandro vielleicht in Gefahr, wenn das Telefon genau in diesem Moment klingelte?

»Anrufen?«, fragte Jule.

»Meinst du, wir sollen es wagen?«

Bevor sie eine Antwort bekam, klingelte es. Emma warf vor Schreck das Handy in die Höhe, und es landete hinter dem Fahrersitz auf dem Boden.

»Nein«, flüsterte Emma entsetzt und drehte sich nach hinten, wollte es mit den Fingerspitzen packen, doch es rutschte unter Jules Sitz und klingelte immer weiter. Sie bekam es nicht mehr zu fassen.

Jule trat auf die Bremse, und Emma verrenkte sich in ihrer misslichen Lage dabei das Kreuz. Ein stechender Schmerz durchfuhr ihre Knochen. Sie hatte Mühe, sich wieder aufrecht hinzusetzen. Das kümmerte Jule nicht, auch nicht das Auto, das ihr beinahe hinten aufgefahren wäre und wild hupte. Sie stieg aus, bückte sich, fischte das Telefon unter dem Sitz hervor und setzte sich wieder in den Wagen. Ohne auch nur einen Gedanken an die wütenden Autofahrer hinter ihnen zu verlieren, nahm sie das Gespräch entgegen. »Hallo?« Sie nickte und hörte zu. »O. k., wir sind gleich da, bleiben Sie dran. Danke, Mann.«

Jule gab Emma das Telefon zurück und jagte wie eine Wilde davon.

»Und? War das Jakob?«

»Ja. Sie sind zum alten Steinbruch gefahren.«

»Das klingt nicht gut.«

»Dein Nachbar ist ganz schön durchgeknallt, aber in diesem Fall bin ich ihm dankbar dafür. Er hat eine Flinte dabei und verfolgt die Männer.«

Emma erschrak. Sie kannte Jakob und seine militante Entschlossenheit. »Hoffentlich geht das gut.«

»Das geht gut.« Jule jagte mit dem Wagen über die Landstraße.

»Apropos durchgeknallt …«, stammelte Emma und klammerte sich an ihrem Sitz fest.

Sandro fuhr auf das Gelände des alten Steinbruchs. Die Straße ging nahtlos in einen Schotterweg über. Vor ihnen tat sich ein riesiger Abgrund auf. Über Jahre hinweg wurden hier Steine treppenförmig in die Tiefe hinab abgebaut und Schutt abgetragen. Entlang der Felswände schlängelte sich ein Weg in großen Serpentinen bis nach unten auf den Grund des Steinbruchs. Gleich hinter dem Bauzaun, den Sandro aufgebrochen hatte, bog die Zufahrtsstraße nach rechts ab, vorbei an einem dreistöckigen Bau, dem ehemaligen Verwaltungsgebäude der Anlage. Die Fensterscheiben waren zerborsten, der Verputz abgeblättert.

»Halt an!«

Sandro stoppte den Wagen vor dem verfallenen Haus und wartete auf weitere Befehle. Filippo kletterte zur Hecktür hinaus, schulterte seinen Rucksack und rannte vor die Kühlerhaube. Dort stellte er sich breitbeinig auf und richtete seine Pistole auf die beiden Männer hinter der Windschutzscheibe.

»Aussteigen! Ganz langsam und die Hände hoch.«

Sandro schaute zu Paolo Izzo. »*Dio mio,* der Kerl macht Ernst«, flüsterte dieser.

»Verdammt Ernst sogar.«

Die beiden Männer stiegen aus. Aufgewirbelter Staub lag in der flirrenden Sommerluft. Sandro musste an Jule denken, daran, dass sie eigentlich ihren Urlaub genießen und an Emmas Pool Cocktails trinken wollten. Hatte sie seine Mutter befreien können? Oder war sie selbst in Gefahr geraten? Würde er den Steinbruch jemals lebend verlassen und sie wiedersehen? Fragen, auf die Sandro keine Antworten wusste. Er stellte sich mit dem Privatdetektiv vor den Kühler des Wagens, hielt die Hände erhoben und versuchte, aus den Augenwinkeln heraus so viel von der Umgebung zu erkunden wie möglich. Auf der einen Seite war der Steinbruch, über dessen Kante er von seinem Standort aus nicht in die Tiefe blicken konnte, und auf der anderen Seite stand das Bürogebäude. Leer, verlassen und heruntergekommen. Dahinter lag gleich der Wald.

»Bitte, lassen Sie uns reden. Sie haben doch, was Sie wollten.« Izzo versuchte mit Filippo zu verhandeln.

»Hab ich das?«

»Das Geld! War es nicht das, was Sie wollten?«

»Lächerlich. Das brauche ich nicht.«

»Wieso dann das alles hier?« Izzo schaute irritiert zwischen Sandro und Filippo hin und her.

Sandro vermutete, dass das Geld nur eine nette Beigabe darstellte und Filippos eigentlicher Plan ein ganz anderer war. Je länger er darüber nachdachte, desto teuflischer wurde die einzige und für ihn logische Erklärung.

Filippo grinste und spuckte den Zahnstocher zu Boden.

»Du weißt, was ich vorhabe? Scheißgefühl, nicht wahr?« Er lachte. »Los jetzt, hier entlang.« Filippo dirigierte die beiden Männer an den Abgrund des Steinbruchs.

Sandro wurde schwindlig, als er in die Tiefe blickte. Einen Sturz würde er nicht überleben. Doch das war es nicht, was Filippo sich für ihn ausgedacht hatte. Das wäre viel zu unspektakulär und vor allem viel zu schnell vorbei. Filippo wollte Sandro quälen und sich an seinem Leid ergötzen.

Paolo Izzo stand neben Sandro, mit dem Rücken dem Steinbruch zugewandt. Er hob wie befohlen die Hände über den Kopf. Schweißflecken zeichneten sich unter den Achseln auf seinem gelben Hemd ab. Er kaute nervös an seiner Unterlippe und starrte Filippo an, als ob er ihn hypnotisieren wollte.

Filippo hielt noch immer seine Pistole auf die beiden Männer gerichtet und ließ langsam seinen Rucksack von den Schultern gleiten. Er stellte ihn vor sich auf den staubigen Boden und ging in die Hocke, ohne seine Gefangenen dabei aus den Augen zu lassen. Er zog den Reißverschluss auf und kramte eine Digitalkamera, ein kleines Plastiktütchen, dessen Inhalt Sandro nicht erkannte, und eine zweite Pistole hervor. Sandro wurde schlecht. Seine Befürchtung schien sich zu bestätigen. Er schüttelte den Kopf und hob seine Hände abwehrend vor sich. »Niemals, vergiss es!«

Filippo grinste. Er richtete sich auf, hielt in der einen Hand die Kamera und in der anderen seine Waffe. Er kickte das Plastiktütchen über den festgefahrenen Schotter zu Sandro. Auf halber Strecke blieb es liegen. Sandro erkannte Kabelbinder. Er schüttelte den Kopf. »Vergiss es, ich spiele da nicht mit!«

»Jetzt hab dich nicht so, du spielst doch die ganze Zeit schon mit.« Er lachte und fokussierte Sandro mit seiner Kamera. »Könntest ruhig ein bisschen lächeln, das macht sich besser fürs Familienalbum.«

Sandro ballte die Fäuste und wäre am liebsten auf ihn losgegangen.

»*Scusi*, aber was hat das alles mit mir zu tun?«, fragte der Detektiv und nahm seine Hände zum Gestikulieren herunter. »Ich meine, machen Sie Ihre Angelegenheiten untereinander aus, und ich verschwinde.«

»Schnauze!«

Die Hände des Detektivs schossen wieder in die Höhe, und er schwieg sofort.

»Hinknien und die Hände auf den Rücken«, befahl Filippo dem Mann. Er gehorchte und blickte ängstlich zu Sandro. »Und du fesselst ihn mit den Kabelbindern an seinen Füßen und Handgelenken.«

Das war das Letzte, was Sandro tun wollte. Er rührte sich nicht von der Stelle.

»Na, los, wird's bald?« Filippos Mimik erstarrte.

»Nein.«

»Wie du willst, es kostet mich nur einen Anruf bei meinem Freund, und er wird sich dann um deine Mutter kümmern.«

Sandro machte einen Satz nach vorn. Wie gern hätte er seinem Cousin den Schädel eingeschlagen, aber was konnte er gegen ihn schon ausrichten? Immerhin zielte er mit einer Pistole auf Sandro. Sich sinnlos zu opfern brachte seiner Mutter auch nichts. Er hob schließlich die Kabelbinder aus dem Staub auf, kleine, unscheinbare Plastikstreifen, die sich gnadenlos in das Fleisch schnitten, hatte man sie erst einmal um die Handgelenke gezurrt. Sandro schüttelte den Dreck von der Packung, riss sie mit den Eckzähnen oben auf und spuckte ein Stückchen Plastik vor Filippos Füße.

»*Mama mia*«, jammerte Izzo.

Sandro fesselte zuerst seine Füße. Er zog das Band nicht wirklich fest, um dem Mann keine unnötigen Schmerzen zu bereiten, doch Filippo bemerkte seine Absicht.

»Fester!«

Sandro gehorchte widerwillig und zog den Streifen enger zusammen. Izzo stöhnte. Dann schnürte er ein Band um Izzos Hände hinter seinem Rücken. Filippo schoss ein Foto nach dem anderen.

»Gut so«, sagte er, kickte die zweite Pistole mit dem Fuß über den Boden zu Sandro. »Aufheben!«

Sandro stand neben Izzo, spürte den gähnenden Abgrund hinter sich und starrte auf die Pistole zu seinen Füßen. Ihm wurde schlecht. Eine Hinrichtung. Filippo plante eine Hinrichtung, genau wie damals in Venedig, nur mit dem kleinen Unterschied, dass dieses Mal Sandro der Mörder sein sollte.

»Du solltest dein Gesicht sehen«, lachte Filippo amüsiert und schaute durch seine Kamera.

»Töte mich, wenn du willst, aber ich mache das nicht. Niemals!«

»Komm schon, stell dich nicht so an.« Er fuchtelte mit der Waffe. »Heb das Scheißding endlich auf.«

»Nein.«

»Denk an deine Mutter.« Filippo grinste. »Dottore Morte ist ein Meister seines Faches, wenn es ums Foltern geht. Was meinst du, wird Carlotta auch mit neun Fingern noch zurechtkommen?«

Sandro schnaubte wütend. Er hatte keine Wahl. Er bückte sich langsam, um Zeit zu gewinnen. Fieberhaft überlegte er, ob er Filippo irgendwie überwältigen könnte. Er griff nach der staubigen Waffe. Izzo jammerte und betete zur Muttergottes. Sandro konnte diesen Mann doch nicht wie einen räudigen Hund im Straßenstaub erschießen. Die Sonne brannte auf seinen Hinterkopf. Er richtete sich langsam wieder auf und statt auf Izzo zu zielen, richtete er die Waffe auf seinen Cousin. »Und jetzt?«

Filippo lachte.

»Jetzt wirst du dich umdrehen und die Waffe an die Stirn dieses lausigen Schnüfflers legen und abdrücken«, sagte er vollkommen unbeeindruckt und schaute durch die Kamera, um den Moment des Mordes nicht zu verpassen.

»Nein.« Sandros Hände waren feucht. Er zitterte vor Anspannung.

»Ich habe mir schon gedacht, dass du den Held spielen willst.«

»Was macht dich so sicher, dass ich dich nicht erschieße?«

»Weil deine Frau Mutter dann auch über den Jordan geht.«

Sandro schloss die Augen und fluchte. Was auch immer er tat, letztendlich musste seine Mutter dafür büßen, und er wusste nicht, ob Jules Plan funktioniert hatte. Die Grillen zirpten, sägten an seinen Nerven. Sandro brachte keinen klaren Gedanken zustande.

»Jetzt mach schon, ich habe nicht den ganzen Tag lang Zeit. Erschieß ihn!« Izzo wimmerte. »Stell dich vor ihn und lege die Waffe an seine Stirn.«

Sandro stellte sich vor den Mann und blickte in seine Augen. Dabei wandte er Filippo den Rücken zu. Izzo weinte und flehte um Gnade. Sandro schluckte. Er hatte keine Ahnung, was er tun sollte. Entweder dieser Mann starb oder seine Mutter. Wie auch immer er sich entschied, er wollte beides nicht und schloss die Augen.

»Alter, jetzt mach schon.« Filippo fotografierte die beiden Männer unentwegt.

Sandro hob die Waffe und legte sie gegen die Stirn des Mannes.

»Bitte, *Madonna mia,* tun Sie das nicht«, flehte Izzo.

Sandro spürte den Kloß in seinem Hals. Er brauchte nur eine winzige Bewegung mit seinem Finger zu machen und konnte seine Mutter und sich retten. Es war ein unheimliches Gefühl, die Waffe zu halten und zu wissen, dass er Herr über Leben und Tod war. Er würde ein Leben auslöschen, das über viele Jahre hinweg so manches gesehen und erfahren hatte. Vielleicht hatte der Mann eine Frau, die

Sandro mit diesem Schuss zur Witwe machte, und Kinder, denen er nun den Vater nahm. Er löschte in diesem Augenblick nicht nur das Leben des Mannes vor ihm auf dem staubigen Boden aus, sondern zerstörte auch das seiner Familie. Sandro stieß einen animalischen Schrei aus und warf die Waffe in hohem Bogen in die Tiefe des Steinbruchs.

Kaum war der Kastenwagen durch den Bauzaun gefahren und in der Anlage des Steinbruchs verschwunden, stieg Jakob aus. Er steckte die Munition in seinen Overall und hielt die Flinte diagonal vor seiner Brust. Er lief die Straße entlang, bis er das aufgebrochene Tor erreichte. Die Sonne brannte teuflisch, doch Jakob kümmerte sich nicht um den Schweiß, der ihm auf die Stirn trat und an seinen Schläfen herunterlief. Es war Krieg. Beflügelt von dem Gedanken, dass er der Einzige war, der diesem Mafioso das Handwerk legen konnte, huschte er durch den schmalen Spalt der Absperrung. Der Wagen war weiter vorn nach rechts abgebogen, das hatte er beobachtet. Er rannte einige Schritte den Weg entlang und war dankbar um den Schatten, den die Bäume spendeten.

Jakob überlegte, wie er am besten vorgehen sollte. Die Italiener waren auf den Zufahrtsweg um das alte Verwaltungsgebäude abgebogen. Er folgte ihnen zu Fuß und schlich leise an der Wand des Hauses entlang, bis er die vordere Ecke erreichte. Seine Waffe hielt er schussbereit. Er atmete tief ein und schob seinen Kopf gerade so weit nach vorn, um sehen zu können, was dort vor sich ging, ohne entdeckt zu werden.

Dieser Filippo, wie Emma ihn nannte, stand mit dem Rücken zu ihm, bedrohte die beiden anderen Männer mit der Waffe und kickte etwas über den Boden. Am liebsten würde sich Jakob mit seiner Flinte von hinten an ihn heranpirschen und ihm das Handwerk legen, aber Emma und Jule hatten darauf bestanden, dass er nichts unternahm, bevor sie hier waren. ›Weiber‹, dachte Jakob verärgert. Hier bedurfte es eines erfahrenen Mannes, der nicht lange zögerte, also jemand wie er, doch er hatte sein Versprechen gegeben und würde es nicht brechen, obwohl seine Finger juckten. Sein Standort war ungünstig. Von hier aus befand sich der Mafioso, wie er ihn bezeichnete, genau zwischen den beiden Männern und ihm in der Schusslinie, was im ungünstigsten Fall böse enden konnte.

Jakob zögerte nicht und lief zur Rückseite des Hauses. Er hob seine Flinte quer über den Kopf und trampelte die meterhohen Brennnesseln nieder. Leise und schnell arbeitete er sich wie durch einen Dschungel bis an das andere Ende des Gebäudes vor.

»Das ist besser«, flüsterte er zu sich selbst und inspizierte alle Einzelheiten. Er stand im Schatten des Hauses und konnte direkt vor sich auf dem Schotterweg Filippo sehen. Die beiden anderen Männer standen am Abgrund des Steinbruches. Klare Situation. Es würde keine fünf Minuten dauern, und er hätte den Mann überrumpelt. Warum nur hatte er die Frauen angerufen? Sie verstanden nichts von solcherlei Dingen. Sie ließen sich von Gefühlen lenken. Hier war hartes und schnelles Zugreifen gefragt. Mit einem Schuss könnte er den Mann niederstrecken. Jakob zielte mit seiner Flinte und spielte das Szenario durch. Den Todesschuss ersetzte er durch ein lautloses *Peng!* und grinste. Wäre es nach ihm gegangen, wäre der Auftrag jetzt erledigt und alle wären zufrieden, nun, bis auf den Mafioso, der wäre tot.

Stattdessen lehnte Jakob die Flinte mit einem Seufzer gegen die schmutzige Hauswand, zückte sein Handy und wählte Jules Nummer.

»Der Adler ist auf Position«, flüsterte Jakob in den Apparat.

»Wer ist wo?«, fragte Emma.

Jakob verdrehte die Augen.

»Meine Güte, Emma«, blaffte er, während er sich bemühte, leise zu bleiben. »Ich bin der Adler und stehe hinter dem Bürogebäude des alten Steinbruchs und beobachte die drei Italiener.«

»Ach so, sag das doch gleich.«

»Ich könnte mit einem Schuss den Mafioso ausschalten.«

»Auf keinen Fall, hier wird niemand getötet!«

»Sieht aber ganz danach aus.« Jakob sah, wie Filippo mit der Waffe drohte. Dieser Mann scherzte nicht. Jakob kannte den Gesichtsausdruck eines Mannes, der zum Töten bereit war, und dieser hier war es.

»Hör zu, Jakob, wir biegen gerade von der Hauptstraße ab und sind sofort bei dir. Bitte unternimm nichts, bis wir da sind. Hast du gehört?« Emmas Stimme klang aufgeregt.

Das hatte ihm noch gefehlt, dass die Frauen seinen Einsatz torpedierten. Hätte er sie nur nicht informiert.

Jule riss das Steuer herum und bog mit quietschenden Reifen in die Seitenstraße ab. Sie polterte ungebremst auf den Randstreifen und kam hinter Jakobs Wagen zum Stehen. Noch ehe sich die aufgewirbelte Staubwolke setzte, war Jule schon aus dem Wagen gesprungen und rannte mit ihren Armeestiefeln und dem Piratenkopftuch bis zum Steinbruch. Emma folgte ihr, doch das Rennen in ihrem Alter und bei dieser sengenden Hitze fiel ihr schwer. Trotzdem hielt sie durch und folgte Jule, so schnell sie konnte.

Nachdem Jakob sie am Telefon über die Situation aufgeklärt hatte, gab Jule Instruktionen, wie sie vorgehen sollten. Emma staunte, wie schnell sie einen Plan ausgeheckt hatte, und fand keine Zeit, auch nur eine Sekunde am Gelingen ihrer Mission zu zweifeln. Es musste einfach funktionieren. Jule lief wie vereinbart an dem Gebäude nach vorn und spähte um die Ecke, genau wie Jakob es zuvor getan hatte. Emma hielt an der Rückseite des Hauses nach ihm Ausschau, wo er auf sie wartete. Als er Emma entdeckte, winkte er sie hektisch zu sich. Sie eilte mit erhobenen Armen durch die Schneise, die Jakob in die Brennnesseln getrampelt hatte. Er legte den Finger vor den Mund. Hielt er sie für vollkommen verblödet? Natürlich war sie leise. Sie folgte seinem Fingerzeig und sah Filippo, Sandro und den Detektiv, der im Staub kniete. Sandro stand vor ihm und drückte eine Waffe gegen Izzos Stirn. Emma traute ihren Augen nicht. Sandro würde niemals abdrücken, dachte sie, als er genau im selben Moment die Pistole in den Steinbruch warf und einen markerschütternden Schrei ausstieß. Jetzt war sie an der Reihe.

Emma kämpfte sich durch die letzten Brennnesseln nach vorn auf den Schotterweg, dicht gefolgt von Jakob, der seine Flinte im Anschlag auf den Mafioso gerichtet hielt.

»Schluss jetzt!«, schrie sie Filippo an.

Dieser reagierte sofort. Er packte Sandro von hinten, legte seinen Arm um seine Kehle und hielt ihm die Pistole gegen die Schläfe.

»Bleib stehen, sonst drücke ich ab«, schrie er.

»Ich bin schneller«, prahlte Jakob.

»Bist du verrückt?«, schimpfte Emma und warf ihm einen bösen Blick zu. »Du wirst Sandro töten.«

Filippo lief mit seiner Geisel rückwärts in Richtung Wagen. Jule nutzte die Gelegenheit und schlich sich von hinten an ihn heran.

»Lassen Sie ihn los!«, befahl Emma und wunderte sich über ihren herrischen Ton. Sie hatte mit einem zittrigen Flüstern gerechnet, das hätte ihrem Gemütszustand viel mehr entsprochen.

Filippo lachte und feuerte zwei Schüsse in ihre Richtung ab. Irgendwo hinter Emma splitterte Holz. Ihr wurde übel. Damit hatte sie weiß Gott nicht gerechnet, und sie musste den Impuls unterdrücken, wie ein Karnickel ins Unterholz zu flüchten. Jakob baute sich neben ihr auf und zielte. Ohne nachzudenken, schlug sie von unten gegen den Lauf der Schrotflinte. Ein Schuss löste sich und peitschte durch die Luft.

»Bist du verrückt?«, schrie sie hysterisch. »Du tötest Sandro!« Entsetzt starrte sie ihrem Nachbarn in die irre funkelnden Augen. »Komm zu dir, Mann!«

Jakob wurde rot und senkte die Waffe.

»Du hast es so gewollt«, sagte Filippo. »Dottore Morte wird sich jetzt um die Alte kümmern.« Er stieß Sandro die Mündung seiner Pistole derb gegen den Kopf und zog sein Handy aus der Hosentasche.

Emma hatte sich einigermaßen gefangen. Sie hatte keine Zeit, sich über Jakobs Entgleisung aufzuregen.

»Tun Sie das, wir haben Carlotta befreit, und Ihr unsäglicher Freund liegt zusammengeschnürt wie ein Weihnachtspäckchen in ihrem Wohnzimmer.«

Erleichtert atmete Sandro auf. Dann geschah alles gleichzeitig. Er rammte seinen Ellenbogen mit voller Wucht in den Magen seines Cousins, und Jule, die nur noch wenige Schritte von ihm entfernt war, schlug mit einem fußballgroßen Stein von hinten auf seinen Kopf. Filippo brach mit einem letzten Stöhnen zusammen und blieb bewusstlos im Staub liegen.

Sandro lachte und nahm Jule in den Arm. Er küsste sie, fuhr mit seinen Händen durch ihr Haar. Sie sprang auf seine Hüften und erwiderte seine Küsse. Ihre Rastalocken legten sich wie ein Vorhang um ihre Köpfe. Sie drehten sich im Kreis.

»Mein Gott, das ist ja widerlich«, stöhnte Jakob und lehnte seine Waffe gegen die Hauswand. Er zog ein Taschenmesser aus seinem Overall, ging hinüber zu Paolo Izzo und löste seine Fesseln. Der Mann ließ sich seitlich zu Boden fallen.

»Das ist auch nicht besser«, schimpfte Jakob, als er den Detektiv weinen sah.

Emma trat neben Jakob. Er klappte die Klinge seines Schweizer Taschenmessers ein und steckte es in die Hosentasche zurück.

»Du hättest Sandro eben getötet, wenn ich nicht dazwischengegangen wäre.« Sie blickte ihn böse an.

Jakob wurde rot und wandte sich ab. »Habe ich aber nicht, oder?«

»Danke«, flüsterte Emma und drückte ihm einen Kuss auf die verschwitzte Wange.

Polizeisirenen kamen aus weiter Ferne immer näher.

Samstag

»Für das, was vorgestern Nacht hier passiert ist, mache ich dich verantwortlich, Mutter.« Das letzte Wort spie Konstantin wütend hervor. Speicheltröpfchen stoben aus seinem Mund.

»Jetzt lass mal die Kirche im Dorf«, hielt Emma dagegen. Sie stand in der Küche und half Milena, Geschirr auf ein Tablett zu stapeln, und drehte sich zu ihrem Sohn um. Sie stemmte ihre Fäuste in die Seiten. »Es war ein Unfall, und falls du noch nicht bei deiner Tochter im Krankenhaus gewesen bist, was mich an dieser Stelle nicht überraschen würde, es geht ihr gut.«

Sie war heute nach dem Frühstück zusammen mit Jule und Sandro gleich in die Klinik gefahren und hatte sich nach dem Wohl ihrer Enkelin erkundigt. Außer der Fraktur am linken Unterarm, Prellungen und einer leichten Gehirnerschütterung war sie in Ordnung. Kalle saß bereits auf ihrem Bettrand und hielt Händchen mit Trixi. Jule hatte spielerisch nach ihm geschlagen und ihm verboten, das Mädchen jemals wieder anzufassen. Kalle wurde puterrot und zog die Hand zurück. Erst als alle im Raum lachten, begriff er, dass es ein Scherz gewesen war, und strahlte Trixi glücklich an. Die Erleichterung über den ungeplanten Schwangerschaftsabbruch stand ihnen deutlich ins Gesicht geschrieben. Trixi hatte gebeten, dass niemand außerhalb des Raumes je davon erfahren sollte, vor allem nicht ihre Eltern. Mit dem Versprechen, ihrem Vater das gestohlene Geld für die Abtreibung wieder zurückzugeben, verabschiedete sie Jule, Sandro und Emma. Vor ihnen lag noch ein arbeitsreicher und vergnüglicher Tag.

Konstantin funkelte sie böse an. Barbara stand dicht hinter ihm. Sie war wie immer perfekt gestylt. Ihre Haare waren zu einer Hochfrisur zusammengesteckt, und ihre schlanke Figur wurde von einem Etuikleid perfekt betont. Konstantin hatte sich weniger Mühe gegeben. Sein Dreitagebart sollte verwegen aussehen, erschien Emma jedoch liederlich. Einzelne Strähnen seines gegelten Haars fielen ihm in die Stirn.

Sein Gesicht war rot angelaufen, wobei es ihm wahrscheinlich weniger um das Wohl seiner Tochter ging, als darum, dass er sich ärgerte, weil sein Handlanger schon wieder nicht die Beweisfotos aus Emmas Tresor hatte holen können.

Emma schmunzelte. »Junge, es geht dir doch um etwas anderes als um deine Tochter.«

»Was meinst du?«, fragte er mit gespielter Unschuld.

»Komm schon, ich weiß, was du vorhattest.« Sie legte ihre Hand auf seinen Unterarm.

»Ich?«

»Du brauchst dir keine Mühe zu geben. Die Beweisfotos, auf die du so erpicht bist …«

»Beweisfotos? Wovon redest du?« Er spielte den Dummen.

»Die, auf denen du mit diesem Kleinganoven zu sehen bist, als er den Tierhändler erschoss.« Emma genoss sein Unbehagen. Er räusperte sich. »Sie sind meine Versicherung, dass du mich nicht wieder übers Ohr hauen und aus meiner Villa vertreiben wirst. Die Bilder habe ich folglich sehr gut aufbewahrt. Sie liegen sicher in einem Banksafe, also gib dir keine weitere Mühe.«

Konstantin ballte seine Fäuste. »Komm, wir gehen«, sagte er zu Barbara. »Mir wird hier die Luft zu stickig.«

Die beiden stürmten aus der Küchentür und eilten durch den Flur nach draußen. Konstantins Wagen jagte aus der Einfahrt. Emma sah ihnen lächelnd hinterher. Wie schade, dass es so weit kommen musste, aber endlich waren die Fronten geklärt, und Konstantin würde Ruhe geben. Nur eines machte Emma noch zu schaffen. Diese alte Kette mit den Rubinanhängern, die seit Generationen in der Familie weitervererbt wurde, blieb nach wie vor verschwunden. Der

Einbrecher hatte sie mitgehen lassen, und Konstantin bestritt, mit all dem etwas zu tun zu haben. Als er bemerkte, wie sehr der Verlust dieses Schmuckstücks seine Mutter schmerzte, freute er sich diebisch und schwor sich, ihr niemals zu verraten, wer der Einbrecher war. Konstantin tat das aus reiner Bosheit, doch Emma glaubte fest daran, dass Dinge zu ihren Besitzern zurückfanden, seien ihre Wege auch noch so wunderlich.

Sie seufzte. Heute war nicht der Tag, um traurigen Erinnerungen nachzuhängen. Heute wollten sie ein Gartenfest veranstalten, Sandros und Carlottas neue Freiheit feiern. Emma holte eine Packung Servietten aus dem Küchenschrank und legte sie zu den Esstellern auf das Tablett. Mohnblumen waren auf das Papier gedruckt und ihr kam Herbert Mahlinski in den Sinn. Bei ihrer ersten Verabredung trug sie eine Bluse mit Mohnblumenmuster. Sie lächelte. Manchmal spielte das Schicksal einem die verrücktesten Streiche. Sie wünschte ihm von Herzen, dass er seine Erinnerungen wiedererlangte, aber sobald er sich an den Nachmittag in ihrem Garten erinnerte, würde sie alles leugnen.

Emma hob das Tablett mit den Tellern in die Höhe.

»Warten Sie«, rief Milena und eilte ihr zu Hilfe. Sie trug das Geschirr nach draußen auf die Veranda, wo alle den Garten für das große Fest dekorierten. Milenas Augen leuchteten, ihre Wangen glühten, und wenn Emma sich nicht sehr täuschte, war Jonas der Grund dafür. Die Haushälterin suchte jede Gelegenheit, ihm im Garten zu begegnen. Emma hatte beschlossen, doch nicht zu erwähnen, dass sie die beiden in der Gartenlaube entdeckt hatte. Was gab es Schöneres als ein geheimes Stelldichein bei Nacht und im Mondschein? Emma lächelte, und plötzlich dachte sie an Sandro …

Ihr Tagtraum dauerte nur eine Sekunde, weil sie plötzlich Patrizia von der Schleich wie eine Diebin über den Gartenweg huschen sah.

»Was will die denn hier?«, murmelte Emma und versteckte sich hinter der Küchengardine, ohne ihre Nachbarin aus den Augen zu lassen.

Sie trug wie üblich ein dünnes Sommerkleidchen, das beim Gehen um ihre Beine flatterte. Patrizia schaute sich ständig um. In der Hand trug sie einen Umschlag. Als sie an der Haustür ankam, wartete Emma auf das Klingeln, doch es geschah nichts, und Patrizia eilte sogleich wieder hastig davon. Emma wunderte sich. Sie rannte zur Haustür, riss sie auf und rief ihrer Nachbarin hinterher: »Patrizia, wolltest du zu mir?«

Wie vom Donner gerührt blieb die Frau stehen und drehte sich nur langsam zu ihr um. »Nö, wie kommst du darauf?«

»Weil du vor meiner Haustür standest.«

»Ich?«

»Ja, gerade eben. Schon vergessen?«

Patrizia lächelte und strich sich eine Haarsträhne hinters Ohr. Emma bemerkte, dass sie verzweifelt nach einer Ausrede suchte. Außerdem hielt sie keinen Umschlag mehr in ihren Händen. Emma schaute zu ihrem Briefkasten, in dessen Schlitz ein weißes Stück Papier steckte.

»Was hast du mir da eingeworfen?«, fragte sie und angelte sich den Umschlag. Er hatte keine Adresse und keinen Absender. Emma blickte auf. »Was soll das?«

Patrizia lächelte dümmlich und schien alle Fluchtmöglichkeiten durchzuspielen, während Emma das Kuvert öffnete und einen weiteren anonymen Brief hervorzog. Dieses Mal stand *Deine Tage sind gezählt* in bunten Zeitungspapierschnipseln darauf. Emma schaute auf den Brief, dann zu Patrizia und schüttelte den Kopf. »Du hast mir all die Briefe geschickt?«

Patrizia schwieg.

»Warum? Willst du mir drohen?«

Plötzlich kam Leben in ihre Nachbarin. Verächtlich verzog sie ihr Gesicht und rannte auf Emma zu. »Ich konnte einfach deine selbstgefällige Art und Weise nicht länger ertragen, mit der du Barbara die

Villa genommen und sie wie ein dummes Mädchen daraus verjagt hast. Sie ist meine Freundin, und ich habe ihr versprochen, Augen und Ohren offen zu halten.«

Emma war erschrocken über diese offene Feindseligkeit. Sie mochte Patrizia nicht sonderlich, aber dass die Frau sie dermaßen verabscheute, war ihr neu.

»Ich wollte dich erschrecken, dich einschüchtern, dir Angst einjagen.« Patrizia schäumte vor Wut.

»Du machst mir in der Tat Angst, meine Liebe«, sagte Emma und straffte ihren Oberkörper, »aber nicht mit diesen lächerlichen Briefen, sondern mit deinem Verhalten.«

Patrizia trat dicht vor Emma. »Du kannst die anderen vielleicht täuschen, die liebe Nachbarin vorgaukeln, aber ich weiß ganz genau, dass du deinen Sohn mit Erpressung aus der Villa verjagt hast.«

Emma lächelte. Ihr kam ein Verdacht. »Und das tut dir im Besonderen leid, wenn ich das richtig verstehe?«

»Was willst du damit sagen?«, entrüstete sich Patrizia und verschränkte ihre Arme vor der Brust.

»Ich weiß, dass du dich nicht nur mit Barbara gut verstehst, oder sollte ich sagen, dass du dich mit ihr nur zum Schein gut verstehst?«

»Ich weiß nicht, was du meinst«, antwortete Patrizia schnippisch und reckte die Nase in die Höhe.

»Je länger ich darüber nachdenke, desto klarer wird es. Du hast ein Verhältnis mit meinem Sohn.«

»Ich?«, Patrizia lachte empört und winkte mit beiden Händen ab. Eine Böe verfing sich in ihren Haaren, schmiegte ihr dünnes Kleid gegen ihren Körper.

»Es war so bequem, als er noch hier wohnte, nicht wahr?« Emma ließ nicht locker. »Dein Mann ist oft auf Geschäftsreisen, die Abende sind lang …«

»Hör auf!«, schrie Patrizia.

»Ich habe recht, nicht wahr? Du bist erbärmlich und jetzt verschwinde von meinem Grundstück.«

Patrizia stand wie vom Blitz getroffen da. Eine Gänsehaut zog sich über ihre Arme, sie zitterte, weniger vor Kälte als vor Aufregung. Ihre Augen röteten sich, und plötzlich brach sie in Tränen aus. Sie stöckelte über das Kopfsteinpflaster davon und rannte über die Straße.

»Übrigens«, rief Emma ihr hinterher, »meine Einladung zur Gartenparty ist hiermit zurückgezogen.«

Emma war nach Feiern zumute. Nachdem die Polizei Filippo im Steinbruch festgenommen und Dottore Morte aus Carlottas Wohnzimmer abgeführt hatte, wollte sie nur noch ein buntes Gartenfest mit all jenen feiern, die ihr lieb und teuer waren. Sie war erleichtert, dass Sandro nichts geschehen war, dass er und seine Mutter endlich wieder ohne Angst, von ihrer Vergangenheit eingeholt zu werden, leben konnten. Ihr Vorschlag, dies mit einem bunten Sommerfest zu feiern, stieß bei allen im Haus auf große Begeisterung.

Sandro kümmerte sich um die bunten Lampions, die er an den Büschen und Bäumen im Garten aufhängte. Herr Heinrich und Jonas stellten Gartenstühle und Tische auf und kümmerten sich um den Grill und die Holzkohle. Milena und Jule fuhren einkaufen. Ihr Wagen war bis knapp unters Dach mit Leckereien vollgestopft, als sie zurückkamen. Emma hantierte in der Küche und deckte die Tafel im Garten.

Am späten Nachmittag waren die Vorbereitungen beendet, und die Gäste trafen ein. Jule und Emma standen an der Verandatür und beobachteten, wie Sandro Hanne Häkelsbacher half, den Rollstuhl ihres Mannes über den Rasen zu schieben, wie Jakob und Rosa Rittmansperger lächelnd, was sie sonst selten taten, mit einer Flasche Rotwein um die Ecke kamen und wie Milena mit Jonas zarte Blicke wechselte und sich ihre Hände wie zufällig berührten.

»Wie cool sind die denn drauf?«

»Jule, das ist Romantik«, lächelte Emma und stieß ihr in die Seite.

Der Tisch bog sich unter Schüsseln mit köstlichen Salaten, Kuchen, deftigen Häppchen, bunten Getränken, Blumenschmuck und jeder Menge Kerzen. Der Duft von frisch gegrillten Steaks und Würstchen umspielte die Nasen der Gäste. Herr Heinrich hatte eine Küchenschürze umgebunden und übernahm den Grill.

»Jetzt fehlen nur noch drei Leutchen«, stellte Jule fest, »und auf eine davon würde ich liebend gern verzichten.« Sie verdrehte die Augen.

Emma nahm sie in den Arm und drückte sie. Jule hatte sich zur Feier des Tages ihre Rastalocken zu einem Pferdeschwanz gebunden und über ein weißes T-Shirt ein schwarzes Kleid mit Spaghettiträgern angezogen. Über den großen Totenkopf mit Augenbinde auf ihrem Bauch konnte Emma nur schmunzeln.

»Gib ihr Zeit, sie wird sich an dich gewöhnen.«

»Die? Niemals!«, warf Jule ein und löste sich aus der Umarmung. Sie zwinkerte ihr zu. Dann wanderte ihr Blick über die Gäste und blieb bei Sandro hängen. Er stand mit einem Glas Bier am Pool und blickte ins Wasser, in dem sich die Sonne reflektierte. Emma seufzte. Er trug eine Jeans und war barfuß, unter seinem weißen Shirt zeichnete sich sein wohlgeformter Oberkörper deutlich ab. Er wirkte erleichtert und zufrieden. War er nicht der schönste Mann, den sie je auf Erden gesehen hatte?

»Entschuldige, Kurt, außer dir natürlich!«, fügte Emma lächelnd hinzu und hob ihr Glas gen Himmel. Emma genoss die Menschen um sich herum, das Lachen der Gäste. Sie drehte sich um, erblickte ihr Spiegelbild in der Terrassentür und lächelte zufrieden. Die letzten Tage waren anstrengend gewesen. Wie oft war sie an ihre Grenzen gestoßen und musste müde Augenringe wegretuschieren, und trotzdem wollte sie keine Sekunde davon missen. Gut, die eine oder andere vielleicht schon, aber das Leben war endlich wieder bunt, genau wie das Sommerkleid, das sie trug. Die weißen Kugeln ihrer Kette unterstrichen ihr braun gebranntes Dekolleté und kleideten sie hervorragend. Was zählten schon die Fältchen, die sich in ihrem Gesicht versteckten? Emma lächelte und prostete sich in der Fensterscheibe zu: »*Salute*, altes Mädchen, auf dein Wohl!«

Sie wandte sich wieder ihren Gästen zu und schmunzelte. Was brauchte sie einen Herbert Mahlinski oder einen anderen Mann an ihrer Seite? Sie hatte Freunde, die durch nichts zu ersetzen waren. Ihr Blick folgte Jule, die ihre Arme von hinten um Sandros Taille schlang und sich an ihn kuschelte. Er drehte sich zu ihr um und küsste sie, als ob die Welt um sie herum nicht existierte. Emma spürte ein Kribbeln in ihren Adern und seufzte.

»Was soll ich dazu sagen?«, fragte plötzlich jemand neben ihr.

»Bitte?«, fuhr Emma erschrocken zusammen und entdeckte Carlotta. Anna Macchioni und der Detektiv Paolo Izzo hatten sie mit dem Wagen mitgebracht und sich für die Einladung zur Gartenparty mit einer Flasche sündhaft teurem italienischem Rotwein bedankt.

Carlotta beobachtete, wie verliebt ihr Sohn war. »Ich glaube, ich muss mich bei der jungen Dame entschuldigen. Ohne sie wäre mein Junge oder ich heute vielleicht nicht mehr am Leben.«

Emma lächelte und griff nach Carlottas Hand. »Glauben Sie mir, Sie werden Jule lieben, auch wenn sie ein wenig, sagen wir ›speziell‹ ist.«

Carlotta lächelte. Sie trug ihre Haare offen mit einem roten Haarreif, der wunderbar zu ihrem Kleid passte. Um ihre aufgescheuerten Handgelenke zu verbergen, hatte sie hauchdünne weiße Handschuhe übergezogen. Sie wirkte fröhlich und gelöst. So hatte Emma die kleine Italienerin noch nie erlebt.

»Ich danke Ihnen, Emma.«

»Ist hier Anwesenheitspflicht?«, gurrte Jule und fuhr mit ihren Händen unter Sandros T-Shirt.

»Ich fürchte, schon«, lächelte er.

»Shit, ich hätte da ’ne Idee, was wir sonst tun könnten.« Sie warf den Kopf in den Nacken und strahlte ihn an.

Sandro beugte sich zu ihr und küsste sie. Jule schloss die Augen, spürte seine Wärme und seinen Herzschlag. Die Geräusche der anderen Gäste verschwanden um sie herum, es gab nur noch sie und ihn. Plötzlich löste er sich von ihren Lippen und schwieg.

»Wassn? Wenn du nichts zu sagen hast, dann küss weiter, Mann.«

Sandros Lachen war verführerisch. Jule spürte, wie ihre Beine nachgaben.

»Du hast meine Mutter gerettet und dafür will ich dir danken.«

»Das werde ich eines Tages bestimmt noch bereuen«, entgegnete Jule und wollte ihn wieder küssen, als sie eine Hand auf ihrer Schulter spürte. Sie wirbelte herum und entdeckte Carlotta.

»Nein, das wirst du nicht bereuen«, sagte Sandros Mutter freundlich.

»Au Scheiße!«, entfuhr es Jule. »Das habe ich nicht so gemeint, echt jetzt.« Sie wäre am liebsten in einem Erdloch verschwunden, doch Sandros Mutter lächelte nur, und schlimmer noch, sie zog sie plötzlich in ihre Arme. »Jule, ich möchte mich bei dir entschuldigen.«

»Sind Sie 'ne Doppelgängerin von Frau Pascello?« Jule löste sich aus ihrer Umarmung und schaute sie skeptisch an. Carlotta lachte. »Ich meine, Sie sehen heute auch ganz anders aus. Bleibt das jetzt so, oder ist das nur ein Traum?«

»Das bleibt so, und ich heiße Carlotta.« Sie reichte Jule die Hand.

Emma hatte die Szene von der Terrasse aus beobachtet und wischte sich eine Träne der Rührung aus dem Augenwinkel. Ende gut, alles gut, dachte sie und sah, wie auch Milena und Jonas sich über ein Glas Sekt hinweg anlächelten. Er strich ihr eine Mücke aus dem Haar. An Jonas Gürtelschlaufe hatte etwas reflektiert, und Emma erkannte einen Flaschenöffner als Anhänger. Plötzlich wurde sie unruhig. Dieser Flaschenöffner … Emma hatte ihn nicht nur in der Gartenlaube an Jonas' Hosenbund gesehen, sondern noch ein weiteres Mal. Jetzt fiel es ihr wieder ein. Das Blut wich ihr aus dem Kopf. Ihr wurde schwindelig. Sie atmete tief durch, stellte ihr Glas Rotwein auf dem Tisch ab und lief mit großen Schritten über den Rasen.

»Milena, würden Sie bitte Herrn Heinrich am Grill helfen?«

Das Lächeln verschwand aus dem Gesicht der Haushälterin. »Natürlich«, sagte sie und ging.

»Jonas?«

»Frau von Stratnitz?«, erwiderte er lächelnd. Er war ein zuvorkommender junger Mann und sie hatte, seit er mit Herrn Heinrich den Garten instand hielt, nie einen Grund zu Klage gehabt. Seine strahlend blauen Augen huschten aufmerksam über jedes Detail. Ein kleines Bärtchen an seinem Kinn verlieh ihm etwas Spitzbübisches.

»Ich weiß Bescheid«, sagte Emma streng.

Sein Lächeln gefror. »Über was wissen Sie Bescheid?«, fragte er ernst.

»Ihr zweifelhaftes Treiben.« Emma konnte es noch immer nicht glauben, dass sie sich in diesem jungen Mann so getäuscht haben sollte.

»Ich verstehe nicht«, sagte er leise und schaute sich nach den anderen Gästen um.

»Wirklich nicht?«

Er schwieg.

»Dann will ich Ihnen auf die Sprünge helfen. Ihr Interesse an meinem Garten beruht nicht allein auf der Pflege der Beete und des Rasens oder an meiner Haushälterin, habe ich recht?«

Jonas' Wangenknochen bebten. Er schaute sich nervös um.

»Ich könnte Sie bei der Polizei anzeigen«, sagte Emma, »aber ich bevorzuge etwas anderes.«

»Was um alles in der Welt meinen Sie?«, flüsterte Jonas und beugte sich verschwörerisch zu ihr.

»Kommen Sie, wir wissen beide, dass Sie der gesuchte Einbrecher sind, der in den letzten Wochen hier im Viertel sein Unwesen trieb.«

Jonas wurde blass und richtete sich wieder auf. »Woher wissen Sie, dass ich es war?«, fragte er direkt.

»Der Anhänger an Ihrem Gürtel. Ich sah ihn, als ich Sie mit Milena im Gartenhaus entdeckte.«

Er wurde rot und zupfte sich an der Nase.

»Und später, als Sie bei uns einbrachen und Trixi die Treppe hinabstießen, da habe ich den Flaschenöffner wieder gesehen. Die ganze Zeit über wusste ich, dass ich etwas erkannt hatte, es wollte mir nur nicht in den Sinn kommen, was es gewesen war. Als ich ihn eben an Ihrem Gürtelbund glänzen sah, da wusste ich, dass Sie der Einbrecher sind.«

Er senkte den Kopf. »Stimmt«, gab er kleinlaut zu. »Und jetzt?« Er schaute sie traurig an. »Werden Sie mich der Polizei ausliefern?«

Emma zögerte. Warum sollte sie ihn nicht anzeigen? Er war ein Dieb und hatte gestohlen. Ihr Blick wanderte zu Herrn Heinrich hinüber. Der alte Mann lachte und verteilte Steaks an die Gäste. Er war ein guter Mann und seit Jahren ihr Gärtner. Er gehörte beinahe schon zur Familie. Wenn sie Jonas anzeigte, bräche es ihm das Herz. Der Junge war sein ganzer Stolz. Strafe hätte Jonas verdient, aber Emma brachte es nicht übers Herz, Herrn Heinrich wehzutun. Sie wollte nicht diejenige sein, die seine Welt zusammenbrechen ließ.

»Nein«, sagte sie leise.

Jonas blickte ungläubig auf. »Nein?«

Emma lächelte, nicht aus Güte oder Freundlichkeit, sondern weil sie die Hoffnung hatte, ihre Kette wiederzubekommen. »Was ist aus den gestohlenen Schmuckstücken geworden? Haben Sie sie verkauft?«

Jonas schüttelte den Kopf.

»Das heißt, es ist alles noch da?«

Er nickte.

»Gut«, sagte Emma. »Sie werden jedes einzelne Stück seinem rechtmäßigen Eigentümer zurückgeben. Das können Sie anonym machen. Ich werde schweigen, aber ich werde die Ohren offen halten und mich erkundigen, ob Sie meinem Wunsch folgen.«

»Natürlich werde ich das tun.« Er machte eine kurze Pause, griff nach ihrer Hand. »Danke, Frau von Stratnitz, dass Sie mich nicht verraten.«

Emma bemerkte Jules Blick, als Jonas ihr genau in diesem Moment die Hand küsste. Jule lag in Sandros Armen und stieß ihn verwundert an. Ihre Gedanken standen in fetten Lettern auf ihrer Stirn geschrieben. Emma würde den Spott noch wochenlang zu ertragen haben.

»Ihre Kette mit den drei Rubinanhängern bringe ich Ihnen morgen früh vorbei.« Jonas richtete sich auf und verließ das Gartenfest.

Jule rannte sofort zu ihr herüber. »Ist das dein Ersatz für Herbert Mahlinski? Der neue Mann an deiner Seite? Schnuckelig, aber ich glaube, dass du mit Milena erst noch ein Hackebeilduell austragen musst, ehe sie ihn dir freiwillig überlässt.«

Emma lachte herzlich. Was Milena anbelangte, das sollte Jonas mit ihr selbst klären. Sie freute sich vielmehr, dass das alte Erbstück ihrer Ahnen den Weg zu ihr zurückgefunden hatte. Sie würde es in Ehren halten, nicht lange, nur für kurze Zeit, denn dann würde die Kette der Frau gehören, die Emma liebte, als wäre sie ihre eigene Tochter: Jule.

Danksagung

Ein Buch zu schreiben, ist eine Sache, es in Form zu bringen, bis der Leser es endlich in Händen halten kann, eine andere. Dafür hatte ich wunderbare Unterstützung, für die ich mich an dieser Stelle herzlich bedanken möchte.

Ein besonderes Dankeschön an das gesamte dotbooks Verlagsteam für die tolle Zusammenarbeit. Danke auch an meine Agentin Frau Schönberger und an Vera Baschlakow für ihr einfühlsames Lektorat.

Danke an meine Familie und meine Freunde für das Testlesen und geduldige Zuhören, wenn meine Ideen mal wieder unaufhörlich sprudelten.

Natürlich ist die Geschichte von Emma, Jule und Sandro an dieser Stelle noch nicht zu Ende. Es gibt noch ein paar Abenteuer, die erzählt werden wollen. Lasst euch überraschen …

Simone Jöst